Tous les hommes
sont mortels

[法]西蒙娜·德·波伏瓦 著
马振骋 译

人都是要死的

Simone de Beauvoir

上海译文出版社

献给让-保罗·萨特

引子

一

　　幕又开了;雷吉娜弯下腰,微微一笑;在枝形大吊灯的照耀下,玫瑰色光斑在彩色长裙、深色上衣的上方闪忽不定;每张脸上有一双眼睛,在这一双双眼睛深处,雷吉娜弯着腰在微笑;老剧院充满了瀑布湍流、山石滚动的隆隆声;一种迅猛的力量把她吹离了地球,向着天空飞去。她又鞠了一躬。幕闭了,她感觉弗洛朗斯的手还抓在自己手里,急忙一甩,朝下场门走去。
　　"谢幕五次,不错,"舞台监督说。
　　"在外省的戏园子也就这样啦。"
　　她下了台阶,前往演员休息室。他们手捧着鲜花等她;她一下子又跌进了尘世。他们坐在暗影里,面目难辨,彼此不分,谁也看不清谁,让人满以为自己置身在一群天神之间,但要是把他们挨着个儿瞧,就会发现眼前只是一群微不足道的小人物。他们说着场面上的话:"天才!令人倾倒!"眼睛闪烁着热情:一团小小的火光恰如其分地一闪,意思过了之后马上又熄灭了,决不虚燃。他们把弗洛朗斯也团团围住,给她也带来了鲜花,跟她说话时眼睛里也燃起了火光。"好像我们两个可以同时爱似的,"雷吉娜恼火地想,"一个棕色头发,一个金色头发,谁都各行其是!"弗洛朗斯在微笑,一切的一切都叫她认为自己跟雷吉娜一样有天赋、一样美。

罗杰在化妆室等着雷吉娜,把她搂在怀里说:

"你今晚比哪次都演得好!"

"这样的观众不配。"雷吉娜说。

"他们连声喝彩,"安妮说。

"唔!他们给弗洛朗斯的喝彩声也有那么多。"

她在化妆桌前坐下,开始梳头发,安妮帮她卸妆。她想:"弗洛朗斯没因为有了我而担忧,我也不该因为她而操心。"但是,她是在操心,咽喉深处有一股酸味。

"萨尼埃在这里,真的吗?"她问。

"真的,他从巴黎乘八点钟的火车来的,来跟弗洛朗斯一起度周末。"

"他真是神魂颠倒了,"她说。

"可以这么说。"

她站起身,长裙滑落在脚边。她对萨尼埃不感兴趣,甚至觉得他有点可笑,但是罗杰这几句话叫她听来不舒服。

"我在想莫斯珂会说些什么。"

"有许多事他都顺着弗洛朗斯的,"罗杰说。

"萨尼埃对莫斯珂也默认了吗?"

"我猜想他不知道,"罗杰说。

"我也这样认为,"雷吉娜说。

"他们在皇家舞厅等着我们去喝一杯。我们去吗?"

"当然去。走吧。"

河面上飘来一阵清风,朝大教堂吹去,教堂上参差不齐的塔影宛然可见。雷吉娜打了个哆嗦。

"要是《罗莎琳德》[①]演出成功,我再也不到外省来闯了。"

---

① Rosalind,即莎士比亚戏剧《皆大欢喜》(*As you like it*)。

"会成功的,"罗杰说,拉了拉雷吉娜的胳臂,"你会成为一个大演员。"

"她已经是一个大演员了,"安妮说。

"你们这样想真是太好了。"

"你不这样想吗?"罗杰说。

"这证明什么呢?"她说,把围巾绕着脖子系上,"应该有一个标志,譬如说,头上长出一圈光轮,那样你就会知道,你是拉歇尔①,或者是杜丝②……"

"标志会出现的,"罗杰高兴地说。

"没有一个标志是真正靠得住的。你没有雄心,这是你的福气。"

他笑了:

"谁叫你不向我学的?"

她也笑了,但是一点不感到高兴。

"是我自己,"她说。

在黑黢黢的大街尽头,出现一个通红的豁口。这是皇家舞厅。他们走进去。她立刻瞧见他们跟剧团其他人坐在一张桌子旁。萨尼埃一条胳臂搂着弗洛朗斯的肩膀,他穿了一套优雅的英国料子西服,身体挺得直直的,瞧着她,那种目光雷吉娜是熟悉的,她在罗杰眼中也经常看到;弗洛朗斯面带笑容,露出她那口美丽的孩子似的牙齿,内心在倾听萨尼埃刚才跟她说的话,以及即将跟她说的话:"你会成为一个大演员。你与其他女人不一样。"雷吉娜在罗杰身边坐下。她想:"萨尼埃错了,弗洛朗斯错了。她只是一个没有天分的女孩子;没有一个女人可以跟我比。但是怎么证明这一点呢?在她的心中跟在

---

① Élisabeth Rachel Félix(1821—1858),法国著名女演员。
② Eleonora Duse(1858—1924),意大利著名女演员。

我的心中一样,都对自己深信不疑。我没有叫她担忧,她却是我的眼中钉、肉中刺。这一点我会证明的,"她激动地想。

她从手提包里取出一面小镜子,假装修饰口红的线条;她需要照一照自己;她爱自己这张脸,爱自己色调生动的金发,宽阔高傲的前额,挺直的鼻梁,热情的嘴和大胆的蓝眼睛。她是一个美人,她的美是那么粗犷,那么孤僻,乍一看会叫人感到吃惊。"啊!我要是两个人就好了,"她想,"一个说话另一个听,一个生活另一个看,我多么知道爱自己!我谁都不羡慕。"她关上手提包。在这一分钟,成千上万的女人在顾影自怜。

"跳舞吗?"罗杰说。

"不,我不想跳。"

他们已经站起身,跳了起来,步子乱了也不知道,只是感到幸福。眼中流露的是爱情,全部爱情。在他们之间展开了那场伟大的人类戏剧,仿佛地球上从来没有人爱过,仿佛雷吉娜从来不曾爱过。有世以来第一次,一个男人又焦急又温柔地对一个女人产生了欲望;有世以来第一次,一个女人感到在一个男人怀抱里变成一个有血有肉的偶像。一个新的春天像花似的盛开,像每个春天那样独一无二,而雷吉娜已经死了。她用尖尖的指甲戳自己的掌心。任何否认都无济于事,任何成功、任何凯旋都没法阻止此时此刻在萨尼埃的心目中,弗洛朗斯容光焕发,具有至高无上的荣耀。"我忍受不了,我不能忍受。"

"你不愿回去吗?"罗杰说。

"不。"

她愿意留在这里,愿意望着他们。她望着他们想:"弗洛朗斯向萨尼埃撒谎,萨尼埃把弗洛朗斯看错了,他们的爱情是一场误会。"但是,只要她让他们俩单独在一起,萨尼埃不知道弗洛朗斯口是心非,弗洛朗斯也不去想这件事,他们的爱情也就与真正的、高尚的爱情无从区别。"我为什么生来如此呢?"雷吉娜想,"当这些人在生活,当这些人在我身边恋爱并幸福着,我觉得他们是在杀害我。"

"今晚您愁眉苦脸的,"萨尼埃说。

雷吉娜身子一颤。他们笑过了,跳过了,还喝完了几瓶酒。现在舞厅几乎空了,她不曾感觉到时光流逝。

"我玩过以后,总是愁眉苦脸的,"她说。

她勉强笑了一下。

"您当个作家真幸运:书会留传下来。我们这些人过不了多久就没人提了。"

"那又怎么样呢?"萨尼埃说,"重要的是要有所成就。"

"为了什么?"她说,"为了谁?"

萨尼埃微微有点醉意;脸孔始终没有表情,可以说是木雕的,但是额上青筋暴突。他兴致勃勃地说:

"我可以肯定,你们两人在事业上都会出人头地的。"

"事业上出人头地的多的是!"雷吉娜说。

他笑了:

"您太挑剔了。"

"对,这是我的病。"

"这是第一美德。"

他带着友善的神情瞧着她,这比完全不把她看在眼里更糟。他看见她,器重她,但是爱的是弗洛朗斯。不错,他是罗杰的朋友,不错,雷吉娜从来没有试图诱惑他。这无碍于他认识她,爱着弗洛朗斯。

"我困了,"弗洛朗斯说。

音乐师已经动手把乐器藏进套子;他们走了。弗洛朗斯挽着萨尼埃走远了。雷吉娜挽了罗杰的胳膊;他们走上一条小路,两旁街面不久前粉刷一新,装上了彩色玻璃招牌:绿色磨坊、蓝猴、黑猫;有几个老妇人坐在门槛上,在走近时向他们招呼。然后,他们又穿过几条布尔乔亚居住的马路,沿街的护窗板中间镂了一颗心。天已亮了,但是整个城市还在睡。旅馆也睡着。罗杰伸伸懒腰,打了个呵欠:"我困极了。"

雷吉娜走到窗前,窗外是旅馆的小花园;她拉开一扇百叶窗。

"那个人!"她说,"他已起床了。他为什么起得那么早?"

那个人在那里,躺在一张折叠椅上,像苦行僧似的纹风不动。每天早晨他在那里。不看书,不睡觉,不向谁说话,张大了两只眼睛呆望着天空,从黎明到深夜,躺在草地中央,不移动一步。

"你不过来睡吗?"罗杰说。

她拉开第二扇百叶窗,关上了窗子。罗杰向她笑笑。她钻进被窝,头枕在鼓鼓的枕头上,罗杰把她搂在怀里;在这个世界上,除了他和她以外再也没有其他人。而在另一张床上,弗洛朗斯和萨尼埃……她朝门口走去。

"不。我去室外走走。"

她穿过楼道,走下静悄悄的楼梯,铜暖炉沿着梯阶闪闪发亮。她怕睡觉;当她睡觉时,总有一些人醒着,对他们就没法控制。她推开花园门:一块芳草地,周围是砾石路,四道隔墙上攀附着细小的常春藤。她在一张长椅上躺下。那个人没有眨一眨眼睛,好像什么都没有看见,什么都没有听到。"我羡慕他。他不知道地球是这么大,人生是这么短促。他不知道还有其他人的存在。他有头上这一小块青天便满足了。而我要求一件东西专属于我,仿佛我在世界上除此没有别的爱;但是我又件件都想要;而我的双手却是空的。我羡慕他。什么叫做厌倦,他肯定不知道。"

她抬起头,仰望天空,竭力想:"我在这里,头上有这块青天,不要别的也可以。"但这是自欺欺人。她没法不想到弗洛朗斯正躺在萨尼埃怀里,并不在想她。她朝草地看一眼。这种痛苦由来已久。她躺在一块类似的草地上,脸贴着泥土,几个昆虫在草影下匆匆爬过,草地可以说是一片辽阔单调的森林,挺立着成千片小小的绿草,一般长短,一个模样,一片连着一片,遮住了世界。她曾经苦恼地想:"我不愿做一根草。"她转过脸。那个人也不在想她。他几乎分不清她跟草地上疏疏落落的树木和椅子有什么两样;她只是一角布景。雷吉娜被他惹恼了,突然想去搅乱他的安宁,让他看到她的存在。开声口就行了,这总是容易办到的:他们一个问一个答,神秘便消失了,两人都变得透明空洞,别人就会漠不关心地把他们撂得远远的;这太容易了,她对这种游戏再也不感兴趣,因为事先已有赢的把握。可是这个不声不响的人使她困惑不解。她观察他。他有一个高高的鹰钩鼻,长得还漂亮,身材显得轩昂健壮,年纪很轻,至少他的皮肤和脸色是青年人的皮肤和脸色。他好像感觉不到周围一点动静,面孔恬静像个死人,眼神茫茫。雷吉娜望着他时,油然产生一种恐惧的感觉。她一声不响站了起来。

他一定听到什么了,向雷吉娜望了一眼。至少他的目光落在了她的身上;雷吉娜露出一丝笑容。那个人的眼睛死盯住她,简直有点放肆,但是他没有看到她。雷吉娜不知道他看到了什么,有一会儿她想:"我到底存在吗?这不是我吗?"她看到过一次这样的目光,那时她的父亲躺在床上,喉咙里喘着粗气,握住她的手,她的手便没了。她呆立在原地不动,声音没了,面貌没了,生命没了:这是一种虚像。后来她恢复了知觉,往前走一步。那个人闭上眼睛。如果她不移动,雷吉娜觉得他们会永远这样面对面站着。

"真是个怪人!"安妮说,"他午饭也没回去吃。"

"是的,这是一个怪人,"雷吉娜说。

她递给萨尼埃一杯咖啡。透过回廊的玻璃可以看到花园、昏暗的天空、那个人,他黑头发,白衬衣,法兰绒裤子,躺在一张折叠椅上。他那视而不见的眼睛总是盯着同一块天空。雷吉娜忘不了这种目光;她想知道,用这种目光盯着看的时候,这个世界又会有什么样的面貌。

"这个人患神经衰弱症,"罗杰说。

"这说不通,"雷吉娜说。

"我猜这个人恋爱上受过刺激,"安妮说,"您不相信吗?我的王后。"

"可能,"雷吉娜说。

可能这双眼睛叫一个形象占据了,从此一叶障目不见其他。这个女人长得怎么样?她怎么会有这样的机会?雷吉娜用手抹一抹前额。天气闷热。她的太阳穴感到空气的压力。

"再来点咖啡?"

"不,"萨尼埃说,"我答应弗洛朗斯三点钟去找她。"

他站起身,雷吉娜想:"这时不说,再也没有机会了。"

"您试着劝劝弗洛朗斯,"雷吉娜说,"这个角色不适合她演。她不但得不到好处,反会害了自己。"

"我试试。但是她这人固执。"

雷吉娜咳了一声,喉咙里塞了一个球。这时不说,再也没有机会了。眼睛不必望着罗杰,也不必去想今后的事,什么都不想,要一头扎进去。她把咖啡杯放在小碟上。

"还得帮她摆脱莫斯珂的影响。他总是给她出些傻主意。如果长期跟着他混,会毁了自己前途。"

"莫斯珂?"萨尼埃说。

他的上唇一张,露出了牙齿,这是他笑的样子,但是他已满脸通红,额上青筋突了出来。

"怎么?您不知道?"雷吉娜说。

"不知道,"萨尼埃说。

"大家都知道,"雷吉娜说,"他们俩在一起已经两年了。"她又加上一句,"他以前给弗洛朗斯卖过力气。"

萨尼埃拉了拉上衣的边襟。

"我以前不知道,"他神不守舍地说。

他向雷吉娜伸出手:

"再见。"

他的手是热的。他跨着平稳僵直的步子朝门口走去,像是憋了一肚子的火。座上鸦雀无声。事情做了,无法挽回了。雷吉娜知道,她永远忘不了杯子碰在小碟上的叮当声,黄色瓷杯内浓咖啡的圆圈儿。

"雷吉娜!你怎么可以这样做?"罗杰说。

他的声音发颤,目光中熟悉的温情和喜悦不见了。这是一个陌生人,一位法官,而雷吉娜是孤零零地在世界上。她脸红了,她恨自己会脸红。

"你知道我不是一个心地善良的人,"她慢悠悠地说。

"但是你做的事卑鄙。"

"是人家把这说得卑鄙罢了。"

"你为什么恨上弗洛朗斯?你们两人发生什么啦?"

"什么都没有发生。"

罗杰带着痛苦的神情打量她:

"我不懂,"他说。

"没有什么要懂的。"

"至少向我解释一下,"他说,"不要让我认为你这样做纯然是恶

11

意中伤。"

"随你怎样想，"她粗鲁地说。

安妮沮丧地望着她，她抓起安妮的手腕说：

"你可不许对我评头品足。"

她跨出门口。天空乌云密布，压住全城，没有一丝风。雷吉娜眼泪夺眶而出。好似中伤还有不是恶意的！好似中伤人家是为了好玩！他们永远不会理解，甚至罗杰也不能理解。他们这些人冷漠无情，主见不定，胸中没有这么炽烈的灼伤。我同他们不是一类人。她走得更快了；她沿着一条狭窄、淌水的小路走；两个男孩在厕所外一边笑一边追，一个鬈发的女孩对着一堵墙玩球。没有人注意雷吉娜，她是一个过路人。"他们怎么能听之任之呢？"她想，"我做不到。"一股热血涌上她的脸。现在，弗洛朗斯知道了，今晚剧院里谁都会知道了。在他们的眼睛深处，她照见了自己的形象：嫉妒、阴险、气量狭小。我让他们抓住了把柄，他们巴不得恨我。甚至从罗杰身上她也得不到援助。他两眼失望地盯着她：阴险、嫉妒、气量狭小。

她坐在街沟旁的石头护墙上。在一间破陋的小屋里，有一把小提琴发出嘎嘎的声音。她多么愿意睡着，隔很长时间，在离此很远的地方醒来。她好一会儿坐着不动，突然，觉得额上有水往下淌，河面上起了涟漪，天下雨了。她又走了起来。她不愿意红着两只眼睛走进一家咖啡馆，不愿意回到旅馆去。

路的尽头是一片广场，矗立着一座冷冰冰的哥特式教堂。童年时代，她爱进教堂，此刻她留恋童年。她走进去，在祭台前跪下，把头埋在手里。"我的上帝，您看到了我的心底……"从前，她逢上忧伤的日子经常是这样祈祷的；上帝洞察她的内心，总说她是对的。那时，她梦想成为一个圣女，用鞭子抽打自己，整夜睡在地板上。但是上帝的宠儿太多了，圣女太多了。上帝爱所有的人，她没法满足于这种一视同仁的恩典,就放弃了对上帝的信仰。"我不需要他,"她抬起头想,"如果我忠于自己,受到责备、逐出教门、遭受磨难算得了什么呢?我将忠于自己,不背弃自己。我要叫他们不得不热烈崇拜我,让我的一举一动在他们看来都是神圣的。总有一天,我会感觉头上长出了光轮。"

她走出教堂,叫了一辆出租汽车。雨还是下个不停,她精神一爽,心里感到莫大的平静。她克服了羞耻心理,在想:"我独来独往,我是个强者,我愿意做的事我做了。我证明他们的爱情只是一场骗局,我向弗洛朗斯证明我是存在的。由他们恨我吧,由他们轻视我吧,反正我赢了。"

她穿过旅馆大厅,天色差不多黑了。她踩在草垫上,擦干脚上的湿鞋,往窗外瞧了一眼。斜雨打在百叶窗上,打在石径上;那个人依然在折叠椅上躺着,没有移动过一步。雷吉娜朝女招待转过身去,她正托了一叠盘子往餐厅送。

"布朗旭,您看见了吗?"

"什么?"女招待说。

"您的一位客人在雨里睡着了。他会得肺炎的,该把他叫回房去。"

"啊!好,您去跟他讲话试试,"布朗旭说,"他敢情是个聋子。我把他摇醒过,是为了那张椅子,雨淋着了会坏的。他连瞧都没瞧我一眼。"

她摇摇一头红发说:

"这是个怪物……"

她还想往下说,但是雷吉娜无心再听了。她推开花园门,走到那个人跟前,轻轻说:

"您应该回房里去。您没感到天在下雨吗?"

他转过脸瞧她一眼,这次雷吉娜知道他是看见她了。

她重复说了一遍:

"回房里去吧。"

他望望天,又望望雷吉娜,眼皮眨了一眨,仿佛地上残留的亮光迷糊了他的眼睛。他像是在受苦。雷吉娜说:

"回去吧。您会招病的!"

他依然不动。雷吉娜不再说了,他仍听着,好像这些话是从很远的地方传过来,需要他全神贯注才能听清楚似的。他的嘴唇嚅动了,说:

"唔!不会的。"

雷吉娜身子翻向右边,睡意全跑了,但是下不了决心起床,还只十一点钟,她不知道如何消磨横在她与黑夜之间的这个漫长的白天。她透过窗子看到一块明亮清澈的天空:雨过天晴了。弗洛朗斯没有责怪她,这是个不喜欢惹是生非的女人,罗杰又开始微笑了。可以认为什么事都没有发生过。事实上,也从来不会发生什么事。她打了个寒颤:

"谁敲门?"

"是女招待,她来找盘子,"安妮说。

那个女人进来了,拿起小圆桌上的盘子,尖声尖气地说:

"今天早晨天晴了。"

"是啊,"雷吉娜说。

"您知道吗?五十二号那个疯疯癫癫的人过了深夜才离开花园,"那个女人说,"今天早晨又来了,还穿着那身湿透的衣服,换也没换。"

安妮走到窗前,往外边张望:

"他来这家旅馆住了多久?"

"一个月啦。太阳一出,他就下楼走进花园,直到深夜才离开。他上床连被子也不打开的。"

"他怎么吃饭?"安妮问,"有人把饭端到他房里去的吧?"

"从来没有过,"女招待说,"整整一个月他没有迈出旅馆一步,也没有人来找过他。看来他是不吃东西的。"

"可能是个苦行僧,"安妮说。

"他房里肯定有吃的,"雷吉娜说。

"我从来没见过,"女招待说。

"他藏了起来……"

"可能。"

女招待笑了一笑,朝门口走去。安妮伏在窗槛上好一会儿,然后回过身来:

"我想知道他房里有没有吃的。"

"不会没有的。"

"我真想知道,"安妮说。

她突然走出房间,雷吉娜打哈欠伸懒腰。她对乡气的家具、墙上的浅色护墙布厌恶地看了一眼。她憎恨这些毫无特色的旅馆房间,多少人来来往往,没留下一点痕迹;她也不会在这里留下痕迹的。到头来都是一样,我也不会总在这里。"这就是死亡,"她想,"至少在空气中留下一点痕迹,风吹过时发出咝咝的声音;但是不,没有一条皱纹,没有一道裂缝。另一个女人将躺在这张床上……"她推开被子。她的日子都是精打细算的,不应该虚度一分钟,而现在她困在这个偏僻的外省城市,百无聊赖,只是消磨时光——流逝得那么快的时光。"这些日子是不能算数的,"她想,"应该认为我没有度过。这样八乘二十四,我就可以省下一百九十二个小时,加到那些时间太短的日子里去……"

"雷吉娜,"安妮喊。

她站在门槛上,神色诡秘。

"怎么啦?"

"我说把钥匙忘在房间里了,向办公室要了一把万能钥匙,"安妮说,"跟我一起到苦行僧的房里去。看看他是不是有吃的。"

"你真好奇,"雷吉娜说。

"您不好奇吗?"安妮说。

雷吉娜走到窗前,俯视那个不动的人。她不在乎知道他吃不吃东西。她愿意窥探的是他目光中的这个秘密。

"来,"安妮说,"我们那次偷偷溜进罗塞小屋多么有趣,您不记得了吗?"

"我来了,"雷吉娜说。

"在五十二号,"安妮说。

她跟在安妮后面通过无人的走廊。

安妮把钥匙塞进锁眼,门开了。她们走进房间,里面是乡气的家具,墙上贴着浅色护墙布。百叶窗是关的,帘子没卷。

"你肯定这是他的房间吗?"雷吉娜说,"这不像是住人的房间。"

"五十二号,没错,"安妮说。

雷吉娜慢慢旋转身,看不到一点人留下的痕迹:没有一本书、一张纸、一个香烟头。安妮打开衣柜,里面空无一物。

"他把食品放到哪儿啦?"安妮说。

"可能在浴室里,"雷吉娜说。

这确是他的房间。洗脸盆上放着一把剃须刀,一把剃须刷,一支牙刷,一块肥皂;剃须刀跟一般的剃须刀没有两样,肥皂也是一块真正的肥皂;这是一些令人信服的物证。雷吉娜拉开壁柜,看到一层板上有干净的内衣,衣架上挂着一件法兰绒上衣。她手伸进一个衣袋。

"有意思,"她说。

她手抽回来,抓了满满一把金币。

"上帝!"安妮说。

在另一个衣袋里有一张纸条。这是下塞纳精神病院开的证明。那个人患了健忘症。他自称雷蒙·福斯卡。人们既不知道他的出生地,也不知道他的年龄,在精神病院住了一段时期后——没有明确说多久——在一个月前放他出院了。

"啊!"安妮语调有点失望,"还是罗杰说得对。这是一个疯子。"

"当然,这是一个疯子,"雷吉娜说。

她把证明放回原处:

"我想知道的是为什么把他关进去。"

"不管怎么样,"安妮说,"哪儿都找不到食品,他不吃东西的。"

她困惑不解地向四下张望,说:

"他可能真是个苦行僧。苦行僧也会疯的。"

雷吉娜在那个不动的人旁边一张柳条椅上坐下,叫一声:

"雷蒙·福斯卡!"

他身子一挺,朝雷吉娜看一眼,说:

"您怎么知道我的名字?"

"啊!我懂点儿法道,"雷吉娜说,"这没什么可叫您惊奇的,您自己不也挺有法道,可以不吃东西活着。"

"这个您也知道?"他说。

"我知道的事多着呢。"

他又仰身躺下。

"别管我,"他说,"您走开。你们没有权利跟踪我不放。"

"没有人跟踪您,"她说,"我住在这家旅馆,观察您几天了。我希望您把您的秘密告诉我。"

"什么秘密？我没有秘密。"

"我希望您告诉我，您怎么会永远不感到厌倦。"

他没回答，早把眼睛闭上了。她又轻轻叫一声：

"雷蒙·福斯卡！您听到我说的吗？"

"听到了，"他说。

"我可厌倦极了，"她说。

"您多大岁数了？"福斯卡说。

"二十八岁。"

"您最多还可活五十年，"他说，"很快就会过去的。"

她手按在他的肩上，猛力摇晃说：

"怎么，您年轻力壮，却愿像死人似的活着！"

"我没别的事可做，"他说。

"去找，"她说，"咱们一起去找，您愿意吗？"

"不。"

"您没看我一眼就回答说不。您看看我啊。"

"不必看了，"他说，"我已经见过您一百次了。"

"远远的……"

"远的近的都见过！"

"什么时候？"

"随时可见，到处可见。"

"但是这不是我啊！"她说。

她俯身朝着他：

"您得对着我看。说，您曾经见过我吗？"

"可能没有，"他说。

"我知道没有。"

"看在上帝分上,您走开吧。您走开,否则一切又会重新开始的。"

"重新开始又怎么啦?"她说。

"你真的要把这个疯子带到巴黎去?"罗杰说。

"是的,我要把他治好,"雷吉娜说。

她把黑丝绒长裙小心翼翼地放进箱子。

"为什么?"

"有趣,"她说,"你想象不出他这四天来病情有多大好转。现在我跟他说话,即使他没有回答,我知道我说的话他还是听在耳朵里的。他经常还回答话。"

"治好后呢?"

"那时我就会对他失去兴趣,"她高兴地说。

罗杰放下铅笔,看看雷吉娜,说:

"你叫我害怕。你是一个真正的恶魔。"

她凑在他身前,两臂搂着他的脖子:

"一个从来没有严重伤害过你的恶魔。"

"唔!你还没有最终表态呢,"他满腹狐疑地说。

"你知道你用不着怕我,"她说着,把脸贴在他的脸上。

雷吉娜喜欢罗杰的温情、审慎、热忱、聪明;罗杰的身心都是属于她的,雷吉娜爱他也确也仅仅亚于爱她自己。

"你工作顺利吗?"

"我相信我在森林这堂布景上想出了个好主意。"

"那我走了。我去看我的病人。"

她沿走廊走,敲五十二号房间。

"进来。"

她推开门,福斯卡从房间里面迎着她走来。

"我可以开灯吗?"她问。

"开吧"。

她按下开关。一眼看见床头小桌上,一个盛满烟头的烟灰缸和一包香烟。

"嗨,您抽烟的?"她说。

"我今天早晨买的,"他说。

他把烟递给雷吉娜。

"您应该感到满意。"

"我?为什么?"

"时光又开始流转了。"

她在椅子上坐下,点了一支烟,说:

"您知道我们明天上午动身。"

福斯卡一直站在窗前,仰望星空。

"总是这些星星,"他说。

"我们明天上午动身,"她又说了一遍,"您准备好了吗?"

他过来面对雷吉娜坐下。

"您为什么要照顾我?"

"我决心把您治好。"

"我没病。"

"您拒绝活下去。"

他带着又焦虑又冷淡的神情端详她。

"告诉我,您是不是在爱我?"

她笑了笑,模棱两可地说:

"这是我的事。"

"可是不应该这样,"他说。

"我不需要劝告。"

"因为这是一个特殊情况，"他说。

她昂然说：

"我知道。"

"您知道些什么呢？"他慢悠悠地说。

她迎着他的目光说：

"我知道您从疯人院出来，您得了健忘症。"

他笑了：

"唉！"

"怎么，唉？"

"如果我有幸得了健忘症……"

"有幸！"她说，"一个人不应该否认自己的过去。"

"如果我得了健忘症，我就会和别人没有什么两样。我可能会爱上您。"

"我请您免了吧，"她说，"您放心，我不爱您。"

"您很美，"他说，"您看我病情好转多快。现在我知道您很美。"

雷吉娜朝他俯下身，手放在他的手腕上：

"跟我一起去巴黎。"

他迟疑一下，悲哀地说：

"为什么不呢？不管怎么样，生命现在开始动了。"

"您真的感到遗憾吗？"

"唔，我不怪您。即使没有您，总有一天也会这样的。有一次，我屏住呼吸六十年。可是他们一接触我的肩膀……"

"六十年？"

他笑了：

"六十秒，您愿意也可这样说。这又怎么呢？有些时候，时光是停止的。"

他好一会儿瞧着自己的手：

"有些时候，人在生命的那一头，看清了东西。但是后来时光又流转了，心跳动了，您伸出手，迈开步子；心还是明白的，但是眼睛再也看不清了。"

"是的，"她说，"又发现自己正在房里梳头。"

"头总是要梳的，"他说，"每天要梳。"

他低下头，满脸的丧气。雷吉娜好一会儿望着他默不作声。

"告诉我，您在疯人院住了很久吧？"

"三十年。"

"三十年？那您多大岁数了？"

他没有回答。

二

"您的苦行僧怎么样啦?"拉福雷说。

雷吉娜笑着在杯子里灌满了波尔多酒。

"他一天上两次饭馆,穿现成的套装,像办公室职员一样叫人讨厌。我已经把他治得好好的了。"

罗杰朝杜拉克弯下身说:

"在鲁昂,我们遇见了一个神经错乱的可怜虫,把他当作了苦行僧。雷吉娜试图让他恢复理智。"

"您成功了吗?"杜拉克说。

"她做什么成功什么,"罗杰说,"这个女人可怕。"

雷吉娜笑了一笑,说:

"失陪一会儿。我去瞧瞧晚餐准备得怎么样啦。"

她穿过客厅,感到脑后杜拉克的目光盯着。他像行家似的鉴赏她浑圆的小腿、苗条的腰肢、轻快的步伐:他是一个相马师傅。她打开厨房门。

"都好了吗?"

"都好了,"安妮说,"但是我什么时候做苏法莱①?"

"拉福雷太太一到,你就把它放进烤箱。她肯定不会太晚的。"

她用手指蘸一蘸橘汁烤鸭的沙司,她从来没有做得这么成功过。

"今晚我打扮得漂亮吗?"

安妮带着评议的眼光对她仔细看了一遍:

"我还是喜欢您梳辫子。"

"我知道,"雷吉娜说,"但是罗杰关照我,把我标新立异的地方改一改。他们只喜欢平凡的美。"

"可惜,"安妮说。

"不要怕。等我拍上两三部电影,我就要迫使他们接受我的本来面目。"

"杜拉克看来动心了吗?"

"他们可不是容易动心的人。"

她嘀咕说:

"我恨这些相马师傅。"

"千万不可以光火,"安妮不安地说,"别喝得太多,别失去耐心。"

"我将像天使似的有耐心。杜拉克每讲个笑话,我都笑一次。就是跟他睡觉我也干。"

安妮笑了起来:

"他不会要价那么高吧!"

"那也不算什么。不论是整的还是零的,我会一件件报复的。"

她朝洗碗池上的镜子瞟了一眼,说:

"我没有时间等待了。"

门铃响了,安妮朝门冲去,雷吉娜继续凝视自己的脸。她厌恶这种发型以及这种明星式的化妆;她厌恶自己唇上露出的笑容,自己声音中应酬敷衍的声调。"堕落,"她想到便生气,接着她又想,"以后我要报复。"

---

① Soufflé,一种用打稠的蛋白做成的点心,类似蛋奶酥。

"不是拉福雷太太,"安妮说。

"那是谁?"雷吉娜说。

"那个苦行僧,"安妮说。

"福斯卡?他来干吗?你没有把他放进来吧?"

"没有。他等在小客厅。"

雷吉娜把厨房门在身后关上。

"亲爱的福斯卡,我非常抱歉,"她冷冷地说,"但是我现在绝对不能见您。我要求过您不要上我的家来。"

"我想知道您是不是病了。我已经三天没见您了。"

她恼火地看了他一眼。他手里拿了顶帽子,穿件轧别丁大衣,像乔装打扮的样子。

"您可以打电话给我,"她说话口气生硬。

"我是要知道,"他说。

"好吧,现在您知道了。请原谅我,今晚我请客人,这非常重要。我一有时间会上您家去的。"

他笑着说:

"请客人,这不重要。"

"这关系到我的前程,"她说,"我在电影界有个一举成名的机会。"

"电影,这也不重要。"

"难道您要跟我说的话,反比什么都重要?"她发火了。

"啊,这是您自己愿意,"他说,"以前,在我看来,没有什么是重要的。"

门铃又响了。

"到这里来,"雷吉娜说。

她把他往厨房里推。

"安妮,说我就来了。"

福斯卡笑道:

"味道好香!"

他在高脚盘里取了一只浅褐色小蛋糕,往嘴里放。

"您有什么要对我说的,您就说,但是快一点,"她说。

他温柔地望了她一眼,说:

"您把我带到了巴黎。您缠着我,要我重新生活。那么,现在,应该让我过一种可以忍受的生活。不应该三天也不来看我一次。"

"三天,又不长,"她说。

"对我来说是长的,您想,我没有其他事可做,除了等您。"

"这是您不对,"她说,"我有做不完的事要做……我不能从早到晚光是照顾您啊。"

"这是您自己愿意的,"他说,"您那时愿意我看到您。其他一切可以置之不顾。您是存在的了,而我心中是一片空白。"

"要不要我把苏法莱放上去啦?"安妮说。

"我们马上开饭,"雷吉娜说,"听着,这些我们以后再谈。我不久来看您。"

"明天,"他说。

"好吧,明天。"

"几点钟?"

"三点左右。"

她轻轻把他推到门口。

"我多么想现在见您,"他说,"我走了。"他又笑了一下,"但是您要来的呀!"

"我会来的,"她说。

她猛力把门在他身后关上。

"真做得出来！让他给我等着吧！以后他要再来,不要让他进门。"

"可怜的人,他是个疯子,"安妮说。

"表面看不出来了。"

"他的两只眼睛真怪。"

"我又不是慈善机构的修女,"雷吉娜说。

她进了客厅,笑盈盈地朝拉福雷太太走去：

"原谅我。我是给苦行僧缠住了。"

"应该把他也请来,"杜拉克说。

引起哄堂大笑。

"再来点干葡萄酒?"安妮说。

"行。"

雷吉娜呷了一口,在壁炉前蜷作一团,她身上发热,精神亢奋。收音机轻柔地播送一首爵士曲子,安妮点了一盏小灯,在摸扑克牌算命。雷吉娜一事不做,凝望着火焰,凝望着客厅墙上跳跃不定的幢幢黑影,她感到幸福。排演进行顺利,拉福雷生性不爱恭维,也向她热烈祝贺。《罗莎琳德》会取得成功的,演了《罗莎琳德》后,前途大有希望。"我在接近目标,"她想。她笑了。有多少次,她躺在罗塞小屋的火炉前,发誓说：我会被大家喜爱,我会出名；她多么愿意携着这个热情的女孩走进房间,对她说："我实现了你的诺言。现在你已是这样的人了。"

"有人打铃,"安妮说。

"去看看是谁。"

安妮朝厨房跑去。爬到凳上可以从一块小玻璃看到楼道。

"是那个苦行僧。"

"我料到是他。别开，"雷吉娜说。

铃第二次又响了。

"他会打上一夜，"安妮说。

"他总会累的。"

静默了一阵子，然后是一连串急促拖长的铃声，然后又是静默。

"你看，他走了，"雷吉娜说。

她把晨衣下摆往腿上一搁，又在地毯上蜷作一团。但是仅仅这声铃响，足以使这个美好的时刻失去光泽。现在在门的那边，存在着世界的其余部分，雷吉娜不再是独自同自己做伴。她看了一眼羊皮纸灯罩、日本面具，以及所有这些经她逐个选择、使她回忆起宝贵时刻的小摆设；它们都毫无声息，分分秒秒的时间像花朵似的先后凋谢了；这一分钟也像其他分钟一样会凋谢的。那个热情的女孩子死了，那个贪婪的少妇就要死的，她那么殷切期望去当的那位大演员同样也会死的。人们可能把她的名字记上一段时间。但是，她的生命留在嘴唇上这股奇异的味道，煎熬她内心的这种情欲，这几团红艳的火焰以及火焰中黑影幢幢的秘密，就无人会记得了。

"您听，"安妮说。

她抬起头，满脸惊恐。

"您房里有声音，"她说。

雷吉娜瞧着门，门把在转动。

"不要怕，"福斯卡说，"我请你们原谅，但是你们好像没有听到我的铃声。"

"啊！这是个鬼，"安妮说。

"不，"福斯卡说，"我只是爬窗子进来的。"

雷吉娜站起身说：

"我后悔没把窗子关上。"

"那我也会把玻璃打碎的,"福斯卡说。

他笑了。她也笑了。

"您不害怕,"她说。

"不。我从来不害怕,"他说,"可是我也不配害怕。"

她指了指那张靠椅,倒了两杯酒。

"坐吧。"

他坐下。他冒着跌断脖子的危险爬上了三层楼,撞见她头发散乱,两腮发亮,穿着一身浅紫色绒衣。这下他显然占了上风。

"你去睡吧,安妮,"她说。

安妮弯下身,在雷吉娜脸上吻了一下。

"您需要我,叫一声好了,"她说。

"当然。不要做噩梦,"雷吉娜说。

门又关上了。她眼睛盯着福斯卡说:

"怎么啦?"

"您看到的,"他说,"您要躲开我不是那么容易。您不来看我,我来看您。您闭门不见,我就从窗子进来。"

"您会逼得我把窗子也堵死,"她冷冷地说。

"我就在门口等您,在路上盯梢……"

"您又占了什么便宜呢?"

"我可以看到您,"他说,"我可以听到您。"

他站起来,走近她的椅子。

"我可以把您捏在手心里,"他说着抓住她的肩膀。

"您没必要抓得我那么紧,"她说,"想到自己叫人厌恶,您不在乎吗?"

"这又拿我怎么样?"

他盯着她看,不胜怜悯。

"您不久要死的,您所有的想法也会随之一起消失的。"

她站起身,后退一步。

"此刻我活着。"

"是的,"他说,"我看到您。"

"您没有看到您叫我讨厌吗?"

"我看到了。怒气使您的眼睛非常美。"

"这样说来,我种种感想对您都是无所谓的?"

"首先会忘记这些感想的是您,"他说。

"啊!"她不耐烦地说,"您把我的死说个没完!但是即使您在这一分钟把我杀死,还是不能改变事情的一丝一毫:现在您在这里叫我讨厌。"

他笑了起来,说:

"我不想杀死您。"

"但愿如此。"

她又坐了下来,但并不十分安心。

"您为什么把我扔了?"他说,"您为什么不关心我,而去关心那些小飞虫?"

"哪些小飞虫?"

"这些朝生暮死的小人物。您还和他们一起笑呢。"

"我能和您一起笑吗?"她气愤地说,"您只会傻看着我,一句话也不说。您不想活下去。而我,我爱生活,您懂吗?"

"多可惜!"他说。

"可惜什么?"

"这很快会过去的。"

"还有完没完?"

"不会完,永远不会完。"

"您不能说些别的吗?"

"但是您怎么可能想到别的呢?"他说,"您到这个世界才不久,过不了几年又要离开的,怎么居然以为在这里找到了归宿?"

"至少,在我死的时候,我是活过了,"她说,"而您,您是个死人。"

他低下头,望着自己的双手:

"贝娅特丽丝也说过这样的话。一个死人。"

他抬起头。

"说到头来,您是对的。既然您会死的,何必再去想死这件事呢?这太简单了,这没有您也会来的。您不用为死操心。"

"您呢?"

"我?"他说。

他看她一眼。他的目光是那么绝望,使她害怕他将说出来的话。但是他仅仅说了一句:

"这不一样。"

"为什么?"她说。

"我不能向您解释。"

"您愿意的话是能解释的。"

"我不愿意。"

"我爱听。"

"不,"他说,"说了以后您我之间的一切都会改变的。"

"正是为了这个我才要您说。可能在我看来您就不那么讨厌了。"

他望着火焰,高高的鹰钩鼻上两只眼睛炯炯有光,后来他的目光又暗淡了。

"不。"

她站了起来。

"好吧!要是您没什么有趣的事告诉我,您就请回吧。"

他也站了起来。

"您什么时候来看我?"

"当您决定把秘密告诉我的时候,"她说。

福斯卡的脸变得严峻了,说:

"好吧。您明天来。"

她直挺挺躺在铁床上,那张粗俗、油漆剥落的铁床。她看到一块黄色帐顶和仿大理石的床头柜,还看到灰尘扑扑的石板地。但是,再也没有东西可以触及她的心灵,无论是这股氨水的气味还是墙外小孩的哭声都触及不了。所有这一切的存在她都漠不关心,它不在近处,也不在远处,而在他处。黑夜中当当响了九下。她一动不动。不再有钟点,有日期,不再有时间和地点。在那边,羊羹已经结冻了;在那边,一座舞台上正在排演《罗莎琳德》,可是无人知道罗莎琳德躲在哪儿。在那边,一个人挺立在城墙上,向着火红的太阳举起纵横恣肆的双手。

"这一切您真的相信吗?"她说。

"事实如此,"他说。

他耸耸肩膀。

"从前,这并不显得那么不可思议。"

"有人应该还记得起您。"

"有些地方还提到这些事。但是,像在传诵一篇古老的传说。"

"您能从这扇窗子跳下去吗?"

他转脸盯着窗子看:

"我可能会受重伤,休养好长一段时期。我不是刀枪不入的。但是,我的身体到头来总会复原的。"

她身子一挺,目不转睛地瞧着他:

"您真的以为您永远不会死?"

"就是我愿意,我也死不了,"他说。

"啊!"她说,"要是我认为自己长生不老!"

"怎么啦?"

"世界便是我的了。"

"我也这样想过,"他说,"那是很久以前。"

"为什么您不再这样想了?"

"我仍旧在这里,永远在这里,这点您没法想象。"

他头埋在手里。雷吉娜眼睛盯住地面,心中反复地念:"我仍旧在这里,永远在这里。"世界上有一个人敢于这样想,有一个人骄傲孤僻,竟然认为自己可以与世长存。"我以前常说:我独来独往。我以前常说:我遇到的男男女女,没有一个可以与我相比。但是,我从来没敢说:我可以与世长存。"

"啊!"她说,"我愿意相信我在世界上永远不会腐朽。"

"这是一种天罚,"他说。

他望着雷吉娜:

"我活着,但是没有生命。我永远不会死,但是没有未来。我什么人都不是。我没有历史,也没有面貌。"

"有的,"她轻轻说,"我看到您。"

"您看到我,"他说。

他举手在额上抹了一下。

"能够什么都不是也就好了。但是,世界上总有其他人存在,他们看到你。他们要说话,你没法不听到他们,你就要回答他们,你要重新开始生活,同时又知道你并不存在。没完没了。"

"但是您是存在的,"她说。

"在这个时刻,我为您而存在。但是您存在吗?"

"当然存在,"她说,"您也一样存在。"

她抓住他的胳膊:

"您不觉得我的手在抓您的胳膊吗?"

福斯卡望着她的手:

"这只手,不错,但是它意味着什么呢?"

"这是我的手,"雷吉娜说。

"您的手。"

他犹豫片刻说:

"那您应该爱我。我也应该爱您。这样您在那里,而我又在您所在的地方。"

"可怜的福斯卡,"她说。

她又添了一句:

"我不爱您啊。"

他望了她一眼,慢慢地、全神贯注地说:

"您不爱我。"

他摇摇头又说:

"不,这不解决问题。您应该对我说:我爱您。"

"但是您不爱我,"她说。

"我不知道,"他说。

福斯卡向她凑过身去,突然说了一句:

"我知道您的嘴是存在的。"

他的嘴唇紧紧压住雷吉娜的嘴唇,雷吉娜闭上了眼睛。黑夜崩溃了,黑夜来了已经几个世纪,也永远不会结束。从那天荒地老的年代,一种灼热的、野性的欲念落在她的嘴上,她沉浸在这一吻中。一个疯子的吻,在一个弥漫氨水气味的房间里。

"放开我,"她站起来说,"我该走了。"

福斯卡没有表示挽留她。

她一跨进过道门,罗杰和安妮就从客厅出来。

"你从哪儿来?"罗杰说,"怎么不回来吃饭?怎么不参加排演?"

"我忘了时间,"雷吉娜说。

"忘了时间?跟谁?"

"我不见得老是把眼睛盯在钟面上,"她不耐烦地说,"好像所有的钟点都一样长短似的!好像把时间算得分秒不差有什么意思似的!"

"你怎么啦?"罗杰说,"你从哪儿来?"

"我做了一顿丰盛的晚餐,"安妮说,"有奶酪炸糕。"

"炸糕……"雷吉娜说。

她笑了。七点钟,炸糕,八点钟,莎士比亚。每件东西都有它的位置,每分钟都有它的顺序:不要虚度,它们瞬息即逝。她坐下来,慢慢悠悠地脱手套。那边,在一个灰尘扑扑的石板地房间里,有一个人自认为与世长存。

"你跟谁在一起?"罗杰又问了一句。

"跟福斯卡。"

"你为福斯卡耽误了排演?"罗杰的语调表示无法相信。

"排演有什么了不起,"她说。

"雷吉娜,跟我说实话,"罗杰说。

他盯着她眼睛看,直率地说:

"发生什么事啦?"

"我和福斯卡在一起,我忘了时间。"

"这么说来,你也疯了,"罗杰说。

"我可愿意呢,"她说。

她向四下扫视一眼。我的客厅。我的小摆设。他躺在黄颜色的床上,在那个我已不存在的地方,他相信自己看到过丢勒①的微笑,查理五世②的眼睛。他竟敢相信这些……

"这是一个异人,"她说。

"这是一个疯子,"罗杰说。

"不,比疯子还奇异。他刚才告诉我说他是个长生不老的人。"

她带着轻蔑的神气观察他们。他们发愣了。

"长生不老?"安妮说。

"他出生在十三世纪,"雷吉娜说,声音不偏不倚的,"一八四八年,他在一座森林里睡着了,在里面待了六十年,后来又在一家疯人院住了三十年。"

"别玩这种游戏了,"罗杰说。

"他为什么不可以长生不老?"雷吉娜挑衅地问,"在我看来,这个奇迹并不比生与死更了不起。"

"唔!你爱这样想当然可以,"罗杰说。

"即使他不是长生不老,他可相信自己是。"

"这是一种典型的自大狂,"罗杰说,"这不比一个人自以为是查理曼大帝③更有趣。"

"谁跟你说一个自以为是查理曼大帝的人不有趣?"雷吉娜说。

突然,她满脸怒容。

"你们以为自己就那么有趣吗?你们俩!"

"您不礼貌,"安妮说,声调有点恼火。

"你们就是要我像你们一样,"雷吉娜说,"我已经开始跟你们像

---

① Albrecht Dürer(1471—1528),德国画家。
② Charles Quint(1500—1558),神圣罗马帝国皇帝、西班牙国王。
③ Charlemagne(742—814),法兰克王国加洛林王朝的国王,对外扩张,战功显赫,建成欧洲庞大的帝国,后由罗马教皇加冕称帝,号为"罗马人皇帝"。

起来了!"

她站起身,朝自己的卧室走去,把门在身后砰地关上。"我像他们,"她愤怒地说。小人物。小生命。为什么我不留在他的床上?为什么我怕了?我竟是这么一个胆小鬼?他走在路上,戴顶毡帽,穿件轧别丁大衣,谦虚卑恭,然而他想:"我是长生不老的。"世界是属于他的,时间是属于他的,而我只是只小飞虫。她手指尖轻轻抚摸桌上的水仙花。"假使我也相信自己是永存的。水仙的芳香也是永存的,还有我嘴上火辣辣的感觉。我是永存的。"她拿了水仙花瓣在手中搓。这没用。死亡存在于她的体内,这点她知道,也已接受了。还可以美上十年,扮演菲德拉①和克娄巴特拉②,在这些生命有限的人的心中留下一个苍白、日后也会剥落成灰的回忆,这些小小的抱负那时竟会使她感到心满意足。她拆下束发的别针,满头鬓发垂落在肩上。"有朝一日我要老的,有朝一日我要死的,有朝一日我会被人忘掉。当我想到这一切,有一个人却在想:'我永远在这里。'"

"这是一个辉煌的胜利,"杜拉克说。

"我喜欢您演的罗莎琳德,女扮男装,骨子里那么妩媚优雅,叫人高深莫测,"费雷诺说。

"别提罗莎琳德了,"雷吉娜说,"她死了。"

幕闭了。罗莎琳德死了,她每晚要死一遍,她再也不能复活的那一天总会来的。雷吉娜端起她的那杯香槟酒,一饮而尽。她的手发颤。她从离开场子以来,一直颤抖不止。

"我要玩玩,"她的声调哀怨。

---

① Phèdre,法国古典戏剧家拉辛作品《菲德拉》中的主角。
② Cleopatra,古代埃及女王,莎士比亚、萧伯纳均有剧本写她。俗称埃及艳后。

"咱们俩跳个舞,"安妮说。

"不,我找西尔维跳。"

西尔维向围着一张张桌子坐的体面客人扫了一眼:

"您不怕咱们惹眼吗?"

"台上演戏不惹眼?"雷吉娜说。

她搂住西尔维。她两条腿站不稳,但是,即使走不了路,跳舞还是行的。乐队在演奏一首伦巴舞曲,她照黑人的姿势跳起来,摹仿一些猥亵的动作。西尔维显得非常尴尬,面对着雷吉娜在原地踏步,身子不知如何扭动才好,她面含笑容,彬彬有礼,毫不带恶意。他们脸上都含着同样的笑容。今晚,雷吉娜爱做什么就可以做什么,大家总是会喝彩的。她突然不跳了。

"您就是不会跳舞,"她说,"您太忸怩了。"

她仰身倒在自己这张椅子上。

"给我一支雪茄,"她对罗杰说。

"你抽了要恶心,"罗杰说。

"那才好呢!我就吐出来。这让我解闷儿。"

罗杰递给她一支雪茄,她认真点燃了,吸了一口,满嘴是辛辣的味道:至少这个东西近在眼前,浓酽酽的,唾手可得。其他一切都显得那么遥远:这些音乐、声音、笑容、陌生的脸孔和熟悉的脸孔,这些飘飘忽忽的形象,在夜总会四壁的镜子里无穷尽地照来照去。

"您一定累了,"梅莱说。

"我主要还是渴了。"

她又喝了一杯。喝吧,永远喝吧。尽管如此,她心里还是发冷。刚才,她热血沸腾,因为他们都站了起来鼓掌,大喊大叫。现在,他们在睡觉,或是在闲聊,而她全身冰凉。他也睡了吗?他没有鼓掌,他坐着,他望着。他从永恒的深处望着我,罗莎琳德变成千古不朽的人物。"要是我相信他的话,"她想,"我能相信他的话吗?"她打了个嗝儿,嘴里黏糊糊的。

"怎么不唱个歌儿?"她说,"人一快活就爱唱歌。你们挺快活,不是吗?"

"我们都为您的辉煌胜利而高兴,"萨尼埃说,神情既亲昵又正经。

"那么唱吧。"

萨尼埃一笑,压着声音哼起了一首美国歌。

"响一点,"她说。

他没有提高声音。雷吉娜用手捂住他的嘴,气冲冲地说:

"闭嘴。听我唱。"

"不要在人前丢丑了,"罗杰说。

"唱歌怎么能说是丢丑。"

她大声唱了起来:

卡马雷的姑娘都自称是闺女,

她的声音不听使唤,咳了一声,重新唱:

卡马雷的姑娘都自称是闺女,
但是上了床……

她打个嗝儿,感到脸上一阵煞白。

"对不起,"她应酬着说,"我去吐一吐。"

她往大厅里头走去,步子有点踉跄。他们都瞧着她,那些朋友、陌生人、侍者、领班,但是她穿过他们的目光,像鬼魂穿过墙壁那样容易。在陶瓷盆上的镜子里,她瞥见自己的脸,没有一丝血色,鼻孔绷紧的,腮帮上有几块粉斑。

"罗莎琳德到头来是这副模样。"

她伏在抽水马桶上吐了。

"现在呢?"她在思量。

她放水冲了,擦干净嘴,坐在马桶沿上。地是瓷砖铺的,墙是空的,可以说就像间手术室,或是修士、疯子住的小室。她不愿意回到他们身边,他们对她已毫无作用,给她解一个晚上的闷儿也不行。她宁可留在此地,整夜,一辈子幽居在这个白色、这个孤寂的天地,幽居在这里,埋葬在这里,谁都记不起。她站起身。她无时无刻不在想他,想那个不曾鼓掌、却用没有岁月的目光吞噬她的人。"这是我的机会,我唯一的机会。"

她到衣帽间取了大衣,经过时向他们嚷了一声:

"我去散散心。"

她走出门外,向一辆出租汽车做个手势。

"圣安德烈路,哈瓦那旅馆。"

她闭上眼睛,过了好一会儿,内心终于平静下来,后来,她意气消沉地想:"这是胡闹,我不信。"她犹豫了。她可以敲敲玻璃,叫司机开到"一千零一夜"去。以后又干吗呢?信还是不信?这些话有什么意义?她需要的是他。

她越过坑坑洼洼的院子,登上楼梯,敲门。没人应声。她在一块冰冷的台阶上坐下。这个时刻他还会去哪儿呢?占据他心中的是什么样的幻影,竟会永远不灭?她把头埋在手里。"信任他。相信我创造的这个罗莎琳德是不朽的,在他的心中会成为不朽的。"

"雷吉娜!"福斯卡说。

"我在等您,"她说,"我等了您好久啦。"

她站起身。

"把我带走。"

"哪儿去?"

"哪儿都行。今夜我要和您一起过。"

他打开自己的房门。

"进来吧。"

她进去了。是的。为什么不在这里,在这四堵斑驳龟裂的墙壁之间? 在他的目光下,她超越了空间,超越了时间,身边的景物也失去了意义。

"您从哪儿来?"雷吉娜说。

"我在黑夜里走走,"他说。

他碰了碰雷吉娜的肩膀。

"您是在等我!您在这里。"

她淡淡一笑说:

"您没有给我鼓掌。"

"我多么想哭,"他说,"可能下一次我会哭的。"

"福斯卡,回答我。今夜您不应该跟我撒谎。一切都是真的吗?"

"我没有跟您撒谎,"他说。

"这不是梦,您可以肯定吗?"

"难道我像个疯子?"

他双手搁在雷吉娜的肩上。

"要敢于相信我。要敢。"

"您不能给我提供一个证明吗?"

"我能。"

他走到陶瓷盆旁边,朝她走回来时,手里拿了一把剃须刀。

"不要怕,"他说。

在她还没来得及做出表示,福斯卡的咽喉喷出一股热血。

"福斯卡!"她一声惊呼。

他踉跄了一下,跌倒在床上,双目紧闭,像死人一样苍白,血从咽喉的窟窿往外冒,黏糊糊的沾在衬衣上、床单上。血滴在石板地上,他身上的血都从这个豁裂的大伤口流出来。雷吉娜抓了一条毛巾,在水里浸湿,敷在他的伤口上。她全身哆嗦,张皇失措地盯着这张没有皱纹、没有青春的脸孔,这张脸可能是一具死尸的脸:唇边唾沫在冒小泡,可以说连呼吸也没有了。她叫道:

"福斯卡! 福斯卡!"

他微微睁开眼睛,深深吸了一口气:

"不要怕。"

他轻轻推开她的手,移去血污斑斑的毛巾。血已经止了,伤口的两边也已愈合。酱红色衬衣上面的颈部还留有一条鲜红的大伤疤。

"这不可能,"她说。

她把脸捂在手里,哭了起来。

"雷吉娜!"他说,"雷吉娜! 您这下信了吗?"

他已站了起来,把雷吉娜抱在怀里,雷吉娜感到湿腻腻的衬衣贴在喉咙上。

"我信了。"

她好久没动,紧贴着身边这个神秘的躯体,这个活生生、时间在上面留不下痕迹的躯体。后来她抬起眼睛瞧他,怀着恐惧,也抱着希望,说:

"救救我,救救我,别让我死。"

"啊!"他激动地说,"应该是您来救救我!"

他把雷吉娜的脸捧在手里,那么死死地盯着她看,仿佛要把她的灵魂勾出来似的。他说:

"救救我,别由着我看不到光明,别由着我冷漠无情。使我爱您,使您自己在所有女人中存在。那样,世界会恢复本来面目,会有眼泪,会有微笑,会有等待和担忧。我会成为一个活人。"

"您是一个活人,"她说着把嘴凑给他。

福斯卡的手放在油光光的桌面上,雷吉娜望着那只手。"这只抚摸过我的手到底有多少年代了?可能在这一刻,肉身突然变成一堆腐物,露出嶙峋白骨……"她抬起头,"是不是罗杰说对了?是不是我变疯了?"正午的阳光照着静悄悄的酒吧间,里面几个毫不神秘的人靠在皮椅上喝开胃酒。这是巴黎,这是二十世纪。雷吉娜又对那只手盯了一眼。手指结实灵巧,指甲太长了一点。"他的指甲在长,他的头发也在长。"雷吉娜的眼睛又转向他的脖子,光滑的脖子,没有一丝伤痕。"应该有个解释,"她想,"可能这真是个苦行僧,会使魔法……"她举起一杯矿泉水放到嘴前。她神思恍惚,口齿不清,"我要淋个冷水浴,睡个午觉。然后我会看清楚的。"

"我要回去了,"她说。

"啊!"他说,"当然。"

他恨恨地加上一句:

"白天过后是黑夜,黑夜过后是白天,永远不会有例外。"

一阵静默。她拿起手提包,福斯卡一句话不说。她拿起手套,福斯卡还是一句话不说。她忍不住问了一声:

"我们什么时候再见面?"

"我们再见面吗?"他说。

他心不在焉地望着一个少妇的淡黄色头发。雷吉娜突然想:"他这个人说不见就不见的。"她仿佛昏沉沉地坠落在浓雾弥漫的百丈深渊,一旦接触地面,又会变成一棵草,永远受严冬的摧残。

"您不会抛弃我吧?"她忧心忡忡地说。

"我？但是要离开的是您……"

"我会回来的，"她说，"不要生气。我应该叫罗杰和安妮放心,他们一定着急了。"

她的手按在福斯卡的手上：

"我愿意留下。"

"留下吧，"他说。

雷吉娜把手套往桌上一扔，放下手提包。她需要感到这样的目光停留在自己身上。"敢于相信我……要敢。"要她相信什么？他不像一个江湖骗子，也不像一个疯子。

"您为什么那样望着我？"他说，"是不是我叫您害怕？"

"不，"她说。

"我的神色跟别人不一样？"

她迟疑一下：

"现在没有。"

"雷吉娜！"他说，声音中有一种恳求的语调，"您认为您会爱我吗？"

"给我一点时间，"她说。

她默默地端详他。

"您的经历我一点儿不知道。您应该跟我谈谈。"

"这没意思，"他说。

"有意思的。"

她问道：

"您爱过许多女人吧？"

"有几个。"

"她们长得怎么样？"

"过去的事别提了，雷吉娜，"他暴躁地说，"如果我要重新成为一个普通人,我应该忘掉过去。在这里,今天,在您的身边开始我的生命。"

"是,"她说,"您说得对。"

淡黄色头发的少妇朝酒吧间门口走去,一个中年男子跟在她后面,他们去吃中饭。在一个不折不扣按自然规律行事的世界上,日复一日地进行着每天的生活。"我在这里干吗?"雷吉娜想。她再也找不到话跟福斯卡说。福斯卡下巴颏儿压在手腕上,神情固执地在思索。

"您应该找些事情让我做做,"他说。

"找些事情做做?"

"是的。所有正常的人都有事情做。"

"您对什么感兴趣?"她说。

"您没听明白,"他说,"您应该把您感兴趣、而我又能帮您的事说给我听听。"

"您不可能帮我,"她说,"您不可能代我扮演我的那些角色。"

"那倒也是。"

他又思索了一下。

"那么我去找个职业。"

"这倒是个主意,"雷吉娜说,"您会做什么?"

"有用的事不多,"他笑笑说。

"您有钱吗?"

"几乎花完了。"

"您从来没有工作过?"

"我做过油彩工人。"

"这没有多大出息,"雷吉娜说。

"唔!我不要有出息。"

他神情沮丧地说：

"我还是愿意为您做些事情。"

雷吉娜碰碰他的手：

"留在我身边,福斯卡,望着我,什么都不要忘记。"

他笑了：

"这个容易,我记忆力不错。"

他的脸又阴沉下来：

"我记得的东西太多了。"

雷吉娜神经质地握住他的手。他说话,她回应,一切都像真的："如果这是真的,他将会记住我,永远记住。如果这是真的,我得到了一个永生的人的爱情！"她向酒吧间扫了一眼。一个天天如此的世界,一些毫不神秘的人物。但是,她不是总认为自己与众不同？她不是总觉得在他们中间是个陌路人,生来就有异乎常人的命运？从她童年开始,头上就有了一个标志。她望着福斯卡："是他。他是我的命运。从那悠悠的岁月,他朝着我走来,将把我留在他的记忆中,传至千秋万代。"她心跳得非常剧烈。"如果一切都是假的呢？"她观察福斯卡的手、脖子、脸孔。她又愤愤地想："我跟他们一样吗？我还需要可靠的证明吗？"他说过："要敢！要敢！"她愿意敢。如果这是一个幻想、一种精神错乱,这种疯狂行为也比那些人的循规蹈矩更加显赫。她向福斯卡一笑,说：

"您该做什么您知道吗？"她说,"您该写您的回忆录。这会成为一本奇书。"

"书已经够多了,"他说。

"但是您这本别具一格。"

"本本书都别具一格。"

她向他弯下身：

"您从来没有写作的冲动吗?"

他笑了:

"在疯人院我写过。写了二十年。"

"给我瞧瞧。"

"撕了。"

"为什么?可能很精彩呢。"

他笑了起来:

"我写了二十年。有一天我发现写来写去一个样。"

"但是现在,您换了一个人,"她说,"应该着手写一部新的。"

"换了一个人?"

"成了一个爱我的人,一个生活在这个世纪的人。重写一部试试。"

他望了她一眼,容光焕发,激动地说:

"既然您盼着我写,我就写。"

福斯卡望着她,而她想:"他爱我。一个永生的人爱我。"她笑了,但是没有笑的欲望。她害怕。她的目光扫视四壁。她从身边这个世界里再也得不到任何援助,她走入了一个奇异的宇宙,将在那里孤零零地跟这个陌生男人待在一起。她想:"现在,会发生什么呢?"

"到时间了,"她说。

"什么时间?"

"赴约会的时间。"

透过化妆室的窗子,可以看到雪花绕着路灯飞舞。人行道上铺满积雪,给人一种悄无声息的感觉。罗莎琳德的长袍放在椅子上。

"让我们假定时间停止了,"福斯卡说。

"那边,时间在流转。"

他站起身。雷吉娜看到他魁梧的身材,没有一次不感到吃惊。这是另一个时代的人。

"您为什么一定要去?"他说。

"这有用。"

"对什么有用?"

"对我的事业有用。一个女演员应该结交许多人,到处露面,不然很快就会无声无息。"

她笑了,又说:

"我要做个名人。当我成名后,您不为我骄傲吗?"

他声音低沉地说:

"我喜欢您现在这个样。"

他把她往自己身上一拉,在她的嘴上亲了很久。

"今晚您真美!"

他望着她,在他的目光下雷吉娜感到身上发热。想到这对目光会从她身上移开,她生命中的一个重要时刻会沉落在冷漠和遗忘中,这念头叫她难以忍受。她犹豫一下。

"您高兴就陪我去,"她说。

"您知道我是高兴的,"他说。

弗洛朗斯的客厅宾朋满座。雷吉娜在门槛上停留片刻:每次她都感到心头有这种隐痛。这些女人哪一个不认为自己胜过别人,每个女人至少都有一个男人把她看得比其他女人重要。如何再有勇气断言说"唯有我的自我欣赏才是有道理的"。她转身向福斯卡说:

"这里有许多美人。"

"是的,"他说。

"啊,您也看到了?"她说。

"因为瞧您瞧多了,我学会怎样看了。"

"告诉我谁最美?"

"从哪个角度来说?"他说。

"这个问题提得怪。"

"进行比较要有个角度。"

"您没有吗?"

他犹豫了,然后满脸春风地笑道:

"我有的。我是一个爱您的人。"

"那又怎样?"

"那您最美了。谁还能比您自己更像您呢?"

她望了他一眼,半信半疑:

"您真的以为我最美吗?"

"只有您是存在的,"他兴奋地说。

雷吉娜朝弗洛朗斯走去。平时应邀到另一个女人家里去做客,进入另一个女人的生活,在她是不好受的。但是她感觉福斯卡带着他那笨拙胆怯的神情走在后面,在他这颗不朽的心中只有她一个人是存在的。她对弗洛朗斯笑一笑:

"我擅自带了一个朋友来。"

"欢迎欢迎。"

她环绕客厅跟大家握手。弗洛朗斯的朋友不喜欢她,雷吉娜咂摸到隐藏在他们微笑背后的恶意。但是今晚,他们的看法她不在乎。"他们不久要死的,他们的想法也会一起消失。这些小飞虫。"她觉得自己安然无恙。

"你今后老带这个人跟你到处转吗?"罗杰说。

他显得非常不满。

"他不愿意离开我,"她淡淡地说。

她从萨尼埃手里接过一杯水果。

"弗洛朗斯今晚真迷人。"

"是的,"他说。

他们还是和解了,萨尼埃看来比往日更加着迷。当他们贴着脸孔跳舞时,雷吉娜的眼睛盯着他们。他们的微笑充满了情意,但是这只是一种可怜的难以长久的爱情。

"我们应该认真谈谈,"罗杰说。

"随你什么时候。"

她轻飘飘的,自由自在;她的声音不再尖酸刻薄。她是一棵高大的橡树,枝干直冲云霄,地上的杂草在她身下摆动。

"我请您赏个脸,"萨尼埃说。

"请说吧。"

"同意给我们朗诵几首诗吗?"

"您知道她决不会同意的,"弗洛朗斯说。

雷吉娜的目光往客厅一扫。福斯卡背靠在一堵墙上,晃着两条胳臂,眼睛始终不离她。她站起身说:

"好吧,我给你们朗诵《奥姆美人的憾事》。"

她走到客厅中央,周围慢慢静了下来。

"福斯卡,"她喃喃地说,"仔细听着。我是为您才朗诵这首诗的。"

他低下头。他的眼睛贪婪地盯着雷吉娜,这双眼睛以前正视过那么多以美貌、以才情闻名的女人。对他来说,所有这些支离破碎的命运构成一段单独的历史,雷吉娜也进入了这段历史;她可以与她死去以及还没有出生的敌手争个高低。"我会胜过她们,我将在过去和未来中赢得这场角逐。"她的嘴唇翕动了,声音中每个抑扬顿挫将在千秋万代回荡。

"雷吉娜,我想咱们回去吧,"当她在众人鼓掌声中回来坐下时,罗杰说。

"我不累,"她说。

"我可累了。走吧,"他说。

他的又哀求又专横的声调叫雷吉娜听了恼火。

"好吧,"她冷冷地说,"咱们走。"

他们走在路上一声不出。她想到福斯卡,依然留在客厅中央,瞧着其他女人。她对福斯卡已经不存在了,她已经不存在永恒中了;她周围的世界像铃声一样飘忽。她想:"他应该在这里,永远永远。"

"原谅我,"罗杰走进公寓房间,说道,"我是有话要对你说。"

壁炉里火光熊熊。窗帘低垂,羊皮纸灯罩内照射出琥珀色灯光,落在黑人面具和小摆设上。所有这些物件似乎等着人们看上一眼,才完全变成真实的。

"说吧,"雷吉娜说。

"这什么时候算完?"罗杰说。

"什么?"

"疯子的事。"

"永远不会完,"她说。

"你说什么?"

她望他一眼,提醒自己:"这是罗杰,我们俩相爱,我不愿叫他难受。"但是这些想法好像已成为另一个世界的回忆。

"我需要他。"

罗杰在她身边坐下,用劝阻的口吻说:

"你在跟自己演戏。你明知道这是个病人。"

"你没有看过他脖子上的刀口,"雷吉娜说。

罗杰耸耸肩膀:

"即使他不会死,又怎么样呢?"

"一万年后还有人记得我。"

"他会把你忘了。"

"他说他的记忆万无一失,"雷吉娜说。

"那你将像蝴蝶标本似的,在他的记忆中成为个点缀。"

"我要他爱我,以前不曾、今后也不会这样爱别人。"

"相信我,"罗杰说,"宁可被一个会死的、但是只爱你一个人的人爱。"

他的声音发颤了。

"你是我心目中唯一的情人。为什么我的爱情不能叫你满足呢?"

她在罗杰的眼睛深处看到自己微小的身影,金色头发上戴了一顶皮统子高帽:"只是我在镜子里的映像罢了。"

"没有东西叫我满足,"她说。

"你总不见得爱上了这个人吧?"罗杰说。

他忐忑不安地望着雷吉娜。嘴角在哆嗦,说话也困难,他在受苦。一种黯然忧伤的隐痛在远方、在浓雾深处悸动。"他对我的爱会结束的,他的痛苦会结束的,他的生命——无数生命中的一个——也会结束的。"她知道从离开化妆室那一刻起,她已做出了自己的决定。

"我要和他一起生活,"她说。

三

雷吉娜在房间门槛上待了一会儿,扫了一眼红窗帘、天花板下的横梁、狭窄的床、深色木头家具、排列在书架上的书籍,然后关上门,走到客厅中间。

"我在想福斯卡是不是喜欢住这个房间,"她说。

安妮耸耸肩膀。

"他看人像看云彩似的,为这么个人花那么大精力不值得!他一眼也不会看的。"

"说得不错,要教他学会看,"雷吉娜说。

安妮用围裙下摆擦拭一只放在小圆桌上的盛波尔多酒的杯子。

"您给他买些白木家具,他的眼力就差了吗?"

"你不懂,"雷吉娜说。

"我懂得很,"安妮说,"等您把木工、漆工的钱付清后,您一个子儿也没了。以后可不是靠他口袋里三五个旧金币就可以叫他活下去的。"

"啊!别再提了,"雷吉娜说。

"您不会认为他有能力赚钱吧?"

"你要是怕饿死,可以自找工作,跟我分手,"雷吉娜说。

"您真坏!"安妮说。

雷吉娜耸耸肩没有回答。她算过,节俭一点,他们三人可以过日子。但是她也有点忧虑。日日夜夜,福斯卡将留在这里。

"把波尔多酒往醒酒瓶里装,那瓶陈的,"她说。

"只剩最后一瓶了,"安妮说。

"怎么样呢?"

"怎么样,您以后拿什么请杜拉克、拉福雷两位先生?"

"把波尔多酒往醒酒瓶里装,"雷吉娜不耐烦地说。

她身子一颤。在福斯卡按铃前,她已经听出楼梯口他的脚步声。她朝门口走去。福斯卡站在那里,戴了一顶软毡帽,穿了一件轧别丁大衣,手里拎了一只小旅行包,雷吉娜像每次遇见他的目光时那样想:"他看见的是谁?"

"进来吧,"她说。

她携着他的手,将他引到房间中央:

"住在这里您喜欢吗?"

"跟您一起我到哪儿都喜欢,"他说。

他心满意足,傻乎乎地笑了一笑。雷吉娜把他的旅行包从手里接过来。

"但是这里可不是'哪儿',"她说。

静默了一会,她又加上一句说:

"脱下您的大衣,坐吧,您不是在做客。"

他脱了大衣,但还是站着。他带着认真善意的态度向四周张望:

"这个房间是您布置的?"

"当然。"

"这些椅子、这些小摆设都是您选的?"

"一点不错。"

他慢慢旋转身子说:

"每件东西都向您说过话了,您搜集来了好叫它们叙述您的事迹。"

"这些橄榄、这些虾是我买的,"雷吉娜有点不耐烦地说,"这些土豆片是我亲手炸的,您过来尝尝。"

"您有时候会饿吧?"安妮说。

"不错。从我开始进食以后,我知道饿了。"

他笑了笑,又说:

"我在一定的时间饿,一天三次。"

他坐下,在椭圆形盘内取了一只橄榄。雷吉娜在玻璃杯内倒了少许波尔多酒。

"这不是那瓶陈的波尔多酒,"她说。

"不是的,"安妮说。

雷吉娜抓起杯子,往壁炉里倒;她向壁橱走去,取出一只沾满灰尘的瓶子。

"陈的波尔多酒和杂货店的波尔多酒,您能区别吗?"安妮说。

"我区别不出来,"福斯卡带着歉意说。

"可不是么!"安妮说。

雷吉娜慢慢侧转酒瓶,斟满福斯卡的酒杯,说:

"喝吧。"

她轻蔑地瞧着安妮:

"你小气!我恨小气!"

"是吗?"福斯卡说,"为什么?"

"为什么?"雷吉娜说。

她嘿地笑了一声。

"您小气吗?"

"我也小气过的。"

"我不小气，"安妮伤心地说，"但是我觉得糟蹋东西不好。"

福斯卡向安妮笑笑，说：

"我记起来了。看到每件东西有条不紊的，看到每一秒钟、每个动作有顺有序的，这是一种乐趣。一袋袋小麦在粮仓里垒得整整齐齐，最小的麦粒也是沉沉的！"

安妮听着，神情又愚蠢又得意，雷吉娜脸上一阵红晕，说：

"我懂得节俭，但是不要小气。一个人可以热烈想望东西，但是一旦占有了，应该大大方方的。"

"唔！您也不是对每件东西都大大方方的。"

"我，"雷吉娜说，"你瞧着吧！"

她拣起那瓶陈的波尔多酒，往壁炉里倒。

安妮挖苦说：

"当然啰！波尔多酒！但是那天我打碎了您的一个丑八怪似的面具，您冲着我说些什么来着！"

福斯卡饶有兴趣地望着她们俩。

"那是因为是你打碎的！"雷吉娜说。

她气得声音发抖。

"我可以立刻把它们统统打得粉碎。"

她抓了墙上挂的一个面具。福斯卡已经站了起来，走去轻轻握住她的手腕，说：

"何必呢？"

他笑了一下：

"这种破坏的热情，我也有过。"

雷吉娜深深吸了一口气，定一定神：

"照您这么说，不论这个，还是那个，不见得更好，也不见得更坏？如果我是一个小气或者卑怯的人，我照样叫您喜欢？"

"您这个样就叫我喜欢。"

他温柔地笑了一笑,但是雷吉娜不由感到透不过气来。她那么引以为荣的德性,福斯卡难道毫不重视?她猛地站起身:

"来看看您的房间。"

福斯卡跟在她后面。他静静观察自己的房间,脸上没有一点表情。雷吉娜指着一张桌子,上面放了一叠白纸。

"您就在那里工作,"她说。

"我工作什么?"

"您应该重新开始写作,我们不是说好的吗?"

"这个是我们说好的吗?"他高兴地说。

他抚摸那张红色吸水纸、空白的纸张。

"我一度喜欢过写作。以后我等着您时,这可以帮助我消磨时间。"

"写作不是光为了消磨时间。"

"不是?"

"那一天您要我给您找事情做,为了我做。"

她热烈地望着福斯卡,又说:

"您写一部出色的剧本试试,以后由我来演。"

他摸摸纸,不知所措的样子:

"以后由您来演的一部剧本?"

"谁知道呢?或许您会写出一部杰作。给您给我增加光彩。"

"增加光彩,这对您那么重要吗?"

"其他都算不了什么的,"她说。

福斯卡望她一眼,突然把她抱在怀里:

"会死的人做过的事,我为什么就不能做呢?"他说时带着一种怒气,"我帮助您。我愿意帮助您。"

他发狂似的把她紧紧贴在自己身上。眼里含着情意,但也有点类似怜悯的东西。

雷吉娜穿过剧院大厅里喊喊喳喳的人群。
"他们邀我们到弗洛朗斯家喝香槟,您不想去,是吗?"
"我不想去。"
"我也是。"
她穿了一套新装,觉得自己妩媚动人,但是她不想在这些朝生暮死的男人面前招摇。
"您觉得弗洛朗斯怎么样?"她焦急地说。
"我什么也没有觉得,"福斯卡说。
她笑了一笑:
"不是吗?她打动不了人。"
从人头攒动的大厅出来,她呼吸街上温和宜人的空气,津津有味。这是二月的一个晴天,已经可以嗅到春天的气息。
"我渴了。"
"我也渴了,"福斯卡说,"我们上哪儿去?"
她想了一想。她曾经指给他看蒙马特区的一家小酒吧,她在那里认识了安妮;还有巴黎环城道上的一家咖啡馆,她在那里拿了一块三明治狼吞虎咽,再去上贝蒂埃的课;还有蒙巴那斯区这个小角落,她在舞台上首次露脸时就住在那里。她想起了河滨道的那家饭店,是她到巴黎后不久发现的。
"我知道在贝西码头那边有一块地方景色很美。"
"我们去吧,"他说。
他一直温顺听话。雷吉娜喊了一辆出租汽车,他用胳膊搂住她的肩膀。雷吉娜给他选了一套做工讲究的西服,他穿着显得年轻。他不像乔装打扮的了,而是跟其他人一模一样的一个人。现在,他像一个人那样吃、喝、睡觉、恋爱、看、听。只是有时候,在眼睛深处闪烁出一点令人不安的微小的光芒。出租汽车停下,雷吉娜问:

"您从前来过这里吗?"

"可能来过,"他说,"一切都大不一样了。这里,从前还没有形成巴黎哩。"

他们走进一间小屋,坐在一个狭小的木头平台上,俯视堤岸。岸边靠着一条小船。一个女人在洗衣服,一条狗在吠叫。可以看到河对岸有几间矮屋,门面有绿的、黄的、红的;再远处,是几座桥和高耸的烟囱。

"这个地方不错,是吗?"雷吉娜说。

"是的,"福斯卡说,"我喜欢河流。"

"我经常来这里,"她说,"坐在这张桌子前,一边研究角色,一边梦想有朝一日能扮演。我喝橘子汁,酒太贵,我那时没钱。"

她停顿一下:

"福斯卡,您在听我吗?"

他在不在听,总是令人捉摸不定。

"听的,"他说,"您那时没钱,您喝橘子汁。"

他呆了一会儿,微微张着嘴,好像被一个急切的想法触动了。

"那么您现在有钱吗?"

"我以后会有钱的,"她说。

"您没有钱,我增加您的开支。您应该赶快给我找个工作。"

"这不着急。"

她向福斯卡笑笑。她不愿意送他去一间办公室或一家工厂待上几个钟点,她需要把他留在身边,与他共享她生命中的每一个时刻。他在那里,凝视河水、小船、矮屋。所有这些曾使雷吉娜流连忘返的东西,将随着她进入永恒。

"但是我还是喜欢有个工作,"他坚持说。

"首先您试试写那部您答应过我的剧本,"她说,"您进行构思了吗?"

"进行了。"

"您有见解吗?"

"我有许多见解。"

"我那时就看出来了,"她高兴地说。

她做了个手势,把站在门框里的那个老板唤过来。

"来瓶香槟酒。"

她转身向福斯卡说:

"您看着,咱们俩可以轰轰烈烈干一番。"

福斯卡的脸色发暗了,他好像想起一桩不愉快的往事。

"这话许多人跟我说过。"

"但是我跟其他人不一样,"她热情地说。

"这倒是真的,"他说得非常快,"您跟其他人不一样。"

雷吉娜斟满酒杯说:

"为我们的计划干杯!"

"为我们的计划干杯!"

雷吉娜一边喝,一边惴惴不安地打量他。他到底在想些什么,实在叫人难猜。

"福斯卡,您如果那时不遇见我,您自己会去做什么?"

"最终可能会睡着的。但是这不大可能。这要有一个不寻常的运气。"

"运气?"她带着责备的口吻说,"您后悔又活了?"

"不,"他说。

"活着是桩美事。"

"是桩美事。"

他们相互笑了笑。小船上传来小孩的哭声;在另一条船上,或是在一间色彩斑斓的小屋里,有一个人在弹奏吉他。天暗下来,但是夕阳余晖还映照在盛满浅色酒的酒杯内。福斯卡握住雷吉娜放在桌上的手。

"雷吉娜,"他说,"今晚,我感到幸福。"

"只是今晚吗?"她说。

"啊!您不会知道这对我是多么新奇!我等待过,厌倦过,向往过。但是还不曾感到这种充实的幻觉。"

"仅是一种幻觉?"她说。

"那又怎么啦?幻觉我也愿意相信。"

他向她凑过身去。在永生的嘴唇底下,雷吉娜觉得自己的嘴唇火辣辣的:这是一个骄傲的孩子、孤独的少女、心满意足的妇女的嘴唇。这一吻随同她所爱的事物的形象都铭刻在福斯卡的心田。这是个有手有眼睛的人,我的伴侣,我的情人,然而他还像天神似的千古不朽。太阳西斜了:对他对我是同一个太阳。河面上飘来一股水的味道,远处吉他在歌唱,突然,荣耀、死亡、其他一切都不重要了,除了此刻的激情以外。

"福斯卡,"她说,"您爱我吗?"

"我爱您。"

"您以后会记起此时此刻来吗?"

"当然,雷吉娜,我会记起来的。"

"永远记住吗?"

福斯卡把她的手捏得更紧。

"永远记住,您说啊。"

"此时此刻是存在的,"福斯卡说,"它是属于我们的。其他一切我们不要去想了。"

雷吉娜朝右边拐弯。这不完全是她要走的路,但是她喜欢这条小路,上面流过黑色的积水,木柱撑住路两旁的墙头。她喜欢温和湿润的春夜和天空中笑盈盈的大月亮。安妮躺在床上了,等待着雷吉娜亲吻后才能入睡;福斯卡在写;他们不时看钟点,在想雷吉娜该从剧院回来了;但是她愿意在这几条街上再溜达一会儿,这几条街是她喜欢的,也总有一天她不能再在这里溜达了。

她仍然朝右边拐弯。有过那么多男人,那么多女人,也曾抱着同样的热忱呼吸着春夜温和的气息,如今这个世界对他们来说已经沉落了!死亡果真是没治的吗?他们片刻也不能复活吗?我忘了自己的姓名、过去、面貌,只有天空、潮湿的风与静夜中这种幽幽的哀怨。这不是我,也不是他们;这既是我,也是他们。

雷吉娜朝左边拐弯。这是我。天空中是同一个月亮,但是在每人心中各不相同,别人无法分享。福斯卡将来走在路上想我,这个我已不是我了。啊!这层透明坚硬的外壳使我们各人孤芳自赏,为什么不能打破呢?一颗心中一个月亮,哪颗心?福斯卡的那颗还是我的那颗?这样我不成为我了。为了获得一切便要失去一切。是谁创造了这个规律?

她跨进正门,穿过这幢老式公寓的院子。安妮的窗子灯光亮着,其余的一片黑暗。福斯卡已经睡了吗?她匆匆登上楼梯,悄没声儿地把钥匙插进锁眼旋转。听到安妮的门后发出咯咯笑声,这是安妮的笑声和福斯卡的笑声。雷吉娜心血上涌,喉咙被利爪扼住了;她很久没有感到这种伤痛了。她蹑手蹑脚走近去。

"每天晚上,"安妮说,"我坐在顶楼楼座上。一想到她在为别人演出,而我又看不到她,我就受不了。"

雷吉娜耸耸肩膀:"她在那里摆什么谱。"她非常恼火地想。她敲敲门,推了进去。安妮和福斯卡坐着,面前摆了一盆鸡蛋煎饼和几杯白葡萄酒。安妮穿了件栗色便服,戴了耳环,脸颊绯红。"这是在臭美,"雷吉娜想,怒火骤然上升。她冷言冷语地说:

"你们倒快活。"

"您瞧瞧,小王后,"安妮说,"我们的煎饼做得多出色。他手可巧呢,您知道,是他翻的饼,一张没漏。"

她笑眯眯地把盆子递给雷吉娜。

"全是热的。"

"谢谢,我不饿,"雷吉娜说。

她恨恨地望着他们。难道无法叫他们没有我就不存在吗?他们怎么敢?"这简直放肆,"她想。有些时候,人傲然挺立在一座孤山上,单调平坦的土地尽收眼底,线条与颜色融合为统一的景物。在另一些时候,人站在平地上,看到每块土地有它的水塘、土丘和亭园,自成一体。安妮向福斯卡叙述她的回忆,而他居然听着!

"你们在说些什么?"

"我在告诉福斯卡,我怎么认识您的。"

"还有呢?"雷吉娜说。

她喝了一口酒。煎饼看来还是热的,诱人食欲,她想吃,这更使她怒不可遏。

"她这个故事哪儿都套得上。她非得对我每个朋友讲一遍不可。这故事毫不动人。安妮这个人爱想入非非,编的东西不可全信。"

泪水涌上了安妮的眼眶。但是雷吉娜装作没看见,满意地想:"我要叫你哭个痛快。"

"我是走回来的,"她的声调从容不迫,"天气好极了!您知道我做出什么决定啦,福斯卡?趁《罗莎琳德》两场演出之间,我们到乡下玩玩。"

"这个主意不错,"福斯卡说。

他神态自若地吃了一个又一个薄饼。

"你们带我去吗?"安妮说。

这个问题雷吉娜听了正中下怀。

"不,"她说,"我要和福斯卡单独过几天。我也有些故事要给他讲。"

"为什么?"安妮说,"我又不妨碍你们。以前,我陪您到处跑,您说我一点没妨碍您。"

"以前可能是这样,"雷吉娜说。

"可是我做了什么啦?"安妮抽抽噎噎哭了起来,"您为什么对我那么狠?您为什么要罚我?"

"说话别像个孩子似的,"雷吉娜说,"你太老了,不风雅了。我不是罚你。我不想带你去,就是这么回事。"

"坏人!"安妮说,"坏人!"

"你哭哭啼啼不会叫我改变主意。你哭的时候丑得可怕。"

雷吉娜朝煎饼遗憾地看了一眼,打个哈欠:

"我去睡了。"

"坏人!坏人!"

安妮扑倒在桌上,呜呜地哭个不停。

雷吉娜回到自己房里,脱掉大衣,开始解头发:"他跟她留在一起!他在安慰她!"她想,恨不得用脚跟把安妮踩死。

福斯卡敲门时,她已经躺在床上了:

"进来。"

福斯卡笑眯眯地走了进来。

"您不用忙,"雷吉娜说,"至少有时间把那些煎饼都吃完吧?"

"原谅我,"福斯卡说,"我不能把安妮撂在那边,她伤心极了。"

"她才爱哭呢。"

雷吉娜笑了笑。

"当然啰,她把什么都告诉您了:她怎么在一家剧院的小酒吧当出纳,我怎么眼上敷了一块膏药扮成吉卜赛人出现。"

福斯卡在床沿坐下说:

"不能怪她,她也是在试图存在。"

"她也是?"

"我们都这样,"他说。

有那么一会儿,她在福斯卡眼中,又看到了在旅馆花园里曾使她那么害怕的那种光芒。

"您责怪我啦?"她说。

"我永远不会责怪您。"

"您觉得我心地不好?"

她挑衅似的盯着他看。

"这是真的。我不喜欢看到别人幸福,我还喜欢让他们感到我的威力。安妮不会妨碍我,我出于恶意才不愿带她一起去。"

"我懂,"他温顺地说。

雷吉娜宁愿他像罗杰那样恐惧地望着她。

"可是您心地善良,"她说。

福斯卡耸耸肩膀,神气游移不定,雷吉娜迅速瞥了他一眼。对他能有什么样的评价呢?不吝啬,不慷慨,不勇敢,不胆怯,不恶毒,不善良。在他面前,所有的字眼都失去原有的意义。他的头发、他的眼睛有一种颜色,这似乎已是很不一般了。

"整个晚上跟安妮一起煎薄饼,"她说,"这跟您的身份不相称。"

他笑了：

"薄饼还是煎得不错吧。"

"您该做些更值的事。"

"有什么更值的呢？"

"我那个剧本您连第一幕还没写呢？"

"啊！今晚我没有灵感，"他说。

"您可以读读我为您选的那些书……"

"它们说的都是一回事。"

她不安地望着他：

"福斯卡！您不会再睡着吧！"

"不会！"他说，"不会！"

"您答应帮助我。您跟我说过：一个会死的人能做的事，您也能做的。"

"啊！问题就在这里！"他说。

雷吉娜跳出汽车，急急忙忙走上楼梯，福斯卡失约还是第一次。她打开门，在客厅门槛上呆住了。福斯卡高高蹲在一把扶梯上，一边哼歌，一边擦门窗的玻璃。

"福斯卡！"

他笑笑。

"我把所有玻璃擦了一遍，"他说。

"您怎么啦？"

"今天早晨，您对安妮说该把玻璃擦一擦了。"

他手里拿了一块抹布，从梯子上下来。

"擦得不好吗？"

"您说好下午四点到普莱耶音乐厅大厅来找我。您忘啦？"

"不错。我忘了!"他惶惑不安地说。

他在一只桶上绞他的抹布。

"我擦上劲,把一切都忘了。"

"现在,音乐会错过了,"雷吉娜气愤地说。

"以后还会有的,"福斯卡说。

她耸耸肩膀:

"我要听的是今天这一场。"

"非得这一场吗?"

"非得这一场。"

她又加了一句:

"去穿衣服。您不见得穿了这身不换。"

"我还想把天花板擦擦,不太干净了。"

"您哪儿来的这种怪念头?"雷吉娜说。

"这是为您干。"

"我不需要您为我干这类事。"

福斯卡老老实实朝自己的房间走去,雷吉娜点了一支烟,想:"他已经把我忘了。前一阵子只有我对他是存在的,现在他把我忘了,他变得这么快?他头脑里想些什么?"她踱来踱去,心中惴惴不安。当福斯卡回到客厅,她含笑问他:

"您干家务觉得有趣吗?"

"有趣。在疯人院,人家叫我打扫走廊时,我非常幸福。"

"为什么?"

"这使人有事做。"

"可做的事还有呢,"她说。

福斯卡望着天花板,一脸抱歉的神情,说:

"您给我找个工作,这才是正经。"

雷吉娜打了一个寒颤：

"您竟那么厌倦吗？"

"该给我找点事干干。"

"我向您建议过……"

"我要的是一个不用我动脑筋的工作。"

他向透亮的玻璃瞟了一眼。

"您总不见得要做一个擦玻璃的吧？"她说。

"为什么不可以呢？"

雷吉娜一声不响，在房里走了几步。这话说得也对，为什么不可以呢？那又要他做什么样的人呢？

"您有了工作，我们就得整天分开。"

"大家都是这样过的，"他说，"他们分开，他们又相会。"

"但是我们跟大家不一样，"她说。

福斯卡的脸阴沉了。

"您说得对，"他说，"我只会白费心一场，我永远跟大家不一样"。

雷吉娜苦恼地望他一眼。她爱他，因为他不会死；福斯卡爱她，是希望恢复做一个会死的人。"我们永远成不了一对。"

"您试试，别为您的时间操心，"她说，"读读书，欣赏画展，陪我听音乐会。"

"这也解决不了问题，"他说。

她把手放在他的肩上：

"是不是我不再使您满足了？"

"我没法处在您的地位生活。"

"您以前说过，望着我就够了……"

"人活的时候，不会仅仅望着别人就够的。"

她迟疑一下，说：

"好吧！您去念书,您可以从事一项有趣的工作,做个工程师或者医生。"

"不。那太费时间。"

"太费时间？您时间还少？"

"应该立刻给我找些事做,"他说,"不要迫使我对自己问个没完。"

他带着哀求的神情望着雷吉娜:

"叫我去剥土豆皮,或者洗床单……"

"不行,"她说。

"为什么？"

"这一来您又要睡着了,我要您保持清醒,"她说。

她握住他的手。

"跟我去散步。"

他顺从地跟了她去,但是在门槛前停了会儿。

"可是天花板还是需要打扫,"他遗憾地说。

"我们到了,"雷吉娜说。

"到了？"福斯卡说。

"不错。火车跑得快,比驿车要快。"

"我倒想知道人省下时间做什么用,"他说。

"您得承认,这一百年来他们发明了许多东西。"

"唔,他们发明的总是这些东西。"

他的神情阴郁不欢。最近一个时期来,他经常阴郁不欢。他们默默地走下月台,跨过小车站的栅门,踏上公路。福斯卡低着头走,用脚尖踢一块小石头。雷吉娜挽了他的手臂。

"您瞧,"她说,"我的童年是在这个小地方过的,我喜欢这个地方。您仔细看看。"

茅屋顶上鸢尾花斑斑斓斓,玫瑰沿着矮屋的墙往上长。木栅栏围绕的场院内,鸡在开花的苹果树下啄食。往事像新生的花朵,在雷吉娜的心中盛开:孔雀的翎毛,一串串紫藤花,月夜下花园内福禄考的香气,热情的眼泪;我将是个美人,我将是个名人。山坡下,青青的麦田深处,有一个村庄,中间矗立着一座小教堂,四周的石板屋顶在阳光下闪耀;钟声响了。有一匹马爬登山坡,拉了一辆小板车,一个农民走在旁边,手里拿了根鞭子。

"一切都没有变,"雷吉娜说,"多么安静!您看,福斯卡,对我来说,这些宁静的屋子,这些会敲到世界末日的钟声,这匹爬登山坡的老马,就是永恒。在我的童年,这匹马的祖父也是这样爬山的。"

"不……这不是永恒的。"

"为什么?"

"村子、小板车、老马,以后并不总是存在的。"

"这倒也是,"她说时吃了一惊。

碧云天空下的田野静止不动,像一幅画、一首诗似的静止不动,雷吉娜向它扫了一眼。

"代替这些会是什么呢?"

"可能是一个大农场,有拖拉机,有田埂纵横的庄稼地,可能还有一座新城市,几个车间,几家工厂。"

"工厂……"

这是无法预测的。只有一件事是可以肯定的:就是这块比任何记忆更要古老的原野总有一天要消失的。雷吉娜的心揪紧了。一个静止不动的永恒,其中可能也有她的一份,但是霎时间,世界仅是一连串瞬息即逝的图像,而她的手是空的。她朝福斯卡看看。还有谁的手比他的更空呢?

"我相信我开始懂了,"她说。

"懂什么?"

"天罚。"

他们并肩走着,但是两个人都是孤零零的:"怎样才能教他用我的眼睛去看世界呢?……"她没想到这竟是那么难。她看到一天天过去,他们不但没有接近,反而更加疏远了。她指指右边大橡树浓荫下的一条大路:

"就是那里。"

她满怀激情,认出了遍地野花的草地,她曾贴地钻过的铁丝网,长满青藻的鱼塘。一切都在那里,那么近:她的童年,去巴黎前的告别,心醉目迷的归来。她沿着公园的白栏杆慢慢绕了一圈。小门已经堵死,铁门也关上了。她跃过栏杆:"只有一个童年,只有一个生命——我的生命。"对她来说,时间总有一天要停止的,它已经停止了,在不可逾越的死亡墙上撞得粉碎:雷吉娜的生命是一条大湖,世界的倒影落在湖面上,变成一组清晰静止的图像。天长地久的,红色山毛榉在风中颤动,福禄考散发甜美的香气,河面响起潺潺水声。树叶的飒飒声中,雪松的蓝影中,百花的芬芳中,宇宙是个无可奈何的囚徒。

现在还有时间。应该向福斯卡大喝一声:"离开我吧,让我一个人带着自己的回忆,度过短暂的一生,无可奈何地做自己这样的人,直到在某一天死去。"有一会儿,她面对着这间窗户四闭的屋子一动不动。她孤独,生命有限,又是千古不易。然后,她眼睛转到福斯卡身上。他倚在一根白栏杆上,用这种永远不会熄灭的目光望着山毛榉和雪松。时间又不尽地流逝了,清晰的图像又模糊一片。雷吉娜被激流冲走,不可能做任何停留,唯一可以期望的是在化为一簇水花之前,还可以在水面上有片刻的漂浮。

"过来,"她说。

福斯卡跨过一条条横木,雷吉娜把手搭在他的胳膊上。

"我生在这里,"她说,"我住在月桂树丛上面的那幢房子里。我在睡梦中听到流泉声,从窗外飘来阵阵木兰花的香味。"

他们在一块台阶上坐下。石头是热的,小昆虫嗡嗡叫。雷吉娜说话时,公园里充满了幽灵。一个小女孩穿了件长裾裙在沙地上散步;一个细高个儿的少女在垂柳荫下,背诵嘉米叶①那段祈神降灾的台词。太阳在空中斜了,雷吉娜继续说个不停,盼望着溶化在空气中的小精灵复活一会儿,在那些去世的孩子身上曾跳动过她自己的这颗心。

她闭口时,天色渐渐黑了下来。她转身对福斯卡说:

"福斯卡,您在听我吗?"

"当然。"

"您能把一切都记住吗?"

他耸耸肩膀:

"这么一个故事,我听过不知多少回了。"

她惊跳起来。

"不,"她说,"不,这故事不一样。"

"一样的,也是唯一的。"

"这不对。"

"总是同样的努力,同样的失败,"他不胜厌倦地说,"他们总是一个跟着一个做同样的事。我也像其他人一样,重新开始了。这就停不下来了。"

"但是,我跟人家不一样,"她说,"如果我不是跟人家不一样,您怎么会爱我呢?您爱我,不是吗?"

---

① Camille,法国古典戏剧家高乃依作品《贺拉斯》中的人物。

"是的,"他说。

"我对您来说是独一无二的。"

"是的,"他又加了一句,"一个跟其他女人一样独一无二的女人。"

"但是我是我,福斯卡!您不再看见我了吗?"

"我看见的。您有一头金发,生性慷慨,胸有大志,您还害怕死。"

他摇摇头。

"可怜的雷吉娜!"

"不要可怜我!"她说,"我不许您可怜。"

她跑着走开了。

"我该走了,"雷吉娜说。

她悻悻的目光望着酒吧的门。门后有一条路,通向塞纳河,河的对岸是那间客厅,福斯卡坐在他的桌前,但是写不出东西。他会问:"您排演顺利吗?"她会回答:"顺利。"接着一切又笼罩在静默中。她向弗洛朗斯伸出手:

"再见啦。"

"再来一瓶波尔多酒,"萨尼埃说,"您时间来得及。"

"时间,"她说,"是的,我有的是时间。"

福斯卡是不会盯着钟摆看的。

"我遗憾戏排得那么糟糕,"她说。

"唔,看您演戏真是桩愉快的事,"弗洛朗斯说。

"您有些别出心裁的演技令人叫绝,"萨尼埃说。

他们说话轻声细气,把三明治盘子推到她面前,彬彬有礼地向她敬烟,满脸关切的神情。"他们没有记恨,"她想。但她心中也不因轻视了别人而沾沾自喜;她对谁也不再轻视了。

"真的决定了吗?你们星期五走?"她问。

"是的。也幸而这样,"弗洛朗斯说,"我精疲力竭了。"

"这是你自己的错,"萨尼埃责怪说。

他朝雷吉娜看一眼:

"她在生活中并不比在舞台上更懂得节制。"

雷吉娜会心地笑了一笑。"他望着她就像罗杰望着我一样,"她想。萨尼埃窥探弗洛朗斯的倦容,分享她的喜悦与忧伤,向她忠言规劝,弗洛朗斯使萨尼埃心中感到温暖:这是一对儿。雷吉娜站起身。

"现在,我该走了。"

她天性受不了这种微笑,这种含情脉脉的絮语,这种单纯的心心相印。她推开门,进入孤独的天地。她孤身只影地越过塞纳河,朝着红色楼房走去。但是这已不是从前那种骄傲的孤独,她只是天穹下一个找不到归宿的女子。

安妮出去了,福斯卡的门关着。雷吉娜脱下手套,站在那里不动。大桌子、窗帘、架上的小摆设,所有这些东西好像陷入了睡乡。就好像这间屋里有一个死人,这些惶恐不安的遗物露出不欲生存的神色。她犹犹豫豫走了几步,一点不像她平时的行动。她取出烟盒,又放回了手提包;她没有抽烟的欲望,她什么欲望都没有。镜子里的她这张脸也是睡意蒙眬的。她把一绺头发往后一掠,然后往福斯卡的房间走去,敲门。

"进来。"

他坐在床沿上,执拗地、专心地在编织一条绿色长围巾。

"您工作得不错吧!"

"糟得很,"她冷冷地说。

他安慰说:

"明天会好的。"

"不会,"她说。

"最后肯定会好的。"

她耸耸肩膀。

"您不能把手里的活儿撂下一会儿吗?"

"您要当然可以。"

他把围巾放在身边,露出不胜惋惜的神情。

"您做了些什么?"她说。

"您看见的。"

"您答应我的那个剧本呢?"

"啊!那个剧本!……"

他不好意思地接上说:

"我原来希望事情不至于成这样。"

"什么事情?谁妨碍您工作啦?"

"我干不了。"

"是您不愿干。"

"我干不了。我实在愿意帮您忙。但是我干不了。我对人有什么话要说呢?"

"写一个剧本并不那么复杂,"她不耐烦地说。

"对您这很自然,因为您是属于他们的。"

"试一试。您纸上连一个字也没写呢。"

"我试,"他说,"偶尔,我的一个人物开始呼吸了,但是他立刻又窒息了。他们出生,他们生活,他们死亡。除了这些,我对他们没有别的话可说。"

"可是您爱过一些女人,"她说,"有些男人做过您的朋友。"

"不错,我记得,"他说,"但是这是不够的。"

他闭上眼睛,像是绝望地在追忆某件往事。他说:"这需要很多力量,很多傲气,或者很多爱,才相信人的行动是有价值的,相信生命胜过死亡。"

雷吉娜走到他身边,咽喉感到压迫,害怕他即将回答的话。

"福斯卡,在您眼里我的命运真的毫不重要吗?"

"啊!您不应该向我提这个问题,"他说。

"为什么?"

"您不应该顾忌我的想法。这是一个弱点。"

"一个弱点,"她说,"回避您倒需要更多的勇气?"

"我认识一个人,"福斯卡说,"他不回避,他正面盯着我看,他听着我说话。但是他一个人拿主意。"

"您提到他是带着敬意的,"她说。

她感到在嫉妒那个陌生人。

"那个人也是努力要求存在而没有成功的一个可怜虫?"

"他爱做什么做什么,"福斯卡说,"但是他不抱希望。"

"爱做什么做什么,这就重要吗?"她说。

"对他是重要的。"

"对您呢?"

"他才不为我操心呢?"

"但是他这样做对还是不对?"

"我没法为他回答。"

"看来您钦佩他。"

他摇摇头:

"我没有能力钦佩人家。"

雷吉娜在房里踱了几步,心慌意乱。

"我呢?"她说。

"您?"

"在您看来我是一个可怜的女人吗?"

"您对自己想得太多,"他说,"这不好。"

"我该想些什么呢?"她说。

"啊!那我不知道,"他说。

雷吉娜从舞台下来。福斯卡坐在空荡荡大厅的黑暗角落里。她朝他走去。半道上有个声音叫:"雷吉娜。"

她回过身,这是罗杰。

"我来了你不怪我吧?"他说,"拉福雷邀我来的,我那么急于看一看你演的贝蕾妮丝①……"

"我为什么要怪你?"她说。

雷吉娜惊奇地望着他。原来以为看到他会激动:从前,凡与个人往事有关的一切都令她心神不宁。如今她看待这些又随便又冷淡。

"雷吉娜,"他说,"你是一个了不起的贝蕾妮丝。你演悲剧不亚于演喜剧。我现在可以肯定,你不久会成为巴黎首屈一指的大演员。"

他的声音有点发颤,嘴角神经质地抽搐。他激动。雷吉娜望着大厅角落里福斯卡刚离去的那张椅子。他是能够回忆的,他看见了吗?他究竟是否最终懂得不应该把她和其他女人相提并论?

"承你夸奖,"她说。

她意识到他们相对无言已经有好一会儿。罗杰打量她,既关切又不安。

"你幸福吗?"他声音低低的。

"是的,"她说。

---

① Bérénice,法国古典戏剧家拉辛作品《贝蕾妮丝》中的女主人公。

"你看上去很疲惫……"

"是排演。"

雷吉娜在他的目光下感到难堪,她已经不习惯被人这样饶有兴趣地盯着看了。

"你发觉我丑了吗?"

"不。但是你变了,"他说。

"可能。"

"以前,我跟你说你变了,你就会受不了。你是那么热望要保持本来面目。"

"这是因为我变了,"她说。

她勉强笑了一笑。

"我该跟你告别了,有人等我。"

罗杰把她的手握了一会儿。

"咱们再见面? 哪天?"

"随你。你给我挂个电话就行,"她说时毫不在意。

福斯卡在剧院门口等着她。

"对不起,"她说,"我给人留住了……"

"没什么。我喜欢等待……"他说。

他笑了笑。

"夜色很美。我们走着回去怎么样?"

"不。我累了。"

他们跳上一辆出租汽车。雷吉娜一言不发。她愿意福斯卡主动开口,但是一路上他没说一句话。他们走进她的房间,雷吉娜开始脱衣服,他依然一句话不说。

"喂! 福斯卡!"她说,"您对今晚的演出满意吗?"

"您的演出我总是喜欢看的,"他说。

"可是我演得好吗?"

"我想是的,"他说。

"您想是的,"她说,"您不能肯定?"

他不回答。

"福斯卡,"她说,"您看过拉歇尔的演出吗?"

"看过。"

"她演得比我好吗?好得多吗?"

他耸耸肩膀

"我不知道。"

"您应该知道,"她说。

"演得好,演得坏,我不知道这些话到底是什么意思,"他不耐烦地说。

雷吉娜觉得心房的血一下子流光了。

"醒一醒,福斯卡!您想一想!有一段时期您每晚来看我,您像着了迷似的……有一次您甚至跟我说,您想哭一场。"

"是的,"福斯卡说。

他温柔地一笑。

"我喜欢看您演出。"

"这是为什么?不是因为我演得好?"

福斯卡深情地望着她,说:

"演戏时,您居然抱着那么深切的信念相信自己存在!在疯人院,我在两三个女人身上也看到过类似的情况,但是她们只相信她们自己。对您来说,其他女人也是存在的,有几次,您让我也感到了自己存在。"

"怎么?"雷吉娜说,"这就是您在罗莎琳德、在贝蕾妮丝身上看到的东西?这就是您所赏识的我的全部天赋?"

她咬了咬嘴唇,想大哭一场。

"这已不错了,"福斯卡说,"存在并不是所有人都装得像的。"

"但是这不是装的,"她绝望地说,"这是真的,我是存在的。"

"噢!您并不见得这么肯定,"他说,"否则您不会那么坚持带我上剧院去。"

"我就是肯定!"她怒气冲冲地说,"我是存在的,我有天赋,我将成为一个大演员。您是一个瞎子!"

他笑笑,没有回答。

"放在这里?"安妮说。

她小心翼翼地把切成鳞片状的菠萝放在一堆浮动的冰块上。雷吉娜看了看桌上:花、水晶杯、鹅肝泥、三明治,一切都摆得舒舒齐齐的。

"我看行了吧,"她说。

她动手用一把叉子把生蛋黄和巧克力酱打在一起。弗洛朗斯的宴请是讲究的,但是名酒、名厂自制小蛋糕的价格还是可以用数字估计的:到底是些成批生产的商品,奢华但是没有特色。雷吉娜要使这次晚会成为一件无法模仿的杰作。她喜欢接待客人。整个晚上,他们将看到的是承载她生命流动的地方,他们吃到的是她精心烹调的菜肴,他们听到的是她为他们选择的音乐;整个晚上,他们的欢乐都是由她主宰的。她起劲地打着鸡蛋,蛋黄酱开始在盆底凝结。但是在小客厅,无休无止地响着这种单调的脚步声。

"唉!我被他烦死了,"她说。

"您要不要我去跟他说一声?"

"不……不用了。"

一个小时以来,他就是在那里踱来踱去,像关在笼子里、永世关在笼子里的一头狗熊。雷吉娜打鸡蛋,而他在房里从这头踱到那头。每秒钟滴滴答答地堆积在盆底,颜色发黑,丰腴可口;每个脚步声消失在空中,留不下一点痕迹。他腿的动作,她手的动作:蛋黄酱吃完了,碗洗干净了,也留不下一点痕迹。《罗莎琳德》、《贝蕾妮丝》、《暴风雨》①的合同……日复一日,她耐心地建设自己的一生。他踱过来踱过去,后一步抵消了前一步。我,我的一切是一下子抵消的。

"行了,"她说,"我去穿衣服。"

她穿上黑色塔夫绸长裙,在首饰盒里选了一条项链。她高声说:"今晚我要梳辫子。"近来,她养成了高声说话的习惯。门铃响了,客人开始络绎而来。她慢慢地编辫子。"今晚,我要在他们面前露出我的真面目……"她走到镜子前,对着自己笑了一笑。她的微笑凝住了。以前她那么自怜自爱的这张脸像一个面具,已不再属于她自己的了。她的身体对她也是陌生的:这是一个模特儿。她再笑一笑,那个模特儿在镜子里也笑一笑。她转过身:待会儿,她要去装模作样了。她推开门。小灯已经点上,萨尼埃、弗洛朗斯、杜拉克、拉福雷,他们有的坐在椅子里,有的坐在沙发上。福斯卡坐在他们中间,兴高采烈地跟他们说话。安妮用鸡尾酒招待。一切都像是真的。她向他们伸出手,微笑,他们也微笑。

"您穿上这件裙子真美,"弗洛朗斯说。

"您才叫人倾慕呢。"

"这些鸡尾酒调得好极了。"

"这个配方有独到之秘。"

他们喝着鸡尾酒,望着雷吉娜。门铃又响了。她又在微笑,他们也微笑着,望着,听着。在他们好意的、恶意的、受到迷惑的眼睛里,

---

① *The Tempest*,英国戏剧家莎士比亚作品。

她的裙子、她的脸、客厅的布置真是五光十色,熠熠生辉。一切都像是真的。一次辉煌的宴会。倘若她能不朝福斯卡看一眼的话……

她回过头。可以肯定,他的眼睛正盯着她看,他的充满怜悯的眼睛一下子把她看透了。他看到的是一个模特儿,他看到的是一场喜剧。她从桌上拿起一盘蛋糕,轮流端到客人面前。

"请。"

杜拉克咬了一口奶油泡芙,满嘴是厚腻的深色奶油。"这是我生命中的一个时刻,"雷吉娜想,"在杜拉克嘴里的是我生命中的一个珍贵时刻。他们用嘴、用眼睛摄走了我的生命。以后呢?"

"什么不行?"一个热情的声音说。

这是萨尼埃。

"什么都不行,"雷吉娜说。

"明天您要签《暴风雨》的合同,《贝蕾妮丝》头几场就引起轰动,而您还说什么都不行?"

"我这个人脾气不好,"她说。

萨尼埃的脸孔严肃起来:

"恰巧相反。"

"恰巧相反?"

"我不喜欢万事满足的人。"

他望着雷吉娜,充满友情,使她心头又燃起希望。她按捺不住心头的欲望,说上几句知心话,至少使这一个时刻是真实的。

"我原来以为您瞧不起我,"她说。

"我?"

"是的。当我跟您提到莫斯珂和弗洛朗斯时,我很卑劣……"

"我从没想过您哪一个行动会是卑劣的……"

雷吉娜笑了,内心又燃起一团新的火焰:"假若我愿意……"她渴望这颗充满顾虑和情意的心又会燃烧起来。

"我一直以为您会严厉批评我。"

"您想错了。"

她正面望着萨尼埃：

"您心里到底认为我怎么样？"

他犹豫一下：

"您身上自有一种悲剧性的东西。"

"那是什么呢？"

"追求绝对。您这样的人是生来信仰上帝和进修道院的。"

"上帝的宠儿太多了，"她说，"圣女太多了。上帝爱的应该只是我一个人。"

一下子，火焰又灭了。福斯卡相隔仅几步，观察着她。他看到她瞧着萨尼埃，他看到她瞧着萨尼埃瞧着她，试图使自己内心燃烧起来。他看到他们俩一问一答，眉来眼去，他看到了镜子里的照影，两排空空的镜子对照着，只是把空的照过来，把空的照过去。雷吉娜突然朝着一杯香槟酒伸过手去。

"我渴了，"她说。

她喝干了一杯，又倒上一杯。罗杰就会说："你别喝啦。"她还是会喝，再抽几支烟，厌烦、愤慨、闹声会使她脑袋变得沉甸甸的。但是福斯卡什么也没有说，他窥探着，想着："她在试，她在试。"这倒是真的，她是在试着做女主人的游戏，追求荣誉的游戏，博取欢心的游戏，所有这些游戏只是一种游戏，那就是争取存在的游戏。

"您玩得很高兴吧！"她说。

"时间过去了，"他说。

"您在取笑我，但是您吓不倒我！"

她挑战似的瞧了他一眼。不管他，不管他充满同情的笑容，她愿意再一次感到自己的生命在燃烧。她可以剥光衣裳,一丝不挂地跳舞,她可以杀死弗洛朗斯。接着发生的一切都无关紧要。即使是一分钟,即使是一秒钟,她都要成为这团火焰,把黑夜照亮。她笑了。如果她在这一瞬间毁掉过去和未来,那么她可以肯定这一瞬间是存在的。她跳到长沙发上,举起杯子,大声说:

"我亲爱的朋友……"

所有的脸都朝她转过来。

"今晚我为什么邀请你们齐集一堂,现在是跟你们说明原因的时刻了。这不是为了庆祝《暴风雨》合同的签订……"

她向杜拉克一笑。

"请您原谅我,杜拉克先生,这张合同我不会签的。"

杜拉克脸孔一板,雷吉娜得意地笑了,众人的眼睛都表示惊异。

"这部影片我不拍,我也不拍任何影片。《贝蕾妮丝》我不演了,我退出舞台。我为结束我的艺术生涯而干杯。"

一分钟,仅仅一分钟。她是存在的。他们望着她,感到莫名其妙,有点害怕。她是闪电,是急流,是雪崩,是这个突然在他们脚下开裂的深渊,从渊底升起了焦虑不安。她是存在的。

"雷吉娜,您疯了,"安妮说。

每个人都在说话,都在向她说话:为什么?这可能吗?这不是真的吧?安妮神色不安地勾住了她的胳膊。

"跟我一起干杯,"雷吉娜说,"为结束我的艺术生涯而干杯。"

她喝了,开始放声大笑。

"圆满结束。"

她瞧他一眼,向他挑战:她在燃烧,她是存在的。她手往下一摔,杯子在地上碰得粉碎。福斯卡在微笑,雷吉娜赤条条地暴露在他的眼前。他把她所有的假面具撕了下来,甚至洞悉她的姿势、她的言语、她的微笑,她只是翅翼在空虚中的颤动而已。"她在试,她在试。"他也看出她是在为谁而试。在这些言语、这些姿势、这些微笑后面,在每个人身上都是同样的装腔作势,同样的空虚。

"啊!"她笑着说,"多么可笑的喜剧!"

"雷吉娜,您喝得太多了,"萨尼埃轻轻说,"过来歇会儿吧。"

"我没有多喝,"她高兴地说,"我看得清清楚楚。"

她指指福斯卡,始终笑嘻嘻的。

"我是用他的眼睛来看的。"

她的笑声戛然停止了。用福斯卡的眼睛,她也看透这场新的喜剧,这场用清醒的笑和无望的语言编成的喜剧。话在她的喉咙里咽住了。一切都熄灭了。外面,他们都没有出声。

"过来歇会儿,"安妮说。

"来吧,"萨尼埃说。

雷吉娜跟在他们后面。

"叫他们走,"她对安妮说,"叫他们都走。"

她气冲冲地又加上一句:

"还有你们两个,让我一个人留下!"

她待在房间中央不动,然后就地转了个身,惘然若失。她瞧瞧墙上的黑人面具、矮桌上的小雕像、小舞台上的老木偶:从这些珍贵的小摆设可以看到我的全部过去和对自己长期的爱。然而这不是别的,只是市场的商品!她把面具摔在地上。

"市场的商品!"她一边用脚踩,一边大声嚷。她把小雕像、木偶摔在地上。她用脚踩,她把所有这些骗人的玩意儿捣个粉碎。

有人碰她的肩膀。

"雷吉娜,"福斯卡说,"这又何必呢?"

"骗人的玩意儿我再也不要了,"她说。

她颓废倒在一张椅子上,双手捧住脸。她疲劳到了极点。

"我是一个骗人的玩意儿,"她说。

一阵长时间的静默,福斯卡说:

"我要走了。"

"您走?去哪儿?"

"远远地离开您。您会忘掉我的,您就可以重新生活了。"

雷吉娜望着他,惊恐万状。她又什么都不是了。他必须留在她身边。

"不,"她说,"太晚了。我永远不会忘掉的,我什么也不会忘掉的。"

"可怜的雷吉娜!那怎么办呢?"

"没办法啦。您别走开。"

"我是走不开的。"

"永远不走开,"她说,"永远不要离开我。"

她双臂搂住他的脖子,嘴唇紧贴在他的嘴唇上,把舌头伸进他的嘴。福斯卡紧紧抱住她,她身子一颤。从前,跟其他男人在一起,她只感觉到抚摸,不会感觉到手;当福斯卡的手存在时,雷吉娜不是别的,只是一个追逐的对象。福斯卡亢奋地脱掉衣服,对他来说时间仿佛也是仓促的,仿佛每一秒钟都成为他不应舍弃的财富。福斯卡搂着她,她心里掀起一阵热风,把语言、形象一扫而光:留在床上的只是黑影里一下强烈的颤抖而已。福斯卡在她的体内,她是这种像地球一样古老的欲念追逐的对象,这种野性新奇的欲念只有她一个人才能予以满足,这种欲念不是吞噬她一个人,而是吞噬一切的欲念:她是这种欲念,这种燃烧的空虚,这种看不透的生前死后,她是一切。瞬间烧了起来,永恒被征服了。她心情紧张,蜷缩在等待和不安的情欲中,她和福斯卡一样气喘吁吁。福斯卡一声呻吟,雷吉娜把指甲掐进他的肉里,被周身痉挛弄得身心交瘁,毫无希望,到处是一边完成一边破坏,雷吉娜从静默的、灼热的和平中被拉了出来,又被整个抛入自己的内心,碌碌无为,又得不到人家的真诚。她手抹汗水淋漓的额头,她的牙齿捉对儿打架。

"雷吉娜,"福斯卡轻声说。

他亲她的头发,摸她的脸颊。

"睡吧,"他说,"还是允许我们有睡眠的。"

他的声音如此凄苦,雷吉娜差点儿睁开了眼睛,要跟他说:没办法了吗?但是福斯卡看透她的内心太快了,雷吉娜猜想他背后的夜晚和女人太多了。她转过身,把脸孔压在枕头上。

雷吉娜睁开眼睛时,天刚蒙蒙亮。她把一条胳膊伸过床去。身边空的没有人。

"安妮!"她叫道。

"雷吉娜。"

"福斯卡在哪儿?"

"他出去了,"安妮说。

"出去了?这个时候?他到哪儿去的?"

安妮避开目光。

"他给您留下一张条子。"

雷吉娜接过条子,这只是一张对折的纸:

别了,亲爱的雷吉娜,忘了我的存在。归根结蒂,您是存在的,而我无足轻重。

"他在哪儿?"她说。

她跳下床,开始匆匆穿衣服。

"怎么会有这种事！我跟他说过不要走。"

"他在夜里走的，"安妮说。

"你为什么让他走？你为什么不唤醒我？"雷吉娜抓住安妮的胳臂说，"说啊，你是白痴吗？为什么？"

"我那时不知道。"

"你不知道什么？他把这张条子留给你，你看了吗？"

她愤怒地望着安妮。

"你故意放他走的。你那时知道，你把他放走了。贱货，贱货。"

"不错，"安妮说，"我知道。他该走，是为了您好。"

"为了我好！"雷吉娜说，"啊！你们两个人串通一气是为了我好！"

她猛摇安妮：

"他在哪儿？"

"我不知道。"

"你不知道！"

雷吉娜盯住安妮，目不转睛，想："如果她不知道，我只有去死了。"她一步蹿到窗前。

"告诉我他在哪儿，否则我跳楼了。"

"雷吉娜！"

"不许动，否则我跳了。福斯卡在哪儿？"

"在里昂，你们一起度过三天的那家旅馆里。"

"真的吗？"雷吉娜将信将疑，"为什么他要把这个告诉你？"

"是我要知道，"安妮说，"我……我怕您。"

"这样说来，他向你请教啦！"雷吉娜说。

她穿上大衣。

"我去找他。"

"我去给您找来,"安妮说,"今晚您还要上剧院去演出……"

"我昨天说过要退出舞台,"雷吉娜说。

"那是您酒后说的话。让我去吧。我答应您把他找来。"

"我要自己去把他找来,"雷吉娜说。

她跨出门口。

"假若我找不到他,你永远别想见我了,"她说。

福斯卡坐在旅馆门口露天座的一张小桌前。他旁边摆着一瓶白葡萄酒。他在抽烟。当他一眼看见雷吉娜,笑了,并不感到诧异。

"啊!您已经来啦!"他说,"可怜的安妮,她坚持不了多久!"

"福斯卡,您为什么要走?"她说。

"安妮要求我走的。"

"她要求您走的?"

雷吉娜面对福斯卡坐下,气愤地说:

"但是我要求您留下!"

他笑了一笑:

"我为什么就该听您的呢?"

雷吉娜给自己斟了杯酒,迫不及待地喝了下去,手索索抖了起来:

"您不再爱我了吗?"她说。

"我也爱她,"他轻轻地说。

"但是这不一样。"

"我怎么能够区别呢?"他说,"可怜的安妮!"

一阵可怕的恶心涌上雷吉娜嘴边:草地上,几百万根草,都是一般长短,都是一个模样……

"有一个时期,只有我对您是存在的……"

"是的。后来是您打开了我的眼界……"

她双手捂住脸孔。一根草,只是一根草。每个人都以为与众不同,每个人都自怜自爱。大家都错了,她也和其他人一样错了。

"回去吧,"雷吉娜说。

"不,"他说,"这没用。我一度相信我可以再一次变成一个人,在以前几次睡眠后,我曾经做到过。但是现在,我不行了。"

"让我们再试试。"

"我太累了。"

"那么我没救啦,"她说。

"没救了,这对您是桩不幸的事,"他说。

福斯卡俯身对着她。

"我抱歉。是我错了。我不应该再错下去,"他嘿地笑了一声说,"我已经上了年纪。但是我想这是不能避免的。我再活上一万年,还是会错的,我不会进步。"

她抓住福斯卡的双手。

"我向您要求您生命中的二十年。二十年!这对您算得了什么呢?"

"啊!您不懂,"他说。

"不,我不懂!"她说,"处于您的地位,我会试图去帮助人,处于您的地位……"

福斯卡截住她的话说:

"您不会处于我的地位。"

他耸耸肩膀。

"没有人能够想象,"他说,"我对您说过,不死是一种天罚。"

"是您自己使它成为一种天罚的。"

"不,我曾经抗争过,"他说,"您不知道我是怎样抗争的!"

"为什么呢?"她说,"您给我说说。"

"这不行。一切要从头说起了。"

"那就从头说起吧,"她说,"我们有时间,不是吗?我们有的是时间。"

"说了又怎么样呢?"他说。

"给我说吧,福斯卡。我懂了后可能不那么怕了。"

"总是同样的历史,"他说,"历史是不会改变的。我要背着它无穷无尽地过下去。"

他向四下望了一眼:

"好吧,我给您说。"

第一部分

一二七九年五月十七日,我出生在意大利卡莫纳的一座宫殿里,生后不久母亲故世,是父亲把我抚养长大的。他教我骑马射箭,一个僧侣负责我的教育,竭力在我心中灌输对天主的畏惧。但是,从幼年开始,我关心的就只有尘世,我什么都不怕。

父亲相貌堂堂,身材魁梧,是我崇拜的对象。当我看到弗朗索瓦·里昂希弯着两条罗圈腿,跨在一匹黑马上走过时,我惊奇地问:

"为什么要他当卡莫纳的主人?"

父亲神气严肃地望着我,回答说:

"别羡慕他的位子。"

老百姓恨弗朗索瓦·里昂希。说他在衣服里穿了一副坚厚的锁子甲,总有十个卫兵追随左右。在他的房里,床下放着一个装有三道锁的大箱子,里面装满了金子。他谴责城里一个又一个的贵族犯了叛逆罪,没收他们的家产:广场上竖着一座断头台,一个月内总有好几颗人头要落地。他不分贫富掠夺他人的钱财。我和年老的奶妈一起散步时,她指着染布工人区内破陋的矮房、屁股长满痂疮的小孩、坐在教堂台阶上的乞丐,对我说:

"都是公爵使大家穷成这个样。"

卡莫纳坐落在一块贫瘠的山地上,街头没有井。有些人徒步走下平原去把羊皮囊灌满,水跟面包一样贵。

有一天早晨,教堂的丧钟响了,房屋正面挂上了黑布。我骑马走在父亲身边,跟着队伍给弗朗索瓦·里昂希出殡。贝特朗·里昂希一身黑衣,给他的哥哥戴孝。谣传说是他把哥哥毒死的。

卡莫纳的大街小巷充满节日气氛;广场上竖立的断头台推倒了;贵族们身穿绫罗,并辔连骑走在街上,华丽非凡;大广场上,骑士比武赛艺,平原上也可听到号角声、愉快的狗吠声;入夜以后,公爵的宫殿灯火辉煌。但是,在暗牢里,被贝特朗没收了家产的富人和贵族,发出幽幽的临终呻吟。上三道锁的箱子总是填不满;苛捐杂税层出不穷,压在贫贱的工艺匠身上;在霉臭阴湿的地上,孩子们在争夺大块的黑面包。老百姓恨贝特朗·里昂希。

经常到了夜里,皮埃尔·达勃吕齐的朋友在父亲家聚会,他们在火光下窃窃私议。每天,他的党徒和里昂希的党徒发生格斗。甚至卡莫纳的孩童也分裂成两派,在城墙上、丛林中、山石间,我们相互扔石子开战;一派叫道:"公爵万岁!"另一派叫道:"打倒暴君!"我们打得很凶,但是我对这种游戏从不感到满足。打倒在地的敌人站了起来,死人又会复活。交战的第二天,征服者和被征服者都丝毫无损。这不过是些游戏,我不耐烦地对自己说:

"我做孩子还要做多久!"

所有的十字路口燃起了欢乐的焰火,我那时十五岁。皮埃尔·达勃吕齐在公爵宫殿的台阶上,用匕首扎死了贝特朗·里昂希,群众把他举在空中。他站在阳台上,向下面的老百姓发表演说,答应要减轻他们的痛苦。监狱的门打开了,旧官吏免了职,里昂希的党徒被逐出城外。有几个星期,人们在广场上跳舞,个个笑容满脸,而在父亲家里,大家说话声音也高了。我不胜钦佩地望着皮埃尔·达勃吕齐,他用一把真的匕首扎进一个人的心,解放了他的城邦。

一年以后,卡莫纳的贵族穿上沉重的盔甲,骑着快马驶过平原:热那亚人在放逐者的怂恿下,侵入了他们的领地。我们的军队被他们打得落花流水,皮埃尔·达勃吕齐被一支长矛捅死。在奥朗多·里昂希的统治下,卡莫纳沦为热那亚人的藩属。每个季节的头几天,几辆满载金子的车从大广场往下拉,我们义愤填膺,瞧着这些车辆消失在去大海的路上。日日夜夜,在作坊阴暗的角落里,织布机声不绝于耳,可是城里的市民却赤脚走在路上,身上穿的是有破洞的长袍。

"就没办法了吗?"我问。

父亲和加埃当·达尼奥洛摇摇头,默不作声。三年来,一天又一天,我提出同样的问题,他们自始至终摇摇头。最后,加埃当·达尼奥洛笑了。他说:

"可能有些事可以做。"

奥朗多·里昂希在紧身衣下穿了一副锁子甲,他差不多天天是在宫殿内一扇铁栅窗后面度过的。他出门,身边带了二十个卫兵,由仆人先尝杯里的酒、盘中的肉。可是有一个星期天早晨,他在教堂望弥撒时,他的卫兵事先受到了贿赂,四个青年朝他扑过去,割断了他的咽喉,这是雅克·达尼奥洛、雷奥那多·韦扎尼、吕多维克·帕拉依奥和我干的。他的尸体被拖到教堂前的广场上,抛给群众,立刻被撕得粉碎,这时警钟敲响了。卡莫纳全体市民手执武器出现在街头。热那亚人和他们的党徒都遭到了屠杀。

父亲不愿意接受权力,我们选加埃当·达尼奥洛做我们城邦的领袖。这个人奉公廉洁,做事谨慎。他暗地里早和雇佣兵[①]队长皮埃尔·法昂扎谈判,他的军队立刻排列在我们的城墙下。得到这些雇

[①] 中世纪欧洲的一种私人武装队伍,谁出钱雇佣即为谁打仗,许多战争是借助他们进行的。

佣兵的支援,我们严阵以待,等着热那亚人。在我也是平生第一次参加了真正的人与人的战斗。死人不会复活了,败兵落荒而逃,我的长矛每扎一下,都是对卡莫纳的拯救。这一天,我即使战死,也是面含笑容,满怀信心,给我的城邦安排了一个凯旋的前程。

好几天,十字路口燃起了焰火,人们在街头跳舞,队伍绕着城墙游行,嘴里唱着赞美诗。接着纺织工人又开始织布,乞丐开始行乞,挑水的人在羊皮囊的重压下满街跑。遭到战火蹂躏的田野长出稀稀拉拉的麦子,老百姓吃的是黑面包。市民穿上了鞋子和新料子做的长袍,旧官吏早被免了职,但是在卡莫纳看不出其他变化。

"加埃当·达尼奥洛太老了,"雷奥那多·韦扎尼经常不耐烦地对我说。

雷奥那多是我的朋友,精通各种武艺,我感到他心中也有一点煎熬着我内心的这种烈火。有一天晚上,他邀请我们参加一次宴会,席间我们抓住年迈的加埃当,逼迫他让位。他和他的儿子遭到放逐,雷奥那多·韦扎尼攫取了权力。

老百姓对加埃当早已万念俱灰,现在满心喜悦迎接新希望的诞生。旧官吏由新人代替,街头又举行了庆祝。这是春天,巴旦杏花在田野怒放,天空从来没有这么蓝。我经常骑马登上遮住地平线的山岗,纵目观看绿色的、玫瑰色的辽阔平原,绵延不断,消失在另一脉蓝色的山岗下。我想:"这些山岗后面,还有其他一些平原,其他一些山岗。"然后,我望着坐落在山地上、傲然矗立着八座塔楼的卡莫纳:这里才是广大世界心脏跳动的地方,不久,我的城邦将会完成它的使命。

一个季节过了又是一个季节,巴旦杏树又开花了,庆祝活动在蓝天下展开。但是在街头还是一口井也没有,破旧的矮屋依然存在。平坦的通衢大道、白色的宫殿只是我的一片梦想。我问韦扎尼:

"你等什么?"

他望着我不胜惊奇:

"我不等什么。"

"干呀,你还等什么?"

"我不是已经干了吗?"他说。

"如果你什么都不干,为什么要夺取权力呢?"

"我夺了权力,有了权力,这对我已够了。"

"啊!"我激动地说,"我若处于你的地位!"

"又怎么样呢?"

"我会去谈判,给卡莫纳找几个强大的同盟,发动战争,扩大疆土,建造宫殿……"

"这一切都需要时间,"韦扎尼说。

"你有时间。"

他的脸突然变得严肃了:

"你知道我没有时间。"

"老百姓爱你。"

"他们爱不了多久的。"

他把手按在我的肩上。

"你说的那些大事业,要多少年才能完成! 首先要做出多大的牺牲! 人们不久就会恨我,推翻我。"

"你可以自卫。"

"我不愿意像弗朗索瓦·里昂希那样下场,"他说,"此外你知道,一切戒备都是没有用的。"

他又笑了一下,这种笑是我喜爱的。

"我不怕死。至少,我还可活上几年。"

他说中了,他逃不出命运的安排。两年后,若弗鲁瓦·马西格利指使几个暴徒把他掐死了。这是一个狡猾的人,他跟卡莫纳的贵族和解,答应他们一些特权。他的统治不比谁好,也不比谁差。话得说回来,怎么能够指望一个人有足够长的时间把一个城邦控制在手里,以给它带来昌盛与光荣呢?

父亲日益衰老,要求我在他有生之年娶亲成家,使他还有可能对着孙子微笑。我娶了卡特琳·达隆佐,一个贵族少女,美丽虔诚,头发像纯金那样闪耀发光。她给我生了一个男孩,叫唐克雷德。不久以后,父亲去世了。我们把他安葬在俯临卡莫纳的坟地上。我眼望着棺材放进墓穴,里面仿佛躺着我自己干瘪的尸体、我白费心机的一生,不由感到一阵寒栗。"我也会像他那样,一事无成地死去吗?"在以后的日子里,我看到若弗鲁瓦·马西格利骑马经过我面前,我手紧紧握住剑柄,可是我想:"一切都是白费心机,既然我也会轮到给人杀死的。"

一三一一年初,热那亚人向佛罗伦萨发动战争;他们富裕强盛,野心勃勃;他们征服了比萨,要做意大利北方领土的霸主,他们气势雄长,可能还有更深远的图谋。他们要跟我们结成联盟,是为了更容易打垮佛罗伦萨,并奴役我们:他们向我们要人,要马,要粮食,要秣草,还要在我们土地上通行无阻。若弗鲁瓦·马西格利隆重接待他们的使臣,传说热那亚人准备收买他一起作战,他是一个贪婪的人。

二月十二日下午两点,一支壮丽的队伍伴送热那亚使臣朝着平原走去时,若弗鲁瓦·马西格利骑在马上走过我们窗前,一支箭射中他的心窝;我是卡莫纳最好的神箭手。在同一时刻,我的伙伴分散到城市各处,大声高呼:"杀死热那亚人!"得到我暗地通知的市民冲进公爵的宫殿。当晚,我做了卡莫纳的领袖。

我叫所有人武装起来。农民抛弃了平原,随身带了他们的小麦和牲畜躲到城墙后面。我派了信使去找雇佣兵队长查理·马拉泰斯塔,叫他来援助我们。我关上了卡莫纳的城门。

"叫他们回家去吧,"卡特琳说,"看在天主分上,看在我的分上,以我孩子的名义,你叫他们回家去吧。"

她屈膝跪在地上,红一道白一道的脸上热泪滚滚往下落。我把手按在她的头发上。她的头发干枯易折,两只眼睛黯淡无光,在粗布长裙下是一个肤色发灰、瘦削的身子。

"卡特琳,你知道粮仓已经空了!"

"这是做不得的,这是不可能的,"她失声大叫。

我扭转头,路上的冷空气从半掩的窗户钻进宫里。一片静默。黑压压的队伍悄无声息,由大路往下走,人们站在门槛上、伏在窗前望着队伍悄悄走过。只听到人群驯服的脚步声,马匹铿锵的蹄掌声。

"叫他们回家去吧,"她说。

我看看约翰,然后又看看罗杰。

"还有别的办法吗?"

"没了,"约翰说。

罗杰摇摇头说:

"没了。"

"那为什么不把我也赶走呢?"卡特琳说。

"你是我的妻子,"我说。

"我是一个吃闲饭的。我应该跟他们一起。啊,我是个胆小鬼!"她说。

她用手捂住脸孔。

"我的天主,宽恕我们吧。我的天主,宽恕我们吧!"

他们从乡镇下来,他们从下城上来。苍白的阳光照在红瓦盖的屋顶上,屋顶与屋顶之间是一道道黑影。在每道黑影里,他们三五成群结队前进,旁边是骑马的士兵。

"我的天主!宽恕我们吧。我的天主!宽恕我们吧。"

"别再叨唠了,"我说,"我知道天主在保护我们。"

卡特琳站起身,走到窗前。

"所有这些人!"她说,"他们看着,就是不出声!"

"他们愿意拯救卡莫纳,"我说,"他们爱自己的城邦。"

"热那亚人会把他们的妻子怎么样,他们不知道吗?"

队伍聚集在广场上:女人,孩子,年老的,残废的;他们有从上城来的,有从下城来的;他们手里提了包裹,因为还没有失去一切希望;有几个女人在重担下弓着腰,好像到了城墙那一边,这些被子、这些炊具、这些幸福的回忆还有什么用似的。士兵劫走了他们的马匹,在堤岸后面,那个玫瑰色大水池里慢慢地站满了哑然无声、黑压压的人群。

"雷蒙,叫他们回家去吧,"卡特琳说,"热那亚人不会放他们过去的。他们都会在沟里饿死冻死。"

"今天早晨给士兵发了些什么?"我说。

"一碗麸皮粥,一碗野菜汤,"罗杰说。

"今天开始是冬天了!我还能顾到妇女和老人吗?"

我向窗外一望。"马利亚!马利亚!"一声尖叫划破静空。喊叫的是一个年轻人,他越过广场,钻进马肚子底下,挤进人群,"马利亚!"两个士兵把他抓住了,扔到堤岸的另一边。他挣扎。

"雷蒙!"卡特琳叫道,"雷蒙,还是把城池献出去吧。"

她双手紧紧攥住窗子的铁栏杆,仿佛不胜承受一种力量的重压,快要跌倒了。

"他们把比萨糟蹋成什么样,你知道吗?"我说,"全城夷为平地,男人都沦为奴隶。斩断一条胳臂比全身烂掉强。"

我看了看白石砌的巍巍塔楼,雄踞在红瓦屋顶上。"如果我们不献出去,他们永远占领不了卡莫纳。"

士兵放了那个年轻人,他站在宫殿窗下一动不动。他抬起头高喊:"处死暴君!"没有人移动一步。教堂钟声齐鸣,敲的是丧钟。卡特琳向我转过身。

"他们中间总有一个人会把你杀死的,"她粗暴地说。

"我知道,"我说。

我前额贴在玻璃上。"他们会把我杀死的。"我感到胸前寒气森森的锁子甲。他们都穿着一副锁子甲,但是没有一个统治五年以上。那边,在冰冷的顶楼上,挤在蒸馏器与过滤器之间,医生们几个月来在研究,但是什么也没有研究出来。我知道他们永远研究不出的,我逃不过一死。

"卡特琳,"我说,"你跟我起誓,我死后你不会把城池献出去。"

"不,"她说,"我决不起誓。"

我朝着壁炉走去。在用新葡萄枝点燃的小炉火前,唐克雷德躺在地毯上,跟他的狗在玩。我把他抱在臂上;他脸色红润,金黄头发,像他的母亲;这是个很小的孩子。我把他放在地上,没有说一句话。我孤零零一个人。

"爸爸,"唐克雷德说,"我怕库那克病了。它没精神。"

"可怜的库那克,"我说,"它很老了。"

"要是库那克死了,你再给我找一条吗?"

"卡莫纳一条狗也找不出来了,"我说。

我又回到窗前。丧钟继续响个不停,黑压压的人群移动了。大家没有一句话,没有一个动作,望着自己的父亲、自己的母亲、自己的妻子、自己的孩子走过去。低首下心的人群朝着城墙慢慢往下走。

"只要我在这里,他们不会退却,"我想。

一股强烈的寒气钻入我的心房。"我能长久待在这里吗?"

"祈祷快开始了,"我说。

"啊,现在你为他们祈祷,"卡特琳说,"热那亚人奸污他们的妻子,做丈夫的却在祈祷!"

"我这样做也是不得已,"我说。

我走近她身边。

"卡特琳……"

"别碰我,"她说。

我向约翰和罗杰做个手势。

"去吧。"

在大路高处,教堂闪闪发光,白的,红的,绿的,金黄的,像一个和平的早晨那样喜气洋洋。钟楼敲着丧钟,身穿深色长袍的男人静静地朝着教堂往上走;甚至他们的脸上也不带表情;他们朝我看,目光既无憎恨,也无希望。在关闭的店铺上方,生锈的招牌在风中发出嘎嘎的声音。石头路面上不长一根青草,城墙脚下不长一根荨麻。我登上大理石台阶,转过身来。

卡莫纳建立在荆棘丛生的山地上,透过绿色橄榄树丛,可以看到山脚下热那亚人的红色帐篷。有一支黑色队伍从城里蜿蜒而出,走下山岗,往营地走去。

"您认为热那亚人会收留他们吗?"约翰说。

"不会,"我说。

我跨进教堂门,武器的碰击声和哀乐声响成一片,哀乐在石头穹顶下发出嗡嗡的回声。当洛朗佐·韦扎尼在花丛和红色帐篷之间经过时,身边没有一个卫兵,脸带着笑容;他没有想到死,然而他死了,是被掐死的。我跪下。他们都躺在祭台的石板地下:弗朗索瓦·里昂希是被毒死的,贝特朗·里昂希是被暗杀的,皮埃尔·达勃吕齐是被长矛捅死的,还有奥朗多·里昂希、洛朗佐·韦扎尼、若弗鲁瓦·马西格利,以及年迈的加埃当·达尼奥洛,他是在流放中老死的……他们身边有一个空位子。我低下头。还有多久呢?

神甫跪在祭台下低声祷告,沉重庄严的祷告声升向穹顶。我戴手套的双手托住前额。一年?一个月?我的卫兵站在我身后,但是在他们身后是空的:在空与我之间只是一些人,一些软弱无力、反复无常的家伙。这会从我身后来的……我手托得更紧了,我不应该回过头去,不应该让人家知道。天主矜怜我等……天主矜怜我等……这种单调的祈祷声又会喃喃地念起来,也正是在这一块地方会摆上黑色的灵台,洒上银色的眼泪。这三年的奋斗也将会付之东流。如果我回过头去,他们会把我当作一个懦夫;我不是一个懦夫。但是我不愿意一事无成地死去。

"我的天主!"我说,"让我活下去吧!"

喃喃的祈祷时而低时而高,像阵阵海涛。这些祈祷会上达天庭吗?死者在天上又会得到一次生命,这是真的吗?我想:"我那时不会有手,也不会有声音;我将看到卡莫纳打开自己的城门,我会看到热那亚人把塔楼铲平,而我无能为力了。啊!我希望那些僧侣说的不是真话,我希望死得一干二净!"

祈祷声停了。一根戟杖敲了敲石板地,我走出教堂,白光迷乱了我的眼睛。我在正门台阶上待了一会儿。没有一个残废者在求乞,没有一个孩子在台阶上玩。平滑的大理石在阳光下闪闪发光。远处,山腰里是空的,红色帐篷四周骚乱一片。我转过目光。平原上发生的事,天上发生的事,都与我无关。要由妇女和小孩自己问自己:他们做些什么?他们能坚持多久?查理·马拉泰斯塔会在春天赶到吗?天主会拯救我们吗?我什么也不等待,我把卡莫纳城门关得严严的,我什么也不等待。

我慢慢地朝着宫殿往下走。沉重的静默像诅咒似的压得全城透不过气,我想:"我现在在这里,以后就不会在这里了,我哪儿都不会在了;这会从身后来的,就是来了我也不会知道。"接着我又激动地想:"不,这不可能的;这对我是不会来的!"我转身对罗杰说:

"我上阁楼去。"

我爬上弯弯曲曲的楼梯,解下腰带上的钥匙,打开门。一种呛人、淡而无味的气味直冲我的咽喉。石板地上到处是枯草;锅子、曲颈瓶放在炉子上烧;室内烟雾弥漫。佩特吕基欧身子俯在一张桌子上,桌上放满短颈的、长颈的玻璃瓶。他在一只研钵内调研一种黄色浆液。

"其他人在哪儿?"

佩特吕基欧抬起头。

"他们睡了。"

"这个时候?"

我用脚踢开半掩的门。八个医生躺在为他们靠墙而放的床上。有的睡熟了,有的两眼茫茫望着天花板上的大梁。我又把门关上。

"他们工作太辛苦了!会累死的!"

我向佩特吕基欧肩膀探过身去:

"这是解毒药?"

"不。这是治冻疮的。"

我双手捧起研钵,朝地上猛力摔去。佩特吕基欧冷冷地看了我一眼。

"我试图做些有用的工作。"

他弯下身,捡起沉重的大理石研钵。

我朝炉子走去。

"我肯定有人会找到的,"我说,"万物有正必有反;有毒药,一定有解毒药。"

"可能一千年后会发现的。"

"它现在就存在!为什么不能马上发现?"

佩特吕基欧耸耸肩膀。

"我马上需要,"我说。

我朝四周张望。药就在那里,藏在这些草里,这些红的、蓝的粉末里,我只是没有能力把它看出来,我像一个瞎子站在长颈瓶、短颈瓶组成的彩虹前,佩特吕基欧也是个瞎子。药就在那里,世界上就没有一个人有能力把它看出来。

"啊!天主!"我说。

我把门在身后砰地关上。

风刮上了城墙的巡查道。我倚在石头护墙上,望着火焰劈劈啪啪地从壕沟升起。远处,热那亚人营地上火光闪闪。在我身后,在黑暗里,是平原,平原上有不见人影的大路、遗弃的房屋,平原像海洋一样大而无用。卡莫纳孤零零地坐落在山地上,是迷失在大海中心的一座孤岛。随风飘来一阵阵树枝的焦味,寒气中星火四飞。他们把山上的荆棘烧了,"这最多坚持两天,"我想。

脚步声、铁器声引我抬起了头。他们排成一行,跟在一个卫兵后面,卫兵手举火把。他们双手反缚在背后。卫兵首先在我面前经过,然后是一个气色红润、两腮鼓鼓的女人,一个老妇人,一个年轻女子,她眼睛看着地面,我看不见她的脸孔,另有一个女的,好像长得很漂亮;再后面来了一个满脸胡子的老头儿,还有一个也是老头儿。他们为了求生躲了起来,现在都要去死了。

"您把他们带往哪儿?"我说。

"带往西城墙。那边最陡。"

他们人数不多。

"我们找到的就是这些,"卫兵说。

他转身对犯人说:

"走,往前走。"

"福斯卡,"其中一个人尖声叫道,"让我跟你谈谈,不要叫我死。"

我认识他,这是巴托洛梅奥,在教堂门廊下伸手求乞的乞丐中最老最卑贱的一个。卫兵轻轻敲他:

"往前走。"

"我知道那种药,"老头儿叫道,"让我跟你谈谈。"

"药?"

我向他走过去。其余的人已经消失在黑夜中了。

"什么药?"

"那种药。藏在我家里。"

我打量这个乞丐,他肯定在撒谎。他的嘴唇哆嗦,尽管寒风刺骨,黄色脑门上还是冒出汗珠。他活了八十多岁,还在为了不死而奋斗。

"你撒谎,"我说。

"我对着圣福音书起誓,我没有撒谎。我父亲的父亲把它从埃及带来的。假若我撒谎,你明天把我杀了。"

我转身对罗杰说:

"把这个人和他的药带进宫来。"

我倚在雉堞墙上,朝这些毫无希望、在黑夜中错错落落的火把望了最后一眼。一声尖叫刺破了寂静:是从西城墙传来的。

"我们回去吧,"我说。

卡特琳坐在火炉旁,身上裹了一条毯子。她在一支火把下缝补。当我走进房去,她没有抬一抬眼睛。

"爸爸,"唐克雷德说,"库那克不动了。"

"它睡了,"我说,"让它睡吧。"

"它一点不动了,一点也不动了。"

我俯下身,摸摸这条老狗身上干枯的毛。

"它死了。"

"它死了!"唐克雷德说。

他红红的脸缩成一团,眼泪夺眶而出。

"去吧,别哭了,"我说,"要像个大人。"

"它永远死了,"他说。

他放声大哭。三十年兢兢业业,总有一天我免不了会直挺挺躺下,那时一切都不取决于我了。卡莫纳将落入弱者手里。啊!即使最长的生命也是那么短促!所有这些暗杀又有什么意义呢?

我在卡特琳身边坐下。她在补一块布,手指上全是冻疮。我轻轻唤她:

"卡特琳……"

她朝我转过一张死人的脸。

"卡特琳,责备我是容易的。但是你处于我的地位试试。"

"天主保佑我永远不要处于你的地位,"她说。

她又低头做手里的活儿,说:

"今夜要结冰了。"

"是的。"

我望着这些暗淡、摇晃的影子在挂毯上抖抖索索,我突然感到疲劳不堪。

"那些孩子,"她说,"他们前面还有整整的一生。"

"啊!别说啦。"

我想:"他们都要死的,卡莫纳会得救的。接下来,我也死了,得救的城市又会落入佛罗伦萨人或米兰人的手里。我救了卡莫纳,但还是一事无成。"

"雷蒙,让他们回卡莫纳来吧。"

"那样,我们大家都得死,"我说。

她低下头,用又粗又红的手指缝补。我想把头放在她的膝盖上,抚摸她的腿,对她露出笑容。但是,我已不会笑了。

"城围了很久啦,"她说,"热那亚人疲劳了,为什么不跟他们谈判试试呢?"

我心窝上闷闷地挨了一下,问:

"你真的这样想吗?"

"是的。"

"你要我打开城门放热那亚人进来?"

"是的。"

我用手擦脸。他们都是这样想的,这点我知道。那么,我在为谁战斗呢?卡莫纳是什么呢?一堆没有感情的石头,一些贪生怕死的人。在他们心中跟在我心中都有同样的恐惧。假若我把卡莫纳献给热那亚人,可能我们会得到他们饶恕,再活上几年。一年的生命也是好的:为了一个夜晚,老乞丐向我苦苦哀求。一个夜晚,整整一生。那些孩子,他们前面还有整整的一生……我突然想撒手了。

"大人,"罗杰说,"您要的人带着他的药来了。"

他抓住巴托洛梅奥的肩膀,递给我一个盖满尘土的瓶子,里面装满颜色发绿的液体。我朝乞丐看一眼:皱纹满脸,胡子肮脏,两眼眨巴。我就是逃过毒药、刀剑、疾病,将来也会变成这个样儿。

"这是什么药?"我说。

"我和你单独说几句,"巴托洛梅奥说。

我向罗杰示意:

"你去吧。"

卡特琳要站起来,我用手按住她的手腕。

"我对你没有秘密。现在你说吧,"我对乞丐说。

他脸带怪笑,看了我一眼说:

"瓶里装的是长生药。"

"这么个玩意儿?"

"你不信?"

我对他这种笨拙的诡计感到好笑。

"你要是不会死,干吗怕给扔到沟里去?"

"我不是不会死,"老头儿说,"这瓶子是满的。"

"那你自己为什么不喝?"我说。

"那么你,你敢喝吗?"

我把瓶子捧在手里;液体混浊不清。

"你先喝。"

"宫里有没有一个活的动物,一个小动物?"

"唐克雷德有一只白老鼠。"

"叫人把它找来,"老头儿说。

"雷蒙,这只老鼠他挺喜欢的,"卡特琳说。

"去把它找来,卡特琳,"我说。

她站起身。我带着挖苦的语气说:

"长生药?为什么不早想到卖给我?你也不至于当乞丐了。"

巴托洛梅奥手指抚摸盖满尘土的玻璃瓶颈。

"正是这瓶该死的药叫我当上乞丐的。"

"怎么一回事?"

"我父亲是个聪明人。他把瓶子藏到阁楼上,没有再动。临死时,他向我泄露了这个秘密,但是劝我也别碰。我那时二十岁,既然命运要我青春常驻,我还愁什么?我盘卖了父亲的店,挥霍了他的家财。我每天对自己说:'明天我把它喝下去。'"

"而你没有喝?"我说。

"我穷了,就没敢喝。我人也老了,接着身子也残废了。我老是说,临死前喝。刚才我躲在茅屋角落里,你的卫兵找到我时,我还是没有喝。"

"现在还有时间,"我说。

他摇摇头。

"我怕死。但是一个过不完的生命,这太长啦!"

卡特琳把一只小木笼放在桌上,坐回原处一声不出。

"你仔细看,"老头儿说。他打开瓶塞,在掌心倒了几滴液体,抓住老鼠。老鼠吱地叫了一声,把嘴伸进绿液中。

"这是毒药,"我说。

老鼠躺在老人掌心,毫无生气,好像受到雷殛似的。

"等一会儿。"

我们等着。突然,僵死的小身子又开始蠕动了。

"它那时是睡熟了,"我说。

"现在,"巴托洛梅奥说,"扭断它的脖子。"

"不,"卡特琳说。

他把老鼠放在我的掌上。有热气,活的。

"扭断它的脖子。"

我猛地用手一捏,这些骨头格格响。我把尸体扔在桌上。

"好了。"

"你看着,你看着,"巴托洛梅奥说。

有那么一会儿,老鼠侧身躺着一动不动。后来,它又站了起来,开始跑步越过桌子。

"它那时是死的,"我说。

"它今后再也不会死了。"

"雷蒙,把他赶出去,这是个巫师,"卡特琳说。

我抓住老人的肩膀。

"把整瓶都喝下去吗?"

"是的。"

"我会老吗?"

"不会。"

"把他赶出去,"卡特琳说。

我望着老头儿,半信半疑。

"要是你对我说的是假话,你知道等着你的命运是什么吗?"

他低下头:

"要是我对你说的不是假话,你让我活命吗?"

"好吧,成全你,"我说。

我喊:

"罗杰。"

"大人?"

"看住这个人。"

门又关上了,我朝桌子走去,伸出手。

"雷蒙,你不要喝!"卡特琳说。

"他没有骗我,"我说,"他有什么理由要骗我呢?"

"啊!他就是在骗你,"她说。

我对她望了一眼,手又落了下来。她激动地说:

"基督要惩罚当面嘲笑他的那个犹太人时,他就是说要判他永远活下去。"

我没有回答。我想:"我今后可以做多少事啊!"我抓起瓶子。卡特琳用手捂住脸孔。

"卡特琳。"

我环顾四周。我再也不会用同样的眼光来看这个房间了。

"卡特琳,如果我死了,你把城门打开。"

"不要喝,"她说。

"如果我死了,你爱做什么就做什么。"

我把瓶子凑到嘴边。

我睁开眼睛,天已大亮了,屋里挤满了人。

"什么事?"

我一臂撑起身子,头沉沉的。卡特琳站在我的床头,两眼直愣愣望着我。

"什么事?"

"你在床上已经躺了四天,全身冰凉像个死人,"罗杰说。

他也显得惊慌不安。

"四天!"

我跳了起来。

"巴托洛梅奥在哪儿?"

"我在这里。"

老头儿走近来望了我一眼,面带怨恨的表情。

"你叫我好怕啊!"

我抓住他的胳膊,带到门框里。

"成了吗?"

"成了。"

"我不会死了?"

"不会死了。你想死也死不成了。"

他开始大笑,挥舞双手。

"过不完的时间,"他说,"过不完的时间呀!"

我用手按住咽喉,感到窒息。

"我的斗篷,快。"

"您要出去?"约翰说,"我去通知卫队。"

"不。不要卫队。"

"这太大意了,"罗杰说,"城里不太平。"

他转过目光。

"壕沟里传来的诉苦声,日夜不断,叫人听不下去。"

我在门前停下:

"发生了骚乱?"

"还不至于。但是每天晚上,都有人试图把粮食扔到城墙外面。有人在粮仓偷了几袋麦子。有人口出怨言。"

"谁口出怨言,就给谁二十下鞭子,"我说,"到了晚上,谁在城墙上被抓住,就把谁吊死。"

卡特琳脸色陡变,冲着我走前一步:

"你再不愿意让他们回家来啦?"

"啊!别提了,"我不耐烦地说。

"你跟我说过:'如果我死了,你把城门打开。'"

"但是我没有死。"

我对她红肿的眼睛、干瘪的腮帮看了一眼。她为什么那么悲哀?他们为什么显得那么悲哀?我内心却欢喜若狂。

我走过玫瑰色广场。一切没有变化:同样的沉默,同样的小铺子,门窗用笨重的木板堵得死死的。可是一切像黎明那样新鲜,这是大晴天的黎明,宁静而又灰白。我望了一眼红彤彤的太阳,高悬在棉絮般的天空,我微笑了,我好似能够去采摘云絮中这个辉煌欢乐的大圆球。我探手可以碰到天,我觉得未来是我的天下。

"平安无事?一切正常?"

"一切正常,"哨兵说。

我走上了巡查道。山上岩石裸露,壕沟里没有一点火光,没有一根草。"他们都是会死的。"我一只手按在石头雉堞上,觉得自己比石头还坚硬。我向他们要求些什么?十年,半个世纪。一年算得了什么?一个世纪算得了什么?我想:"他们生来就是要死的。"我俯身下望。热那亚人也是要死的,这是些绕着营帐转悠的黑色小蚂蚁。但是卡莫纳不会死。四边八个高耸入云的塔楼,卡莫纳屹立在灿烂阳光下,永无尽日,一天比一天壮大,一天比一天美丽。它将侵入平原地带,将统治整个托斯卡纳①。我两眼盯住横卧在天边、起伏绵延的山脊。我想:"世界在这后面。"我心中有什么东西爆炸了。

冬天过了。篝火已经熄灭,呻吟已经停止。初春乍暖的天气,一阵阵尸首腐烂的臭味随风飘至卡莫纳。我嗅在鼻里毫不恐惧。我知道,从壕沟里散发出致命的瘟疫,将会感染热那亚人的营地。他们的头发会脱落,肢体会红肿,血液会发紫,他们会死。当查理·马拉泰斯塔带了军队出现在山峰上,热那亚人急急忙忙收营拔寨,不战而逃。

大车尾随雇佣军而来,满载着一袋袋面粉、大块的肉、装满羊皮囊的酒。各个广场火光通明,凯旋声响彻全城。人们在街头相互拥抱。卡特琳双臂紧紧搂住唐克雷德,她四年来第一次笑了。晚上有一个盛大的宴会。马拉泰斯塔坐在卡特琳右首,喝酒谈笑,踌躇满志。我也是,感到酒的热气顺着血管流转,内心充满喜悦,但是这种喜悦跟其他人的不一样,它又硬又黑,像一块石头压在我心上。我想:"这仅仅是个开始。"宴会结束后,我领马拉泰斯塔到珠宝厅,把商定的银钱

---

① Toscana,意大利中部地区。

如数算给他。

"现在,"我说,"去追击热那亚人,直捣与我们土地毗邻的城堡和城市,您愿意干吗?"

他笑了一笑。

"您的箱子空了。"

"明天会满的。"

天一亮,我派了几个传令官晓谕全城,每人要在天黑前把自己所有的金银财宝献上来,否则处死。有人对我说,许多人有怨言,但是没有人敢于反抗。日落时刻,一堆堆珠宝放在箱子里。我把这些财富分为三份。一份交给军需官,去筹买小麦;一份给呢绒商,去采购羊毛。我把第三只箱子指给马拉泰斯塔看:

"我还可以挽留贵方军队为我服务几个月?"

他把手伸进熠熠发光的珠宝堆。

"好几个月。"

"几个月?"

"这要看战争的收获有多大,"他说,又笑了一笑,"也要看我的兴致好不好。"

他漫不经心地让珠宝在指缝间簌簌往下落,我不耐烦地望着他。每颗珍珠、每粒钻石,是今后秋收的种子,是保卫我们疆土的一座城堡,是从热那亚人手中夺取的一块土地。我召集专家,他们整夜在清点我的财富,我和马拉泰斯塔商妥每人每天固定的雇佣费。于是我叫卡莫纳人集合在宫前的广场上,向他们发表演说:

"你们家里再也看不到女人,你们粮仓再也没有小麦。让我们去收割热那亚人的麦子,把他们的女儿带回家来。"

我还说,圣母在我梦中显过灵,她答应我,在卡莫纳能够跟热那亚、佛罗伦萨并驾齐驱以前,我头上不会掉落一根毫发。

青年又穿上了盔甲。他们的腮帮瘪的,眼睛眍的,形容憔悴,可是,饥荒虽则损坏了他们的躯体,也磨炼了他们的灵魂,他们跟随我毫无怨言。为了提高他们的勇气,我指给他们看热那亚人的紫酱色尸体,横七竖八地沿壕沟躺着。马拉泰斯塔的军士容光焕发,两腮丰满,肩膀厚实,在我们眼里简直是一群天兵天将。雇佣兵队长随心所欲地指挥他们,有时没必要地延长休整时间,有时爱在月光下驰骋就兼程倍道。他不去穷追溃退的热那亚人,借口说他遇到的尽是些濒死的和已死的敌人,提不起精神,而要去攻占蒙特费蒂城堡。在那次战役中,他耽误了一个白天,牺牲了几名将官。我责怪他浪费时间和生命,他昂然回答我:

"我高兴怎么打就怎么打。"

热那亚人利用我们留给他们的喘息机会,避开交锋,躲进了维拉那。这是一座防卫森严的城市,四周城墙坚不可摧。马拉泰斯塔于是宣布,我们应该放弃这次攻城。我要求他耐心等待一个晚上。在维拉那城门的两侧,有一条地下水道,把各处的水聚集在城墙脚下,通过一条引水渠引入城内。没有人能够进入这条地下水道而不被淹死。我对谁都没有泄露自己的计划。我只是命令几名副官埋伏在西暗道上,自己卸下盔甲,钻入黑暗的隧道。起初,我还可以呼吸到聚积在拱顶下淡而无味的空气,后来拱顶低了下来,石头与水之间已无空隙。我迟疑了。流水湍急。如果我再往前走,可能没有气力游回到有亮光的地方。"要是那个老头儿说的是假话?"我想。在我前面,在我身后,漆黑一团,除了水的流涡听不到其他声音。要是那个老头儿说的是假话,我是个会死的人,死在今天或者死在明天,有什么区别呢?我想:"现在,我就会知道了。"我钻了下去。

他说的是假话。我脑门嗡嗡响,胸脯像给钳子夹住。我要死了,热那亚人会把我浸泡的尸体扔去喂狗。我竟会相信这种荒谬的故事？愤怒、刺骨的冷水使我透不过气,我只盼望这个弥留时刻早早结束,因为我老是死不了。突然,我明白自己游了好长一段时间,我不会死;我一直游到隧道出口。不可能再怀疑了,我是真的不会死的。我多么愿意下跪,感谢魔鬼或天主,但是哪儿有他们的行迹。我看到的只是弯月当空,四野寒气逼人,肃静一片。

城是空的。我抵达西暗道,蹑步走至哨兵身后,一剑把他砍倒。哨亭里睡着两个士兵。第一个在睡梦中给我杀了,第二个刚一交手就丧了命。我打开城门,军队偷袭进城,出其不意地屠杀了整个城防军。到了黎明,惊恐不安的市民发现他们已经换了主人。

半数男人作为囚犯,押到卡莫纳,耕种我们的土地;随同他们也带走了一群青春少女,给我们传宗接代。从维拉那,我们居高临下,毫无困难地侵占了平原上的许多小镇。我在雨点般的箭矢下,冲锋陷阵,身先士卒,我的部下都称我为无敌英雄。

我希望乘胜夺取里维尔港,这是热那亚的藩属,可以给卡莫纳提供一个出海口。但是马拉泰斯塔突然做出决定,说他打仗打厌了,要带了自己的队伍离开。我只得拨转马头,和马拉泰斯塔并肩走上归途。我们在一条十字路口分道扬镳。他前往罗马去找寻新的冒险,我久久地目送这个人远去,他在生活中漫无目的,像会死的人那样随随便便安排自己的命运。然后,我挥鞭朝卡莫纳疾驰而去。

我不愿再把城邦的前途掌握在雇佣兵手里,决定自己建立一支军队。我需要许多钱。我征收重税,颁布一项反奢侈法律,禁止男女有两件以上粗呢长袍,不许佩戴任何首饰;贵族吃饭只能用陶器或木头做的碗盆;反抗者不是投入暗牢,便是在广场上受车刑,并且财产充公。我强迫男人在二十二岁前结婚,女人给城邦养儿育女。耕地的、织布的、商人、贵族,一律要当兵。我亲自监督练兵,不久,我建立了一个连队,然后两个,然后十个。同时,为了增加我们的财富,我鼓励农商业发展,每年举行一次盛大的贸易会,吸引外国商人来购买我们的小麦和呢料。

"这样的生活要过多久?"唐克雷德说。他的头发像他母亲,浅黄色的,有一张贪婪的嘴。他恨我。他不知道我不会死,但是他相信我有一种神药,服了不害病不衰老。

"需要多久就多久,"我说。

"需要!"他说,"对什么需要?对谁需要?"

一种看不到希望而郁积的怒气使他的眼睛变得冷酷无情。

"我们已经跟锡耶纳、比萨一样富裕,但是除了婚礼和洗礼以外,不知道还有其他节日,穿得像个修士,住在修道院里。我是您的儿子,但日日夜夜要在一个粗鲁的队长命令下操练。我和我的同伴没有过上青春的年代便衰老了。"

"我们生活清苦,未来会给我们报答的,"我说。

"但是谁把您从我们身上偷去的岁月还给我们?"他说。

他瞪了我一眼:

"我只有一个生命。"

我耸耸肩膀。什么是一个生命?

三十年后,我有了一支全意大利最庞大、装备最精良的军队。我开始准备讨伐热那亚,这时平原上掀起一场暴风雨。雨水如注,下了一天一夜。河水涨了,下城的道路沦为泽国,泥水直往房屋里灌。早晨,女人打扫污秽的地板,男人神情沮丧,望着泥泞的广场、塌陷的道路、洪水冲倒的长穗的麦子。天空还是阴霾不开。到了晚上,雨又下了。于是我懂得什么样的危机在威胁我们。刻不容缓地,我派商人赴热那亚,要他们去西西里、撒丁岛以及整个巴巴利地区收购小麦。

雨从春天下到夏天。意大利境内,庄稼淹了,果树砍了,秫草损坏了。但是,到了秋末,卡莫纳的粮仓又装满一袋袋粮食,这是我们雇了货船从海外运来的。我怀着吝啬的热情,呼吸着它们的灰尘气味。最小的麦粒也是沉沉的。我叫人盖了几座宫炉,每天早晨我亲自秤了一百来次麦子,分发给面包师傅做麦面粉面包,分量也由我规定,免费赈济穷人。意大利全境缺少小麦,一公担涨至三十六里弗尔①,麸皮价格不相上下。一个冬天,佛罗伦萨死了四千人。可是,卡莫纳没有从城里赶走过一个穷人、一个残废者、一个外国人,还留下足够的麦粒进行播种。一三四八年春季最初几天,意大利的田野是一片赤地,我们的平原上麦浪滚滚,在卡莫纳的广场上举办了一个贸易会。我倚在城墙上,望着马队爬登山岗,想:"我征服了饥荒。"

蓝色的天空、节日的闹声从敞开的窗户进来,卡特琳坐在路易丝旁边刺绣。我肩上驮了个小西吉斯蒙,奔跑在插满巴旦杏花枝条的房间里。

"小跑,"小孩喊,"大跑!"

我爱他,他比任何大人都跟我亲近;他不知道他的日子屈指可数,不知道年、月、星期;他沉湎在一个没有明天、也没有结束的光彩夺目的日子里——一个永恒的开始,一个永恒的现实。他的欢乐像天空一样无穷无尽:"小跑!大跑!"我一边跑一边想:蓝色的天空决不会消失,今后的春天比眼前的巴旦杏花还要纷纭繁盛。我的欢乐永远持续不已。

"但是,您为什么要那么早走?"卡特琳说,"等过了圣灵降临节②再走。那边天气还冷。"

"我要走,"路易丝说,"我明天就走。"

---

① livre,西欧古代的一种货币单位。
② 基督教节日,复活节后第五十天的庆祝日。

"明天?您没有想过吗?屋子整理一下至少需要一个礼拜。"

"我要走,"路易丝说。

我走过去,好奇地望了望这张赌气的小脸。

"为什么?"

路易丝把针插在挂毯底布上。

"孩子需要换换空气。"

"可是我看他们长得非常健康,"我说。我拧一下西吉斯蒙的腿肚子,对坐在地毯上沐浴在阳光中的两个小女孩笑笑。

"卡莫纳的春天多美。"

"我要走,"路易丝说。

唐克雷德嘿地一笑:

"她怕。"

"怕?"我说,"怕什么?"

"怕瘟疫,"唐克雷德说,"她是对的,您就是不应该让外国商人进来。"

"多蠢,"我说,"罗马、那不勒斯可远着呢。"

"听说在阿西西飞落了一大片虫子,全身乌黑,八条腿,还长钳子,"路易丝说。

"在锡耶纳附近,土地迸裂,还往外喷火!"我带着嘲弄的口气说。我耸耸肩膀。

"你们要是相信这些流言蜚语,嘿!"

卡特琳转身朝向罗杰,罗杰两手放在肚子上假寐。最近,他睡个没完,身子发胖了。

"罗杰,您的意见怎么样?"

"一个热那亚商人跟我说,瘟疫已经蔓延到了阿西西,"他漠不关心地说。

"即使这是真的,它也到不了这里,"我说,"这里空气像山区一样干净。"

"当然啰,您,您没有什么可以害怕的,"路易丝说。

"您的医生是不是料到会有瘟疫?"唐克雷德说。

"唉!我亲爱的儿子,他们一切都料到的,"我说。

我不怀好意地望他一眼:

"我答应你,二十年后,我让西吉斯蒙掌权。"

他站了起来,砰的一声把门在身后关上。

"你不要逼他太甚,"卡特琳说。

我没有回答。她看我一眼,迟疑不决的。

"那些僧侣要求跟你谈谈,你不接见吗?"

"我不会让这群乱民闯进卡莫纳的,"我说。

"但是他们的意见你不应该拒绝听,"卡特琳说。

"他们可能会告诉我们一些瘟疫的情况,"路易丝说。

我向罗杰做个手势。

"好吧。叫他们进来。"

在哀鸿遍野的意大利,每个城市都有人奋然而起,狂热地宣扬苦修。听了他们的传道,商人放弃了店铺,工艺匠放弃了作坊,农民放弃了田地,穿上了白色长袍,把脸罩在风帽里;最穷的人身上裹了块布。他们赤着双脚,从一个城市走到另一个城市,唱着圣歌,煽惑沿途居民参加他们的队伍。早晨,他们抵达卡莫纳城下,我不许他们跨进城门。那些带头的僧侣还是到了宫前。他们跟在罗杰后面进来,穿了白色长袍。

"请坐,我的兄弟,"我说。

那个小僧侣朝缎纹布罩的椅子走前一步,但是另一个伸手断然把他拦住了。

"这没用的。"

我不客气地望了望那个身高脸黑的僧侣,他站在我面前,两手插在袖里。"这个人在评判我,"我想。

"你们从哪儿来?"

"佛罗伦萨,"小僧侣说,"我们在路上走了二十天。"

"你们有没有听说瘟疫已经蔓延到托斯卡纳?"

"天主!没听说!"小僧侣说。

我转向路易丝:

"您听见了吧!"

"我的神甫,这是真的吗,佛罗伦萨在这次饥荒中饿死了四千人?"卡特琳说。

小僧侣点点头。

"比四千还多,"他说,"我们吃过用霜冻的草做的面包。"

"我们也经历过,"我说,"你们以前来过卡莫纳吗?"

"来过一次。快十年前的事了。"

"这是个美丽的城市,对吗?"

"这是个需要听到天主声音的城市,"大僧侣高声说。

所有的目光都向他转过去。我皱了下眉头,冷冷地说:

"我们这里有神甫,每个礼拜天给我们讲道,讲得很好。此外,卡莫纳人禀性虔诚,生活清苦,他们中间没有异端分子,也没有伤风败俗的人。"

"但是骄傲腐蚀了他们的心,"僧侣厉声说,"他们不再关心灵魂的救赎。你只想到给他们创造世俗的财富,这些财富都是过眼烟云。你使他们度过饥荒,但是人并不只靠面包生活。你以为完成了大业,可是你做的一切都是空的。"

"都是空的?"我说。

我笑了起来。

"三十年前,卡莫纳有两万人。现在,人数增至五万。"

"灵魂得救的又有多少呢?"僧侣说。

"我们与天主相安无事,"我气冲冲地说,"我们决不需要说教,也不用迎神会。把这些僧侣请出城去,"我对罗杰说,"把苦修士赶到平原上去。"

僧侣默无一言,走了出去,路易丝和卡特琳也一句话不说。那时,我也不敢肯定天堂是空的,但是我不为天堂操心;而大地不属于天主。大地是我的天下。

"爷爷,带我去看猴儿,"西吉斯蒙说。他拉住我的胳臂。

"我也去看猴儿,"另一个孙女说。

"不,"路易丝说,"我不许你们出去。你们出去会染上瘟疫,你们会变得全身发黑,你们会死去。"

"不要跟他们胡诌,"我不耐烦地说。

我把手按在卡特琳肩上:

"跟我们一起上贸易会去……"

"我下了山就得上山。"

"那当然!"

"你忘了我是个老太婆了。"

"哪里,"我说,"你不老。"

她的脸貌一直没有变:同样怯生生的眼睛,同样的微笑。只是好久以来,她显得累了,腮帮虚肿发黄,嘴角有了皱纹。

"咱们慢慢走,"我说,"来吧。"

我们从这条年代悠久的染坊街往下走。小孩走在我们前面。路的两旁,蓝指甲的工人把一绞绞羊毛浸入天蓝色、绯红色的染缸里,石铺的街面上流着紫色的水。

"啊！"我想，"我几时能把这些旧房子拆掉？"

"你要把这些穷人怎么办？"

"我知道，"我说，"他们都会死的。"

路的尽头是贸易会的场址。空气中飘着丁香和蜂蜜的香味。鼓声、喇叭声盖过了商人的叫卖声。人群簇拥在摆满呢绒、布匹、水果、香料、糕饼的摊子前。妇女用手抚摸这些厚实的料子、纤巧的花边。小孩咬着蜂糕，木柜上笨重的罐子里流出葡萄酒，叫人不论肚里还是心里都是热乎乎的。我在广场上走时，响起一阵欢呼声："福斯卡伯爵万岁！""卡特琳伯爵夫人万岁！"一束玫瑰花落在我脚边，一个男人脱下大衣扔在地上。我征服了饥荒。人们的欢乐都是我的功绩。

孩子们欢喜若狂。我顺他们的意思在耍猴前站住了。我给会舞蹈的熊喝彩，给穿了横条衣拿大顶的卖艺人鼓掌。西吉斯蒙一会儿拉我往右，一会儿拉我往左，毫不满足。

"这里，爷爷！这里！"他指着一群闲人说。他们饶有兴趣地在观看一场表演，是什么我看不清楚。我走近去，想挤进人群。

"不要走近去，大人，"一个人转身对我说，神色张皇不安。

"发生什么事？"

我开出一条道。一个男人，无疑是一个外国商人，躺在地上，双目紧闭。

"喂，你们等什么，还不快把他送医院？"我忍不住说。

他们望我一眼，默不作声，没有人动一动。

"你们还等什么？"我说，"把这人抬走。"

"我们怕，"另一个跟我说。

他伸臂挡住我的路。

"不要走近去。"

我推开他，跪在这个毫无生气的人面前。我握住外国人的手腕，卷起他宽大的衣袖,白色手臂上点点黑斑。

"修士在楼下,"罗杰说。

"啊!已经来啦!"我说。

我用手抹一抹脸。

"唐克雷德在那里吗?"

"没有,"罗杰说。

"谁在那里?"

"没人在那里,"罗杰说,"我只得另外叫了四个人,还要我答应他们一大笔钱。"

"没人!"我说。

我四下看了一眼。蜡烛快点完了,朦胧的白光映照着房间。我本来会说:"卡特琳,没人在那里。"她会回答:"他们怕,这是自然的。"她也可能感到脸红,因为"他们太胆小了"。我没法揣测她的回答了。我伸手,触到了棺木。

"只有两个修士,"罗杰说,"他们说大教堂太远,在附近小教堂做仪式吧。"

"随他们。"

我放下手。几个男人步子笨重地走进屋,这是些脸色红润、身材粗壮的农民。他们朝棺材走去,没向我看一眼,粗手粗脚地把棺材扛上肩。他们恨这具躺在棺木里脆弱的尸体,这具有一道道黑纹的白色尸体。他们恨我。自从瘟疫发生以来,流传说我青春常驻是因为和魔鬼订了契约。

两位修士站在祭台下,靠墙一排是几个执事和士兵。脚夫把棺材放在空的大殿中间,修士嘴里不停地念念有词。其中一个在空中划了个大十字,他们快步往门口走去。脚夫抬了棺材跟在后面,我背后是罗杰和几个卫兵。太阳升起了,空气温和,带粉色。在屋里,人们醒来,发现胳臂上一块块黑斑,大为恐慌,夜里把尸体从屋里往外搬,新尸体沿街排成一行。城市上空飘荡着一种气味,那么浓浊,我奇怪天空居然没有暗下来。

"大人,"罗杰说。

一个门洞里蹿出两个人,抬了一块木板,上面躺着一具尸体。他们在卫兵后面跟着步子走,为了借修士的低声祈祷超度亡灵。

"不要赶他们,"我说。

一个驮行李的骡子从一条路上来。一个男人和一个女人跟在它背后,他们在逃难。最初几天逃了许多人。但是瘟疫紧跟他们,比他们跑得还快。在平原、在山区都发现了瘟疫,没有地方可以躲避灾难。可是这些人还是要逃。经过我身边时,那个女人朝地上啐一口。再过去,一群披头散发的青年男女唱着歌,摇摇晃晃从上城走来;他们在一座遗弃的大宫殿里通宵跳舞,他们笑着跟我照面而过,一个声音叫:

"魔鬼的儿子!"

罗杰动了一下。

"算了,算了,"我说。

我望着脚夫厚实的颈背、紧贴在棺木上的大手。"魔鬼的儿子!"他们吐唾沫。但是他们的话、他们的动作是无意义的:他们都是些被判处死刑的人。这几个在逃跑,那几个在祈祷,另外一些在跳舞;所有这些人都是要死的。

我们到了坟地。卡特琳的棺材后面有四口棺材。各条路上的送殡队伍都朝这块神圣的禁地走来。有一辆盖苫布的大车拉进了门,在一个堆满尸体的坑边停下。杂草丛生的小径上是乱哄哄的一群修士和掘墓人。只听到铁铲锄头的响声:卡莫纳所有的生命都藏身在这个死亡的角落。卡特琳的坟挖在一棵柏树底下。脚夫把棺材滑到穴底,在棺盖上撒了几铲土。修士划了一个十字,朝另一个墓穴走去。

我抬起头,坟地的气味直钻脑门,我捂住嘴,朝大门走去。一辆大车缓慢地往上攀登,有人把墙脚下拣来的尸体往车上扔。我停步不走。往宫里去有什么意义呢?宫里已没有人了。她在哪儿?在柏树底下躺着一个面目狰狞的老妇人,天上飘荡着一个灵魂,像天主一样没有面目,又聋又哑。

"这里来,大人,"罗杰说。

我跟在他后面。宫门前,那个黑脸僧侣爬在商人遗弃的货架上,挥动两只大衣袖在讲道。瘟疫一开始,他就回到城里,我不敢驱逐他。老百姓虔诚地听他宣讲。我身边留下的卫兵不多,不能亵渎神明来跟他顶撞。他看到我,尖声大叫:

"福斯卡伯爵!现在你懂了吗?"

我没有回答。

"你给卡莫纳人盖新屋,现在他们睡在泥地下;你给他们穿上好衣服,现在他们赤身裸体卷在裹尸布里;你给他们吃美味的食品,现在他们做了蛆虫的养料。平原上,成群无人看管的牲畜把空长的庄稼踩在脚下。你征服了饥荒。但是天主降下了瘟疫,瘟疫把你征服了。"

"这说明还应该学会去征服瘟疫,"我厉声说。

我跨进宫门,停下来,有点惊奇。唐克雷德站在一扇窗子后面,像在窥探我。我朝他走去:

"还有谁比你更窝囊?"我说,"作为一个儿子,给母亲下葬也不敢!"

"我会在其他场合给您看我的勇气,"他高傲地说。

他挡在我面前。

"等一等。"

"你要把我干吗?"

"母亲活着的时候,我一直忍着。但是这够了。"

他虎视眈眈地盯住我。

"您统治的时代已经过了。现在该轮到我了。"

"不,"我说,"别想轮到你。"

"轮到我了,"他粗暴地说。

他抽出剑,向我当胸砍来。十个阴谋分子从隔壁房间冲出,大叫:"处死暴君!"罗杰蹿到我面前。他倒下了。我砍过去,唐克雷德跌倒在地。我感到肩膀一阵剧痛,我转过身,又砍过去。几个阴谋分子看到唐克雷德躺在地上,逃跑了,立刻有几个士兵奔过来。三个人躺在石板地上。其他人在几个回合后也被制伏了。

我跪在罗杰旁边。他带着慌张的神色望着天花板。他的心不再跳动了。唐克雷德两眼闭合,已断了气。

"您受伤了,大人,"一个卫兵对我说。

"不碍事。"

我站起身,把手伸进衬衣里面,抽回时满是血迹。我对血瞧了一眼,笑了起来。我走到窗前,深深吸了一口气。空气进入肺部,把胸脯撑得鼓鼓的。僧侣继续不停讲道,这些被判处死刑的人群默默地听着。我的妻子死了,我的孩子和孙子也死了,我的伙伴都死了。只有我活着,我再也没有同时代的人。过去的一切皆从我身上消失了,我不再受事物的牵挂:没有回忆、没有爱情、没有义务。对我来说没有法律,我是自己的主人,可以随心所欲地去处置那些可怜的人的生命,他们都是生来要死的。在这个没有面貌的天空下,我昂然而立,生气勃勃,自由自在,永远的孤独。

我从窗口往下望,笑了。一支奇怪的队伍。广场上至少有三千人,都是全身裹在大毯子里,只露出脸孔;人人骑在马上,手执缰绳。长袍里面穿上了盔甲,挎上剑。我走到穿衣镜前。在白羊毛风帽的衬托下,我的脸像摩尔人一样黑,我的眼睛不是一个虔诚的人的眼睛。我放下风帽遮住脸孔,下楼走到广场上。在瘟疫将结束时,幸免一死的老百姓对这场灾难犹有余悸,听到僧侣的预言十分恐惧,似痴若狂地投身于各种荒诞不经的祈神仪式。我假装也感染了这份狂热,煽动健壮的男子都随我去进行一次远途朝圣。我们武装起来,只是为了自卫,对付充斥乡野的盗贼。我的同伴大多数都相信我的计划是真诚的,但是某些人跟着我,只是抱着将信将疑的态度。

我们从这条古老的染坊街走出城门。房屋都已变成一堆断垣残壁。可能魔鬼听到了我的祈祷:这一区的居民都死在瘟疫中,工人把破房子推倒了。他们是死了,其他人又生了:卡莫纳活着。它屹立在山地上,四周塔楼高耸,遭受了蹂躏,丝毫不见损伤。

我们首先到达维拉那,高唱赞歌疾驰而过,居民成群结队加入我们行列。然后我们进入热那亚领土,沿途我找每个城市的行政长官,要他们接待。我们列队经过街道,高呼要过苦行生活,接受布施。当我们深入到内地,我佯称热那亚官吏拒绝接待我们。受饥荒和瘟疫蹂躏的乡野几乎没有给我们提供一点粮食。我们不久便要挨饿。有几个苦行者提议回卡莫纳去。我表示反对,理由是路太远了,没有到家就会营养不良倒毙在半路,还不如到里维尔去。这是一个繁荣的港口,不会不给我们吃的。

里维尔的长官果然同意给我们打开城门,但是我转告同伴说,不信神的人又一次回绝我们的请求。有些朝圣者开始口出怨言,说他们拒绝施舍的东西可以用武力去夺。我听了这番议论,假装心中不安,一边向他们宣说要忍受,一边暗示我们除了死在异乡以外别无出路。每个人顿时怒火中烧,我只得屈从这群饿汉的意志。

队伍走进里维尔城门,没有引起怀疑。我们走上广场,我突然脱去白长袍,策马直奔长官府,一边大叫:"冲呀!卡莫纳万岁!"朝圣者立刻纷纷脱去长衣,露出全身武装。对方大为惊讶,没有人试图抵抗我们。血的腥味、胜利的陶醉使虔诚的朝圣者霎时变成了赳赳武夫。一夜狂欢使人迷失本性。热那亚官吏遭到屠杀,房屋遭到抢劫,妇女遭到奸污。一星期来,饭馆的酒像河水一样流,淫靡的歌声回荡街头。

我把一小支队伍留在里维尔,带了其余的人企图攻下控制卡莫纳出海口沿途的城堡和碉楼。这些被瘟疫夺去大部分生命、又缺少粮食的兵营不堪一击。我背信弃义的行为引起意大利各城邦的愤慨,我不是不知道。但是热那亚人太弱,无力进行一场战争,任我把掠夺的果实劫走。

我做了里维尔的主人,马上对进港商品课以重税。佛罗伦萨商人徒然要求免征这种税收,我不愿给他们任何特权。我知道这样又会招致佛罗伦萨人的恶感,但我不让步,即使跟这个强大的共和国打一仗也在所不惜。

我准备战争。我有钱跟大部分雇佣兵队长订立契约,他们在意大利组织了突击连。我给他们固定的半份饷银,交换条件是我一旦需要,他们有义务把队伍归我调拨。目前我要他们为自己打仗,去附近城邦靠抢劫为生。这样,和平期间,他们可以削弱我计划要攻打的城邦的实力。要袭击一个城市时,我表面辞退我的一名队长,暗地嘱咐他执行我的任务;如果他失败了,我矢口否认。不用大兴干戈,我在短时期内就占领了在我疆土四邻的城堡和碉楼。当热那亚人决定入侵卡莫纳的平原时,我已重建了一支军队,意大利最强的雇佣兵队长都在为我效劳。

起初,我让热那亚人带了他们的加泰罗尼亚①雇佣兵在平原上到处乱窜;得知他们来近,农民带了庄稼牲口躲进我通知加强防卫的村庄;敌兵在坚壁清野的土地上,几乎找不到可以维持生命的东西。他们试图攻占几个据点,但是我们的城堡坐落在孤立的小山岗上,当地居民奋勇坚守,打退了屡次进攻。昂热·德·塔格利亚纳率领的军队在这几次攻城中分散和消耗了兵力;诱使小股士兵落入我们埋伏,擒获在无人的农庄内找粮食的散兵游勇,是件容易的事。当塔格利亚纳深入到曼西亚河边,我决定跟他打上一仗。

六月的一个晴朗早晨,我们两军对垒了。河面上升起轻雾,蓝色天空带点灰意,铁甲在晨曦中闪光,毛色发亮的战马嘶鸣不已,我心中感到的喜悦像露水滋润的青草一样新鲜。塔格利亚纳根据传统的战术,把军队分为三路;我把我的军队分成小队。看到天空呈浅灰色,预感到下午天气闷热,我叫人准备大缸盛满了水,以备每次交锋后饮马和解渴。战鼓一响,双方军队一拥而上,杀得难分难解。不久可以看到我的战术占了上风;热那亚军队只能大队移动,我的士兵分小队独立进攻,撤回后组成队伍再上。然而,加泰罗尼亚人围着他们的指挥官,长时间地抵抗我们的再三进攻。烈日当空,热得令人窒息,我们还没有赢得一寸土地。下午过了一半,马蹄下踩的草又干又黄,鼻子呼吸的空气布满灰尘。我的士兵小歇时刻匆匆饮水解渴,而我们敌人嘴上没有沾过一滴水。铿锵沉浊的铁马金戈声中,可以听到我们脚下五百米地方潺潺的水流声。最后,塔格利亚纳的士兵抵不住诱惑,朝着河水走近去,破坏了自己的阵势。于是,我们奋勇扑

---

① Catalogna,西班牙历史地理区,位于东北部,包括今日的莱里达、巴塞罗那、赫罗纳和塔拉戈纳四省。

到他们面前,把其中一群人打翻在河里,其余的溃逃了,撇下五百人做了我们的俘虏。

我要庆祝这场胜利,举行几次盛会,答谢战斗的人民。回到卡莫纳,我在上城与下城之间举行了一场盛大的竞技比赛。上午,先是孩童,然后是青少年在广场上格斗三个钟点。下午,成年人进行角逐。他们带了轻便武装,相互扔石头,左臂卷了一件大斗篷,竭力遮挡。上城男人穿绿斗篷,下城男人穿红斗篷。然后,进入广场内的是庞大的方阵。战士穿一件铁甲,上面衬了塞满棉麻的护肩,可以减轻打击的分量。每个人右手握一根不插铁尖的长矛,左手提一面盾牌。谁占领广场中心便算胜利。一大群人挤在竞技场四周,每扇窗户前都有妇女在微笑。观众舞动手臂,高声喊叫,鼓励他们的亲戚、朋友、邻居。他们叫道:"绿队加油!"或"红队加油!"我没有朋友,没有亲戚,没有邻居。我坐在一顶丝绒华盖下,无动于衷地观看这种游戏,一边喝下了一罐罐葡萄酒。

"我为里维尔的繁荣、热那亚的毁灭而干杯!"我举杯说。

他们举起杯子,有几个声音顺从地附和说:"为里维尔的繁荣!"但是呢绒商领袖帕隆博在座位上一动不动,他聚精会神地在观赏他的大酒杯。

"你为什么不喝?"我说。

他抬起眼睛。

"我从可靠方面得到消息,里维尔的佛罗伦萨商人已经接到命令,在十一月一日以前结束他们的业务。"

"怎么啦?"

"那一天,他们将离开城,到埃维萨岸的西斯摩那去开业。"

四座是一片深沉的静默。

"让那些佛罗伦萨商人见鬼去吧,"我说。

"其他商人也会照着做，"帕隆博说。

"那么，埃维萨、西斯摩那都不会有好下场。"

"佛罗伦萨会支持它们，"他说。

他们都瞧着我，我从他们的目光看出：应该给佛罗伦萨人免税。但是，我做了征服者是为了听这些老头儿的话？我做了征服者是为了向佛罗伦萨卑躬屈节？

"佛罗伦萨不会有好下场！"我说。

我转身朝向我的队长，把酒杯举到嘴边。

"我为战胜佛罗伦萨干杯。"

"为战胜佛罗伦萨干杯！"他们齐声喊。

邦蒂沃格里奥、皮济尼的声音在我听来是冷冷的；一种阴险的微笑把奥西尼的嘴唇也扭歪了。我抓起一瓶酒往地下摔。

"我将把佛罗伦萨毁成这个样，"我说。

他们对我望了一眼，态度镇静自若。战争结束了，我们庆祝胜利，他们没有其他要求。而我要把胜利掌握在自己手里。胜利在哪儿呢？我徒然在他们这几张脸上找寻战争之日的热情、灰尘汗水的气味、烈阳下铁甲压在身上感到的重量。他们有的只是庸俗的笑容，对琐事的操心，我不愿再去听他们的话。我站起身，把束缚我咽喉的衬衣猛力扯开。热血涌上我的脸、我的胸口。我的生命将像火球似的爆炸。我的手指把布撕得粉碎，我的双手、我空空的双手往下落。广场中央，传令官放下一道栏杆，宣布红队获胜，观众如痴似醉，把花朵、手绢、头巾扔到战士脚下。他们中间死了五个战士，另有九个受伤。但是，这些对一日胜利也存觊觎之心的人，只是些天真的小人物，我不能去玩他们这种游戏。天空还是像在曼西亚河畔看到的那么蓝，但是在我眼里却暗淡了。只有在佛罗伦萨的城墙下，在未来的边缘，天空才发出强烈的火焰，金的，红的，像留在我记忆中的一样。

帕隆博看得很对。冬天,里维尔的商人把他们的店铺迁到西斯摩那,位于埃维萨岸的港口。工艺匠断了财源。阿尔博尼一派利用老百姓的不满,率众叛乱,宣布城市独立。企图夺回城市就要有一支船队。我应该满足于蹂躏四周的乡野,烧毁庄稼和村庄,但是我决定拿埃维萨泄恨,以儆效尤。

佛罗伦萨的这个同盟城市坐落在曼西亚河下流的盆地,河的上流灌溉着我们的土地。城墙两边,各有宽约一里的水流,似两条手臂往外伸张,可以作为普通要塞的护城河。河水太深,无法涉水过去,而两岸泥浆又太多,小船也不敢贸然靠近。我命令我的一名工程师将曼西亚河改道。六个月时间,建了一道巨坝,把河流拦腰截断;同时,我叫人在一座山上凿洞,把河水引入卡莫纳的平原。埃维萨居民已经可以想象,他们的湖泊将变成瘴气熏蒸的沼泽,他们的要塞也将因山口通风形同虚设。他们派出使臣,恳求我放弃种种计划,但是我回答他们说,每个人都有权在自己领土上进行任何合适的工程。我已经在盘算:这个失去天然屏障的城市即将落入我的手中,这时突然刮起一场暴风雨。曼西亚河河水暴涨,冲破所有堤坝,一夜之间把我们工程师花几个月时间建成的工程毁坏殆尽。

我派了队长邦蒂沃格里奥、奥西尼、皮济尼去扫荡埃维萨的郊区。佛罗伦萨组织了一支军队去援助同盟者,我就与锡耶纳谈判订立盟约,我们集合了一万人。我的军队和雇佣兵在锡耶纳会师,我找寻机会入侵佛罗伦萨。我绕着边境线的外圈转,共和国军队在边境线的内圈抵挡我们。我佯攻阿雷佐,佛罗伦萨人千方百计挡住我进入该地。于是我从基安蒂进入格雷韦谷,沿着阿尔诺河直捣佛罗伦萨。我在乡野掠夺到一大笔物资,因为是不宣而战,农民没有想到把牲畜和家具隐匿到安全地点。

十天来,我们一路杀过去,所向披靡。士兵唱着歌,马头上插了花朵,我们的马队仿佛是一支意气风发的和平队伍。当我们从山岗上瞥见佛罗伦萨和城内沐浴在阳光中的朱红色圆顶时,大伙儿都从肺腑发出高声欢叫。我们安营扎寨;四天中,士兵躺在开花的草堆中,把沉重的羊皮囊挨着个儿传;公牛和奶子胀满的母牛在吃草,旁边是满载地毯、镜子和花边的车辆。

"现在?"奥西尼说,"我们做什么?"

"您要我们做什么?"我说。

我并不梦想去攻打佛罗伦萨。这个城市展延在我脚下,明亮宁静,一条绿波荡漾的河流穿过中间;没有任何方法能把它从地球上抹掉。

"我们缴获了一大笔战利品,"我说,"就把它带回卡莫纳去吧。"

他笑了笑没有回答,我走开了,心里很生气。我知道这场远征费用庞大而一无所得。佛罗伦萨就在我脚下,我拿它无可奈何。我的这些胜利有什么用呢?

我向军队宣布,回卡莫纳去;兵营里议论纷纷。我们是托斯卡纳的主人,就这样放弃了吗?我们慢慢收拾行装。出发时,我们发现保罗·奥西尼不见了。他隔夜带着我的一部分骑兵投奔佛罗伦萨去了。

这次率众叛逃削弱了我的兵力,我们开始急急忙忙沿着阿尔诺谷从原路撤退;士兵不唱歌了。不久,奥西尼的部队骚扰我们的后卫军。我的部队由于这场劳而无功感到灰心丧气,恨不得跟他打上一仗,但是他对当地环境比我熟悉,我怕中了他的诡计。他尾随在我们后面,一直跟到了锡耶纳边境,在我们眼皮底下,从四面是沼泽的一块地方进攻马斯科洛村庄。我的军队认为受了侮辱,大声要求作战。这场战斗在我看来是危险的;沼泽地的泥炭是阴干的,上面盖的一层表皮经得住步兵走,但是马蹄一踩便往下陷。

"我怕有陷阱,"我说。

"我们人数多,兵力强,"皮济尼气呼呼地对我说。

我决定打,我也希望跟有血有肉的敌人交手,尝一尝胜利的血腥味。有一条小道穿过沼泽地,奥西尼在这条道上好像没有设防。我带了军队走了上去。突然,在我们已没有时间撤出时,受到了袭击,两边箭如雨下,在每个荆棘丛中,奥西尼都设了埋伏。这时,轻骑兵和步兵出现在我们两侧;我的士兵刚走出小道去抵挡敌兵,就陷进了沼泽地,动弹不得。我们大队人马顿时乱作一团,奥西尼的步兵立即奋勇冲上小道,剖开我们马匹的肚子,把骑兵从马背上掀下来,骑兵身上压了笨重的盔甲,站也站不起。皮埃尔·邦蒂沃格里奥在穿越沼泽地时发现一条小路,总算免于一死;至于我,走遍了整条小道才冲出敌人重围,但是吕多维克·皮济尼随同他的八千名兵士做了俘虏,倒是一个也没被杀死。我的辎重和从托斯卡纳搜刮的战利品全部给胜利者缴获。

"我们要为这次失败报仇雪耻,"我的副官们宣称。

他们羞惭满脸,两眼却闪闪发光。

"什么叫做失败?"我说。

奥西尼的士兵在战争初期,曾在我的麾下作战,如今把这些俘虏看做命运不如他们的战友,当夜便恢复了他们自由;我因而带了几乎完整的部队回到卡莫纳;维拉那的两个盔甲商卖给我五千副盔甲。我打了那些胜仗,一无所得,输了一场战役,也一无所失。

我的副官望着我,眉头紧皱,莫名其妙。我走入自己的小室,在里面待了三天三夜。我又看到唐克雷德的脸,由于失望变得更加严厉。"对谁需要?对什么需要?"我听到黑脸僧侣的声音:"你做的一切都是空的。"

我决定改变策略。今后,我避免军事上耀武扬威,放弃方阵战役,不再过一无所得的戎马生活,而竭力用政治上的纵横捭阖去削弱敌对的共和国。

我订立几个商业条约,离间了奥尔西、西西奥、蒙特基亚罗跟佛罗伦萨的联盟;在热那亚统治下的城市安插了代理人,以商人面目出现,进行阴谋策划,甚至挑动热那亚各派相互对立。在服从我的城市里所建的机构制度都可得到我的尊重,于是许多小共和国不再坚持一种难以保卫的自由,宁可要安全而不要独立,纷纷接受我的保护。卡莫纳的生活是艰苦的,男人每夜睡觉不足五个小时,从黎明工作到黑夜,在阴暗的作坊的角落里不停地纺羊毛,在酷热的阳光下被迫进行辛苦的操练;女人的青春在养儿育女中消磨了;小孩从幼年开始接受各种尚武教育。但是,三十年后,我们的领土扩张得跟佛罗伦萨一样大。热那亚恰恰相反,在我的暗算下一蹶不振。我的将官蹂躏了它的乡野,夷平了它的要塞,它的商业衰落了,航海废弛了,城市陷入无政府状态,一片混乱。米兰公爵突然发动进攻,更给了它致命的一击。卡玛尼奥拉将军率领三千骑兵和八千步兵,毫不困难地在山间打通一条路,开始掠夺峡谷地区。我立刻朝里窝那港进军,它控制阿尔诺河口;我连城也不用包围,因为热那亚无力保卫,我出了十万弗罗林①的代价,他们便把城池献了出来。我骄傲地把卡莫纳军旗插在里窝那城堡上,军队大声叫嚣,欢呼我精心筹划的胜利。热那亚没落了,里窝那成为意大利第一大港。

眼看我的一切希望即将实现的时候,一名信使来向我报告说,阿拉贡国王与米兰公爵将联兵从海上进攻热那亚。我一下子对公爵的全部野心洞悉无遗。热那亚无力同时对付两个强大的敌人。公爵当

---

① florin,古代佛罗伦萨货币,通行西欧。

上利古里亚①的领主后,将侵入托斯卡纳,迫使卡莫纳、然后佛罗伦萨接受他的奴役。我以前光看到热那亚是一个好欺负的敌人,处心积虑削弱它,没有想到它的衰败有朝一日会引起我自身的沦亡。

我应该援助热那亚。以前我幸灾乐祸,在他们中间挑拨,弄得这个国家四分五裂,如今它下不了切实的决心去进行战斗,要不要归顺公爵拿不定主意。我试图激发他们的热忱;但是长期以来它都没想到去建立一支军队,而雇佣兵随时会逃跑。我迎上去截击卡玛尼奥拉,我们又沿阿尔诺河上溯,那个地区屡次遭到我将领的侵扰,要塞拆除了,城堡毁坏了。没有结实的墙壁作为屏障,那就得在一片旷野上开战;我们也很难在这块满目疮痍的土地上得到给养。过去的战功现在转变为对我们自己进行的惩罚。在乡野对峙六个月后,手下的士兵又饿又累,被热病折磨得体力大减,个个形销骨立。这时,卡玛尼奥拉决定向我们展开进攻。

卡玛尼奥拉背后有一万名骑兵和一万八千名步兵,我俩的骑兵在数量上相差过于悬殊,我决定冒险使用一种新战术。我用弓箭手去对付卡玛尼奥拉的轻骑兵,他们顶住了第一次冲击。马向他们身上奔来,他们经常一剑砍断马腿,或者双臂抱住马腿,把马连同马背上的士兵一起掀翻。马死了四百匹,卡玛尼奥拉命令他的骑兵下马步战。战斗十分激烈,双方伤亡惨重。晚上,我副官中最年轻、最勇敢的一个,抄山路偷偷登上米奥桑峡谷,带领他的六百名骑兵,大声怪叫杀奔卡玛尼奥拉的后卫军。米兰人受到这场意料不到的袭击,吓破了胆,落荒而逃。我们损失三百九十六人,卡玛尼奥拉死亡人数达三倍。

"现在,"我对弗雷戈索总督说,"不要坐失良机。应该把利古里

---

① Liguria,意大利西北部区名,包括热那亚等四省,首府为热那亚。

亚人全部武装起来,加强防守要塞,派使臣到佛罗伦萨、威尼斯去求援。"

他像没有听到我的话。满头银白长发使他的脸显得又高贵又恬静,他清澈的眼睛凝视空中。

"这天气多美,"他说。

在夹竹桃、橘子树树荫覆盖的平台上,我们俯视着大路。穿绫披罗的女人懒洋洋地走在宫旁的阴影里;穿绣花紧身衣的骑兵傲慢地排开人群过去。在一座牌楼下坐着四名卡莫纳士兵,苍白消瘦,又脏又累,他们望着一群少女在井边和几个少年谈话。

"您若不自卫,"我气冲冲说,"卡玛尼奥拉开春前就会出现在热那亚城下。"

"我知道,"弗雷戈索说。

他口气满不在乎地又加了一句:

"我们无法自卫。"

"您能自卫,"我说,"卡玛尼奥拉不是不可战胜的,既然我们已经把他打败过了。我的士兵累了,现在该由您出兵了。"

"承认自己软弱没有什么不光彩,"他淡然说。

他笑了笑:

"我们太文明了,没法不爱和平。"

"什么样的和平?"我说。

"米兰公爵答应保证我们建立的制度、我们内部的自由,"他说,"城市给我的种种荣誉我将放弃,这样做并不是不难过,但是我要挺身接受这种牺牲。"

"您要做些什么?"

"我宣布让位,"他庄严地说。

我站起身,捏紧拳头。

"这是背叛。"

"我除了国家利益以外,不应该有其他考虑。"

"六个月来,我们是在为这么个人作战,"我说。

我靠在栏杆上。少女在头上插了几朵甘松香,我听到她们的笑声。我的士兵阴郁地望着她们。我知道他们看到的是什么:尘土飞扬的玫瑰色路上连贵族也没有车马代步;黑衣妇女一边给孩子喂奶,一边匆匆走过,脸上没有一丝笑容;小女孩挑一担过于沉重的水桶爬登山坡;男人满脸倦容,在门槛上喝稀汤;在城市中心、市区旧址上,野草丛生,满目凄凉。我们没有时间建造宫殿,没有时间种植柠檬树,也没有时间唱歌欢笑。

我说:"这不公平。"

"米兰公爵希望跟您签订条约,"弗雷戈索说。

"我决不签,"我说。

当天晚上,我叫手下人启程回卡莫纳,没有应卯的不止一个。我听到有些人板着脸吆喝:"做了征服者又怎么样?"我一句也没法回答。

我们在佩尔戈拉前经过,这个城市一直是我觊觎的对象,但是它坚决反对归顺在我的法律下。为了排遣部下的失望心情,我决定把一个唾手可得的胜仗作为礼物送给他们。我率领他们走到这座傲慢的城市的城墙下,答应他们一切战利品都由他们自分。佩尔戈拉是富裕的,他们心中燃起了掠夺的欲火。城市防卫森严,东面又有曼西亚河作为屏障。我们曾几次试图把城攻下,但没有成功,我们的冲锋都给挡了回来。但是这次,我们掌握一种新型武器:沉重的臼炮,对付流动的兵力毫无用处,进攻石头城墙却是一个有效的工具。我开始时敦促佩尔戈拉投降。我的士兵把一封箭书射入城内,信中我们威胁说要摧毁城市,如果拒绝给我们打开城门。可是,城内居民云集在雉堞后面,用愤恨和挑战的叫声来回答我们。于是我在各城门口布置了四个兵团,派人把他们中间的土地铲平,在上面能够通行无阻。然后,我下令把臼炮拉来,士兵望着这几门炮不以为然。头几颗炮弹撞在城墙上爆炸了,城墙岿然不动。佩尔戈拉人在主塔楼上指着我们辱骂,还唱歌。我不灰心。我的工程师制成这个神奇武器,每门臼炮一夜可打六十发炮弹。花了三十天时间,城墙打开了缺口。渐渐地,塔楼以及连接塔楼的建筑物纷纷倒塌,断砖残瓦填满了护城河,人踩着可以爬上缺口。困在孤城的人撤离了城墙,再也听不到他们的歌声、辱骂声。最后一个夜里,炮弹打在这些摇摇欲坠的城墙上,城里一片寂静。天明时,我们看到墙上开了一长条豁口,我派人冲锋。他们高声欢叫冲了上去。忘了热那亚,忘了所有和平的愿望。我们完成了一个无与伦比的功绩:有史以来第一次,臼炮打垮了厚厚的城墙;有史以来第一次,一支军队用强力攻占了一座有要塞防卫的大城市。

我第一个越过豁口。我们大吃一惊,城墙后面没有人迎候我们,路是空的。我怕埋伏,停了下来。我的士兵都被这种肃杀景象吓得噤声不说一句话。我们举目朝屋顶、窗口望去,看不到一个人。窗子紧闭,门户洞开。我们战战兢兢往前走。没有一点动静。在每个路角,我的士兵举弓瞄准屋顶,左顾右盼,提心吊胆,但是没有一块石头、一支箭穿空飞来。我们到了大广场,大广场也是空的。

"把所有房屋搜一搜,"我说。

士兵分成几个小队走了。我身后跟了几名卫兵踏进总督府。前厅的石板地是光的,墙也是光的。客厅的家具仍在原地,但是地毯、幕帘、摆设一件没留下;衣柜内、银器柜内空无一物,珠宝箱内也空无一物。我走出总督府,得知在曼西亚河边找到床垫铜锅。居民趁黑夜上船从水路撤走了,当我们以为他们隐伏在城墙后面,他们早已席卷全部财物逃之夭夭。

我呆在广场中心一动不动,士兵围在我四周一动不动,默不作声。在遗弃的空屋中,他们能够抢掠到的只是一些废铜旧铁;地窖里酒流满地,酒桶统统倒空;成袋的面粉、面包、大块肉都在炉里烧成灰烬。我们以为征服了一个城市,落到手里的只是一副石头骷髅。

将近正午,一名副官领了一个妇女到我这里,是士兵在郊外一所屋子里遇见的。她身材矮小,梳了两条粗大的辫子,盘在头顶上。她的目光不卑不亢。

"您为什么不跟其他人一起跑掉?"我说。

"我丈夫害病,没法搬动。"

"其他人为什么都走了?"我愤怒地说,"你们以为我攻下城后,会去抠婴儿的眼睛?"

"不,"她说,"我们不信这些话。"

"那么,为什么走?"我说。

她不回答。

"二十多座城市在我统治下繁荣兴旺。在蒙特基亚罗、奥尔西、巴莱佛,人们从来不曾这样幸福。"

"佩尔戈拉人不一样,"她说。

我紧紧盯着她看,她一点不慌张。佩尔戈拉人。卡莫纳人。从前,有一天,我也说过这样的话。我把妇女和孩子赶进了壕沟。为什么?我移转目光。

"让她走,"我对卫兵说。

她从容不迫地走远了,我说:

"离开这里。"

我的将官召集他们的士兵,士兵毫无异议,没有人愿意在这座该死的城市过夜。我在这个荒凉的广场上留到最后才走;石墙的沉默焚烧着我的心。躺在我脚下的是一具死尸。是我把这个人杀死的,现在连我自己也记不起为的是什么。

一星期后,我和米兰公爵签订了一项条约。

这是和平。我解散军队,降低税收,取消奢侈品限制法,贷款给卡莫纳商人,充当他们的银行家。在我的推动下,工农业有了新的跃进,我的财富像我常驻的青春一样遐迩闻名;我把财富献给我的城市。在老区的场地上,盖起几座宫殿,比热那亚的宫殿还壮丽;我延聘建筑师、雕塑家、画家进宫;我下令挖了一条引水渠,各个广场都有水井,山岗盖满一幢幢新屋,广大的市郊向平原扩展。我们的繁荣吸引大量外国人到国内定居。我邀请法国布洛涅的医生建造医院。出生率提高了,人口增长了。卡莫纳城内有二十万居民,我自豪地想:他们的生命是我给的,他们的一切都是我给的。这样持续了三十年。

可是老百姓并不比从前幸福。他们穿得好些,住得好些,但还是日以继夜地工作。贵族和资产阶级骄奢淫逸,从来不曾这样触目惊心。穷人跟富人一样,欲望增大了,工人一年比一年觉得他们的条件难以忍受。我希望改善他们的命运。但是呢绒业老板向我指出,如果减少工作时间或提高薪水,呢绒也会随着涨价;无法与外国竞争,我们的工人和商人会一起破产。他们说的是实话。除非做上全世界的主人,否则要进行任何认真的改革是不可能的。一四四九年夏天,农作物歉收,意大利全境小麦价格大幅度上涨,贪婪的农民把大部分麦子运到比萨、佛罗伦萨贩卖。冬天来了,卡莫纳面包贵得使许多工人无法养家活口,只得要求赈济。我又把麦子倒买回来,分发给老百姓,但是他们要的不仅是面包,还希望自己不致被迫过求乞的生活。一天早晨,事前毫无半点风声,各行会团体带了武器聚集在行会的旗帜下。他们在城内流窜,抢掠了许多宫殿;贵族和资产阶级猝不及防,只有在自己的宅第内筑垒自守。缩绒工、纺织工、印染工成了卡莫纳的主人,封了六十名骑士,骑士要趁这次叛乱动摇我的统治。他们答应给老百姓面包,取消一切债务,宣扬说我与魔鬼订立了契约,应该把我作为巫师烧死。他们开始进攻我的宫殿。他们高喊:"打倒魔鬼的儿子!处死暴君!"我的卫兵在窗前将箭像雨点似的向他们射去。他们逃跑了,广场上不见人影。后来,他们又拥至门前,合力要把门摇落。门正要被砸开时,城堡里的贵族得到信使报警,突然在这天晚上穿越全城拥过来。

"叛乱扑灭了,大人!暴徒赶走了!"卫队长走进我的房间叫道。在他的背后,我听到欢呼声,一阵响亮的铁器声;他们笑着走上石梯,阿尔博齐、弗拉希、樊尚·勒努瓦尔都是我的救星。马在我的窗下踢蹄子,我知道马蹄上有血。

"停止屠杀!"我猛地说,"把火扑灭,别来打扰我。"

我关上门,走去把前额贴在窗子的铁栅上。一团巨大的蘑菇状浓烟冲向黎明般发亮的天空:纺织工的房屋烧着了,纺织工的妻儿在他们房里烧着了。

当我离窗走出宫殿时,夜已深了,天空的火光隐熄了,再也听不到马的奔驰、士兵的嚎叫。

纺织工居住区的入口处,有几个士兵在放哨,瓦砾堆还在冒烟,荒路上尸体横陈:被捅破胸脯的女人,脸孔被马蹄踩烂的小孩;废墟中躺着几具烧焦的死尸。我听到路角一声长长的呻吟。天空中悬着一大块月亮,远处一条狗对着死亡吠叫。

"对谁需要?对什么需要?"

唐克雷德在九泉下嘿嘿冷笑。

尸体埋了,房屋又建了,我同意取消工匠的债务。到了春天,巴旦杏花像往年春天一样又开了,纺织机在宁静的路上又响了。但是,我的这颗心盖满了灰尘。

"您为什么那么愁眉苦脸的？"洛尔对我说，"一个人在世界上能想望的一切，您不都有了吗？"

我整夜躺在她的怀里。现在，白天对我显得太长了，夜里我睡得沉沉的。头偎在她的胸前，我多么愿意重新溶化在她那懒洋洋的乳白色的身子里；但是阳光已在刺我的眼睛，我听到城里的喧闹声；我醒了，感到厌倦。我跳下床。

"世界上有什么可以想望的？"

"多的是呢。"

我笑了。我可以轻易使她满足，但是我不爱她。我一个人也不爱。穿衣时我感到两腿发软，在埋葬卡特琳的那天我也有这样的感觉，那时不再有任何东西在任何地方等我。"一天又一天，都做着同样的动作，"我想，"永远没有个完！我哪一天才能在另一个世界醒来？在那里空气的味道恐怕也不一样。"

我走出房间，走出宫殿。还是这个世界，还是这个有玫瑰色道路、漏斗式烟囱的卡莫纳。街头有些新雕像。我知道这些雕像很美，我也知道它们会几世纪地留在当初竖立的地方不动，它们对我像埋在地下的维纳斯雕像一样古老、一样遥远。卡莫纳人经过时从不朝它们看一眼，他们也不朝这些建筑物、水井看一眼。这些精工细雕的石头是为了谁呢？我走出城墙。卡莫纳是为了谁呢？它经过战争、和平、瘟疫、暴乱，依然屹立在山地上文风不动。意大利还有其他一百来座城市，屹立在它们的山地上，同样骄傲，同样无用。这片天空、这些草原上的花朵又是为了谁呢？这一天风和日丽，但是农民弓背弯腰朝着他们的土地，并不向天空看一眼。而我二百年来对它已看厌了，总是原来的样子。

我漫无目的地走了几个小时。"一个人能想望的一切，"我反反复复说着这句话，却不能在我心中唤起点滴的想望。每颗麦粒在我掌心中沉沉的日子显得多么遥远!

突然,我停了下来。在一个小庭院里,几只母鸡在啄食,一个女人伏在桶上洗衣服,一棵巴旦杏树下坐着一个女孩,她在笑。地上到处是白色花瓣,小孩把花瓣抓在手里,放进嘴,津津有味。她有深褐色头发,两只深色大眼睛。我想:这双眼睛还是第一次看到巴旦杏花。

"美丽的女孩子,"我说,"是您的吗?"

妇女抬起头:

"是的。她长得瘦。"

"该给她吃得好一些,"我说着,把一个钱袋扔在小孩的膝盖上。

妇女神情狐疑,看了我一眼,我走开了,她也没有笑一笑。女孩子笑了,但不是对我笑的,她并不需要有了我才笑。我抬起头。天空蓝蓝的,树上繁花似锦,像我把西吉斯蒙驮在背上的那天一样。在一个孩子的眼里,一个完整的世界正在诞生。我突然想:

"我要有一个孩子,一个属于我的孩子。"

十个月后,洛尔生了一个漂亮强壮的男孩,我立即让他与世隔绝,送到维拉那附近的一座宫里,我不愿和任何人分享这个孩子。四个奶妈还在给他喂奶时,我怀着热忱安排安托纳的前程。首先,我巩固和平,不愿他沾染穷兵黩武的思想。佛罗伦萨向我索取里窝那港很久了,我同意归还。里维尔港发生一场革命,亲王要求我去援助,表示愿意把他的城市置于我的保护下,我拒绝了。

在卡莫纳对面的山岗上,开始建造一座大理石别墅,开辟几个花园;我把艺术家和学者召进宫里,我搜集绘画、雕像,建立一个庋藏丰富的图书馆;本世纪最杰出的人才负责安托纳的教育;我参加他们的课程,还由我亲自教授孩子弓马刀剑。这是一个漂亮的孩子,以我的眼光来看有点嫌瘦,但是结实精悍。他七岁时,会读会写意大利文、拉丁文、法文;他游泳射箭,还能驾驭幼马。

还要有几个伴儿陪他一起读书游戏;我给他找来了卡莫纳最漂亮、最有天分的小孩。其中有巴旦杏树下的那个女孩子,我派人把她带进宫抚养。她叫贝娅特丽丝,大了还保持她那黝黑的瘦脸和笑容;她跟安托纳一起玩时像个男孩。同伴中,安托纳最喜欢的也是她。

一天晚上,我躺在床上感到厌烦——那个时期,我经常感到厌烦,甚至梦中也是如此——我下楼去花园。这是一个没有月亮的夜晚,芬芳温暖,流星不时划过夜空。我在一条沙铺的小径上走了几步,瞥见他们俩在草地上手携手散步。在他们长长的睡衣上,绕了几串花瓣。贝娅特丽丝在头发上插了几朵田旋花,胸前捧了一朵大玉兰。他们看见我,呆在原地不动了。

"你们在这里做什么?"我说。

"我们散步,"贝娅特丽丝说话声音细而脆。

"你们常常在这个时刻散步?"

"在他是第一次。"

"你呢?"

"我?"她大胆瞅了我一眼,"我每天晚上爬窗出来。"

他们俩站在我面前,脸带愧色,插花的长裙盖住赤裸的双足,使身子更显得瘦小伶仃,我感到心给啮了一口。我赐给他们的白天中有阳光,有节日,有玩具,糖果,有美景,他们却串通了来偷偷领略夜色的美,这是我没有赐给他们的。

"趟会儿马怎么样?"我说。

他们的眼睛亮了。我给自己的马备上鞍子,叫安托纳坐在前面,把贝娅特丽丝放在马后;她的两条小胳臂抱住我的腰;我们奔下山岗,驰骋在平原上,流星在我们头上掠过;小孩高声欢叫。我把安托纳紧紧抱在胸前。

"不要再瞒着人出来,"我说,"任何事不要瞒着人做。你要什么向我说好了,你会有的。"

"好的,爸爸,"他乖乖地答应。

第二天,我送给他们各人一匹马,经常,夜色好的时候,我带着他们一起骑马奔驰。为了让他们在维拉莫萨湖游玩,我叫人造了一艘橘黄色帆船;我们经常在湖边度过闷热的夏天。我千方百计探听他们的一切想望。当他们玩耍、游泳、骑马、奔跑得累了的时候,我带着他们坐在温润的松树荫下,给他们讲故事。安托纳对卡莫纳的历史问个没完,他望着我不胜诧异。

"那么我长大后做什么呢?"有时他问我。

我笑了。

"你爱做什么就做什么。"

贝娅特丽丝一句话不说,她听着,表情令人高深莫测。这是一个野性子的女孩,两条长腿像蜘蛛的步足。她就爱做不许她做的事。有时好几个小时不见她的影踪,然后发现她不是爬在房顶上,便是在深不见底的湖内游泳;不是在一个农庄的肥料堆上踩踏,便是骑过一匹烈性马后横躺在小径上。

"淘气鬼!"我说时摩挲她的头发。她偏头偏脑地摇摇头,她不喜欢我的手碰她;当我俯身亲她,她身子往后缩,庄重地伸手给我。

"你在这里不高兴吗?不快活吗?"

"没这事。"

她没有想过,她原来该在其他地方生活,洗衣服、锄地里野草;而今,当我看到她专心致志伏在一本厚书上,或攀树往上爬时,我骄傲地对自己说:是我造就了她。我听到安托纳的笑声,心跳得更欢了,我想:他的生命是我给的,他的世界是我给的。

安托纳爱生活,爱世界;他爱花园、湖泊、春晨、夏夜,还爱图画、书籍、音乐;到了十六岁,几乎跟他的教师一样有学问;他吟诗作歌,一边拉琴,一边高唱。他狩猎、骑马比武、竞技,进行这些剧烈活动时同样兴致勃勃。我不敢禁止他这样做,但是看到他从悬崖纵身跳入湖内,或者跃至一匹野马背上,我嘴里的唾沫也干了。

有一天晚上,我坐在维拉莫萨的图书馆读书,贝娅特丽丝走了进来,疾步走到我面前。我十分惊奇,以往我不叫她,她决不会来跟我说话。她脸色非常苍白。

"出什么事了?"

她双手紧紧抓住长裙,神情仿佛在跟某个令她窒息的东西挣扎;她终于开口说:

"安托纳快淹死了。"

我朝门口跑去。她嗫嚅地说:

"他要游过湖去,他回不来了。我……我没能救他。"

不到一分钟我便到了岸边,衣服早脱了,我跳下湖;天还亮,我立刻看到湖中心有一个黑点。他仰躺在水面上,看到我,呻吟一声,闭上了眼睛。

他昏昏沉沉地被我带上了河边;我让他平躺在我的外衣上,用力抚摩他的全身,感觉双手的热气渗进他的皮肤,感觉在我的手心下他年轻的肌肉、柔软的皮肤、脆弱的骨骼,我像是在给他塑造一个崭新的肉体。我急切地想:我将永远在你身边给你祛邪消灾。我温情脉脉地把我的孩子抱在怀里,我已经给了他两次生命。

贝娅特丽丝站在门槛上,身子挺直地一动不动,泪珠扑簌簌滚下来。

"他救活了,"我说,"不要哭啦。"

"我看到他救活了,"她说。

她瞧着我,眼里含有恨意。

我把安托纳放在他自己床上。贝娅特丽丝跟在我后面,安托纳睁开眼睛,目光停留在她身上。

"我没能游过湖去,"他说。

贝娅特丽丝俯身对着他:

"你明天会游过去的,"她说话口气激动。

"不行,"我说,"你们疯了吗?"

现在是我俯身对着他:

"向我起誓,你不再试了。"

"哦!爸爸。"

"向我起誓。以我为你做的一切,以你对我的爱,向我起誓。"

"好吧,"他说,"我向你起誓。"

他又闭上了眼睛。贝娅特丽丝转过身,慢慢地走出了房间。我留在床边,长时间凝视着我疼爱的孩子,凝视他润滑的面颊、新鲜的眼皮、脸。我把他救活了,但是我没能使他游过湖去。贝娅特丽丝可能哭得有道理。我突然不安地想:"他听我的话还会听多久?"

在柏树和紫杉下,在玫瑰花坛上,夏天在颤抖;它的亮光映照在大理石承水盘的水面上,它的声音盘绕在丝绸长裙的褶裥里,它的气味散发在埃利亚娜金色耀眼的胸前。绿荫丛中传来四弦琴的琴声,打破了寂静;在同一个时刻,每个水池中心喷出一束束水花。

"哦!"

沿着栏杆传过来一阵嘈杂声,妇女在鼓掌。从灼热的大地中心,细细的水晶柱射向天空;一池池死水起了涟漪,它们复活了;这是些流动的清水。

"哦!"埃利亚娜说,她的香气向我脸上袭来,"您真是个了不起的魔术师!"

"啊,什么?"我说,"这是喷泉。"

假山石上的水一级级往下落,它在咕咕叫,它在欢笑,引起我心中一声声清脆的回响:喷泉!

"瀑布!比昂加,瞧瀑布!"

安托纳手按在少妇丰腴的肩上;我向他这张神采飞扬的脸瞅了一眼,恶意的微笑不见了。我的杰作不是这些引人发笑的喷泉,而是我创造了这个生命,这个欢乐。安托纳是个美男子,眼睛灼灼发光像他的母亲,他还有福斯卡家族高傲轩昂的侧影。他不及上几个世纪的男子那样健壮,但是他的身子敏捷柔软。他抚摸的是一个驯顺的肩膀,他对着欢乐的流泉声微笑,这是一个令人陶醉的日子。

"爸爸,"他说,"我还有时间打一场网球吗?"

我笑了。

"谁在安排你的时间?"

"里维尔的使臣不是等着我们吗?"

我看了看天边,蓝色天空开始暗了,不久将与玫瑰色大地混同一色。我想:他只有那么几个夏天可活,他会让这个美丽的夜晚虚度吗?

"你真的愿意跟我一起接待他们?"

"当然愿意。"

年轻的脸变得严峻了。

"我还求您一件事。"

"一定答应。"

"让我单独接待他们。"

我折下一小条柏树枝,用手指掐成两段。

"单独接待?为什么?"

安托纳脸红了一红。

"您说过让我掌权。但是您一直不许我做任何决定。难道只是说说的吗?"

我抿住嘴。万里晴空顷刻像风暴天那样乌云密布。我说:

"你还缺乏经验。"

"我要等到二百岁吗?"

他眼中闪耀的光芒跟唐克雷德的一样。我把手按在他的肩上。

"我非常乐意把权力移交给你,权力是压在我身上的重担。但是相信我,它只会给你带来烦恼。"

"这恰是我希望的,"安托纳毫不让步地说。

"我希望你幸福,"我说,"一个人能想望的一切你不都有了吗?"

"您给了我一切,又不许我使用这一切来做些事,这有什么意义呢?爸爸,"他急躁地说,"您自己就决不会接受这样的人生。他们教我学习推理,学习思考,假若我该盲目听从您的主意,推理思考又有什么意义呢?我锻炼体魄只是为了骑马打猎?"

"我知道,"我说,"你要这一切能有所作为。"

"是的。"

怎么跟他说呢:人没法有所作为。宫殿、引水渠、新房屋、城堡、征服的城市,这一切都是乌有之物。他会睁开两只明亮的眼睛,说:我看见这些东西,它们是存在的。可能对他是存在的。我把折断的树枝扔在地上。我给他全部的爱也没法帮他有所作为。

"照你的意思办吧,"我说。

他的脸转嗔为喜。

"谢谢,爸爸!"

他跑开了。他的白色紧身衣在紫杉的繁枝密叶中闪闪发亮。现在,他要把生命掌握在自己手里,他的幼稚笨拙的手里;但是把一个人的生命关在温室里,躲过风风雨雨加以培育,行吗?与外界隔离,受绳子束缚,生命会失去它的光彩和芬芳。他三步两纵登上楼梯,消失在屋子里。他穿过大理石前厅,我是再也看不见他了。我想:"总有一天一切都会一样的,但是他已不在人世了。"在同样的天空下,将是同样阴郁的树木,同样空虚的笑声和水声,可是,不论在大地上,天空中,水面上,安托纳留不下一点最细微的痕迹。

埃利亚娜朝我走过来,挽了我的胳臂。

"下去看瀑布。"

"我不去。"

我转身走向别墅。我需要看见贝娅特丽丝;只有对她一个人,我才能说话和微笑,而不致立即想到有朝一日她也会死的。

我推开图书馆的门。她坐在橡木桌的一端读书。我默默望着她聚精会神的侧影。她在读书,我对她是不存在的。她平整的长裙,光洁的皮肤,黑头发像一身盔甲那样坚硬发亮。我走近去:

"总是那么好学不倦?"

她抬起眼睛,一点不惊讶;要她手足无措是困难的。

"有那么多的书。"

"太多又太少。"

成千份手稿堆在书架上,都是些疑问,都是些问题,要等待几世纪才能知道答案。她何必坚持这种无望的探索呢?

"您的眼睛累了。还不如来欣赏我的喷泉。"

"我今天夜里去,那时花园没有人。"

她用手背理一理手稿纸。她等着我走开,我又找不到话跟她说。可是她需要有人指导,比起所有这些未完成的作品,我能给她更好的帮助。但是她坚持不要求的东西又怎么样给她呢?

"您的书就不能放下吗?我有东西给您看。"

最后总是由我提出要求。

她一言不发站了起来,笑了一笑,一声短促的笑,连眼睛也没有亮一亮。她五官线条那么生硬,脸又那么瘦削,谁都觉得她长得丑。安托纳觉得她长得丑。我们默默地穿过几条长走廊,我打开一扇门。

"您看。"

房间内一股灰尘和生姜的气味,在这座新盖的别墅内,这是一股奇异的过去的气味。帷幕是拉上的,橙黄的日光映照着几只上锁的箱子、几捆卷拢的地毯、一堆堆绸缎绫罗。

"这是从塞浦路斯运来的货物,"我说,"今天早晨到的。"

我打开一只箱子,金银财宝晶莹夺目。

"您挑吧。"

"挑什么?"她说。

"您爱什么就挑什么。看这些腰带,这些项链。用这块红色丝料子做件长裙,您不喜欢吗?"

她手伸进箱子,珠宝和饴金纹章叮叮当当。

"不,"她说,"我一样不要。"

"戴了这些珠宝您才美呢。"

她轻蔑地把手中的项链一扔。

"您不愿意讨人喜欢?"我说。

她眼里闪过一道光:

"我愿意用我本来的样子讨人喜欢。"

我关上箱子。她说得对。有什么意义呢?她现在衣着朴素大方,脸上不施脂粉,头发束在一只网套内,正是这个样子她才叫我喜欢的。

"那么,在这些地毯中选一块,布置您的房间。"

"我不需要。"

"那您需要什么?"我不耐烦地说。

"我不喜欢奢侈,"她说。

我抓住她的胳膊。我想把指甲掐进她的皮肤。二十二岁！她评判,她决定,她在这个世界像在自己家里,仿佛住了几个世纪似的。她在评判我。

"来吧,"我说。

我带她上花坛。热气消退了,喷泉在歌唱。

"我也不喜欢奢侈,"我说,"我为安托纳才盖了这座别墅。"

贝娅特丽丝把手放在晒得发热的石栏杆上。

"太大了。"

"为什么太大？这是没有标准的。"

"浪费钱。"

"为什么不把钱浪费掉？您以为钱可以用来干吗？"

"您从前不总是这样想的吧,"她说。

"这话倒也说得是,"我说。

我从前借钱给呢绒商,卡莫纳的资产阶级积攒了财富;一部分人勤奋工作是为了富上加富,另一部分人在荒淫无度的生活中浪费生命。从前卡莫纳的风气清苦淳朴;而今,每夜街上发生格斗,做丈夫的拿了匕首为遭到奸污的妻子复仇,做父亲的为受到诱骗的女儿雪耻;他们生了那么多孩子,到头来个个变得贫穷不堪。我盖医院,人的寿命长了,最终还是要死的。现在卡莫纳有二十万居民,可是并不比从前幸福与善良。人多了,但每个人还是孤零零地体验自己的忧苦与欢乐。古老的城墙内只生活着两万居民时,卡莫纳照样也是满满的。

我突然说:

"告诉我,有二十万人是不是比有两万人好？受益的是谁？"

她沉吟半晌说:

"这问题真怪。"

"对我来说,问题就是这样提出来的。"

"啊!对您可能是这样。"

她茫茫然望着天涯,她离我非常遥远,我嘴里有一种苦味,以前只有在她身边时我才感到的苦味。空中闪闪忽忽一大群金黄色斑点,我可以这么想:她跟这些朝生暮死的小虫子没有两样;但是她跟我一样充满活力,一样真实;对她来说,她的须臾人生比我这么一个命运具有更重的分量。我们久久地望着瀑布不出一声,这种不动而又流逝的垂帘,从假山石上滚下来,水花四溅;总是相同的水花,又各不一样。

突然,安托纳出现在石阶上,贝娅特丽丝眼睛里燃起了一团火。为什么她看到安托纳会有这样的热情?安托纳并不爱她。

"这些流亡者要求什么?"我说。

安托纳望我一眼,神情严肃,喉咙里有样东西起伏不停。

"要我们帮助他们入侵里维尔。"

"啊?你怎么回答?"

"我发誓说,一个月内里维尔便是我们的了。"

一阵静默。

"不,"我说,"这类战争我们不应该再参加了。"

"好吧,又是您做主,"安托纳粗暴地说,"告诉我实话,卡莫纳永远不会由我来统治,是吗?"

我仰望静止不动的天空。时间停止过一回。他拔出匕首,我把他杀了;这一个也在祈望我死。

"你愿意上台第一件事就是打一仗?"

"啊,"安托纳说,"我们还要在您的和平生活中消沉多久?"

"为了获得这样的和平,费了我多少时间和心血,"我说。

"这种和平有什么用?"

喷泉在唱它愚蠢的歌。如果它们不能再叫安托纳赏心悦目,它们有什么用呢?

"我们过和平的生活,"安托纳又说,"我们的全部历史都包括在这几个字内了。米兰的几次革命,那不勒斯的几次战争,托斯卡纳几个城池的叛乱,我们都置身事外。这一切在意大利境内发生时,卡莫纳就像不存在似的。如果我们只是像个大蘑菇似的,插在自己这块山地上,我们的财富、我们的文化、我们的聪明才智有什么意义呢?"

"我知道,"我说。

我知道很久了。

"那么战争有什么用呢?"

"您怎么能提出这样的问题?"安托纳说,"我们会有一个港口,几条通往海口的道路。卡莫纳将与佛罗伦萨并驾齐驱。"

"里维尔一度是我们的,"我说。

"这次我们再不放手了。"

"曼佐尼家族很有势力,"我说,"流亡者在里维尔城里找不到策应的人。"

"他们会得到安茹公爵的支持,"安托纳说。

我一时心血上涌。

"我们不要把法国人引进来。"

"为什么?以前有人把他们引进来过。以后还会有人把他们引进来,还可能是为了反对我们呢。"

"要是这样,不久就没有意大利了,"我说。

我把手按在安托纳的肩上。

"我们不及上几个世纪那么强大啦。以前我们称为野蛮人的国家正在发展壮大;法国、德国都贪图我们的财富。相信我,我们唯一的救星是团结,是和平。如果我们要意大利奋起抵抗威胁着它的各种入侵,我们应该巩固与佛罗伦萨的联盟,跟威尼斯、米兰订立盟约,依靠瑞士的兵力。如果每个城邦抱着自私的野心顽固不化,意大利就完了。"

"这件事您解释过一百遍了,"安托纳固执地说。

他又愤愤地加上一句:

"但是我们只有同意退居幕后,佛罗伦萨才与我们保持联盟。"

"那又怎么样呢?"我说。

"您为卡莫纳的荣誉做过那么多的贡献,如今竟会对这种事忍气吞声?"

"与意大利的生死存亡相比,卡莫纳的荣誉算不了什么。"

"我不在乎意大利,"安托纳说,"卡莫纳才是我的祖国。"

"这是一个普通的城邦,"我说,"城邦有的是!"

"您说的真是您的心里话?"

"是我的心里话。"

"那么,您怎么还敢统治呢?"安托纳激动地说,"您怎么能和我们共事呢?您是自己城里的一个陌生人。"

我凝视他,一声不响。一个陌生人。他说得对。我不再是这里的人了。他只能以他这颗会死的心来度量卡莫纳。他爱卡莫纳。我没有权力阻止他去履行人的命运,对这种命运我是无能为力的。

"你说得对,"我说,"今天开始,由你统治卡莫纳。"

我挽了贝娅特丽丝的手臂,挟着她朝瀑布走去。在我身后,安托纳迟疑不决的声音在喊:"爸爸。"但是我没有回转身。我挽着贝娅特丽丝在一张石凳上坐下。

"我料到这事会来的,"我说。

"我理解安托纳,"她带着挑衅的口吻说。

"您爱他?"我突然问了一句。

她的眼皮眨了起来。

"您知道得很清楚。"

"贝娅特丽丝,"我说,"他决不会爱您的。"

"但是我爱他。"

"忘了他吧。您生来不是为了受苦的。"

"我不怕受苦。"

"多么愚蠢的骄傲!"我愤怒地说。

安托纳自寻烦恼,而她又爱好受苦。他们中了什么邪了?

"您小时候,禁止您玩什么,您偏爱玩什么,就不想改一改了吗?人家不能给您的东西您就是要,这又是为什么呢?"

"我什么都没要。"

"您一切都有了,"我说,"这个世界是这么辽阔;如果您愿意,它是您的。"

"我什么都不需要。"

她身子挺得直直的,有点僵硬,两只手平放在膝盖上,我想她确是什么都不需要;不论满足还是失望,她永远只是她自己。

我抓住她的手腕,她惊奇地望了我一眼。

"把安托纳忘了吧。做我的妻子。您不知道我爱您?"

"您?"

"您以为我不能爱?"

她把手抽了回去。

"我不知道。"

"您为什么厌恶我?"我说。

"我没有厌恶您。"

"我叫您害怕?您把我当做魔鬼。"

"不。您不是魔鬼,我也不信有魔鬼。"

她犹豫了。

"怎么啦?"

"您不是人,"她突然粗暴地说。

她盯住我看。

"您是个死人。"

我抓住她的肩膀,真想把她捏成粉末。一刹那,我在她的眼睛深处看到了自己——一个死人。像没有冬天、没有鲜花的松柏一样死。我松开手,一言不发走开了。她留在石凳上不动,她想到安托纳,安托纳想到战争。我又是孤零零一个人。

几星期后,安托纳得到安茹公爵的帮助,攻下了里维尔,他在冲锋时受了伤。卡莫纳正在筹备祝捷典礼,安托纳已经被转送到维拉那,我赶到那里。我看到他躺在床上脸色苍白,瘦骨嶙峋,肚子上打了个窟窿。

"爸爸,"他笑着说,"您为我感到骄傲吗?"

"是的,"我说。

我也在微笑,但是我胸中却有一座火山在喷滚烫的岩浆。只不过肚子上有个窟窿,二十年的心血,二十年的希望和爱就这样毁了。

"在卡莫纳,他们为我感到骄傲吗?"

"在意大利,还没有哪个节日,比即将庆祝你凯旋的那些节日更壮丽。"

"如果我死了,"他说,"把我的死讯瞒住,到庆祝结束后宣布。节日多美!"

"我答应你。"我说。

他闭上了眼睛,脸上带着幸福的表情。他死时又光荣又满足,仿佛他的胜利是一场真正的胜利,仿佛胜利这两个字真有一种意义似的。对他来说,未来已没有威胁,因为未来不再存在了。他完成了他愿意完成的事业后徐徐死去,他永远是一个凯旋的英雄。

"而我永远没有个完,"我望着火红的天空在想。

我遵守了诺言,只有贝娅特丽丝一个人知道安托纳死了。蒙在鼓里的老百姓兴高采烈,高喊:"卡莫纳万岁!安托纳·福斯卡万岁!"三天来,城里大街上队伍络绎不断,广场上开展竞技活动,在三座教堂内上演了神秘剧。在圣佛里斯教堂,演出圣灵降临神秘剧时所放射的一支支象征圣灵火舌的火箭落在帐篷上,现在教堂还在烧,但是老百姓瞧着熊熊烈火无动于衷。他们唱歌跳舞。几条火龙的光芒照亮了正面张挂着金色帷幕的广场。五彩焰火把大理石雕像映得血一般红。

"不去灭火吗?"埃利亚娜说。

她在阳台上站在我身边,我送给她的红宝石金项链装饰着她的琥珀色粉颈。

"这是节日,"我说,"卡莫纳有的是教堂。"

花了三十年工夫盖成的教堂,一夜之间化为灰烬。谁去关心呢?

我回到灯火辉煌的大厅。遍身绫罗、珠光宝气的男女婆娑起舞。里维尔的流亡者、被征服的城市的使臣,坐在华盖下,把安茹公爵的大使们团团围在中间。法国人侃侃而谈,其余人胁肩谄笑。我在跳舞的人群中瞥见贝娅特丽丝。她穿了一袭红色丝长裙,跟一位法国贵族在跳舞。舞曲一停,我朝她走过去。

"贝娅特丽丝!"

她带着挑衅的神气向我一笑。

"我以为您在自己房里呢。"

"您看到的,我下楼来了。"

"您还跳舞!"

"我不也应该庆祝安托纳的胜利吗?"

"了不起的胜利,"我说,"可是此刻蛆虫在噬咬他的肚皮。"

她低声说:

"住口。"

她的脸像炭火那样发亮。

"您发烧了,"我说,"您为什么要折磨自己?您要哭了吧?"

"他死也是个征服者。"

"您和他一样盲目。您看看他们。"

我向她指了指神气活现、动作粗鲁的法国人,大厅里只听到他们放肆的笑声。

"他们才是真正的征服者。"

"什么?他们是我们的盟友。"

"这些盟友太强大了。里维尔港即将作为他们远征那不勒斯的基地。当他们拿下那不勒斯……"

"我们也可把法国人征服的,"贝娅特丽丝说。

"不会的,"我说。

接着一阵长时间的沉默,她说:

"我要求您一件事。"

我对她憔悴的小脸望了一眼。

"这还是第一次……"

"让我离开这里。"

"您要上哪儿?"

"我去跟母亲一起过。"

"每天洗洗衣服,喂养奶牛?"

"为什么不可以?我不愿留在这里。"

"看到我您受不了?"

"我爱安托纳。"

"他死了,没把您放在心上,"我口气严厉地说,"把他忘了吧。"

"我忘不了。"

"想想您的童年,"我说,"那时您多么热爱生活。"

"确是这样。"

"留在这里。您想望什么,我给您什么。"

"我想望离开这里。"

"啊,蠢人!"我说,"您到了那里会有什么样的生活?"

"人的生活,"她说。"在您身边,人没法呼吸,您不懂吗?您扼杀了一切想望。您给,您给,但是您给的仅是些哄人的玩具。可能就是这个缘故,安托纳才选择了死,因为您没有留给他其他的生活方式。"

"您回母亲家去住吧,"我愤愤地说,"活活地死在那里。"

我旋转身,朝着众位使节走去。安茹公爵的使臣向我走过来。

"多么光辉的节日!"

"这是一个节日,"我说。

我想起了那几堵旧墙,上面散散落落盖着一块干瘪的挂毯。卡特琳在刺绣,穿了一件羊毛长裙。现在,石头墙壁都有丝绒窗帘和镜子遮住。男男女女穿绫着罗,插金戴银,但是人心依然没有满足。埃利亚娜望着贝娅特丽丝恨恨不已;别的女人对埃利亚娜的项链不胜羡慕;丈夫怀着嫉妒的目光盯住被外国人搂着跳舞的妻子。他们都是些利欲重、芥蒂深、穷极无聊、对日常的奢华已无动于衷的人。

"我没有见着佛罗伦萨大使,"我说。

"来了一位信使,交给他一封信,"雅克·达蒂尼说,"他看了信后立刻离开大厅走了。"

"啊,"我说,"是战争。"

我走上阳台。火箭在空中爆放,圣佛里斯教堂还在燃烧。老百姓在跳舞。他们跳舞,因为卡莫纳打了一个大胜仗,结束了战争。战争又开始了。佛罗伦萨向我提出把里维尔归还给曼佐尼,法国人又不许我这样做。借法国人的力量去征服佛罗伦萨,等于把托斯卡纳送给他们。跟他们反抗,也就是毁灭卡莫纳,听任佛罗伦萨的主宰。选择哪一种桎梏呢?安托纳白死了。

有几张脸朝着我抬起来。群众的嗫嚅变成了一个声音:"福斯卡伯爵万岁!"他们向我欢呼,卡莫纳却是完了。

我的手紧紧抓住铁栏杆。我站在这个阳台上,有时骄傲,有时欢喜,有时恐惧,这样有多少回了?这么多的热情,这么多的害怕,这么多的希望,有什么意义呢?突然,什么都变得不重要了,和平不重要了,战争也不重要了。若是和平,卡莫纳将继续像一只大蘑菇,在天空下浑浑噩噩过日子;若是战争,人们已经建设的一切都将毁灭,以待日后重建。不管怎样,所有这些在跳舞的人不久都将死去,他们的死像他们的生一样毫无用处。圣佛里斯在燃烧。我把安托纳带到这个世界,随后他又离开这个世界。如果我根本没有存在过,世上万物也不会有所不同。

"那个僧侣他说对了?"我想,"就没有办法了吗?"我的手痉挛了。我还是存在的。我有一颗头颅、两条胳膊和无穷无尽的时光。

"唔,天主!"我说。

我用拳头敲打脑门。我当然会有办法的,我可以做些事。但是到哪里去做?但是做什么?我了解这些暴君,他们为了证明自己的权威,不惜毁灭一座城市,杀戮整个民族;但是他们杀戮的只是那些已判死刑的人,他们毁灭的只是日后必然土崩瓦解的废墟。

我回转身,贝娅特丽丝靠墙站着,两眼呆望天空。我朝她走去。

"贝娅特丽丝,"我说,"我刚才起誓要娶您做妻子。"

"不,"她说。

"我将把您投入暗牢,关到您同意为止。"

"您别这样做。"

"您不了解我,"我说,"我会这样做的。"

她身子往后退,颤声说:

"您说过您要使我幸福。"

"我要使您幸福,您不愿意我也要使您幸福。我让安托纳成为自己生命的主人,结果他把生命丢了,他白死了。我决不重犯同样的错误。"

战争又爆发了。我太弱了,无法抵制强大的盟邦,只得拒绝归还里维尔,佛罗伦萨人立刻包围了我边境的许多城堡。他们偷袭攻下了几处要塞,我们施计俘虏了他们的军官。我们军队中有法国人服务,佛罗伦萨人则投入八百名希腊轻骑兵。外籍士兵不求饶,也不宽恕,战斗较过去更加残酷,但是战争结局始终捉摸不定。仗打了五年,佛罗伦萨不像有可能打垮我们,卡莫纳也无法摆脱他们。

"可能还要打上二十年,"我说,"没有征服者,也没有被征服者。"

"二十年,"贝娅特丽丝说。

她在我的工作室内,坐在我身边,透过窗户望着夜空。她双手平放在膝盖上,手指上有一只结婚戒,但是她的嘴唇从未接触过我的嘴唇。二十年……她没有想到战争,她想的是:二十年后她差不多五十岁了。我站起来,旋转身,背对窗户,我再也不能忍受这种黄昏的颜色。

"您听见吗?"她说。

"听见。"

我听见那个女人在大路上唱歌,我还听见涨满我内心的这种单调沉闷的水流声,也在贝娅特丽丝的内心回荡。

"贝娅特丽丝!"我突然说,"您实在不能爱我吗?"

"这事别提啦,"她说。

"您要是爱我,一切就不一样了。"

"我已很久没恨您了。"

"但是您也不爱我,"我说。

我挺立在这面灰暗无光的大镜子前。一个年富力壮的男子,严峻的脸上没有皱纹,肌肉隆起的身子从不知道疲劳,我比这个时代的男子长得魁梧结实。

"难道我是这么一个不堪入目的怪物?"我说。

她没有回答。我坐到她的脚边。

"可是我觉得,我们之间还是有一种默契。看来您理解我,我理解您。"

"这话不错,"她说。

她用指尖抚摸我的头发。

"那么,我缺少的是什么呢?安托纳引起您爱的那些品质,您在我身上就找不到吗?"

她手缩了回去。

"找不到。"

"我知道。他漂亮、慷慨、勇敢、高傲。这些品质我一个也没有?"

"您好像有……"

"我好像……难道我是假的?"

"这不是您的错,"她说,"现在我懂了,这不是您的错,我不再恨您了。"

"请您说个清楚。"

"有什么意义呢?"

"我要知道。"

"当安托纳朝湖心游过去,当他身先士卒冲锋陷阵时,我钦佩他,因为他在冒生命的危险,但是您,您的勇敢是什么?我爱他的慷慨,您也不计较您的财富、时间、劳苦,但是您可以活上千千万万个人的生命,您为他人做出的牺牲便算不了什么。我爱他的高傲,他是一个与其他人毫无两样的人,选择走自己的人生道路,这点了不起;而您是一个与众不同的人,您也知道这点;这就打动不了我的心。"

她语气干脆,不憎恨也不怜悯,从她说的这些话中,我突然听到一个从前的声音,一个早已忘却的声音,这个声音焦虑不安地说:"你不要喝!"

"这样说来,"我说,"我做的事,我具备的品质,在您眼里没有一件是有价值的,就因为我是一个不会死的人?"

"是的,就是这样,"她说。

她把手放在我的胳臂上。

"听一听这个唱歌的女人。她要是不会死,她的歌声会这样动人吗?"

我说:

"这真的是一种天罚?"

她没有回答,也不用回答,这就是一种天罚。

我突然站起身,把贝娅特丽丝搂在怀里。

"可是我在这里,"我说,"我是活的,我爱您,我痛苦。在悠悠岁月中,我再也见不着您了,再也不会有您了。"

"雷蒙,"她说。

这一次她的声音里有点怜悯,也可能有点温情柔意。

"爱我试试,"我说,"试试。"

我紧紧搂住她,我感觉她在我的怀里瘫了。我把我的嘴贴在她的嘴上,她的乳房在我的胸前颤动,她的手沿着臀部滑了下去。

"不,"她说,"不。"

"我爱您,"我说,"我像一个男人爱一个女人那样的爱您。"

"不。"

她发抖了;她挣扎,喃喃地说:

"原谅我。"

"原谅您什么?"我说。

"您的身子叫我害怕,它属于另一类。"

"它有血有肉,跟您的一样。"

"不。"

泪水涌上了她的眼眶。

"您不懂吗?两只永远不会腐烂的手抚摸我,我受不了。这叫我害臊。"

"您还不如直说,这叫您厌恶!"

"这原是一回事,"她说。

我瞧了瞧手,受天罚的手。我懂了。

"应该是您原谅我,"我说,"二百年来我还是一点不懂。现在我明白了。贝娅特丽丝,您自由了;如果您要离开这里,您就走吧;如果您爱上一个人,您爱他吧,不用感到内疚。"

我又说了一句:

"您自由了。"

"自由了?"她说。

我们的边境遭到纵火、抢劫、屠杀的祸害,又是十年。这时,法兰西国王查理八世南下意大利,要求继承那不勒斯的王位。佛罗伦萨跟它订过盟约,插在我们中间做调停人,我们保留了里维尔,条件是向我们的敌人偿付一大笔贡金。

几年来,我被迫接受法国人的保护,但是我看到意大利在他们的暴政下,内战不已,各自为政,陷入一片混乱,不由感到灰心丧气。"这是我的过错,"我痛苦地对自己说。假若以前我把卡莫纳放弃给热那亚人,热那亚人无疑会统治整个托斯卡纳地区,外国人若要入侵，就会在这道屏障前撞得粉身碎骨。这是我狭隘的野心，这是每个小城邦的野心，使意大利无法建立一个统一的国家，像法国和英国完成的一样，像西班牙不久前完成的一样。

"现在还来得及，"瓦朗济热情地对我说。

这是一个著名的大学问家，《意大利城邦史》一书的作者，他到卡莫纳来恳请我拯救我们这个苦难深重的国家。他要我进行工作，把意大利各城邦组成一个庞大的邦联，由我维护邦联的利益。他起初把希望寄托在佛罗伦萨，但是强大的苦修士派在萨伏那洛拉①的怂恿下成为狂热分子，除了祈祷以外不相信其他力量，还只为他们城市本身的荣誉祈祷。于是瓦朗济转而向我求助。尽管卡莫纳经过十五年战争实力大减，但他的计划在我看来也并非只是空中楼阁。在各自为政、动荡不定的意大利，只要有一个坚强的人挺身而出，可以改变命运的面目。当查理八世忍气吞声放弃那不勒斯②、重经阿尔卑斯山时，我决定行动。我把商定的贡金如期缴给佛罗伦萨，巩固了与它的联盟后，开始与威尼斯谈判。但是，米兰公爵风闻我的计划。他害怕一个不是由他做盟主的联盟发展壮大，派了几个使臣到他的侄子"罗马人的王"马克西米利安③那里，邀请他到米兰来取伦巴第④的王冠，到罗马来取帝国的皇冠，以便在意大利全境重建皇帝昔日的权威。他向威尼斯施加压力，威胁要投入法国国王的怀抱，那时大家相信法国国王正待重越阿尔卑斯山。威尼斯终于选派使臣去见马克西米利

---

① Girolamo Savonarola(1452—1498)，意大利宗教改革家，领导佛罗伦萨平民起义，一度推翻美第奇家族统治，建立共和，失败后被判"异端"，遭杀害。
② 一四九二年，那不勒斯和佛罗伦萨密谋瓜分米兰。查理八世应米兰公爵之请，入侵意大利，并占领那不勒斯，引起德意志、威尼斯、教皇等反对，成立反法大同盟，查理八世被迫撤兵。
③ 指马克西米利安一世(Maximilian Ⅰ，1459—1519)，一四八六年登基为德意志国王，一四九三年兼神圣罗马帝国皇帝。
④ Lombardia，意大利北部地区，中世纪组成以米兰为首的城市联盟。

安,同意向他缴纳贡金。

马克西米利安进入意大利,托斯卡纳的小城邦纷纷自称是他的盟友,盼望他能结束佛罗伦萨和卡莫纳的霸主地位。他包围了里窝那,从陆地和海面两路进攻。听到这个消息,卡莫纳满城惊慌。嫉妒的邻邦憎恨我们,米兰公爵猜疑我们,一旦马克西米利安成了意大利的主人,我们绝对没有机会保持独立。因而,攻下了里窝那,整个托斯卡纳就要落入他的掌握之中。佛罗伦萨早派了一支精锐的驻防军和一支庞大的炮兵队开入港口,最近又建筑新工事加强防卫。但是,马克西米利安得到威尼斯舰队和米兰陆军的支援。当我们获悉德国骑兵和步兵各四百名已深入马雷马地区,越过西西那,并占领了重要小镇巴尔亨时,显然他已胜利在握。我们唯一的希望是查理八世同意援助佛罗伦萨市政议会的军队和小麦火速运来。但是,我们长期以来知道法国人的话不可轻信。

"敢情是他们正背着我们在决定我们的命运!"我说。

我前额贴在玻璃上,盼望窥到路角出现一位信使。

"别去想了,"贝娅特丽丝说,"想也没用。"

"我知道,"我说,"但是总身不由主地去想。"

"噢!可以不去想,"她说,"天主保佑,是可以做到的!"

我望了望她低垂的颈子,她肥胖的颈子。她坐在一张桌子前,桌上放满了画笔、彩粉、羊皮纸。她的头发依然又黑又美,但是脸容呆板了,身材粗了,眼里的火光也熄灭了。一个男人所能给予一个女人的一切,我都给她了,而她就是在手稿上描红绘彩度时光。

"把笔放下,"我突然说。

她抬起头,惊奇地望我一眼。

"跟我一起去等候信使,"我说,"接触外界空气对您也有好处。"

"我好久没有骑马了,"她说。

"是啊。您从来不出门。"

"我在这里很好。"

我在房里踱了几步。

"您为什么要选择这样的生活?"我说。

她慢悠悠地说:

"是我选择的吗?"

"我让您享受完全的自由,"我急切地说。

"我一点不责备您,"她说。

她又俯身做她的彩绘工作。

"贝娅特丽丝,"我说,"从安托纳死后,您没有爱过吗?"

"没有。"

"是为了安托纳?"

沉默了一阵,然后她说:

"我不知道。"

"为什么?"

"我想是我爱不起来。"

"是我的错?"

"您为什么要折磨自己?"她说,"您想得太多了。您想得实在太多了。"

她突然向我微微一笑。

"我没有不幸福,"她声音愉快地说。

我又把前额贴在玻璃上,努力不去思想。她的命运不是由她决定的,我的命运也不是由我决定的。但是我还没有学会如何不去思想。可能马克西米利安已经到了里窝那……我突然离开房间,跨上马,飞驰至十字路口。那里已聚集了一大群人,有的步行来的,有的骑马来的。他们坐在引水渠旁,贪婪地注视着从海口来的那条路。我穿过十字路,深入到大路上。当我遇到信使,他报告说卡斯塔涅多已经投降,皮洛那也准备投降。

这天晚上,没有人吃饭,贝娅特丽丝、瓦朗济跟我关在我的工作室内,我们又在侧耳谛听马蹄声。我在这个世界上,像再没有其他事可做,除了一动不动地站着,前额贴在玻璃上,窥伺着一条空空荡荡的大路。

"今天晚上,里窝那要陷落了,"我说。

"好大的风!"瓦朗济说话声音低沉。

树梢猛烈摇晃,路上风卷尘埃滚滚,天空一片铅白色。

"涨潮了,"他又说。

"是的,"我说,"我们不可能等到任何援助。"

大路是空的。在那边,满山遍野是德国步兵,帽上翎毛迎风招展,朝里窝那冲来,沿途乡镇的居民无不遭其杀害;德国大炮在轰击港口。波涛汹涌的大海像大路一样空荡。

"他会把卡莫纳交给米兰公爵,"我说。

"这么一个城邦决不会死,"贝娅特丽丝激动地说。

"它已经死了,"我说。

我是这个城邦的领袖,但是我的双手软弱地垂落在腰间。那边,外国大炮轰击着一座外国城市,每发炮弹都打在卡莫纳的胸膛上,卡莫纳却一筹莫展,无以保卫自己。

黑夜降临了。大路看不清了,狂风怒号中也辨不出其他一点声音。我不再望着窗外,我望着门,信使或许会在那里出现;我在谛听他的脚步声。但是,黑夜消逝了,门没有开过。贝娅特丽丝双手交叉放在胸前,头仰天睡着,仪态肃穆。瓦朗济在沉思。这是一个漫长的夜晚。时间一动不动地停在蓝色沙漏①底上,没有一只手把它翻动一下。

---

① 古代计时器具,上下对口两只瓶子,上瓶装沙,通过对口处一个小孔,沙渐渐漏至下瓶,下瓶沙满为一计时单位,然后用手翻转瓶继续计时。

我想起了我为卡莫纳奋斗的那些年代——这两个世纪。我以为它的命运掌握在我手里;我保卫它反对佛罗伦萨,反对热那亚;我为市政议会的图谋焦躁不安,窥伺锡耶纳和比萨,派暗探混进米兰;我不关心英法之间发生的战争、勃艮第的宫廷事变、德国选帝侯的纠纷;我决没料到这些远方进行的战役、这些争吵、这些条约,最终会导致这么一个叫我束手无策、听天由命的夜晚,我没料到卡莫纳的命运是由全世界决定的。此刻,在波涛汹涌的大海上,在德国军营中,在佛罗伦萨驻防营中,在阿尔卑斯山那边,在法国国王轻诺寡信的心内,都在决定卡莫纳的命运。唯独在卡莫纳发生的事跟卡莫纳不再有关。黎明来临了,一切恐惧如同一切希望都在我心中死了。没有任何奇迹会给我带来胜利,卡莫纳不再是我的了。空等后感到的羞惭使我觉得自己也不再是自己了。

将近中午,才有一个骑兵出现在路角:里窝那得救了。不顾风大浪高,一支由六艘军舰、两艘帆船组成的法国船队满载士兵和小麦驶进了港口。猛烈的海风迫使热那亚和威尼斯的船队躲进了梅里那,法国人不用争夺航道,一帆风顺开到里窝那。

几天后,我们获悉一场风暴袭击了皇帝的舰队,马克西米利安带了军队折回比萨,声称他不可能向天主和人同时开战。我听着这些消息无动于衷,仿佛这一切与我无关。

"应该和威尼斯重新谈判,"瓦朗济说,"马克西米利安缺钱,威尼斯要是不向他纳贡,他会放弃意大利的。"

其他顾问同意这些看法。他们以前常说:"卡莫纳的利益,卡莫纳的得救。"现在我听到的是:"意大利的利益,意大利的得救。"他们从什么时候起说这样的话?几小时以前,还是几世纪以前?这段时期内,他们衣服不同了,脸孔也换了,但是总是以同样平稳的声音说些几乎同样的话,以同样凝视的目光盯着一个狭窄的未来。秋天的太阳在桌面洒上一层金光,并在我手中晃动的锁链上闪烁。我好像和以前一模一样生活过这一分钟:一百年以前?一小时以前?还是在梦中?我想:"是不是我生活的味道永远不会变了?"我猛地说:

"我们明天继续讨论。散会。"

我跨过内阁的门,下楼叫人给我备马。在宫里真憋得慌!我走上一条新开的路,两旁高高的白色城墙已经发黄。一百年后我还能看到它们吗?我快马加鞭。在卡莫纳真憋得慌。

我在平原上驰骋好久。天空在我头上掠过,土地在我脚下跳动;我多么愿意这样永远不歇地跑下去,脸上吹拂这样的风,心头保持这样的宁静。但是当我的坐骑两肋生汗时,我咽喉深处又涌上这句话:卡莫纳又一次得救了。现在我做什么呢?

我走上往山岗去的那条小道,盘绕而上,渐渐看到整个平原。右边远处,那里有海,意大利到此为止了。意大利在我身边一望无际;但是遇到海,遇到山,意大利停止不前了。经过十年或二十年的耐心经营,意大利可能会置于我的统治下。又会有一夜,我无用的双手垂落在腰间,凝望着远处的天涯,谛听着高山那边、大海那边发生的事件的回声。

"意大利太小了,"我想。

我勒住马,跳下鞍子。以前我经常昂立在山巅上,对着这千古不变的景色静观出神。但是,突然我觉得几小时前怀有的梦想刚刚实现了:我的嘴里有了一种前所未有的味道。空气在颤抖,周围的一切都是新的。卡莫纳屹立在山地上,四周有八座在阳光下发红的塔楼,它只是一只巨大的蘑菇。把卡莫纳团团围住的意大利,也只是一座墙壁已经倒坍的监狱。

那边是海,但是世界不是遇到海便停止不前的。几艘白色帆船朝着西班牙悠悠驶去,还要越过西班牙,朝着新大陆驶去。在这些陌生的土地上,红皮肤的人崇拜太阳,用斧子搏斗。越过这些土地,还有其他海洋,其他土地,世界到哪儿都不会停止不前。没有一件东西存在于世界之外,世界把自己的命运装在自己心里。我此刻已不再面对着卡莫纳,也不再在意大利境内,而是处于这个唯一的、没有边际的广大世界中心。

我从山岗直奔而下。

贝娅特丽丝在自己房里,在一张羊皮纸上描绘金的、红的叶饰。在她身边有一个装满玫瑰花的盘子。

"好了!"她说,"您的顾问说了些什么?"

"都是些蠢话,"我急切说。

她惊讶地望我一眼。

"我来向您道别的,贝娅特丽丝。"

"您去哪儿?"

"比萨。我去找马克西米利安。"

"他能为您做什么?"

我从盘里取了一朵玫瑰花,放在掌心里搓得粉碎。

"我将告诉他,对我来说卡莫纳太小了,意大利太小了。不统治全世界是做不出大事来的。把我收在您的身边,我将把世界献给您。"

贝娅特丽丝嗖地站了起来,脸色变得非常苍白。

"我不懂,"她说。

"用我的名义或是用另一个人的名义统治,对我都是无所谓的,"我说,"既然我逢上了这样的好运,应该抓住它。我今后与哈布斯堡家族①共命运同进退。可能我终于会有所作为。"

---

① Habsburg,欧洲重要的王室家族,发迹于瑞士的哈布斯堡,其成员统治过神圣罗马帝国、西班牙、奥地利、奥匈帝国等。

"您要抛下卡莫纳不顾了?"

她的眼中燃起一团火。

"这就是您要说的话吗?"

"您以为我会永生永世困在卡莫纳?卡莫纳算得了什么?我早已不是这里的人了。"

"您不能这样做!"她说。

"我知道,"我说,"安托纳是为这个城邦死的。"

"这是您的城邦。这个城邦您拯救了那么多次,您统治了两个世纪。您不要背弃您的老百姓。"

"我的老百姓!"我说,"他们已经死过多少次了!我怎么还能与他们有感情上的联系呢?他们再也不是原来那些人啦。"

我走近她,拿起她的手。

"别了。在我走后,您或许可以重新开始生活。"

她的眼睛一下子暗淡无光。

"太晚了,"她说。

我望着她那臃肿的脸感到内疚。如果那时我不是那么热切地要她幸福,她会爱,会痛苦,会生活。我害了她比我害了安托纳还要肯定。

我说:

"原谅我。"

我的嘴唇轻轻掠过她的头发,但是她已经只是千百万个女人中的一个女人,温情柔意和疚恨都已成了往日的韵事。

天黑了。河面上升起一阵凉意。从隔壁餐厅传来餐具声和说话声,雷吉娜记起没多久前,钟楼敲了七下。她朝福斯卡望一眼:

"那时您还有重新生活的力量?"

"谁又能阻止生活在每天早晨重新开始呢?"福斯卡说,"您该记得有一天晚上我们说的话:懂也是白懂,心在跳动,手要伸出去……"

她环顾四下。

"您认为我明天还会梳头吗?"

"我想是的,"他说。

她站起身。

"离开这儿。"

他们走出旅舍,福斯卡问:

"我们去哪儿?"

"随便哪儿。"

她指一指大路:

"这条路总是可以走的,不是吗?"

她笑了。

"心在跳动,走了一步,又是一步,路总是没有尽头的。"

他们走了起来,走了一步,又是一步。她问:

"我想知道,贝娅特丽丝后来怎么样?"

"您要她怎么样?有一天,她死了,就是这样。"

"就是这样?"

"别的我不知道了。当我回到卡莫纳,她已经离开了,我也没有设法去打听。此外也没什么值得打听的。她死了。"

"归根结蒂,一切故事的结尾都是好的。"雷吉娜说。

第二部分

尘土飞扬的阿尔诺河码头上,德国兵踏着沉重的步伐,走在比他们矮一个头的比萨人中间。古老的美第奇宫里响着他们的马刺声、军靴声。他们让我等了好久,我没有等待的习惯。后来一个卫兵引我走进内室,皇帝坐在里面。他一头金发,像棍棒似的直挂耳下,鼻子又大又瘪。他看来四十岁左右。他彬彬有礼地示意我坐下。卫兵早已退出,留下我们两人。

"福斯卡伯爵,"他对我说,"我经常盼望跟您认识。"

他好奇地打量我。

"关于您的种种传说是真的吗?"

"是真的,直到今天为止,天主眷顾我战胜了老年和死亡。"

他高傲地说:

"哈布斯堡家族也是千古不朽的。"

"是的,"我说,"这说明为什么他们应该统治世界。只有世界才能与千古相配①。"

他微微一笑:

"世界是广阔的。"

"千古是长久的。"

他一声不出观察我,神情狡黠多疑。

"您来我这里有什么要求?"

183

"我把卡莫纳献给您。"

他笑了。我看到他洁白的牙齿。

"我怕这份礼物代价很高。"

"不要您付任何代价。我统治了两个世纪,厌倦了。我只是希望您允许我共享您的命运。"

"您不要任何报答?"

"我从一个人那儿——即使他是个皇帝——又能够得到什么呢?"

他显得那么手足无措,不免引起我的怜悯:

"意大利不久必然成为法国国王或是陛下您的囊中物,我对它已不感兴趣,但是世界却是另一回事。我愿意看到世界集中在一个人手里,因为唯有这样,才有可能对意大利进行改造。"

"但是您为什么要出力把世界集中在我的手里呢?"

"那又怎么样!"我说,"您不就为自己的儿子在奋斗吗?为了您的还没有出生的孙子,为了您永远不会见到的曾孙?"

"他们是我的后裔,"他说。

"这没多大区别。"

他带着稚气、痛苦的神情在思考。

"我把我的城堡和要塞献给您后,没有东西可以阻止您侵入佛罗伦萨。征服佛罗伦萨后,整个意大利便是您的了。"

"意大利是我的了,"他恍恍惚惚地说。

---

① 日耳曼神圣罗马帝国由日耳曼国王鄂图一世建于公元九六二年,企图恢复幅员辽阔的查理曼帝国。他自称受天主的神圣使命,用基督教义统一世界。全盛时期帝国疆域大体包括德意志、捷克、意大利北部、勃艮第、尼德兰等地。一三五六年,帝国皇帝查理四世颁布《金玺诏书》,规定皇帝由当时权势最大的七名诸侯选举产生。马克西米利安时代,帝国皇位实际已由哈布斯堡家族蝉联。哈布斯堡王朝建立"世界帝国"的野心,引起它与欧洲各国的矛盾,影响对诸侯的控制,兵连祸结,历数十年不止。

他皱眉蹙额的脸松了下来,不出声地微微笑了一会,然后说:

"我已经一个多月没有发饷了。"

"您缺多少?"

"两万弗罗林。"

"卡莫纳有钱。"

"每个月两万弗罗林。"

"卡莫纳非常有钱。"

三天后,马克西米利安进入卡莫纳。那时为了纪念查理八世而竖在城市中心的金百合花玉石碑①被拆了下来,换上了皇帝的纹章;老百姓四年前欢呼法国国王,而今用同样的声调欢呼神圣罗马帝国的军队。女人向他们抛鲜花。

竞技和宴会举行了一个星期,马克西米利安吞下一盘盘浓味的肉,灌下一桶桶葡萄酒。有一个晚上,一顿饭吃了三个小时,我们离席时,我问他:

"我们什么时候向佛罗伦萨进军?"

"啊!佛罗伦萨,"他说。

他的两眼又红又混浊;他看我在观察他,又摆出威严的神气说:

"我有急事要回德国。"

我鞠了一躬:

"什么时候动身?"

他一瞬间做出了决定:

"明天早晨。"

"我和您一起走,"我说。

我看着他离去,步子庄重,但是不稳。这样一个皇帝不会有多大

---

① 百合花为法国王朝的象征。

作为。只一个星期,我已对他做出判断:无知、古怪、贪婪、缺乏雄心和坚韧精神。可是这也就有可能对他施加影响;他有一个儿子,他的气质或许更能实现我的希望。我决定跟他去。我走出宫门。月光皎洁,在马克西米利安的各路兵马驻扎的平原上,传来嘶哑的歌声;二百年前,灰色橄榄树丛中一簇簇红的,那是热那亚兵营,而我把城门关得严严的。我走到卡特琳、安托纳长眠的坟地上,我坐在大教堂的石阶上,我绕着城墙走了一圈。奇迹完成了:我的生活的味道已经变了,我用新的眼光来看卡莫纳;这是一座陌生的城市。

清晨,我跨过暗道时,望了望这块塔楼林立的山地,那么久以来它被看作是世界的心,如今只是帝国的一块小小的领土;世界除了我这颗心外没有其他的心。我赤身裸体地被抛进了这个世界,不知道身寄何处。在我头上的天空不再是一块荫庇,而是一条没有尽头的道路。

我们几天几夜马不停蹄。天色淡白了,空气变得更为清新,树林颜色浅了,大地不及原来红艳。天边出现了高山,在林木葱茏的村子里,房屋四壁画满了花鸟。人们嗅到的是前所未闻的味道。马克西米利安很乐意跟我说东道西。天主教国王向他提议两门亲事,让他的儿子腓力娶他的女儿胡安娜,让他的女儿玛格丽特嫁给王子唐·胡安。他还在犹豫,我力促他答应。西班牙以及它的舰队是掌握世界的钥匙。

"但是腓力永远别想登上西班牙王位,"他遗憾地说,"唐·胡安年轻力壮。"

"年轻力壮死去的有的是。"

我们缓步走在一条散发青草与松木清香的陡坡上。

"葡萄牙王后是胡安娜的姐姐,"马克西米利安说,"她有一个儿子。"

"他们也会死的,如果天主保佑哈布斯堡家族的话。"

马克西米利安的眼睛闪闪发亮:

"天主会保佑哈布斯堡家族的!"他说。

王子在结婚后六个月死了,不久,一场怪病把葡萄牙王后和年幼的唐·米盖尔也带走了。当胡安娜公主生了一个男孩时,这个男孩与西班牙王位之间已经一点障碍不隔了。我俯身望着摇篮,娇弱的婴儿在呱呱啼哭,这是西班牙、尼德兰、奥地利、勃艮第和富饶的意大利土地的继承者①。他身子包在花边襁褓内,和其他婴儿一样发出酸腐的乳臭,只要我手一捏,他这颗头颅就要脑浆迸流。我说:

"我们要叫这个孩子做皇帝。"

马克西米利安无忧无虑的脸上掠过一片阴云:

"怎么做得上呢?"他说,"我没有钱。"

"我们可以铸造。"

"您立刻就能铸造?"

"还不到时候。"

他带着失望困惑的神情观察我:

"您陪我去意大利吗?"

"不。"

"为什么? 您不相信我的福星?"

"对我来说,您家族的光荣比您个人的光荣更为珍贵,"我说,"如果您允许,我留在这里,照顾这个孩子。"

---

① 此婴儿即查理五世(1500—1558)。其父腓力死于一五〇六年,他承继了勃艮第,包括尼德兰等地。外祖父阿拉贡国王斐迪南二世死于一五一六年,他承继了西班牙及其意大利南部和美洲等属地。祖父马克西米利安一世死于一五一九年,他承继了德意志,包括奥地利等地。同年,他通过对选帝侯巨额行贿,当选为神圣罗马帝国皇帝。一五二六年与葡萄牙国王之女伊莎贝拉结婚。

"就留在这里吧,"他说。

他对婴儿望了一眼,笑了。

"好好教育他,可不要像他的祖父。"

我就这样留在梅赫伦宫,马克西米利安在意大利白打了一仗,跟瑞士人交战也一无所获。我取得了他的信任,他非常重视我的谏议;但是,这对我并无好处,因为他从来不去实行。我早已对他不存期望。他的儿子腓力不喜欢我,可是他体质虚弱,登王位的机会不多;至于胡安娜公主,她行为乖僻,周围的人都为之不安。我把全部希望都寄托在这个孩子身上,惴惴不安地窥视他下地学步,牙牙学语。他的体质也不好,经常神经发作扑倒在地上。只有我一个人能够叫他安静下来。我始终侍候左右,他逞性妄为不受拘束,就是看到我皱眉头还有点顾忌。但是我不安地思忖:他活得长吗?他会是一个什么样的人?如果他死了,如果他恨起我来,我可能等上几个世纪才会实现我伟大的梦想。

一年年过去。腓力死了。胡安娜看来完全疯了,关在托德西利亚斯城堡。查理活着,长大成人。随着时光的推移,我的图谋不如从前那么渺茫;随着时光的推移,在梅赫伦雾濛濛的路上散步时,我瞻望未来,满怀信心。我喜欢这座阴郁安静的城市。我走在路上,花边女工伏在她们的纺锤上,隔着小方格玻璃窗目送我过去,但是没有人窥知我的秘密,没有人认识我。我蓄了胡子,照镜子时,连自己也对自己的形象产生了疑惑。我经常走出城外,坐在运河岸上,望着静止的水面上呆板的倒影出神。本世纪的有识之士说,洞悉自然的秘密、制服自然的时刻已经来了,人将开始获得幸福。我想:"这是我要做的工作。会有这么一天,我将把宇宙掌握在手中;任何力量不会浪费,任何财富不会流失。我将结束人之间、种族之间、宗教之间的对立,我将结束不正义造成的混乱。我将像以前管理卡莫纳粮仓那样,锱铢必较地管理世界。任何事物都不会受世人的任性、命运的无常的摆布。将由理智——我的理智——来统治世界。"天色开始暗下来,我慢慢踱回宫里。街上最初几盏油灯已经亮了,酒馆里响起人声、笑声、啤酒罐的碰击声。在这块灰色的天空下,在这些讲外国话的人中间,我陌陌生生,甚至马克西米利安本人也把我忘了,有时我感到自己才降临这个人世不久。

我俯身在查理躺的卧榻上。他的外祖父斐迪南驾崩,几个月前,查理加冕为西班牙国王。但是,他的臣民并不掩饰他们更爱戴他的弟弟,弟弟是在他们中间出生,并与他们生活在一起①。

"陛下,您的行期不能再耽误了,"我说,"这会叫您失去王冠。"

他没有回答。他重病缠身。医生声称他命在旦夕。

"您的弟弟那一派很有势力。我们应该迅速行动。"

我不耐烦地望着这个高大苍白的青年,他听我说话,嘴巴微张,没有表情;在垂落的眼皮下,眼睛像死了似的,下嘴唇往下挂。

"您害怕了?"我说。

他的嘴唇终于动了。

"是的,"他说,"我害怕。"

他的声音严肃诚恳,我愣住了。

"我的父亲死在西班牙,"他说,"医生说那里的气候对我有危险。"

"一个国王不该在危险面前退却。"

他说话声音缓慢,还带点结巴:

---

① 查理五世自幼由其姑母抚养,年轻时在佛兰德受教育,第一语言为法语,在其统治的西班牙和德意志,始终被认为是外国人。

"我的弟弟会是一个非常贤明的国王。"

我静静地思考了一会儿。要是查理死了,不会造成损失,他的弟弟年纪还轻,会在我手中变成一个驯服的工具;但是如果大公①活下去并把西班牙丢了,那世界就会分裂成两派,我的计划就会失败。

"天主选中的是您,"我语调坚定地说,"我经常把天主对您的期望讲给您听,这就是把四分五裂的世界重新变成统一的世界,像他亲手创造的那天一样。您若把西班牙让给斐迪南,您就会让世界四分五裂的局面永远继续下去。"

他抿紧嘴唇,额上冒出汗珠。

"我可以把一切让给他。"

我望了他一眼。他身体弱,思想慢;但是,正是这种胆小怕事的性格才对我有用。斐迪南我不认识。

"不,"我说,"您的弟弟是西班牙人。他关心的只是西班牙的利益。只有您才能完成天主赋予的任务,拯救世界非您不可。您的健康、您的幸福是算不了什么的。"

这下叫我说中了。他变得更加苍白。

"拯救世界,"他说,"这太重大了。我无力担当这项使命。"

"有了天主的协助,您能担当的。"

他把头捧在手里,我由他默默祈祷。这是一个孩子,他喜欢在野外奔跑、竞技、音乐;他预感到我要放在他肩上的是个怎样可怕的重担。他祈祷良久,然后又说:

"一切遵照天主的旨意办吧。"

几天后,查理在沙丘中间建立了他的朝廷。一支四十艘帆船组成的船队排列在弗利辛恩港口,几星期来等待着顺风;一待风起,我们

---

① 指当时奥地利大公,也即查理五世的祖父马克西米利安。

就朝着西班牙进发。我靠在甲板栏杆上,日复一日望着太阳东升西落。我不仅仅是朝着西班牙驶去。那边,在天涯的那一边,森林里栖满了色彩斑斓的鹦鹉、满腹锦花的鸽子,火山口喷发滚烫的金黄色熔流,草原上驰骋着头插羽毛的土人。西班牙国王是这些蛮荒天堂的主人。我想:"有一天我将在那里登岸,亲眼看一看这个天堂,并按照我的愿望来塑造。"

九月十九日,船队望见了阿斯图里亚斯①河岸。岸边不见一人;我看到一座山腰里有一大队人马;小孩、女人、老人,跟着背驮包裹的骡子走,他们好像在逃难。突然一丛荆棘后面响起一排枪声。嫔妃尖声大叫,水手抓住步枪。查理脸部仍然毫无表情,他瞧着这块他王国的土地默不作声;他对这种粗野的接待不表惊异,他来这里找寻的不是幸福。又是一排枪声,我用尽全力喊:

"西班牙!这里是你们的国王!"

全体水手重复叫了一声,我看到朝海边倾斜的荆棘丛中有了动静,一个男人爬着过来。他无疑从国王的大旗上认出了卡斯蒂利亚的族徽,站了起来,舞动火枪大叫:"西班牙!国王万岁!"顷刻间,从荆棘丛里,从岩石后面,山民高呼着向我们跑来:"唐·卡洛斯②万岁!"他们后来对我们说,看到大量船只,他们害怕这是一次北非人的入侵。

我们到了比利亚维西奥萨镇。接驾的准备工作一点没有做,大多数朝臣、甚至有些女眷只得睡在草堆上。天一亮,我们又动身了。国王骑了英国大使提供的一匹小马赶路,他的妹妹埃莱奥诺骑马走在他旁边。随从女眷坐在牛车里。许多宫廷侍从步行。路上碎石嶙峋,我们在明亮刺目的蓝天下艰苦跋涉。十字路口没有一个人,田野

---

① Asturias,西班牙北部大区。
② 查理五世的西班牙国王称号为卡洛斯一世。

里、大路上也没有一个人：一场流行病蹂躏了这块地区，禁止居民任意迁徙。可是查理似乎对酷热的阳光、萧索的景色无知无觉，没有表示一点不耐烦或忧郁。完全出乎医生的预料，西班牙的气候像是反而增强了他的健康。可能对自己居然还活着感到惊奇，他的眼睛深处生出了一点怯生生的光芒，这是我以前从来没有见过的。庄严进入巴利亚多利德的那天，他笑了。

"我待在这个国家会开心的，"他说。

几星期来，他显得喜气洋洋。他高高兴兴参加庆祝和竞技，有时还和同龄青年在一起欢笑。我心中暗喜："他现在活了，他现在是个国王了！第一步棋赢了！"我一听到马克西米利安驾崩，便匆忙赶到德国。现在，应该想到帝国。

在位的最后几年，马克西米利安向选帝侯又是送礼又是许愿，他以为可得到他们中间五票的支持。尽管他给过他们六十万弗罗林，但是在他死后第二天，选帝侯认为又可以重开谈判讲价钱了。法国国王弗朗索瓦一世马上参加角逐，发誓说若是可能，他愿花三百万来猎取帝国的皇座。查理没有钱，但是在海洋的彼岸，他占有金矿、银矿、肥沃的土地。我去找安特卫普的银行家，说服他们给我签几张期票，以我们在海外的财富作为担保。然后我去奥格斯堡。我从富格尔家族那里得到几张选举后即可兑现的期票。我立刻派使臣带了馈赠去找选帝侯，我自己也逐个儿拜访他们；我到了科隆、特里尔、美因茨。时时有弗朗索瓦和英国亨利的使臣带了新的礼品来，不动声色的选帝侯照单全收，登录在礼簿上。弗朗索瓦一世用硬币埃居支付，勃兰登堡选帝侯、特里尔选帝侯和科隆大主教开始上钩了。一天，我得知弗朗索瓦送给美因茨大主教十二万弗罗林和德国公使职。当天晚上,我出发去找弗兰茨·冯·济金根,他指挥强大的士瓦本联军①。我马不停蹄跑着,往日一动不动堆积在蓝色沙漏底上的时间都在我的马蹄下耗尽了。

弗兰茨·冯·济金根恨法国。我们率领了两万步兵和四千骑兵组成的一支军队,向离法兰克福几里地的赫希斯特进发,同时其他队伍直逼普法尔茨伯爵领地。选帝侯们大惊失色,做出传统的誓言,宣称他们的选票是纯洁的,双手是清白的,查理总共花了八十五万二千弗罗林当上了皇帝。

一个秋高气爽的日子,查理进入艾克斯拉沙佩勒。选帝侯齐集迎驾;他不戴冠冕,默默接受他们的祝福,然后,队伍跨进旧城城门。首先入城的是擎旗手、伯爵、市政大臣、手执白棍的艾克斯的枢密大臣、带领宫廷侍从和传令官的朝廷大臣,所有人都往人群中扔钱;然后,在两排弓箭手中间,走来高官贵胄、西班牙公爵、金羊毛骑士②、亲王、选帝侯亲王。帕彭海姆元帅腰佩帝国宝剑,在国王前面引路,国王身穿铠甲绣袍。

一五一九年十月二十三日,在古老的查理曼教堂内举行了仪式。科隆大主教庄重地询问观礼者:"你们愿不愿意依照使徒的谕言,听从这位亲王和大人?"老百姓齐声欢呼:"愿意!愿意!"于是大主教亲手把皇冠戴在查理头上;他登上了查理曼的宝座,接受了骑士的颂歌,这时教堂的穹顶下响起了《谢主词》的唱声。

"我得到帝国全仗您的大力,"当我们单独在他的书房里时,查理感激地对我说。

"这是托天主的洪福,"我说,"他创造了我就是为了辅佐您。"

---

① 当时多瑙河上游城市奥格斯堡、乌耳姆、纽伦堡等组成的同盟。
② 建立于十五世纪上半叶的一个骑士团,旨在保护教廷。

我早向他披露了我的秘密,他并不十分奇怪,他是一个虔诚的基督教徒,对任何奇迹不会感到惊讶;但是,要是说他与我相处虽不像童年时那样胆怯顺从,他却把我当作一个受到天主青睐的人那么敬重。

"派您伴随我左右,这是他对我极大的恩宠,"他说,"您会辅佐我做个贤明的君王,不是吗?"

"我会这样做的,"我说。

他的眼睛发亮了。自从大主教给他戴上神圣的皇冠,他的表情变得更坚定,他的眼神变得更活泼了。他激动地说:

"我要轰轰烈烈干一番。"

"您会做到的。"

我知道他梦想复兴神圣帝国,但是我要借他的手统一宇宙。科尔特斯①正在为我们征服美洲,不久黄金将会滚滚向西班牙流来,那时我们就能建立庞大的军队。一旦实现德意志联邦,我们就可叫意大利、法国俯首称臣。我说:

"有朝一日,整个宇宙都是您的。"

他带着一种恐惧的表情望我一眼。

"没有人占有过整个宇宙。"

"那是时机没有成熟。"

他好一会儿沉思不言,突然微微一笑。可以听到书房墙外琴声悠扬。

"您不去听音乐?"

"等一会儿去,"我说。

---

① Hernán Cortés(1485—1547),征服墨西哥的西班牙殖民者,他摧毁了建立在墨西哥土地上的阿兹特克帝国。

他站起身：

"这是一个非常精彩的音乐会。您应该去听听，"他说。

他推开门。他年轻，他是皇帝，天主的身影庇护着他，世界的幸福与他个人的幸福交融在他的心中，他可以安安静静沉浸在幽雅的琴声中。至于我，胸中心潮澎湃，除了这个从未在任何人耳边响过的凯旋之声外，我什么也没有听到；这也是我自己的声音，它在对我说：现在宇宙永远属于我了，只属于我一个人了；这是我的采邑，无人可以与我分享。查理将统治几年，我面前则有无穷的岁月。我走近窗前，抬头仰望星空灿烂，中间横贯一条乳白色玉带；亿万颗星星。在我脚下只有一个地球——我的地球。它浑圆的，有蓝一块、黄一块、绿一块的斑点，浮沉在太空中；我看到它。船只在海洋中航行，公路在大陆上扩展，留下一道道轨迹。我只一挥手，就能拔掉盘根错节的树林，放干沼泽地的淤水，调整河道的走向。大地上满是田野和牧场，十字路口兴建一座座城市。最低微的纺织工也住上明亮宽敞的房屋，粮仓装满精白的面粉，个个富裕、强壮、漂亮，人人生活幸福。我想："我要重建人间天堂。"

查理轻轻抚摸五彩缤纷的羽毛斗篷。他喜欢鲜艳的料子、珍贵的珠宝。当水手打开箱子，把盛满绿松石、紫水晶的大理石盆放到地上时，他的眼睛闪闪发光。他的声音充满激情：

"多富啊！"

他望着堆在箱底的金币银锭；但是，我知道他指的不是这些财富，而是越过布鲁塞尔宫殿的灰墙，他看到滚烫的黄金喷泉冲向蓝天射去，红宝石熔流顺着一座火山山坡奔泻，他看到大道上铺砌着红彤彤的金砖，花园里竖立着实心的金树。我笑了。通过千万个灼灼发光的小太阳，我自己也看到装运金块银块的大帆船驶入桑卢卡尔港湾。

我们抓了满把亮晶晶的彩纸像泼水似的洒向旧大陆……

"您怎么还能犹豫呢?"我说。

查理的手从闪光耀眼的料子上移开了。

"这些人也有一颗灵魂,"他说。

他开始在狭长的穿廊里慢慢踱来踱去;他把那位嘴唇开裂的船长交给他的一封信塞进紧身衣里;那是科尔特斯的信。前一年的耶稣受难日①,科尔特斯登上了一个荒凉的海岸,在那里建立了一个城市,他命名为韦拉克鲁斯②。为了阻止手下人重返西班牙,他叫人凿沉了全部帆船,只留下一艘,装了阿兹特克皇帝蒙特祖玛的财宝进贡给查理。他要求援助,反对总督贝拉斯克斯的种种阴谋,后者企图阻挠他远征。查理在犹豫。

我不耐烦地望着他。西班牙多明我教派③僧侣的信件、拉斯·卡萨斯神甫的奏札使他心神不宁;我们得知,尽管公布了法律,印第安人依然被当做奴隶看待,动辄遭到殴打屠杀;他们无力胜任强加于他们身上的劳役,成千成万地死去。对我来说,我毫不关心这些求神拜佛、头脑愚昧的野蛮人的命运。

"派一些可靠的人,去那儿监督法律的执行。"

"远隔千里,哪个可靠?"

他又开始沿着桌子走起来,桌上堆放着水晶杯、宝石项链和镂金人像。我说:

"这些好心的神甫说得过分了。人总是爱夸张。"

"他们说的事只要有一件是真的……"

---

① 按照基督教的节日,复活节前的一周称为受难周,这周的周五为耶稣基督遇难钉死在十字架的日子,称为受难日。
② 意即"真正的十字架"。
③ 天主教教派。

"非洲黑人是没有灵魂的①,"我说。

"以我看,用的药与治的病同样可怕,"皇帝说。

他不再注视那些诱人的金锭,他什么也不再注视,脸上又显示出年轻时毫无表情、昏昏欲睡的神气。

"那么,您要怎么办?"我说。

"我不知道。"

"您要放弃一个用金子铺地的帝国?"

我把手伸进箱子,让金币在我指缝间簌簌往下落。他声音低沉地说:

"我不知道。"

他的神气非常幼稚,非常痛苦。

"您没有这样的权利,"我强调说,"天主创造这些财富是为人类服务。那里有肥沃的土地,如果我们不从印第安人手里夺过来,永远没有人会去开垦。想一想您的老百姓的悲惨生活,当美洲的金子一船船驶入您的港口后,他们就会富裕起来。怜悯这些野蛮人,您不就是叫德国农民饿死吗?"

他没有回答。他平生还不曾做出过这样重大的决定。我知道一个人的生命须臾即逝,无足轻重;不管怎么样,一百年后,查理担心的这些可怜虫没有一个会记得身受的痛苦,在我眼里,他们都是些已死的人。但是,他不能那么轻易同意剥夺他们的生命;他根据自已的尺度去衡量他们的欢乐与忧苦。我突然朝他走过去:

"您竟以为在这个世界上,能够净做好事而不做坏事?对每个人公正,使每个人幸福,这是不可能的。如果您心地太好,不愿做出必要的牺牲,您就该隐居到修道院去。"

---

① 这时西班牙人已把非洲人输入美洲当奴隶使用,代替大量死亡的印第安人。

他抿紧嘴唇。从他半闭的眼皮中透出一种又硬又冷的光。他爱尘世,他爱奢华与权力。他说:

"我要统治,但是不要不公正地伤害别人。"

"您要统治,但是不要战争,不要绞刑?应该面对现实,哪怕看一眼也好!"我严厉地说,"这会使您省下许多时间,最贤明的亲王在他的良心上也有几百条人命。"

"有的战争是正义的,有的镇压是必要的,"他说。

"您可以用您为大众所谋的福利,来辩白您给某些人造成的伤害,"我说。

我停了一会儿。我不能用我的语言来跟他说话:一个生命、一千个生命并不比一群蜉蝣生物更重要;而我们要建造的这些公路、这些城市、这些运河,将留在地球表面经历千秋万代,我们将帮助一个大陆千秋万代地摆脱原始森林和愚昧迷信的阴影。这个他不能亲眼目睹的尘世前途,他不会关心。但是,我知道用什么样的话来扣动他的心弦。

"我们叫这些可怜的野蛮人受的只是尘世的痛苦,"我说,"我们给他们、他们的孩子、他们孩子的孩子带来的却是不朽的真理、无穷的幸福。当所有这些无知的民族在今后没有穷尽的世纪里,永远投入天主的怀抱,您不就会觉得当初帮助科尔特斯是有道理的吗?"

"由于我的过错,有一批人是在身犯大罪的情况下死去的,"他说。

"不论怎么样,他们不是在偶像崇拜中死,便是在犯罪中死,"我说。

查理颓然倒在椅子里说:

"统治可不容易。"

"永远不要做不必要的坏事,"我说,"天主对一个皇帝的要求不过如此。他明白有时做坏事是必要的,说到头来,坏事还不是他自己给创造的吗?"

"不错,"他说。

他望了我一眼,神情沮丧,说:

"我要的是心地踏实。"

"您永远不会心地踏实。"

他叹了一口气,一时默默无言,把项链狠狠地扭动。

"好吧,"他说,"好吧。"

他突然站起身,躲进祈祷室里。

"这个城市疯了,"我俯在窗前说。

这是头一天晚上开始的,那时城里来了一辆大车,车柱子歪斜,皮车帘厚厚的。成千群众上街去迎接这辆车子,农民、工艺匠、商人,有的骑马,有的坐骡;他们吹着笛子,敲着钟鼓,走出了北城门。圣约翰骑士旅舍满是男人、女人、教士、显贵人物,他们都挤在走廊里、楼梯台阶上。房顶上有青年、孩童、甚至成年人放哨。当那位僧侣从轮椅上下来,群众高声怪叫,向他拥去;有的女人跪在他膝前,撩起风尘仆仆的法衣衣角亲吻。整整一天来,透过大主教宫殿的高墙,我们听到他们的歌声和叫声。入夜以后,群魔又乱舞起来。这些演说的人高高站在喷水池边沿上、桌子上、酒桶上,大声宣讲路德①完成的奇迹;铜乐队满街跑。小酒馆角落里传出激昂的圣歌声和打架声。我以前见过节日狂欢的城市,卡莫纳居民在凯旋的日子唱歌,我理解他们这是为什么。但是这些毫无情由的欢呼表示什么?我猛地关上窗子:

"荒唐可笑!"

我转过身,看见两个人不声不响瞧着我;他们在窥伺我,尽管我对

---

① Martin Luther(1483—1546),德国宗教改革运动发起者,新教路德宗创始人。

他们有感情,但这叫我恼火。

"这个人正在变成一位殉道者,一位圣人,"巴尔蒂斯说。

"这是迫害的必然结果,"皮埃尔·莫雷尔说。

"你们知道,这事我无能为力,"我说。

当查理要召开这次沃尔姆斯帝国会议时,我以为我们是去解决帝国的宪法问题,给一个由皇帝主持的联邦打下基础。他坚持要给路德定罪,叫我失望,更使我恼火的是帝国会议不听到被告的申诉就拒绝表态,我们只好接受他出席会议。我们失去了一个宝贵的时机。

"皇帝对路德的印象怎么样?"巴尔蒂斯说。

"他觉得他不会造成危害。"

"要是不把他定罪,他永远不会造成危害。"

"我知道,"我说。

在这一时刻,整个宫里、整个城里议论纷纷。查理的顾问分成两派,一派主张把这个异端分子逐出帝国国境,毫不留情追缉他的全部信徒。另一派主张宽容,他们跟我一样,认为僧侣之间的这些争论是毫无意义的,世俗权力不要插手这些关于信仰、慈善事业、圣事的讨论;他们还认为,对帝国来说,路德不及一位忙于和法国谈判订盟的教皇危险。我同意他们的说法。但是今晚,他们的坚决主张突然使我感到不安。诉之于理智、摆脱了一切迷信的人据说头脑冷静,怎么也会这样焦急地等待着皇帝的决定?

我突然冲口问:

"你们为什么那么起劲为他辩护?难道他的思想把你们也争取过去了?"

他们一时显得不知所措。

"要是路德定了罪,"皮埃尔·莫雷尔说,"火刑架又将燃遍尼德兰、奥地利、西班牙。"

"强迫一个人否认他认为是真理的东西,这是办不到的,"巴尔蒂斯说。

"假若他坚持的是错误呢?"我说。

"谁有审定的权力?"

我望着他们困惑不解。他们没有把所有的想法都谈出来。我此刻可以肯定,路德的有些想法吸引了他们,那是什么呢?他们对我有怀疑,还不愿告诉我。我要知道。窗外人声鼎沸,而我通宵达旦,又一次审阅了约翰·埃克①的报告、路德的小册子。我曾出于好奇浏览过路德的著作,觉得通篇胡说八道;我认为这位僧侣要打倒罗马教廷迷信活动的热诚,至少与罗马教廷的迷信活动一样愚蠢。至于路德本人,我在今天下午才对他看了一眼;约翰·埃克在帝国会议上对他提出质疑;他说话结结巴巴,宣称他需要时间来准备他的答辩词,查理高兴地对我说:

"会叫我成为异端分子的,还不是这位小僧侣。"

为什么这些满口酒气的人在黑夜里闹得那么欢?为什么这些博学睿智之士那么焦急地等待着黎明?

第二天,会议开始时,我迫不及待地窥视着那位僧侣将会走过的那扇门。查理坐在御座上,身穿黑色绣金西班牙服装,脸上毫无表情。一顶丝绒贝雷小帽盖在他的短发上。在他四周,几尊石像似的,一动不动站着披白鼬饰带、戴翎毛的大臣以及穿绣金袍子、姿势僵硬的亲王。在走廊里响起喊声:"勇敢!勇敢!"这是路德的朋友在叫唤。他进来了,把黑色便帽往后脑勺一推,露出修剪不齐的头发,向皇帝走过去,非常自信地向他行了个礼。他的神气不慌不忙。他坐到自己的桌前开始说话。桌上堆着他的书籍和小册子。我观察他,

---

① Johann Eck(1486—1543),德国神学家,路德的激烈反对者。

脸孔瘦削,肤色发暗,颧骨高,两只深色眼睛闪闪发光。他风靡一时的威望从哪儿来的呢?他身上显示出一种力量;但是他又谈到了圣事和赦罪,这叫我厌烦。我想,我们在浪费时间。应该把所有僧侣,不论是多明我会还是奥古斯丁派统统消灭,用学校代替教堂,用数学、天文、物理代替讲道。在这个时刻,我们应该议论德国的宪法,而不是去听这些废话。查理可是全神贯注地在听路德的讲话,手指不停地盘转挂在褶裥衫前的金羊毛勋章。僧侣的声音高亢昂扬;现在他一个人侃侃而谈,在这个过于狭小、热气熏人的大厅里,没有人不在静听他慷慨陈词:

"我不能够、也不愿意取消我说过的任何一句话,因为违反良心做事,既不心地踏实,也不光明正大。"

我身子一颤,这些话像一个挑战,令我吃惊。不仅是这些话本身,还有他说这些话的语调。这个人敢于说他个人的良心比帝国的利益、世界的利益更有分量。我要把宇宙集中在我的手里,他却宣称他一个人就是一个宇宙。他放肆的言论会使世上的人各执己见,无疑是这一点叫小百姓和有识之士都听入了迷。他在人心中点燃了从前煎熬着安托纳、贝娅特丽丝的这种骄傲的怒火。如果听任他宣讲,他会点醒世人,说每个人都是判断自己与天主关系的法官,也是判断他自己行为的法官,到了那时候,我怎么还能叫他们唯命是从呢?

他继续在说,他攻击主教会议。现在我明白了,谈的不仅是主教会议、宽恕、信仰。处于危险中的是其他东西,那就是我梦寐以求的事业。我的事业,只有人人放弃了个人的任性、个人的自尊、个人的疯狂后才会完成。教会教导他们的正是这些,教会还要他们服从一种信仰,屈就一种信仰;如果我有足够的力量,这种信仰也可以就是我的信仰:我借教士之口,任意解释天主。如今,若是每个人在自己的良心中去找寻天主,我知道他们找到的不会是我。"谁有审定的权力?"巴尔蒂斯对我说。原来他们维护路德的原因在这里,他们要每个人审定自己的良心。那时,世界会比以前任何时期更加四分五裂。应该由一个意志来统治,那就是我的意志。

突然,听众中有一阵骚动。路德宣称康斯坦茨主教会议做出的决定,违反《圣经》中最明确的经文①。听到这话,查理五世把手套一挥,猛地站了起来。大厅内鸦雀无声。皇帝朝窗口走去,对着天空望了一会儿,然后转过身,命令大家退出会议厅。

"您说得对,陛下,"我说,"路德比法国国王更危险。如果您听之任之,这个小僧侣会毁灭您的帝国。"

他的目光焦急不安地询问我;尽管他对异端邪说十分反感,但那时他认为不顾我的反对而把路德定罪,是违反了天主的意志。

"啊!这是您的意思吗?"他对我说。

"是的,"我说,"我也开了眼界。"

一百条手臂把路德高举在空中;外面,他们向他欢呼,他们这是在向骄傲和疯狂欢呼;他们愚蠢的喊叫把我耳朵也震聋了,我脸上还感觉到那位僧侣向我挑战时投射过来的灼热的目光。他要诱使人们背弃真正的利益和幸福。那些人无可理喻,竟然准备追随他。若让他们自生自灭,他们永远不会回到天堂的道路;但是我在这里,我知道应该把他们引往哪儿,走哪一条路。为了他们,我曾经克服过饥荒,战胜过瘟疫;为了他们,若有必要,我准备去反对他们自己。

第二天早晨,皇帝在帝国会议上宣布:

"一位僧侣依靠他个人的判断,来反对一千多年来基督教义倡导的这种信仰。我决定保卫这个神圣的事业,不惜我的疆土、我的肉

---

① 系指一四一四年举行的康斯坦茨主教会议,会上决定逮捕捷克宗教改革家扬·胡斯。一四一五年,胡斯以异端罪名被判火刑,焚死于康斯坦茨的广场。

体、我的血、我的生命、我的灵魂。"

几天后,路德被逐出德国。在尼德兰颁布了一条法令:未经大主教批准,禁止印刷任何谈论信仰问题的文章,否则将处以最严厉的惩罚。官员接到命令,要他们追捕路德的信徒。

正要提出宪法问题时,我们不得不怀着失望的心情解散了帝国会议:弗朗索瓦一世没有争得皇座大为气愤,准备向我们宣战;西班牙发生了骚乱,查理只得前往马德里;他请我留在他弟弟斐迪南身边,德国政府工作已交给他代理。路德定了罪,席卷帝国的骚动并没有平息。僧侣抛弃了他们的修道院,深入乡村宣传异端邪说。由学生、工人、冒险分子组成的武装队伍,焚烧教士的房屋、图书馆、教堂。城里出现了比路德更加狂热的新宗派,发生了暴动。每个村子都有预言家振臂高呼,鼓动农民打破亲王的枷锁,而在乡野,从前的暴乱者揭竿而起,他们在一面白旗上画了一只金鞋,周围光芒四射,写着一句格言:"争取自由的人朝着这个太阳前进。"[1]

"不用担心,"斐迪南说,"只要来几个带兵器的,一切都会恢复正常。"

"一切都会陷入不正常,"我说,"这些穷人是对的,必须进行改革。"

"什么样的改革?"

"这要从长计议。"

我没有忘记那次卡莫纳纺织工大屠杀。当我希望把世界掌握在我的手中,我的第一个计划是改造经济。自古以来,财富分配从没像现在这样不合理。货物源源不断进入我们港口,全世界都进行开放

---

[1] 当时德国农民苦难深重,尤其在南部成立了农民秘密组织,反抗封建贵族与教会的压迫,著名的有"古鞋会"、"穷康拉德会"等。穿古鞋为当时贫苦农民的特征。

贸易,我们的船只从世界各地运来宝贵的货物,可是乡村农民大众和小商人却比以往任何时期更穷困。一斤红花,一五一五年值二点五弗罗林、六个十字币①,那时值四点五弗罗林、十五个十字币。一斤面包涨了十五个十字币,一担糖要卖二十弗罗林,原价是十弗罗林,希腊科林斯葡萄从五弗罗林增至九弗罗林,所有物价都上涨了,而薪水却下降了。

"这种局面不能容忍,"我气愤地对着我召来开会的财政学家说。

他们都带着一种宽容的微笑对我望着。是我的天真无知使他们发笑。

"说吧,"我对银行家米勒尔说,"这种物价猛涨的起因是什么?"

他们谈了。我听到说,这些年的贫困的确是发展贸易带来的。西班牙征服者用印第安人的血汗榨取黄金,黄金进入旧大陆后引起所有食品价格上涨。资力雄厚的公司纷纷成立,租赁船只,垄断贸易;在排挤小商行的同时,这些公司在短短几年内,从经营的货物中获利高达成本的两倍,甚至两倍以上。这笔丰利引起农林产品衰落;白银贬值了,薪水锐减了,而物价节节上涨。少数人积聚的财富惊人,穷奢极欲,挥霍浪费,广大贫民百姓则在挨饿。

"应该公布几条法令,惩罚垄断公司、高利贷和投机倒把,"米勒尔对我说。

我一言不发,所有德国亲王,从皇帝本人开始,没有一个离了大公司能活下去,他们不断用高利贷的利率向公司借钱。弗朗索瓦一世进攻纳瓦拉②、卢森堡、意大利,我又被缚住了手脚;查理必须拿起武器抵抗,他要我筹钱支付军饷:我们的命运捏在银行家、大商人的掌

---

① Kreuzer,中世纪德国货币单位。
② Navarra,欧洲古地名,今西班牙北部地区。

握之中。

几星期后,法兰克尼亚①的福希海姆发生了暴动,蔓延到德国全境。农民宣扬博爱、平等、分土地;他们焚烧城堡、修道院、教堂,屠杀教士、贵族,分配亲王的庄园。到了年底,到处是他们的天下。

"只有一个办法,"斐迪南说,"必须召集士瓦本联盟。"

他在灯光明亮的大厅里大步踱来踱去,来向他求援的亲王必恭必敬的目光随着他转。他们心中又怕又恨,使呼吸的空气在我看来也感染了毒菌。那里,在乡野,农民点燃了篝火,他们围在一起跳舞,齐声歌唱;他们喝到了葡萄酒,吃饱了肚子,胸中烧着烈火。我想起纺织工烧焦的房屋,想起践踏在马蹄下的妇女孩童。我喃喃地说:

"可怜的人!"

"您说什么?"斐迪南说。

"我说只有一个办法。"

各位亲王点头赞同。他们眼中只有他们自私的利益,他们横征暴敛,鱼肉乡民;我要在世界上伸张正义,确立理性,我要人们幸福。可是我跟他们说同样的话:只有一个办法。仿佛我的思想、我的想望,仿佛我历来的经验,我曾经生活过的这几个世纪,在世界上没有一点分量。我被缚住了手脚。一架巨大的机器开动了,一个齿轮带动着另一个齿轮。环境迫使我身不由主地去做斐迪南要做的事,去做任何人处于我的地位不得不做的事。只有一个办法……

农民只是靠突然袭击、贵族的孤立无助才赢得了这场脆弱的胜利,一旦贵族们惊魂甫定,集合他们的力量,立即把叛乱的乌合之众镇压了下去。我那时前赴尼德兰,从那边上船去西班牙,准备朝觐皇帝。五年前,我带了皇帝赠送选帝侯的礼物穿越的也是同样的这些

---

① Franconia,欧洲古地名,今德国中部地区。

松林、草原、荒野,如今我又骑马穿越了。当时我满怀希望地想:"我将把一个帝国抓在手里。"我成功了,我达到了权力的顶峰。但是我又能做些什么呢?我要建立一个新世界,可是不得不把时间精力消耗在保护自己反对无政府主义,反对异端邪说,反对人的野心和顽固;我以毁灭的方式保护自己。我在疮痍满目的土地上前进。村庄成了废墟,田园一片荒芜,半死不活的牲畜在烧焦的农舍四周游荡;大路上看不到一个男人,只有两腮无肉的女人和孩子。所有参加叛乱的城市、乡镇、村子都付之一炬,农民被绑在树上活活烧死。在柯尼希斯霍夫,人们把他们像一群野猪似的追逐;为了活命,他们爬到树上,但是敌人用长矛火枪把他们打下来;跌落地上的人遭到马蹄的践踏。因戈尔施塔特镇上屠杀了四千个农民;有的逃进教堂,被活活烧死在里面;有的集中在城堡里,紧紧挤在一起,头钻进土里,好似要避开人们的目光,哀求天主的慈悲,但是无一得到幸免。即使现在,贵族的怒气还没有平息;苦刑与处决接连不断;把可怜的农民放在火上烤,割他们的舌头,斩他们的手指,剜他们的眼睛。

"这算是统治吗?"查理说。

他的脸上毫无血色,嘴角颤动。有两个小时,他听着我说,一言不发;现在,他焦虑地望着我:"这算是统治吗?"

在西班牙也是这样,流了许多血才平定了叛乱。镇压还在进行。在巴伦西亚、巴利亚多利德、托莱多,每天有成千颗头颅滚落在刽子手的斧下。

"要沉得住气,"我说,"我们把罪恶在世界上连根拔的这一天总会来的。那时我们开始建设。"

"但是,罪恶是我们自己造成的,"他说。

"罪恶招来罪恶,"我说,"异端邪说引起火刑,反抗引起镇压。所有这一切最后……"

"最后会结束吗?"

他整天在宫里悄无声息地游荡。傍晚,在会议中间,他神经发作跌在地上,侍从把他抱到床上,他全身发烫。我像从前一样,日夜守在他的床头,但是我找不到一句有希望的话对他说。形势十分渺茫。幸运之神给我们送来了一位杰出的将军,法国陆军统帅查理·德·波旁跟法国国王闹翻了,愿意投奔皇帝;但是,为他的背叛要付很大的代价,我们没有钱,筋疲力尽的部队威胁要叛乱;我们还缺乏枪炮;我们担忧会被逐出意大利。

查理一星期来一直虚弱无力。他起床后在宫里摇摇晃晃才迈了几步,这时一位信使快马赶到。法国军队被打得一败涂地,法国最显赫的贵族死亡一半,国王成了我们的俘虏①。查理没有说一句话。他走进祈祷室开始祷告。然后,他召集军机大臣,下令全线停止敌对行为。

不到一年,在一五二六年一月十四日,签订了《马德里条约》。弗朗索瓦放弃在意大利的权益,承认查理对勃艮第的追还要求,退出反帝联盟,他还答应帮助皇帝反对土耳其。作为保证,他把自己的几个孩子留下作为人质。查理亲自护送他到离马德里几里远的托雷洪·德·比拉诺大路。最后一次拥抱后,他把国王拉到一旁,对他说:

"兄弟,我们签订的内容您清楚吧?坦率跟我说,您有没有意思照着办?"

"我有意思全部照着办,"弗朗索瓦说,"您若发现我口是心非,您把我看做一个坏蛋、一个叛徒,我决没话说。"

我没有听到这些话,是查理在归途中告诉我的,但是我看到法国

---

① 一五二五年,法国国王弗朗索瓦一世军队与德国军队交战于意大利的帕维亚,法国兵败,国王被俘。

国王向皇帝露出动人的微笑,看到他举起白翎帽深深行了个礼,然后朝着巴约讷的大路疾驰而去。

查理五世的手指越过蓝色海洋,点在一个小黑圈上:韦拉克鲁斯。

有史以来第一次,地理学家画出了新世界南端的轮廓:火地岛,那里生活着巨足的印第安人,麦哲伦①绕过了那边的海峡。在露出海面的黄色与绿色的大陆上,他们写上了一些神奇的名字:亚美利加、佛罗里达、巴西。现在由我把手指点在一张崭新的大地图上:墨西哥。

这不过是一张纸中央的一个黑圈,但是这也是科尔特斯在湖光山色、空气明净的地区中建立的首都。在马泽尔坦、特科庞、阿泰加尔科、库尔普庞这些旧营地的废墟上,今天兴建了圣胡安、圣巴勃罗、圣塞瓦斯蒂安和圣马利亚四个区。教堂、医院、修道院、学校在四方辐辏的城市里拔地而起。首都四周的荒地上已建起几座新兴城市。我的手指沿着一条黑线,它表示顶峰积雪的安第斯山脉;我指指山脉西边的一块处女地,上面写着"待测地区"。

"黄金国②,"我说,"皮萨罗③正在越过这些山岭。"

我指指离佛得角群岛三百七十古里④的那条子午线,从托德西利亚斯条约签订以来,这条线是葡萄牙与西班牙占领区的分界线⑤。

---

① Ferdinand Magellan(1480—1521),葡萄牙航海家。
② 十六世纪,西欧盛行一种传说,在南美洲亚马孙河流域有一个黄金国,首府马诺亚城内居民房屋皆用金瓦铺顶,国王遍身缠金。
③ Francisco Pizarro(1475—1541),征服秘鲁的西班牙殖民者。
④ 每古里约合四公里。
⑤ 葡萄牙与西班牙争夺美洲土地发生纠纷。一四九四年,在教皇亚历山大六世仲裁下,两国签订托德西利亚斯条约,划出这条历史上称为"教皇子午线"的分界线,规定线东属葡萄牙势力范围,线西属西班牙势力范围。

"总有一天,"我喃喃地说,"我们要把这条线抹去。"

查理抬头向伊莎贝拉肖像看了一眼;她在镜框里微笑,漂亮,严肃,一头浅棕色头发。

"伊莎贝拉永远别想指望葡萄牙王冠。"

"谁知道呢?"我说。

我的目光越过印度洋,停留在香料国①,在摩鹿加群岛与马六甲、锡兰之间游移。伊莎贝拉的侄子都可能死的,也可能我们不久会有足够的力量发动一场战争,让查理做整个半岛和海外诸国的主人。法国国王认了输,现在我们可以为所欲为。

"您不知足,"查理高兴地说。

他抚摸着丝一般的胡子,脸上神采飞扬,蓝眼睛洋溢着笑容。现在他是一个体魄强壮的人,显得和我一样年纪。

"为什么要知足呢?"我说。

他摇头说:

"应该懂得节制自己的欲望。"

他的目光从黄色、蓝色的地图上移开了。我望了望有护壁的天花板、挂毯、图画。为了迎接伊莎贝拉,格拉纳达②的宫殿里挂起了珍贵的丝绸;喷泉在花园里歌唱;泉水在夹竹桃与橘子树之间流过。我走到窗前。王后在宫女前簇后拥下,信步走在小径上;她穿了一袭金红色丝长袍。查理爱她。他爱这座宫殿、水池、花、漂亮的衣服、挂毯、丰腴的肉、加香料的调味汁;他爱笑。这一年他幸福。我说:

"您不希望有一个世界帝国吗?"

"不。把我们已经开始的事业圆满完成,这已够了。"

---

① 印度尼西亚在历史上有"香料国"之称。
② Granada,西班牙南部城市。中世纪,摩尔人入侵伊比利亚半岛,曾在此地区建立国家。

"我们会完成的,"我说。

我笑了。我不能节制自己的欲望。我不能满足于布置一座宫殿,爱一个女人,听一场音乐会,过幸福的日子。但是我高兴查理有这份闲情。我想起那个瘦骨嶙峋的初生婴儿,昏昏欲睡的少年,优柔寡断的青年,我立志要他当上皇帝,如今我钦佩这个沉着、有头脑的美男子,他的能力是我的杰作,他的幸福是我的杰作。我建立了一个世界,我给了这个人生命。

"您记得吗?"我说,"您对我说:'我要轰轰烈烈干一番……'"

"我记得。"

"您看,您已创造了一个世界,"我说时,把手放在写满奇奇怪怪地名的地图上。

"这全亏了您,"他说,"是您向我指出了我的职责。"

科尔特斯的成功,帕维亚的胜利,与伊莎贝拉联姻,在他看来,是他遵从了天主旨意的明证。今天怎么还能为几群红人、黑人的死而感到遗憾呢?一星期前,我在桑卢卡尔港湾,亲自监督一批动植物的装运工作,这是我给科尔特斯送去的,让他在印度①的天空下驯化引种。一支巨大的船队正准备扬帆出海,驶向新大陆。码头上,一堆堆大包货物往大帆船、甚至战船上装。登船的不再是军人,而是农民、移民。查理派遣多明我会和圣方济各派僧侣,去韦拉克鲁斯兴办医院和学校。我也给托莱多的医生尼古拉·费尔南代兹筹划大笔款子,由他组织一支考察队。随同他一起去的有博物学家,负责编写美洲动植物志;有地理学家,准备绘制新地图。装船运给新西班牙②的

---

① 哥伦布发现美洲,但至死以为自己到的是印度。在相当长时期内,西欧一些国家的文字记载中仍把那块大陆称为"印度"。"亚美利加"这个名字直到十六世纪后才普遍使用。
② 指当时西班牙在南美洲的殖民地。

移民的货物中,有甘蔗、葡萄藤、桑树、蚕茧、母鸡、公鸡、绵羊、母羊;他们已经驯养了骡子、驴子、猪,种植了橘树、柠檬树。

查理指指表示墨西哥的小黑圈儿。

"要是天主假我天年,我有一天要去亲眼看看他赐给我的这个王国。"

"您若允许,我跟您去,"我说。

我们两人肩挨着肩沉默地出了会儿神:韦拉克鲁斯、墨西哥。对查理这只是一场梦,印度远在天外,而他来日无多,但是我会看到的,不管发生什么。我突然站了起来。

他瞧我一眼,有点吃惊。

"我要回德国去,"我说。

"您在这里住厌了?"

"您已经决定召集一次新的帝国会议,何必再等呢?"

"就是神在第七天也休息的,"查理说。

"因为他是神,"我说。

查理笑了一笑。他不理解我迫切的心情。过一会儿,他要仔细打扮后去参加晚会,他要吃美味的鹅肝酱,一边听音乐,一边向伊莎贝拉微笑。我不能再等了,因为我已等得太久了,应该让这一天早点到来,让我可以环顾四周说,我还是有所作为的,这就是我创立的事业。那时,我的目光落在那些都出于我的愿望才在大地出现的城市,落在那些到处体现了我的梦想的平原;我就能像查理一样面露笑容,仰身倒在一张靠椅上;我就会感觉到我的生命在我胸中平静地跳动,不用再为未来奔波;在我周围,时间像一池宁静的湖水,我浮在水面上,像神在云端上,悠闲自得。

几星期后,我又重新穿越德国。我这时好像正在接近目标:农民暴动使亲王们心惊胆战,这样就有可能解决路德派问题,把所有国家组成一个联邦。我就可以去开拓新大陆,那里的繁荣会使旧大陆获益匪浅。我观看四周曾受战火蹂躏的乡野。荒芜的乡镇上已盖起了新屋,男人在开垦田地,女人在门前摇晃怀抱的婴儿。我望着兵燹之灾的遗迹无动于衷。"这又怎么样呢?"我想。死的死去,活的活着,世界照样满满的。空中照耀的还是同一个太阳。无人需要惋惜,无物值得遗憾。

"我们永远没个完!"我愤怒地说,"我们两只手永远闲不下来!"

刚抵达奥格斯堡,我获悉弗朗索瓦一世早把誓言抛在脑后,跟教皇克莱芒七世,跟威尼斯、米兰、佛罗伦萨结成联盟,准备再跟皇帝打仗。他也联合了土耳其人;土耳其人不久前把匈牙利国王路易率领的两万大军打得大败,对基督教国家形成严重的威胁。我只得搁下计划,去应付眼前千百桩急事。

"您打算到哪儿去弄钱?"我对斐迪南说。

钱是不可少的。波旁公爵在意大利率领的帝国军队要粮食、要欠发的饷银,他们公开叛乱。

他说:

"我想问富格尔去借!"

我知道他会这样回答的。我也知道这么一个权宜之计后患无穷;奥格斯堡的银行家要求抵押,慢慢地,奥地利银矿,阿拉贡和安达卢西亚最肥沃的土地,我们所有收益的源泉都将落入他们手中;美洲黄金还没进入我们港口,已属于他们的了;这样,国库依然是空的,又得重新举债。

"人呢?"我说,"我们到哪儿去弄人?"

他犹豫片刻,然后跟我说,眼睛没朝我看:

"明德尔海姆亲王向我们提过派援兵来。"

我吓了一跳：

"我们去依靠一个路德派亲王？"

"别的能做什么呢？"他说。

我一声不出。只有一个办法……别的能做什么呢？……机器安装了，齿轮啮合了，不可更改地空转起来。查理梦想复兴神圣罗马帝国，发誓要保卫教廷，不惜他的疆土、他的鲜血、他的生命；现在我们要依靠我们的敌人去跟教皇作战，而我们曾以教皇的名义在西班牙、尼德兰到处竖立火刑架。

"我们没有其他选择，"斐迪南反复说。

"没有，"我说，"不会有其他选择。"

二月初，我们向意大利南下，带了德国雇佣兵、巴伐利亚人、士瓦本人、蒂罗尔人组成的增援军，总共八千人，都是路德派教徒，为首的是明德尔海姆亲王。我们首先跟波旁会合，他们在阿尔诺山谷等我们。大雨倾盆，日以继夜，没有一条道路不是泥泞难行、坑坑洼洼的。

当我到达兵营时，叛军正走向将军的营帐；士兵高喊："不发饷银，血战到底！"他们举着明亮的火把往装弹药的枪支上凑，他们的短裤褴褛不堪，脸上横着一条条大刀疤；他们看来更像一群土匪，而不是士兵。

我带来十万杜卡托①，一下子分完了。但是这些大兵拿了金币还冷嘲热讽，他们要的是两倍那么多。为了恢复平静，明德尔海姆亲王向他们喊叫："我们可以在罗马找到金币。"立刻，路德派、德国雇佣兵、德国人、西班牙人都朝罗马大道狂奔，发誓要用教廷的国库来解决他们的缺衣少食。我们企图阻住他们，可是没用。一位前来宣布教皇已向查理讲和的信使，只有逃跑才保全了生命。半路上有几群

---

① ducato，威尼斯古金币名，当时几乎全欧通用。

意大利亡命徒觉察这是个抢劫的机会,加入了我们的队伍。这群乱兵无法制止,反而裹胁我们一起去:我们做了自己部队的俘虏。

"这就是统治吗?"

我们在他们鬼叫狼嗥声中一声不响,骑着马淋在滂沱大雨下。这些人是我召集的,他们的金钱和粮食是我给的,而他们挟持我走向最荒谬的灾难。

五月初,一万四千多名土匪来到罗马城下,大声喊叫要求献出贡金。波旁为了不致被他们割断咽喉,只得同意率领他们攻城。他刚随同人潮涌上去,就在我身边给杀死了。两次被教皇军队打退后,这些西班牙雇佣兵、路德派德国雇佣兵、土匪冲进了城里。八天来,他们屠杀了教士、世俗教徒、富人、穷人、大主教和厨工。教皇逃跑了,是被他的瑞士卫兵救出的,卫兵自己全部遭到杀害。教皇向继波旁任职的奥朗日亲王投降。

尸体在阳台上晃动,人肉在广场上腐烂,成群的蓝苍蝇在其四周嗡嗡叫;浮尸顺着腥膻的台伯河水漂流;人行道上是一摊摊鲜血,水沟的垃圾堆中有血迹斑斑的破布。野狗贪婪地吞食灰红色的怪东西。空气中弥漫着死亡的气息。女人在屋里哭泣,士兵在路上唱歌。

我的眼睛是干的,我没有唱歌。"罗马,"我对自己说,"这是罗马。"但是,这句话再也引不起我丝毫的感受。从前,罗马这座城市比卡莫纳更美丽、更强大。如果有人跟我说"有一天你会成为罗马的主人,你的士兵会把教皇赶走,把他的大主教吊死",我会高声欢呼;后来,我崇敬罗马,把它看做意大利最高贵的城市,如果有人跟我说:"西班牙兵、德国兵屠杀了罗马居民,洗劫了罗马教堂",我会热泪盈眶。但是今天,罗马与我漠不相关,罗马的毁灭对我既不是一场胜利,也不是一场失败,只是一件毫无意义的事。"又怎么样呢?"我以往这句话说得太多了。要是乡镇夷为平地,苦刑、屠杀不重要,那么新盖的房屋、丰收的作物、婴儿的微笑又有什么可稀罕的呢？我还能希望什么别的吗？我已不知道什么叫痛苦,什么叫欢乐:我是一个死人。掘墓人在清理道路和广场,人们在擦干血迹、扫除废墟,女人胆怯地走出屋子,到井边去汲水。罗马会重生的。而我,我可是死了。

几天来,我心灰意懒地在城里走动。突然,有一天早晨,正当我在台伯河边停下来,仰望圣昂日城堡雄伟的侧影,在这个无生命的景致另一边,在我这颗空虚的心灵另一边,有样东西苏醒了;它在我的身外活着,也在我的灵魂最深处活着:紫杉的浓香、蓝天下的一堵白墙、我的过去。我闭上眼睛,看到了卡莫纳的花园。在这些花园里,有一个人内心激荡着欲望、愤怒、欢乐;我曾经是这个人,他就是我。那边,天涯的尽头,我怀着一颗跳动的心存在着。当天,我向奥朗日亲王告个假,离开罗马,策马奔驰在大路上。

意大利全境硝烟弥漫,杀声震天。我自己也曾鏖战在这些山谷和平原,我们焚烧庄稼地,毁坏葡萄园,但是只要过上一个季节,我们沿途留下的痕迹便抹去了。法国人不一样,他们和帝国的士兵恣意践踏这块异国的土地,对当地居民毫不留情;小村子烧了,粮食毁了,牲畜遭杀,堤岸决口,田野水茫茫一片。我不止一次窥见大路旁一群群孩子在找寻野草树根。世界扩大了,人口增多了,城市也更宽阔,他们把森林与沼泽改造成良田,他们发明新工具;但是,他们的斗争也日益残酷,历次屠杀中牺牲者成千上万;他们学会了一边建设,一边毁灭。可以说,一个脾气执拗的造物主,一心要在生命与死亡、繁荣与贫困之间保持一种不变的、荒谬的平衡。

四周景色我愈来愈眼熟了:我认出了土地的颜色、空气的香味、百鸟的歌声;我策马前进。离这几里路,从前有一个人他热爱自己的城市,他对着开花的巴旦杏树微笑,他捏紧拳头,感到身上热血沸腾;我急于要找到这个人,与他融为一体。我咽喉紧压,穿过种上橄榄树、巴旦杏树的原野。卡莫纳进入了我的视野,屹立在山地上,四边矗立着八座金黄色塔楼,还是原来的模样。我对着它谛视良久;我已勒住马,等着,等着,什么都没有出现。我看到的只是一片熟悉的景色,仿佛前一天才离开似的。只一眼,卡莫纳进入了我的现在。此刻它在那里,平淡无奇,冷漠无情,过去的事一去不复返了。

我爬上山岗。我想:"他在城墙后面等我。"我越过城墙。我认出了宫殿、店铺、酒馆、教堂、漏斗式烟囱、玫瑰色街道、长在墙旁的翠雀花。一切都在原来的地方,而过去则再也找不到了。好一会儿,我一动不动呆立在大广场上,我坐到大教堂台阶上,我漫步在坟地里。什么都没有发生。

纺织机声不绝于耳,锅匠敲打着铜锅,小孩在陡坡上玩。什么都没有变化。卡莫纳满满的,没有人需要我。没有人需要过我。

我走进大教堂,对石板地望了一眼,地下躺着卡莫纳的历代亲王;穹顶下,曾响起过主教喃喃的声音:"让他们安息吧。"他们正在安息。而我,我是死的,但我却还在这里,为我的不在作证。我想:"永远不会有安息的时刻。"

"只要路德还有一个信徒,德国就别想统一,"查理没好声气地说。

"路德影响愈小,新宗派号召力愈大,他们更加狂热,"我说。

"把他们统统消灭,"查理说,强壮的手撑在桌上,"是时候了。早是时候了。"

是时候了。已经十年啦!十年骄奢淫逸,十年钩心斗角,十年无益的战争,十年杀戮。除了在新大陆,我们仍然一事无成。曾有一年,我们又看到了一些希望:弗朗索瓦一世放弃对意大利、奥地利、佛兰德的权益;德国人聚集在斐迪南身后,把土耳其人挡在维也纳前。伊莎贝拉给查理生了一个肥壮的儿子,西班牙王位和帝国的继承有了保证。皮萨罗准备去征服一个新帝国,比科尔特斯的帝国还要富裕。一五三〇年二月底,查理在布洛涅大教堂正式由教皇加冕称帝。但是好景不长,意大利、尼德兰出现了骚乱;路德派亲王结成联盟,弗朗索瓦一世与他们相互勾结。苏里曼一世①再度使基督徒感到不安,查理把天主教亲王团结在周围,准备向他发动进攻。

"我在想,我们烧死异端分子,真能把异端邪说根除吗?"我说。

"我们传教士说的话,他们不爱听,"查理说。

"我愿意去理解他们,"我说,"我现在不理解。"

他皱了皱眉头:

"他们心里钻进了魔鬼。"

他对虐待印第安人那么优柔寡断,如今在尼德兰、西班牙全境,却鼓励人们效忠教廷;与魔鬼斗争,这是他基督徒的义务。

"我将竭尽全力驱逐魔鬼,"我说。

我理解查理恼火的原因。我们依靠路德派反对教皇,依靠天主教徒反对路德派联盟,这是一种搞平衡的游戏,不会给我们带来出路。我们消除不了宗教冲突的因素,梦寐以求的政治统一就不可能实现。我深信我们可以做到统一,问题是要找到正确的方法。镇压只会激起异端分子顽强反抗;传教士对他们说的又是一种狂热的欺骗性的语言。但是,让他们听到理智的声音,关心自己真正的利益,就不可能了吗?

"什么叫做自己真正的利益?"我把这些想法谈出来时,巴尔蒂斯对我这样说。

他带着揶揄的神气瞧着我。我希望他这样的人能与我合作。但

---

① Suleiman(约 1496—1566),土耳其奥斯曼帝国苏丹,一五二〇年即位,征服叙利亚、埃及,多次扩张至欧洲领土,一五二九年围攻维也纳,不克,屡与日耳曼神圣罗马帝国为敌。

是,自从把路德定罪后,他跟我说话总是有所保留。

"您说得对,"我说,"应该了解什么是问题的症结,"我盯住他看,"您了解吗?"

"我跟异端分子没有来往,"他说,谨慎地笑笑。

"我去跟他们来往,"我说,"我要弄个明白。"

查理率领大军离开时,我到尼德兰去问教廷大使亚历昂德尔。信徒最多的宗派是再洗礼派①,叫这个名字的缘由是他们接受一种新的洗礼。我得知后要求接近他们。我听说,把我介绍给他们不难,他们并不藏头露尾的,好像还在找寻殉教的机会。我果然成功地参加了他们好几次会议。挤在一家点了两盏油灯的店铺后间,一些工艺匠、伙计、小商人睁着两只发光的眼睛,倾听受到神灵启示的演说者向他们讲解《圣经》的要义。最常见的是一个矮小个儿的人,长了两只温柔的蓝眼睛,自称是先知以诺的化身。他的讲道一般没有什么意义。他宣称一个新耶路撒冷即将出现,在那里事事讲公正,人人是兄弟;可是他谈到这些梦想时声调激昂。听众中有许多妇女,还有年轻人,听得热情高涨,呼吸变得急促,不一会儿叫了起来,跪在地上,相互抱着号啕大哭,有时甚至撕碎自己的衣服,用指甲划破自己的脸;有的女人扑倒地上,两臂十字形张开,几个男人在她们身上踩。过后,他们平平静静地回家去,显出一副与世无争的神情。火焰法庭②庭长不时把一小批人送上火刑架,他对我说他也对他们的温良恭顺感到吃惊。女人唱着歌上刑场。我多次试图跟先知说话,但是他笑而

---

① 十六世纪欧洲宗教改革运动中的激进派。该派因不承认小孩出生时教会施的洗礼,主张信徒成年时必须再度受洗礼而得名。

② Chambre Rouge,十六、十七世纪间,法国创立的一种特别法庭,用来审讯异端分子和放毒犯。法庭开庭时,不论日夜,四周皆遮以黑布,仅以火焰照明。受害者多数处以火刑。

不答。

我有几个星期没去店铺后间了。有一天晚上,我又去了,发觉演说者的语言变了。他比前几次骂得更凶,布道结束时,激昂地喊道:

"脱下富人手上的戒指,取下富人颈上的金项链,这是不够的。应该毁灭存在的一切。"

全场疯狂地跟着他高呼:"应该毁灭!应该毁灭!"他们的喊声那么激昂,使我心中产生焦虑。我走出会场,抓住先知的胳膊:

"您讲道时为什么说应该毁灭?"我说,"请说说您的理由。"

他温和的目光注视着我:

"应该毁灭。"

"不,"我说,"应该建设。"

他摇摇头:

"应该毁灭。人得不到别的。"

"可是您讲道时谈到新城市。"

他笑了:

"我讲道时谈到新城市,因为它是不存在的。"

"您真的不希望新城市建起来吗?"

"假若新城市建起来,假若人人幸福,他们在世界上还有什么可做的呢?"——他看到了我的内心深处,眼里也流露出焦虑的神情——"世界压在我们肩上太重了。只有一种救世之道,这就是把建成的毁掉。"

"多么奇怪的救世之道!"我说。

他狡黠地笑笑:

"他们要让我们变成石头,我们不让自己变成石头!"突然,他先知的声音在黑夜中洪亮地响了起来:"我们要毁灭,我们要破坏,我们要活下去!"

不久以后,再洗礼派蔓延到德国各个城市,火烧教堂、市民房屋、修道院、书籍、家具、坟墓,焚烧庄稼,强奸妇女,进行血腥的狂欢;对企图抵抗他们疯狂的人格杀勿论。我听说先知以诺当上了明斯特的主人,在他的统治下发生可怖的纵酒胡闹,这类消息不时传入我的耳中。当主教终于夺回城市后,他把先知关在一只铁笼子里,挂在大教堂的一座塔楼上。我不愿再去思索这种荒谬的命运。但是,我惴惴不安地想道:"人可以征服饥荒,人可以征服瘟疫,人可以征服自己吗?"

我知道路德派看到再洗礼派犯下的暴行,也会感到骇怕;我愿意对这种感情寻根究底一番;我要求跟两位奥古斯丁派僧侣谈谈,布鲁塞尔宗教法庭刚判处他们火刑。

"你们为什么拒绝在这张纸上签字?"我对他们说,一边向他们出示撤消令。

他们笑笑,没有回答。这两个是中年人,相貌粗俗。

"我知道,"我说,"你们不怕死,你们急于要升入天堂,你们只想到拯救自己的灵魂,这种自私行为你们以为天主会赞成吗?"

他们望我一眼,有点吃惊;审判官一般不会说这样的话。

"再洗礼派在明斯特和德国各地犯下的暴行,你们听说了吧?"我说。

"听说了。"

"那好!你们要对这些暴行负责,就像你们要对十年前的大叛乱负责一样!"

"您知道,您所说的是不正确的,"其中一个僧侣说,"路德早已否认这些下贱的人①。"

---

① 路德在后期活动中,抛弃了宗教改革运动中的下层人民,倒向贵族和诸侯。

"他觉得自己有罪才那么竭力否认他们。您想一想,"我说,"你们声称有权在自己内心追求真理,并高声宣扬这个真理,谁还会阻止疯子、狂热分子去大喊大叫他们自己的真理?现在你们看,产生了多少宗派,造成了多大危害。"

"他们宣讲的是谬误,"僧侣说。

"如果你们不承认任何权威,怎么来证明这是谬误呢?"

我急切地又加上一句:

"教廷有时也可能没有尽到自己的责任,我还承认它有时也传播谬误,我不禁止你们在心灵深处谴责它。但是为什么要大声嚷嚷地攻击它呢?"

他们听着我说话,脸朝地上,两臂伸在长袍的衣袖里;我自信理由十足,满以为要把他们说服了。

"人应该团结一致,"我说,"他们需要对严酷的大自然、贫困、不公道、战争展开斗争;他们不应该把自己的力量虚掷在无益的纷争中。你们不要在他们中间搞分裂。为了你们兄弟的好,你们不能放弃一下自己的意见吗?"

他们抬起头,一直没有开口的那个僧侣对我说:

"唯一可做的好事,是按照自己的良心行动。"

第二天,布鲁塞尔广场中心响起劈劈啪啪的燃烧声,刺鼻的焦肉味直冲云霄;火刑架旁边,俯首沉思的人群默默地为烈士祈祷。我倚在一扇窗前,瞧着浓烟缭绕而上。"没有理性的人!"火焰把他们活活吞噬了,这是他们自己选择的;像一个没有理性的安托纳选择了死亡一样;像一个没有理性的贝娅特丽丝拒绝活下去一样;先知以诺在塔顶上是饿死的。我望着火堆问自己,他们是不是真的没有理性,还是在会死的人心中隐藏着一种我没法窥透的秘密。火焰熄灭了,广场中心只留下一堆不成形的灰烬。我多么想问一问这堆灰烬,可是灰烬给风吹散了。

这时,查理战胜了苏里曼。他把对抗异教徒的战争带到了非洲,把海盗红胡子①逐出突尼斯,把承认西班牙宗主地位的穆莱·哈桑捧上了王位。查理动身到罗马去过复活节。在圣彼得大教堂,他坐在教皇旁边的御座上;他们一起做宗教仪式,一起从大教堂出来。帝国几世纪来第一次,获得了与罗马教廷平起平坐的权力。但是就在全世界面前赢得这个胜利的时刻,我们听说弗朗索瓦一世突然要为他的次子提出米兰公爵的继承权,他刚派了一支军队开赴都灵。

"不,"查理说,"我不要再打仗了。打不完的战争。战争劳民伤财,有什么用呢?"

他一向善于克制感情,也不由满房间地走来走去,神经质地拉扯胡子。

"我打算这么办,"他说,"我约弗朗索瓦一世决斗,一个对一个,以我的米兰来赌他的勃艮第,败的人由赢的人率领去跟异教徒开战。"

我说:

"弗朗索瓦一世不会接受这个挑战。"

我现在明白,我们永远不会完,我们的双手永远闲不下来。摆脱了法国人,就要向土耳其人进攻;征服了土耳其人,又转过身来对付法国人;西班牙的叛乱平定不久,德国又发生另一次叛乱;我们刚把路德派亲王的力量削弱,便要去压服盛气凌人的天主教徒。我们在无益的战斗中消耗力量,甚至不清楚争取的目标是什么。德国的统一,新世界的征服,我们永远没有余暇去思考这些鸿图大业。查理只

---

① Barbarossa(约1476—1546),巴巴里海盗,后为奥斯曼舰队司令,一五三四年侵入突尼斯。

得南下往普罗旺斯,我们向马赛进军,但是攻不进去。我们不得不撤至热那亚,登船前赴西班牙,订立尼斯和约,放弃萨瓦和三分之二的皮埃蒙特。

查理在西班牙跟伊莎贝拉共同度过冬天。王后的健康令人极为不安。五月一日,早产后病情急转直下,一场高热在几小时内夺去了她的生命。有几个星期,皇帝独自幽居在托莱多近郊的一座修道院。当他隐匿归来,老了十岁,背弯了下来,脸色灰白,两眼无神。

"我以为您不会再出修道院了,"我说。

"我是不愿出来。"

查理坐在椅子上不动,两眼盯着窗外明亮耀眼的蓝天。

"这事您不能做主吗?"我说。

他望了我一眼:

"是您有一天跟我说的:您的健康、您的幸福算不了什么。"

"啊!"我说,"这些话您还记得?"

"现在是记起这些话的时候了。"

他手抹前额,这是一个新的动作,一个老年人的动作。

"我应该把一个完整的帝国交给腓力,"他说。

我低首无言,卡斯蒂利亚夏日的炎热和沉默笼罩在我们身上。我那时怎么会鲁莽地向他指出他的职责所在?我那一天听着格拉纳达的喷泉怎么竟会自负地说"我给了这个人生命和幸福"?今天我应该这样说:"他这双无神的眼睛、这张痛苦的嘴、这颗颤抖的心是我给的,他的不幸是我造成的。"他的灵魂透出阵阵凉气。就像我触到了尸体的手一样,我明明白白地感觉到这颗冰冷的灵魂。

几星期来,我们陷在一种麻木不仁的精神状态。查理的妹妹玛丽一声呼唤,把我们惊醒了。玛丽以哥哥的名义统治着尼德兰。根特发生了暴乱。很久以来,安特卫普的繁荣使那座古老的城市大为不安,因为商人看到大部分订单撤销,无活可做的工人在贫困中生活。当摄政女王企图向所有城市征收国家税,根特拒绝缴付。叛乱者撕毁了一五一五年为根特人订立的城市宪法;他们骄傲地把一小块羊皮纸缝在外衣上,作为联络信号;他们杀死了一名官吏,开始抢劫城市。法国国王同意我们借道,二月十四日,查理五世偕同玛丽进入根特,随行的有教皇特使、德国与西班牙大使、亲王和贵族;后随的还有帝国骑兵、两万名德国雇佣兵、扈从队伍;这一长串箱笼车辆,走了五个钟点。查理驻跸在他四十年前出生的城堡里,他的部队分遣到城内各区,全城立刻一片恐怖。三天后,叛乱的领袖不得不放弃战斗。三月三日开始审判。梅赫伦大法官向各位君主奏述城市的罪行。一个根特代表团前来恳请女王宽恕,但是她听申诉时满脸怒容,她要毫不留情地镇压。

"您不是惩罚得厌倦了吗?"我对查理说。

他惊奇地瞧了我一眼。

"我的意见又怎么样呢?"

他表面上又显得从容安详,能吃,能喝,仪表细致周到,举止上叫人看不出内心的空虚。

"您真的认为这些人是罪犯吗?"

他眉毛竖得高高的:

"美洲印第安人是罪犯吗?这是您教我的,要统治不可能不做坏事。"

"指非做不可的坏事。"

"给我举个例子,"他说。

我打量他,然后说:

"我钦佩您。"

他转过头去:

"我没有权力损害留给腓力的遗产。"

第二天,处决开始了。十六个首要分子斩首,而这时西班牙雇佣兵正抢劫市民的房屋,强奸他们的妻女。皇帝把一个区连同区内的教堂夷为平地,在废墟上建立了一个要塞。根特的公共财产没收;不许他们保留武器、枪炮、辎重和一个命名为罗兰的大钟;城市的特权一律取消,居民还要当众请罪。

"为什么?"我喃喃地说,"这是为什么?"

玛丽坐在哥哥旁边微笑。三十个穿黑衣的士绅,光头赤足,跪在君主们的脚下;在他们背后,身穿衬衣、颈上拴了一根绳的是每个行业的六名代表,五十个纺织工,五十个老百姓。个个低下头,嘴抿得紧紧的。他们要求做自由人,为了惩罚他们这个罪行,我们逼迫他们跪在尘土中。德国境内几千人遭车刑、分尸、火焚;在西班牙,几千个贵族和市民身首异处;尼德兰的城内,异端分子在烈火中身子绞作一团。为什么?

晚上,我对查理说:

"我要到美洲去。"

"现在?"他说。

"现在。"

这是我最后的希望,我唯一的想望。我们一年前知道,皮萨罗在阵上生擒遍地黄金的秘鲁国的皇帝,征服了他的领土。从这个新王朝来的第一艘帆船驶入塞维利亚,装载了四万二千四百九十六金比索和一千七百五十银马克。在那里,没有必要用无益的战争、残酷的镇压去维持一个摇摇欲坠的过去,从而消耗自己的力量;在那里,从头设计未来,在建设,在创造。

查理走近窗前,凝望夹在石堤岸之间的灰色运河水,远处可以看到那座阴沉的钟楼,里面引人自豪的铜钟已拆走了。

"美洲我永远看不着了！"

"您通过我的眼睛去看。您知道您可以信任我。"

"以后再说吧，"他说。

这不是一道命令,这是一声请求；从他嘴里吐露出这种哀求的声调,说明他内心感到莫大的颓丧。他又坚决地说：

"我这里需要您。"

我俯首听命。现在我还想望看一看美洲,再过一段时期,这种想望我还会有吗？要走应该现在走。

"我等吧,"我说。

我等了十年。一切不断地在变,一切跟原来没有两样。在德国,路德派胜利了,土耳其人又在威胁基督教,地中海又是盗贼丛生；我们要向他们夺取阿尔及尔,但是失败了。跟法国又开始一场新战争；根据克雷皮昂卢瓦条约,皇帝放弃勃艮第,弗朗索瓦一世退出那不勒斯、阿图瓦和佛兰德。二十七年的你争我夺,已使帝国和法国民生凋敝,大伤元气；如今这两个交战国又两军对峙,一点没有改变他们相互的地位。查理很高兴看到教皇保罗二世要在特伦托召开一次盛大的主教会议；路德派亲王立即发动一场内战；尽管受到风湿病的折磨,查理英勇地御驾亲征,制伏了他的敌人；但是,皇帝派在米兰的总督冒冒失失占领了欢乐宫,教皇大发雷霆,开始与法国新国王亨利二世谈判,把特伦托主教会议改在布洛涅召开。查理不得不在奥格斯堡采纳一项折衷方案,天主教徒和新教徒双方对此都不满意[①]。两派

[①] 查理五世是宗教改革的反对者,维护罗马教廷。一五四八年,迫于形势,查理五世在奥格斯堡宗教会议上,提出实行在罗马教廷领导下的宗教改革,史称为"临时敕令",企图弥合天主教派与新教派的裂痕。此折衷方案反而引起敌对两派不满,争端未尝稍息。

都拒不接受德国宪法草案,自从查理当上皇帝以来,我们为了这个草案从不间断地进行着斗争。

"当时我不应该在这份折衷方案上签字,"查理说。

他坐在一张宽大的安乐椅里,患风湿痛的那条腿平搁在一只小圆凳上;当国事不迫使他过戎马生活时,他就是这样打发日子的。

我说:

"您当时没法不这样做。"

他耸耸肩膀:

"人总是这么说。"

"人这么说是因为事情确实如此,"我说。

只有一个办法,我们没有其他选择……当时没法不这样做……一年复一年,一世纪复一世纪,历史巨轮在滚动;应该说,蠢人才会去想象人的意志可以改变历史巨轮的轨道。我的鸿图大业起过什么作用吗?

他说:

"我当时应该拒绝的,不论花什么代价。"

"那时是在战争,而您又给打败了。"

"我知道。"

他手抹前额,这个动作他已习以为常了。他像在问自己:"为什么不给打败呢?"可能他是对的。无论如何,有些人的愿望在地球上留下了痕迹,路德、科尔特斯……这是因为这些人接受了给打败的想法?我们选择了胜利。现在,我们问自己:"什么样的胜利?"

过了一会,查理说:

"腓力当不上皇帝了。"

这个他早就知道了。斐迪南最近又突然坚持要把一个帝国留给自己的儿子。不过,查理还从来没有把这次失败说出口过。

"那又怎么样?"我说。

我望着褪色的挂毯、橡木家具、窗外风吹飘零的秋叶。这里的一切灰尘扑扑、死气沉沉:朝代、边疆、因循守旧、横行不法;为什么还要死死抱住这个腐朽的旧世界的残骸?

"让腓力当西班牙亲王和印第安人皇帝,只有在那里,可以创造,可以建设……"

"办得到吗?"查理说。

"您怀疑?在那里,您征服了一个崭新的世界,您盖教堂,建城市,您还播过种子,收过庄稼……"

他摇摇头:

"谁知道那里究竟是怎么一回事?"

局势确实是混乱的。皮萨罗和他的一个同伴发生火并,那位同伴打败了,并被处决,但是,他的党徒又把皮萨罗杀了。皇帝派去调停纠纷的总督又被贡萨尔维斯·皮萨罗①的士兵暗杀,这些士兵不久前又被忠于皇室的副官斩首伏法。有一条是肯定的,新法律没有得到遵守,印第安人始终遭到摧残。

"以前,您希望亲眼看看美洲,"查理说。

"是的。"

"您还希望吗?"

我犹豫了,心中有什么东西在微微跳动,可能这就是一种想望吧。

"我总是希望为您效劳。"

"那么,"他说,"您去看看我们在那里干了些什么。我需要知道。"

他慢慢抚摸患风湿痛的那条腿。

---

① 为被杀的弗朗西斯科·皮萨罗的弟弟。

"我应该了解我给腓力留下的是什么。"

他压低了声音又说：

"我应该了解我在位三十年干了些什么。"

六个月后，一五五〇年春天，我在桑卢卡尔-德巴拉梅达登上了一艘快帆船，它与三艘商船、两艘战船结伴同航。我没有一天不是伏在栏杆上，望着船航行时留在海面的一长条水花，这也是哥伦布、科尔特斯、皮萨罗的快帆船队走过的道路；我经常在羊皮纸上用手指行驶过这条道路；但是，今天的海洋不是我可以用手掌遮住的一块平坦的图面；海上波涛汹涌，粼粼发光，我的视线达不到它的边际。我想："怎样占有海洋？"我在布鲁塞尔、奥格斯堡或马德里的办公室内，曾经梦想把世界握在我的股掌之中，世界只是一个光滑的圆球。现在，一天又一天航行在蓝色海面上，我问自己："世界到底是什么？它在哪儿？"

一天早晨，我闭目躺在甲板上，突然随风飘来一种气味，是我五个月来没有闻到过的，一种热烈辛辣的气味，一种土地的气味。我睁开眼睛。在我前面一眼望不到边的，是一条平坦的海岸，岸上黑压压的一片森林，树上叶子巨大。我们正在驶近卢卡亚岛[①]。我观赏着这一块仿佛浮现在海面的大平台，内心非常激动。从前瞭望水手一声叫喊："陆地！"哥伦布的同伴都跪了下来。他们也像今天一样听到百鸟鸣啭。

"我们在这些岛上停留吗？"我问船长。

"不，"他说，"这些岛荒了。"

"荒了，"我说，"真的？"

"您以前不知道？"

[①] 即今加勒比海附近的巴哈马群岛。

"我以前没相信。"

一五〇九年,斐迪南国王批准贩卖卢卡亚人。拉斯·卡萨斯神甫证实说,他们赶了獒犬,像追猎似的去捕捉卢卡亚人,有五万印第安人不是被消灭便是失散了。

"十五年前,岸上还有几个移民,靠经营珍珠过日子,"船长说,"那时一只潜鸟值一百五十杜卡托,这种鸟很快绝种了,最后几个西班牙人只得离开小岛。"

"这个群岛有多少岛屿?"我说。

"三十来个。"

"都是些荒岛?"

"都是些荒岛。"

在地理学家画的地图上,群岛只是稀稀落落几颗毫无意义的黑点。如今眼前,每一座小岛都是存在的,像阿尔罕布拉宫①的花园那样绚丽夺目。岛上到处是火红的花,是鸟,是香料作物;礁石圈住海水,相互隔绝,形成一个个宁静的湖泊,水手称之为"水上公园";在清澈见底的水里,珊瑚虫、水母、海藻、珊瑚等,像花似的盛开怒放,红色、蓝色的鱼悠游自在。隔一段距离,可以看到一个孤单的沙丘浮在水上,宛若一艘触礁的船;有时,沙岗上经经络络地密布着攀援茎和藤本植物,山腰上生长蒲葵。然而如今,这片温暖的、隔一段距离翻滚着甜水泉的湖面,再也没有一条小船滑过了;再也没有一只手撩开这些垂帘似的藤本植物;这块欢乐的土地,从前无忧无虑地生活着一个懒洋洋、赤身裸体的民族,如今已不复存在了。

"在古巴还有印第安人吗?"当我们驶入那条通往圣地亚哥海湾的狭小航道时,我问。

---

① Alhambra,摩尔王建于格拉纳达的著名宫殿。

"哈瓦那附近的瓜多拉,有六十来户人家,组成一个村子,生活在山上,"船长对我说,"在这个区域,该说有几个部落,但是他们都躲了起来。"

"我看得出来。"

古巴的圣地亚哥海湾十分宽阔,西班牙王国整个大舰队停泊其中也绰绰有余;望着山坡上层层叠叠玫瑰色、绿色、黄色的立方体,我笑了:我喜欢城市。我一踏上街头,呼吸着沥青和油脂的气味,感到浑身舒坦,这是安特卫普和桑卢卡尔的气味。我排开码头上熙熙攘攘的人群;衣衫褴褛的小孩拽着我的衣服喊:"桑塔露琪亚!"我抓了一把硬币抛在地上,对其中我看来最伶俐的一个小孩说:"你给我引路!"

一条红褐色的大路,两旁棕榈树夹道成荫,通向一座白色耀眼的教堂。

"桑塔露琪亚,"那个小孩说。

他赤着双脚,头像一个球,剃得光光的。

"我不喜欢教堂,"我说,"带我去看店铺和商场。"

我们转过路角,条条街道都是直的,像棋盘格纵横交叉。房屋仿照加的斯城的格局建造,屋顶盖的是发亮的灰墁;但是,圣地亚哥不像一座西班牙城市,还算不上是座城市。我的鞋沾满了田野的黄土,那些方形大广场还是一些长着龙舌兰和仙人球的空地。

"您从西班牙来的?"小孩说。

他望着我,两眼闪闪发光。

"是的,"我说。

"我长大后到矿里做工,"小孩说,"攒了钱到西班牙去。"

"你在这里不开心?"

他轻蔑地向地上啐了一口说:

"这里都是穷人。"

我们走到商场。几个妇女坐在地上,出卖放在棕榈叶上的仙人掌果子;另一些站在摊子后面,摊上放着大圆面包、篓装的粮食、四季豆或鹰嘴豆;还有几个铁器商、布商。男人披了褪色的棉布,都是赤脚走路;女人也是赤脚走路,身上衣衫破烂。

"一法内加麦子多少钱?"

我的衣着像位贵族,商人惊奇地望我一眼:

"二十四杜卡托。"

"二十四杜卡托!比塞维利亚贵两倍。"

"就是这个价钱,"那个人没好声气地说。

我在广场慢慢绕了一圈。一个穿破衣的女孩小跑步走在我面前;她在每个面包摊前停下,拿起大圆面包又是拍又是掂,若有所思的样子,决不定选哪一个;商人朝着她笑。在这个铁比银子值钱的国家,面包比金子还珍贵。一法内加四季豆在西班牙卖二百七十二铜币,在这儿卖到五百七十八,一个马蹄铁卖六杜卡托,一对马蹄铁钉四十六铜币,二十五张纸要四杜卡托,二十卷巴伦西亚优质猩红色墙纸,四十杜卡托;高帮皮鞋则要三十六杜卡托一双。自从波托西银矿发现后,西班牙物价显著上涨,更使这里民不聊生。我望着这些棕色饿瘪的脸孔想:"五年后,十年后,整个王国都会如此。"

我在城里转了一天,妇女、老人要求施舍的诉苦声,小孩尖利的乞讨声萦绕耳边;晚上,我去总督家赴宴。他款待我的场面出奇的奢华,贵族和夫人遍身是绫罗绸缎,宫殿四壁也铺满绫罗绸缎。宴席比查理五世设的更加精致讲究。我问主人当地居民情况,他向我证实了那位船长说的话:在圣地亚哥后面和哈瓦那附近绵延着几个黑人种植的庄园;但是,总的说来,从前居住两万印第安人、面积有巴利亚多利德到罗马那么大的古巴岛,已变成了一片荒地。

"不赶尽杀绝,就没法降服这些野蛮人吗?"我恼火地问。

"一次也没有屠杀过,"一个种植园主对我说,"您不了解印第安人,这些人是出奇的懒,他们宁可死也不愿累着一点。他们为了不去劳动,故意让自己死去。他们不是上吊便是绝食。整村整村的人是自杀死的。"

几天后,在把我带往牙买加去的船上,我问一位曾经在古巴登过岸的僧侣说:

"这些岛上的印第安人是由于懒而纷纷自杀,这是真的吗?"

"事情的真相是他们的主人要他们劳动,不等到操劳而死是不让歇的;他们吞下泥土石块来促成自己早死。他们拒绝接受洗礼,免得在天上又遇到这些善良的西班牙人。"

蒙多内兹神甫的声音因愤怒和怜悯而发颤了。他长时间地跟我谈印第安人。他不像科尔特斯的副官把他们说成是残酷迟钝的野蛮人,听他说来这些人是这么温柔,连武器也不会使用,都伤在西班牙人的剑下。他们住在树枝芦苇搭成的大窝棚里,几百人群居杂处;他们靠狩猎、捕鱼、种植玉米为生,闲时编织蜂鸟羽毛;他们不羡慕这个世界的财富,他们不懂仇恨、嫉妒、贪婪;他们生活穷困、无忧无虑、幸福。我望着这一群可怜的移民,躺在甲板上,曝晒在烈日下,疲劳不堪;他们手里提了一个包裹,离开古巴贫瘠的土地,到矿区去碰运气。我想:"我们在为谁工作?"

不久,天边出现了高低不一的山影,碧峰下翠谷青山,愈往下色彩愈淡,山脚下绿得嫩嫩的:牙买加。蒙多内兹神甫跟我说过,岛上原来生活着六万个印第安人,如今只剩下二百人了。

"输入黑人并没能挽救哪怕一个印第安人的生命?"

"把羊交给狼看管,怎么也没救的,"僧侣说,"怎么可以用一种罪恶去消除另一种罪恶呢?"

"拉斯·卡萨斯神甫本人也是拥护这种措施的,"我说。

"拉斯·卡萨斯神甫将在忏悔的折磨中死去,"僧侣说。

"不要谴责他,"我马上接口说,"谁又能预见自己行动的后果呢?"

僧侣朝我看,我转过眼睛。

"应该多祈祷,我的孩子,"他对我说。

我知道,法律规定,只要黑奴犯了一点过错,种植园主就有权把他用文火烤死或者五马分尸;但是在马德里,都以为种植园主不会使用这种权力。在马德里,我听了一些骇人听闻的事眉头也不皱一下:有人说,有的殖民者用土著小孩的肉去喂养自己的狗;有人说,诺加雷兹总督一时任性,杀了五千多个印第安人;但是,也有人说,新世界的火山喷的是黄金熔流,阿兹特克城市是用银块砌成。现在,安的列斯群岛不再是一块传奇中的土地;翠绿的鸟、湛蓝的山,我都看到了。在金黄色沙滩后面,一些真的人用真的鞭子在抽打另一些人。

我们在安东尼奥港下碇,后来又继续赶路。气候一天比一天闷热;水是一潭死水,海面上没有一条波纹。这些移民躺在船的前梢,身上发烧,抖个不停,灰白色的脸上汗珠滚滚。

黎明时,贝洛港显露在我们面前。两条葱绿的海岬之间有一道深水湾,港口藏在海湾深处。海岬上植物茂盛,看不到一块泥巴地;仿佛看到两株高达四百尺、根插在水底的巨型植物破海而出。城里大街上,抖动着一种灼热的空气。有人告诉我,这里气候恶劣,移民登岸后若不赶快弄到几头骡子穿过地峡,一星期内便会得热病死去。我从总督那里弄来几头坐骑,供大伙使用。我只是把病倒的人留了下来。

我们一天又一天,沿着一条羊肠小道赶路,这条小道曲曲折折穿过一座大森林;在我们头顶,浓荫遮蔽,不见天日;巨大的树根把路面拱高了,上次骡队经过后长出的野藤堵住了道路,我们经常要停下来割藤;周围一片黑影,又窒息又潮湿。四个人死于半途,另三个倒在路边没法走完旅程。蒙多内兹神甫告诉我,这块地方也看不见人烟:三个月内,有七千个印第安小孩饿死在地峡上。

那时,巴拿马是去秘鲁和智利的必经之路,这是一座繁荣的大城市,路上可以遇到穿丝绸的男人、戴珠宝的女人、鞍辔华丽的骡队。宽敞的房屋内摆设富丽堂皇,但是空中充满瘴气,每年有成千上万人在他们无法久留的财富中死去。

我们登上一艘快帆船,沿着秘鲁海岸行驶。没有在旅途劳顿中死去的移民继续朝波托西赶去。我和蒙多内兹神甫在卡亚俄上岸,那里离王城三里地,我们毫不费力地到了首都。

城市是棋盘格布局,马路宽大,广场开阔,全城面积那么大,居民骄傲地称之为"广远城"。房屋是用土砖盖的,像安达卢西亚的一样围绕一个院子而建;外墙没有装饰,不开窗口;每条十字路口都有水井喷泉,予人一种清凉的感觉,空气温爽。可是西班牙人受不了这里的气候,我在街上遇到的人群,跟古巴的圣地亚哥的一样穷困潦倒。这里,同样的,黄金白银并没给人带来好处。一座大教堂正在建造,柱子用银块铸的,墙壁用珍贵大理石砌的。是为谁呢?

除大教堂外,城里最漂亮的建筑物要数一座墙头光秃的大监狱;总督透过他的绣金遮篷马车的小门,自负地指给我看说:

"王国的反叛者都关在这里,"他对我说。

"您说的反叛者指谁?"我说,"是那些公开反抗现政权的人,还是不服从新法律的人?"

他耸耸肩膀。

"新法律没有人服从,"他说,"如果我们不愿意王国的权威落空,应该反对那些征服者,去收复秘鲁。"

查理五世的谕旨要他们解放印第安人,支付他们薪水,安排他们适度的工作。但是,我问过的人个个都说无法执行。有的人向我争辩说,印第安人不处于奴隶地位是不会幸福的;有的人有根有据地向我指出,我们要完成宏伟的事业,印第安人又天性懒惰,有必要建立一套严厉的制度;还有的人轻描淡写地说,国王的行政官员没有其他方法能叫他们唯命是从。

"我们做出过决定,对于那些把印第安人当作奴隶的移民,我们不给他们进行赦罪仪式,"蒙多内兹神甫对我说,"但是,我们的主教威胁要褫夺我们的神职,要是我们坚持这样做的话。"

他让我参观了传道会,会内医治年老有病的印第安人,抚养孤儿。在一个棕榈树荫遮盖的院子里,几个孩子蹲在大盆玉米饭周围。这是些漂亮的孩子,棕色皮肤,高颧骨,头发又黑又硬,大眼睛乌亮发光;他们都是一起把棕色小手伸进盆里,一起把手放到嘴里。这都是人的孩子,不是小动物。

"他们真漂亮,"我说。

神甫把手放在一个女孩子头上。

"她的母亲也是个美人,因为美把命也送了:皮萨罗的士兵把她和她的两个女伴一起吊死,为了向印第安人证明,西班牙人对他们的女人无动于衷。"

"这个呢?"我说。

"他是一个头领的儿子,头领是被活活烧死的,因为他们认为他的村子上缴的东西太少。"

因而,当我绕着院子慢慢走时,一部征服史展现在我的眼前。随着皮萨罗的士兵向内地推进,他们勒令每个村子交出多年积存的粮食,一颗也不让留下。他们吃不完的任意浪费烧毁,他们屠杀牲畜,毁坏庄稼,所到的地方仅剩一片荒凉,使土著居民成千上万地饿死。

他们稍不如意,就焚烧村庄,不幸的居民若是企图从着火的房屋往外逃,便用弓箭射死。听到征服者来近了,有几个村子的人整体自尽。

"您要是还希望周游这个不幸的国家,我给您找个向导,"蒙多内兹神甫对我说。

他给我指着一个高大、棕色皮肤的青年,他靠在一棵棕榈树上,像在沉思。

"这是一个西班牙人和一个印加族印第安女人的混血儿。他的父亲为了娶一位卡斯蒂利亚的夫人,遗弃了他的母亲,把孩子交给了我们。他通晓祖先的历史,也熟悉这个地区,他经常陪我外出旅行。"

几天后,我与那位印加青年菲利比洛结伴离开王城。总督拨给我几匹壮马,十个印第安挑夫。雾沉甸甸地压在岸上,遮得不见阳光,地上浸透了露水。我们沿山腰的一条路走,山岗上草木森森:这是一条宽阔的堤道,用石板砌成,比旧世界任何一条大路结实方便。

"这是印加人建造的,"我的向导自傲地对我说,"整个帝国布满这样的路。从基多到库斯科,信使跑得比你们的马还快,把皇帝的诏书传送到所有城市。"

我钦佩这个浩大的工程。为了变天堑为通途,印加人架设了石桥;他们也经常在沟壑上搭起藤编的软桥,用木桩拴在两边峭壁上。

我们骑马走了几天。印第安挑夫的精力令我吃惊,他们挑了沉重的粮食行李,一天走上十五古里不会累倒。我不久知道他们无时无刻不在咀嚼一种绿叶,他们的精力不衰全靠这种他们称为可乐[①]的植物。他们走完一段路程,把担子撂在地上,直挺挺躺下,力气耗尽的样子。过了一会儿,嚼上一团新鲜叶子,又精神抖擞了。

[①] 原文 cola,中译名"可乐",原产于非洲。原产于秘鲁的该是 coca,中译名"古柯",古柯叶含高根碱,可提炼做麻醉剂,为南美洲土著传统的药物。疑原文有误。

"这是帕查卡马克，"菲利比洛对我说。

我勒住马，跟着他说："帕查卡马克！"这个名字叫我联想起一座处处是玉宫琼楼的城市，有芳香扑鼻的花园，直伸海里的大石阶，鱼禽水鸟的栖息场；宫殿平台上金树林立，树枝上缀有黄金花、黄金果、黄金鸟。帕查卡马克！我睁大了眼睛，说：

"我什么也没看见。"

"没什么可看的啦，"印加人对我说。

我们走近去。一座梯田形状的山岗被当作一个纪念碑的台座，纪念碑只剩下一堵红墙；墙用一块块巨石堆砌而成，不用一点水泥。我朝向导望了一眼；他昂首骑在马背上，哪儿都不看。

第二天，我们离开了海岸，开始攀登山坡。渐渐的，我们越过了压在沿岸不散的浓雾。空气变得更干燥，植物更茂盛。远处山岗像铺了一层金砾石，走到跟前，发现是一大片向日葵和黄色花蕊的雏菊。这些野花地里也生长高而轻巧的禾本科植物和青色仙人球。山路虽然陡峭，气温还是没有变化。我们穿过许多荒村，土砖墙壁完整无缺，但野草已侵入屋内。向导对我说，西班牙人走近时，居民带了全部财宝，越过安第斯山，逃得不知去向。

从前，即使最小的村子也纺织番麻、棉线以及染色鲜艳的羊驼毛，制造红底彩绘陶器，上画人面装饰或几何图案。现在，一切都死气沉沉的。

我向印加青年耐心打听，慢慢地，当我们走完海拔八千多尺、长着青色仙人球的大高原时，我了解到他祖先的帝国是什么样的。印加人不懂什么是私人财产；他们共同占有每年分配给他们的土地，另有一块公地是供给官员和荒年备粮用的，他们称为"印加与太阳的土地"，每个印加人都要在这块公地上耕种一定日子，他们也要代耕病人、寡妇、孤儿的田地；他们热爱劳动，邀请朋友和整村人去耕种他们那份土地；得到邀请的人兴高采烈跑来，像参加婚礼似的。每隔两年分配一次羊毛，在热带地区，王地①出产的棉花属于全体所有；一切必需品都在自己家里生产，每个人都兼备瓦匠、铁匠和农民的本领，他们中间没有一个穷人。我听着菲利比洛说时，心想：这就是我们已经摧毁的帝国，这就是我希望在世界上建立而又没能建成的帝国！

"库斯科！"印加人对我说。

我们到了一个山口顶上，看到脚下一块葱葱郁郁的盆地，上面有几个村子，那是清风和煦的武尔加尼达山谷；远处矗立着阿苏亚塔山白色的椎峰和安第斯山积雪的山脊。城市就横在一座瓦砾堆盖顶的山岗下；我一蹬马肚子，朝着印加的古都疾驰而去。

我们越过种苜蓿、大麦、玉米的田野，越过可乐果种植园；平原上水网纵横，都是印加人开的运河；为了防止泥土流失，山岗开成梯田状。建筑这些大路和城市的人同时也是务农的人，比旧大陆哪一个民族都能干。

入城前，我先上了山岗，岗上的瓦砾堆都是一些要塞的废墟；要塞是三道同心的壁垒，用深色岩石做成，团团围成一圈。皇帝躲在这道屏障后面抵挡皮萨罗的军队。我也忘了在这些石头中间逗留了多久。

库斯科城墙没有全毁，许多塔楼依然矗立，路上也还有几座漂亮的石头房屋。但是，大多数只有地基还保持完整，西班牙人在这些地基上匆匆盖起了小砖楼房。尽管环境秀丽，尽管印第安人和移民为数不少，城市却像遭受过神的诅咒，气氛异常阴郁。西班牙人抱怨气候严酷，哀叹生活在民众的仇恨之中。他们对我说，每年在征服者进

---

① 十五、十六世纪时，印加逐步发展为统一的奴隶制国家。土地归农村公社所有，分为三种：太阳地、王地和公地。太阳地归祭司和寺庙，王地归国家，公地归公社集体成员所有。

城的周年日那天,老土著把耳朵贴在地上听,希望有朝一日地下河水泛滥,把西班牙人悉数卷走。

我们在库斯科只停留几天,又继续前进了。高原空气干燥寒冷,这地区的尸体不会腐烂,我们经常看见路旁僵死的驴子。一路上不时遇到废墟,那是从前的宫殿、教堂、要塞,还有一些巨大的建筑物,既无法圈,也无拱顶,由三角形或八角形的土砖砌成,都只剩下了残骸。一条干涸的湖泊尽头,我们看到壮丽的皮亚奥加那加奥的遗迹,满地是破碎的花岗岩和斑岩;昔日的教堂而今成为一大堆断垣残壁;排列成行的巨石标志着这里原是大路,两旁有雕刻粗陋的巨大石像,绵延很长一段距离。

我们穿过的村子都无人居住,大多数已被纵火烧毁。有一次,在一个新搭的茅屋门前,我们看到一位老人,没有鼻子,没有耳朵,眼眶是空的。菲利比洛向他问话时,他显然是听见的,但是没有回答一句话。

"我猜想他们把他的舌头也割了,"印加人说。

他告诉我,西班牙人怀疑这个地区有金矿,便残酷地折磨土人,要他们说出地点;但是,印第安人就是顽强地保持沉默,不露一点口风。

"为什么?"我说。

"您看到波托西矿以后,"印加人说,"就会明白的,他们希望自己的孩子不要遭到同样的命运。"

我很快明白了。才几天后,我们碰上了一队印第安人,是被押到矿上去的;每人颈上套了个铁箍儿,一个个拴在一起,脸上烙了个G字。他们可能有四五百人,走在路上踉踉跄跄,显得筋疲力尽。押送的西班牙人用鞭子赶他们往前走。

"他们从基多来的,"向导对我说,"那里出发时可能有五千人以上。有一次穿越热带地区的途中,死过一万人。又有一次,六千人中只有二百人走到了目的地。半途累倒时,连铁箍儿也不给解开,干脆在他们头上砍一刀。"

这天晚上,长久以来第一次,我们看到一个村子的茅屋里冒出了炊烟。一个印加青年妇女坐在门槛上,摇着孩子唱歌。她的歌声那么忧郁,我不由想知道歌词内容。我的向导给我译了出来:

> 难道我的妈妈
> 把我生在窝里,
> 是为了受苦,
> 是为了此刻
> 鸟似的在窝里哀啼?

他跟我说,征服以来,母亲们唱的摇篮曲都是这么凄凉。这个村里只有妇女和儿童,男人都被掳掠到波托西矿上做工去了。我们一直走到火山脚下,遇到的村子无不如此。

波托西山顶积雪,山口喷火,矗立在海拔四千米的高原上;山腰间凿出像迷宫似的坑道,人就在里面采银,矿脉深达五百寻①。山脚下正在兴建一座城市。我漫步穿过一排排木房,找寻旅途的同伴。我只找到十个左右,其余都在半路倒毙了。至于抵达波托西的人,也难以忍受这种高原气候;妇女尤其遭受高山病的折磨;所有的孩子生来又瞎又聋,不到几个星期便死了。他们对我说,一个矿工赚的钱仅够本人糊口。发财致富,甚至攒钱赎身的希望早已破灭了。只有大矿场主才发了财,雇用大批印第安人给他们开矿。

"您看,"我的年轻向导对我说,"您看他们对我们这个民族做了

---

① brasse,旧水深单位,一寻约合一点六米。

些什么。"

沉着镇定的声音第一次颤抖了,在我们的火把照耀下,我看到他眼里噙着泪水。在这些阴暗的坑道里,劳动着整整一个民族,他们不再是一群人,而是一群幽灵。他们没有肉,没有四肢,骨头撑着棕色皮肤,像枯木一样脆裂;他们两眼空洞,两耳充塞;他们像机器人似的敲打着岩壁。有时,这些黑色骷髅中有一个无声无息地倒在地上,鞭子铁棒马上打到他身上,若不赶快站起来,就这样被结果了。他们一天在地下挖掘十五个小时以上,仅用一些磨碎的植物根做的饼充饥。他们中间没有人可以在此活上三年。

从早到晚,装运银子的骡队朝着海岸走去。一两银子是用一两血换来的。皇帝的钱箱依然是空的,他的臣民依然穷困潦倒。我们摧毁了一个世界,我们白白摧毁了一个世界。

"我到处遭到失败,"查理五世说。

我说了整整一个夜晚,皇帝听着默无一言。阳光透进了幕帘重重的房间,黎明照亮了他的脸。我的心揪紧了。才三年时间,他变成了一个老人;他的眼睛没有光彩,嘴唇发青,脸容憔悴,呼吸困难。他身子陷在靠椅里,患风湿病的瘸腿上盖着一条毯子,上面搁着一根象牙圆头手杖。

"为什么?"他说。

我出门的三年中,萨克森的莫里斯公爵背信弃义,率领路德派军队反对他。查理五世被迫在叛军面前退却,接受了一项条约,一下子毁了他毕生为宗教团结而花费的心血[①]。他在佛兰德也出师不利,没

---

① 一五五二年,查理在战争中失利,被迫与路德派亲王签订《帕骚条约》,经长期谈判,于一五五五年签订《奥格斯堡宗教和约》,正式规定各邦诸侯有权决定本人及其臣民的宗教信仰,从此确立了新教在神圣罗马帝国内的合法地位。

能收复被亨利二世侵占的土地①；意大利发生新的叛乱，而土耳其人对他进行骚扰。

"为什么？"他又说了一句，"我错在哪儿呢？"

"您唯一的错是进行了统治？"我说。

他摸了摸挂在丝绒紧身衣上的金羊毛勋章。

"我那时没有要统治，"他说。

"我知道，"我说。

我望着他皱纹密布的脸、灰白的胡子、没有生气的眼睛。我生平第一次感到自己比他还老，比有史以来哪一个人都老，他在我眼里像个孩子似的叫人可怜。我说：

"是我错了。我要您做宇宙的主人，但是宇宙是不存在的。"

我站起身，满房间走动。我前一夜没有合眼，两条腿发麻。现在，我完全懂了：卡莫纳太小了，意大利也太小了，而宇宙是不存在的。

"说起来多么方便！"我说，"眼前的牺牲算得了什么？宇宙在未来的尽头。火刑、屠杀算得了什么？宇宙在别处，永远在别处！它哪儿也不在，有的只是人，永远四分五裂的人。"

"是罪孽使他们四分五裂的，"皇帝说。

"罪孽？"

这是罪孽？还是疯狂？还是其他什么的？我想起了路德，奥古斯丁僧侣，在烈火中歌唱的再洗礼派妇女，安托纳，贝娅特丽丝。他们身上孕育着一种力量，是我的理智无法预见的，这力量保护他们来对抗我的意志。我说：

"有一个被我们烧死的异端僧侣临死前对我说：唯一可做的好

---

① 一五五二年，亨利二世与莫里斯订约，法国参加德国路德派诸侯叛乱。亨利二世侵入梅斯、图尔、凡尔登三个主教管辖区。从此法国进入阿尔萨斯、洛林地区。

事,是按照自己的良心行动。真是这样的话,统治世界是徒劳的,谁对他人都无能为力,人的好与坏只取决于他们自己。"

"唯一可做的好事,是拯救人的灵魂,"查理说。

"您认为能够拯救他人的灵魂,还是您本人的灵魂?"

"天主怜见,只是我本人的灵魂,"他说。

他把手按在额上。

"我以前认为,应该由我用暴力来拯救他人的灵魂,我错就错在这一点:这是魔鬼的一种诱惑。"

"我要使他们幸福,"我说,"但是他们的心是无法接近的。"

我不说了,我听到他们节日的欢呼,他们流血时的号叫,我听到先知以诺的声音:"应该毁灭存在的一切!"他讲道中反对的就是我,反对我是因为我要把这个世界变成一个天堂,在那里每颗沙子都有它的位置,每朵花都有它开放的时候,但是他们不是植物,也不是石头。他们不愿意变成石头。

"我有一个儿子,"我说,"他选择了死,因为我不让他有其他的生活方式。我也有一个妻子,就因为我把一切给了她,她一生在度死日。还有一些人是被我们烧死的,他们咽气的时候还感谢我们。他们要的不是幸福,他们要的是生。"

"什么叫生?"查理说。

他摇摇头。

"生是虚无的。要统治一个虚无的世界真是疯了!"

"有时,在他们心中燃起一团火,这团火他们称之为生。"

突然,千言万语涌上我的嘴边。可能这是今后几年、几个世纪中最后一次,容我这样说一说了:

"我理解他们,现在我理解他们。在他们眼中,有价值的东西永远不是他们得到的东西,而是他们所做的东西。假若他们不能创造,他们就要毁灭,但不管怎么样,他们要拒绝存在的一切,否则他们不成其为人了。我们妄图代替他们建立一个世界,把他们关在里面,这只会招致他们的憎恨。我们梦想为他们建立的这种秩序、这种安宁,会成为最坏的天罚……"

查理早已把头埋在手里,他不在听这种奇谈怪论。他在祈祷。我又说:

"人既不能帮助他人,也不能反对他人。人是无能为力的。"

"人可以祈祷,"皇帝说。

他脸色苍白,嘴角挂了下来,像腿痛发作的时候。

"苦难已经到头了,"他说,"不然天主在我心里总会留下一点希望的。"

几星期后,查理五世退隐了,住在布鲁塞尔的一幢小屋里,坐落在鲁汶教堂门边的一个花园中心。这是只有一层楼的平房,里面摆满了科学仪器和时钟;皇帝的卧室狭小,毫无陈设,像僧侣的练修室。萨克森的莫里斯公爵逝世,使他摆脱了最大的劲敌,但他不愿从中渔利;他对德国的问题不闻不问,也不思为他的儿子谋取帝位。两年来,他致力于整顿内政,做的事都取得了成功。他把法国人赶出了佛兰德,签订了《沃塞勒条约》,促成腓力与英国女王玛丽·都铎联姻。然而,他的决心并不因而动摇。一五五五年十月二十五日,在布鲁塞尔宫殿大厅里,他召集了一次庄严的会议,穿了一身丧服,由奥朗日的威廉亲王扶着出席。布鲁塞尔的枢密大臣菲里贝宣读一份诏书,表明了皇帝的旨意。接着,皇帝站起身。他回顾如何在四十年前,也在这间大厅,宣布他解除监护亲理朝政;他如何承继外祖父斐迪南的王位,然后又当上了皇帝;他看到基督教四分五裂,国家四邻都是虎视眈眈的敌人,他终生保卫国土与他们斗争;现在,他年老体衰,愿意把尼德兰交给腓力,把帝国交给斐迪南。他鼓励儿子追随祖先的信仰,尊重和平与权利。至于他本人,从来不曾故意损害别人。

"假若我对某人办事有欠公正,我请求他的原谅。"

他说最后两句话时,脸色变得异常苍白,坐下时泪珠从脸上扑簌簌往下落。大臣们放声痛哭。腓力跪在父亲脚下。查理把他搂在怀里,温柔地吻他。只有我一个人知道他为什么流泪。

一五五六年一月十六日,他在房里签了一张声明,把卡斯蒂利亚、阿拉贡、西西里、新印度交给腓力。几年来第一次,我看到他又说又笑。晚上,他吃了一盆沙丁鱼炒蛋、一大块鳗鱼泥;饭后,他听了一小时古提琴演奏。

他在西班牙腹地造了一座宅第,在尤斯特修道院附近,他问我:

"您陪我去那里吗?"

"不,"我说。

"我能为您做些什么吗?"

"我们不是一致同意,谁对他人都无能为力?"

他严肃地盯着我看,说:

"我向天主祈祷,让您有一天得到安息。"

我一直陪他到弗利辛恩,我站在海滩上,望着他的船徐徐远去,直至帆影消失在天涯。

"我累了,"雷吉娜说。

"我们可以坐下,"福斯卡说。

他们已经走了好久,进入树林很深了。在浓荫覆盖下,夜是温暖的。雷吉娜渴望躺在野蕨地上,睡熟后永远不再醒来。她坐下说:

"别往下说了,没必要。说到底故事总是相同的,我知道。"

"故事是相同的,可是每天不一样,"福斯卡说,"您应该听下去。"

"刚才,您还不愿意说呢。"

福斯卡在雷吉娜身边就地躺了下来。有一会儿,他默默望着深色的栗树叶。

"这张帆影消失在天涯,我站在海边望着它消失,这情景您能想象吗?"

"我能想象的,"她说。

这是真的,现在她能想象了。

"故事结束时,我将看到您在路边消失。您知道您早晚要消失的。"

她把脸捂在手里,说:

"我不知道。我什么也不再知道了。"

"我可知道。只要我能说,我就说下去。"

"以后呢?"她说。

"我们不要想到以后。我说,您听。暂时我们不要给自己提问题。"

"行。往下说吧,"她说。

第三部分

我一直往前走,穿越眼前一望无际的沼泽地;松软的泥土在我脚下陷落,灯心草带着轻声叹息分泌出滴滴水珠;太阳斜落在天涯,远处是平原,是海;群山后面总有一个天涯,每天傍晚太阳要落下。自从我丢了指南针,自从我迷失在这块单调的土地上,不知日期,不知时间,已经过去好多年了。我忘了我的过去,而我的未来,就是这大片无边无际、直伸天空的平原。我的两脚探索着大地,期望找到几块硬土来安放我的睡铺,这时我瞥见远处有一条玫瑰色大水洼。我走近去。在灯心草与乱草之间有一条蜿蜒曲折的长河。

一百年前,甚至五十年前,我内心或许会激动;我会想:是我发现了一条大河,唯有我探到了这个秘密。现在,玫瑰色的天空冷冰冰地倒映在河面上;我想到的只是:夜深了,这条河我没法过了。一遇到初寒冻硬的土地,我立刻扔下背囊,取出皮褥子;然后,我举起斧子,朝一根树桩砍去,我还捡了一堆木柴,点燃了火。每天晚上,我点燃一堆火,为的是在黑夜中,尽管我自身心如枯槁,还有这个劈劈啪啪的声音、这个气味、这个燃烧通红的生命,从地上升向天空。河流是那么静,连水声也听不到一点。

"喔!喔!"

我打了个寒颤。这是人的声音,一个白人的声音。

"喔！喔！"

我接着也叫了一声，抱了一束木柴往火里扔，火焰猛地蹿了上来。我一边叫，一边往河流走去，瞥见对岸有一团微弱的火光：他也点燃了一堆火。他叫了几声，我没听清楚说什么，不过讲的好像是法国话。我们的声音在湿空气中交叉而过，我听不清他的话，陌生人也不见得会听清我的话。他终于不开口了，我叫了三遍"明天见！"

一个人；一个白人。我裹在被窝里，脸上感到火的温暖，我想：离开墨西哥后，还没有看到过一张白人的脸。四年了。我已经在计算了。河对岸有一堆火劈劈啪啪烧，我已经在对自己说这些话："我有四年不曾看到一张白人的脸。"在我们之间，通过黑夜开始了一次对话：他是谁？他从哪儿来？他来做什么？他也在向我提出这些问题，我在向他回答。我在回答。我在这条河岸上，突然又碰到了一个过去、一个未来、一个命运。

一百年前，我在弗利辛恩上船，准备周游世界。我希望摆脱人，从此只做一个旁观者。我越过大洋，穿过荒漠，乘中国小帆船航行，在广州欣赏了估计价值两亿的一块金砖；我访问了卡图恩，穿传教士长袍攀登过西藏高原。我看到了马六甲、卡利卡特、撒马尔罕；在柬埔寨的大森林里，凝视过一座像城市那么大的寺庙，里面约有一百座钟楼；我曾和印度莫卧儿帝国国王以及波斯阿巴拉纳国王同桌进餐；我在太平洋的群岛上闯出一条新路，跟巴塔哥尼亚人打过仗；最后，在韦拉克鲁斯登岸，到了墨西哥又步行出发，只身横越无人知晓的大陆中心地带。四年来，我在草原上、在森林里徘徊，漫无目的，不辨方向，迷失在天底下，迷失在永恒中。前一会儿，还是无影无踪的。但是现在，我躺在地球上一个明确的地点，只需要一个等高仪便能测定它的经纬度；在墨西哥以北，这是明确的；有几千古里呢？偏东还是偏西？睡在对岸的人知道我此刻在什么地方。

天蒙蒙亮,我脱去衣服,随同被子一起塞进野牛皮口袋。我把口袋拴在背上,跳入水中;冰凉的河水冻得我喘不过气,但水流缓慢,不多时就游到了对岸。我用被子的一角擦身后,又穿上衣服。陌生人睡在一小堆灰烬旁边。这是个三十来岁的男人,浅褐色头发,乱草似的短胡子遮住了半个脸。我坐在他旁边等着。

他睁开眼睛,惊奇地望我。

"您怎么到这里的?"

"我从河上过来的。"

他脸一亮:

"您有小船?"

"不。我游过来的。"

他掀开被子,一跃而起:

"您一个人?"

"一个人。"

"您也迷路了?"

"我不可能迷路,"我说,"我哪儿也不去。"

他手撩蓬乱的头发,显得迷惑不解。

"我可是迷路了,"他突然说,"同伴跟我走散了,或者是把我甩了。我们从伊利湖出发,沿一条河上溯,走到了源头;一个印第安人告诉我说,在那里可以找到一条分水道,引向大河;我和另外两人一起去找的;我们找到了,沿着往前走;但是,三天后的一个早晨,我醒来,发现只剩自己一个人;我想他们走在我前头了;我一直走到这里,一个人也没碰见。"

他做了一个鬼脸。

"所有的干粮都由他们带着。"

"那您应该回头走,"我说。

"不错。但那两个人要是候着我呢？我怕他们耍阴谋。"

他对我笑了笑。

"昨天夜里,我一眼看见您的火光,有多么高兴！这条河您熟悉吗？"

"我第一次看到。"

"啊！"他满脸失望的神情。

他瞧一眼黄浊的河水,河水曲曲折折淌过沼泽地。

"它从东北往西南流,毫无疑问是朝弗米利恩海①去的,不是吗？"

"我不知道,"我说。

我也瞧着这条河;突然,它不再只是一条水声湫湫的河流,也是一条道路,通往某地的一条道路。

"您到哪儿去？"我说。

"我找寻去中国的道路,"这位旅行家对我说,"如果这条河真是把几条湖引向海洋的,我一定会找到。"

他对我笑一笑。一个人居然会对我笑,这在我看来是件稀奇事儿。

"您呢？"他说,"您从哪儿来？"

"从墨西哥来。"

"走来的？一个人？"他惊异地说。

"是的。"

他望我一眼,露出一种贪馋的神情:

"您吃些什么呢？"

我略一迟疑:

"我隔一些日子杀一头野牛,印第安人给我一些玉米。"

"我已经三天没有吃了,"他快活地说。

---

① Vermilion Sea,即今日的加利福尼亚湾。

一时大家没有出声。他在等待。

"很抱歉,"我说,"我没有干粮。有时我一两个星期不吃一点食物:这是一个密咒,我从西藏活佛那里学来的。"

"啊!"

他微微地抿了抿嘴,脸孔挂了下来,接着又勉强笑了笑。

"快把那个密咒传给我,"他说。

"这要好几年工夫,"我立刻说。

他向四下张望,开始默默卷被子。

"这里没有飞禽走兽可以打的吗?"我问。

"没有,"他说,"走上一天才看见草原,而且也烧了。"

他在地上铺开一张牛皮,开始剪几块做印第安鞋。

"我要设法找着我的同伴,"他说。

"找不着呢?"

"听老天爷的安排了。"

我的话他没相信,他以为我不愿把干粮分他一点。我可是真乐意能给他一些吃的,来换取他的微笑。

"从这里走上五天,我知道有一个印第安村子,"我说,"您在那里肯定可以找到玉米。"

"五天,"他说。

"这样您要耽搁十天。但是我们两人可以弄来一大堆玉米,够您吃上好几个星期。"

"您跟我一起去蒙特利尔吗?"

"为什么不去呢?"我说。

"那么一起快走吧,"他说。

我们又游过那条河,水比黎明时温和一些。整个白天,我们在沼泽地上走;我的旅伴看来非常疲劳,话也少了。他还是告诉我说,他叫皮埃尔·卡利埃,生在圣马洛,自幼立志要做个伟大的探险家。为了到蒙特利尔组织一次探险旅行,他变卖了家产。他花了五年时间,实地考察了通过圣劳伦斯河跟大西洋连接的所有大湖泊,希望从那里找到一条通往弗米利恩海的道路。他几乎身无分文,他的政府又不给他一点资助,因为政府希望法国移民都定居在加拿大,不要迷失在未经勘测的内陆地带。

第二天,我们到了大草原①。这里也一样给印第安人烧了——这是狩猎季节。我们一路上遇到野牛的尸骨,地上看到它们的踪迹,但是我们知道,方圆十古里内已不存在一头活的野兽。卡利埃一句话也没了,他已筋疲力尽。夜里,我撞见他在啃野牛皮,他每天要在上面剪几块鞋料。

"您真的没有吃的给我吗?"一天早晨他问我说。

"您可以搜我的背包,"我说,"我什么也没有。"

"我没法再跟您往下走了,"他说。

他直挺挺躺在地上,两手托住后颈,闭上眼睛。

"您等着我,"我说,"我四天后回来。"

我把满满一壶水放在他伸手可取的地方,大踏步走了。我毫不困难地找到了老路:沼泽地上留着我的脚印,草原上我踩倒的草使我的行踪清晰可辨。我一刻不停走到黑夜,第二天清早又继续赶路。两天内我到了村子。村子是空的,印第安人全体外出打猎去了。但是在一个洞窟内,我找到了玉米和肉。

"慢一点,"我说,"慢一点。"

他捧着肉狼吞虎咽。他的眼睛发亮了。

"您不吃吗?"他说。

---

① La Prairie,加拿大西南部的草原区,介于落基山脉与大湖区之间。

"我不饿。"

他微微一笑：

"吃起来真香。"

我也向他微笑。突然我有一种欲望，要做这个会饿会吃的人，要做这个一心在找寻通往中国道路的人。

"现在，您做什么？"我说。

"我回蒙特利尔。我去筹款组织一次新的探险旅行。"

"我有钱，"我说。

我的背囊里有几件珍宝、几块金锭。

"您是魔鬼吧？"他快活地对我说。

"那又怎么样？"

"我心甘情愿把灵魂卖给您，换取通往中国的道路。下一世的生命我不操心，我有这一世的已够了！"

他的声音充满了热情，欲望又一次在撕我的心。我想："我还会变成一个活人吗？"

"我不是魔鬼，"我说。

"那您是谁？"

有一句话涌上我的嘴边："什么人都不是。"但是他看着我，询问我。我救过他的命。对他来说，我是存在的。我感到心头有一种早已忘却的灼痛，我原有的生命又在我的周围形成了。

"以后再告诉您我是谁，"我说。

双桨悠悠拍着水面，小船在蛇行斗折的河上荡漾。卡利埃坐在我旁边，膝上摊一本航海日记，里面记录他每天遇到的事物；他在写，我在抽烟，这是我从印第安人那里学来的习惯。卡利埃隔会儿抬起头，望着野谷丛生的田野、林木处处的大草原；有时一声长鸣，从岸边飞起一只禽鸟。空气是温和的,太阳开始在空中斜了。

"我喜欢这个时刻,"他说。

"你每个时刻都这样说。"

他笑了:

"我喜欢这个季节,我喜欢这块地方。"

他又埋头写了起来,他把树、鸟、天空的颜色、鱼的形状都一一记录下来。这一切对他都是重要的。在他的本子里,每天都有特殊的面貌;他怀着好奇心,期待着抵达河湾前一路上的历险;对我来说,有河流必有河湾,就像其他河流一样,河湾外伸展一片海洋,海洋过了又是其他的土地、其他的海洋;地球是圆的。我一度也相信地球是无限的,离开弗利辛恩时,还希望能以永生的精力去开拓这个无限的地球;我曾经喜欢站在山巅上,脚下是一片云海,通过一条云隙窥测一块金黄色平原;我曾经喜欢从山口俯视一个新的峡谷,钻进两旁是峭壁的隧道,登上人迹不至的小岛;但是现在,我知道每座山后面,都有一个峡谷,每个峡谷都有一个隧道,每个洞穴都有岩壁;地球是圆的,是单调的:四个季节、七种颜色、一块天空、水、植物、一块时而平坦时而凹凸的地面;到处是同样的厌倦。

"东北,西南,"卡利埃说,"方向没有变。"

他合上本子。

"这是一次散步。"

我们从蒙特利尔选来了几个可靠的人,装满六只小船的货物、衣服和工具;一个多月了,我们已经越过当初相遇的地方,途中毫无阻碍,旅行还在继续。大草原给我们提供了大量的野牛、鹿、麋、火鸡和鹌鹑。

"我们发现河口后,我就沿着去找源头,"他说,"河流与湖泊之间总有一条水道相通的!"

他望着我,神情有点不安:

"你不相信有一条水道吗?"

他每天晚上都要把这几句话说上一遍,每次说时怀着同样的激情。

"我为什么要不相信?"我说。

"我们租条船怎么样?一起去中国。"

他的脸色一沉:

"我不愿意有人在我之前从这条路走到中国。"

我吸了一口烟斗,从鼻孔里喷出一缕烟。我徒然与他共同生活,徒然试图以他的未来作为我的未来;我不可能是他。他的期望,他的难以消除的不安,对我就像这个特有的温暖时刻一样,引不起我的共鸣。他把手放在我的肩上。

"你在想什么?"他语气温和地说。

三个世纪来,没有一个男人把手放到过我的肩上,自从卡特琳去世后,没有人问过我:"你在想什么?"他对我说话的口气,仿佛我是他的同类,这使我觉得他是那么可亲。

"我愿意处于你的地位,"我说。

"你?"他说,"处于我的地位?"

他笑着向我伸出手来。

"让我们交换。"

"唉!"我说。

"啊!"他激动地说,"我多么愿意长生不老!"

"以前我也这样想,"我说。

"那样我肯定会找到去中国的道路;我可以走遍地球上所有的河流,画一张包括所有大陆的地图。"

"不,"我说,"你不久就会对中国不感兴趣,你会对一切不感兴趣,因为你是孤零零一个人在世界上。"

"你在世界上是孤零零一个人吗?"他带着责备的口吻对我说。

他的脸、他的动作都有一种男性的气概,但是他的声音、他的眼神时而流露一种女性的妩媚。

"不,"我说,"现在不是了。"

远处,大草原上,一头野兽发出一声吼叫。

"我从来没有朋友,"我说,"人家总是把我当做外人或者死人看待。"

"我是你的朋友,"他说。

好一会儿,我们默默无言,倾听着水面上轻柔的橹桨声;河流迂回曲折,因此从早晨以来,我们没走上多长一段路。卡利埃突然站起来,叫道:

"一个村子!"

炊烟袅袅升向空中,不久我们瞥见隐在一个树丛后面,有一些摇篮形状的草屋,上面盖了草席。几个印第安人站在海边,尖声怪叫,舞动手里的长弓。

"别出声,"卡利埃命令说。

我们继续划桨,不说一句话。卡利埃打开包,里面装了货物:布帛、螺钿项链、针和剪子,是准备跟土著进行交易的。已经有几条独木舟挡住我们的水路。卡利埃挥动手里一条彩色头巾,开始向印第安人讲话,声音是温和的,讲的是他们的语言。我不懂他们说些什么;好久以来,我觉得一切努力都是徒劳的,一直没有用心去学习野蛮人的土话。立刻,印第安人叫声停止了,他们做手势要我们靠岸,并朝着我们走过来,毫无敌意的表示。他们穿着箭猪毛镶边彩色鹿皮。我们上岸系船缆时,他们还在商量。最后,其中一个人走近卡利埃,向他滔滔不绝说了起来。

"他要带我们到头领那里去,"卡利埃说,"我们跟他去。但是不论说什么,别离开你们的枪支。"

头领坐在村庄广场中央的一张草席上。他的两耳各挂十六个精巧的贝壳,鼻孔也挂了几个。他的面前放了两个石臼,装满烟叶,他吸一只有羽毛装饰的长烟斗。他取下嘴上的烟斗,做手势要我们坐。卡利埃把事前准备的礼物放到他面前,头领善意地笑笑。他们开始交谈。船上一个水手低声把他们的话译给我听。卡利埃说他要顺流而下到海口去,头领显得很不满意这项计划;他对卡利埃说,他不久就会遇到另一条无法越过的河,因为湍急的瀑布挡住了去路,河面上礁岩罗列,随水汹涌而来的树干把河道堵得死死的;岸上住着十分野蛮的部落,他们会用斧子砍我们。卡利埃坚定地说,没有东西可以阻止他继续前进。头领又开始长篇大论说了起来,卡利埃用同样坚定的态度表示不同的意见。最后,头领淡淡一笑,说:

"我们明天再谈。夜静主意多。"

他拍拍手,仆从带来几大盆米、熟肉、玉米,放在地上。我们一言不发,端起涂釉陶瓷碗就吃;仆从捧了几个盛满酒精饮料的瓢在我们中间轮流转,但是,我发现头领没有把他的长烟斗递给我们抽[①]。

宴席将散时,几个印第安人开始敲鼓,猛摇装满卵石的葫芦。立刻,所有人挥动战斧跳舞。头领喊了几声,两个人从一间茅屋出来,肩上扛了一条活鳄鱼,但从头至尾都用细绳捆住。这时,音乐与舞蹈更加激烈急速。我看到这些印第安人把鳄鱼绑在一根大柱子上,十分惊讶;柱子涂成红色的,竖在广场的另一端。头领站起,庄重地走近去,从腰间拔出一把刀子,抠出鳄鱼的眼珠,然后走回来坐下。战士厉声高喊,开始一条条割下活鳄鱼身上的肉。然后又拿起弓箭朝

---

① 按印第安人习俗,主人向客人敬烟斗,表示善意与和平。

它身上射去。卡利埃和船上的人脸无血色。印第安头领照样吸他的烟斗,泰然自若。

我举起仆从递给我的瓢,喝了一大口。我听到卡利埃的声音命令说:"不要喝。"但是所有人都喝了。而他,他仅仅润了润嘴唇。头领向他吆喝几声,他只是笑笑。瓢又递回到我面前时,我大口大口地喝。鼓声,印第安人的嚎叫声,他们疯狂的舞蹈,我刚才亲眼目睹的奇怪场面,以及我咽下去的辛辣的液体,使我的血液也变了颜色。我好似变成了一个印第安人。他们跳着舞;隔了一会儿,他们中间走出一个人,挥舞战斧,去砍绑鳄鱼的红柱子,又大声歌颂他完成的伟绩。我又喝了一口。我的脑袋是一只装满卵石的葫芦,我的血沸腾了。我是一个印第安人。出世以来,我就对着这条河流的河滩沉思,可怕的刺花文身的神统治着我的天空,鼓声的节奏和兄弟们的尖叫塞满了我的心;总有一天,我朝着一个有舞蹈、有盛宴、有血腥胜利的天堂走去……

当我睁开眼睛,我裹在被窝里,在村子的前头,就在我们系船的地方。我头痛得厉害。我望着黄浊的河水;在我周围,空气是淡的,是熟悉的。我想:"我永远做不成印第安人。我生命的味道永远不会改变。"总是同样的过去,同样的经历,同样的推理思考,同样的厌倦。一千年,一万年。我永远离不了我自己。我望着黄浊的河水,突然跳了起来:船不在啦!

我朝卡利埃跑去。他睡着了。所有人都睡着了,他们的枪支放在身边。无疑,印第安人怕跟白人开战,才迟疑不决没杀我们;但是,他们趁黑夜把我们的船缆解了。我把手按在我的朋友肩上。他睁开眼睛,我向他指指空无一物的河面。

我们整天在一群灰心丧气的水手中间,讨论还有什么得救的机会。攻击印第安人,夺取他们的独木舟和粮食,这是办不到的,他们人数太多了。用斧子刨树干做独木舟,继续往下流驶去,又过于冒险:前面几个村子无疑抱有敌意,我们已经没有货物来换取粮食;如果我们遇到湍流,还需要几艘结实的船。

"只有一个办法,"我说,"我们动手建一个要塞,保护自己对付印第安人的袭击。我们储存一些腊肉熏鱼过冬。同时,我往回走到蒙特利尔,河面一开,我就带着船、粮食、枪支弹药和人回来。"

"蒙特利尔离此地一千六百古里,"卡利埃说。

"我三四个月也可走完了。"

"冬天会把你困在半途。"

"我能在雪地上赶路。"

他低下头,沉吟良久。当他抬起头时,脸色阴郁。

"我自己去蒙特利尔,"他说。

"不行,"我说。

"我也走得快,我也能在雪地上赶路。"

"你也可能死在路上,"我说,"那些人怎么办?"

他站起身,双手插在口袋里。他喉间有样东西在哽动。有过这么一天,有一个人站在我面前,带着这样的眼神和哽动的喉结。

"这话说得有理,"他简单地说。

他转过身,走了几步,并用脚尖踢一块石头。我想起来了:是安托纳,他曾用这样的眼神望过我。

"你们看!"我对船上的伙伴大声说,"卡利埃要塞!"

他们停住木桨不划了。要塞矗立在第二道河湾后面,直线距离只有几寻远。这是一个坚固的建筑物,用粗大的红木树干搭成,周围再加三道木栅栏。附近看不到一个人影。我立在船头喊:"喂!喂!"我不停地喊,直到靠岸。我跳上长满嫩草春花的岸边,朝着要塞奔去。

在第一道寨门前,卡利埃倚着枪支在等我。我抓住他的肩膀叫道:

"又看到你我多么高兴!"

"我也是,"他说。

他没有笑容。脸孔苍白浮肿;他老多了。

我指一指八艘装了粮食、枪支弹药、货物的船:

"看!"

"我看见了,"他说,"谢谢。"

他推开门,我跟了他走进要塞内部。这是一间天花板很低的大房间,地上是夯土。有一个人躺在角落里,下面垫的是干草和兽皮。

"其余人呢?"

"其余两个人上房顶了。他们瞭望大草原。"

"其余两个人?"

"是两个人,"他说。

"发生什么事了?"我问。

"坏血病,"他说,"死了十三人。这个人或许有救:春天了,我给他喝白云杉煎的汤,我就是这样治好的。我自己也差点儿死去。"

他望我一眼,好像终于看见我了。

"你来得正是时候。"

"我带来了一些新鲜水果,"我说,"还有玉米。你来看。"

他走到那个人跟前:

"你什么都不要吗?"

"不要,"那个人说。

"我去给你拿水果,"卡利埃说。

他走在我后面,我们朝着小船走去。

"印第安人向你们进攻了吗?"

"第一个月进攻了三四次。但是我们把他们击退了。那时候我们人多。"

"后来呢?"

"后来?我们瞒住伤亡人数,不让他们知道。我们趁黑夜把死人埋掉,只是把他们埋在雪里,冻土太硬,没法挖坑。"

他的目光在远处游移。

"开春后,得把他们重新埋了。我们那时只剩下五个人,我的膝盖开始肿了。"

我的水手已把船只系住,向要塞走了过来,箱子、袋子把他们的身子压成两截。

"你认为印第安人会挡住我们不让过去吗?"我问。

"不会,"卡利埃说,"印第安人离开村子已两个星期了。我相信大草原上发生了战争。"

"船员体力稍稍恢复后咱们就动身,"我说,"只三四天工夫。"

我指指船:

"这些船又结实又漂亮,我们经得住湍流。"

他点点头:

"这很好!"

接着几天,我们做好动身的准备。我注意到卡利埃对我旅途的事几乎一句也没问。他对我讲他在要塞度过的严冬:为了向印第安人隐瞒自己这方的兵力,他逼迫所有强壮的人不停地玩弄诈术,让他们跑出要塞,装着追他们,好像他们违反了他的命令。他谈起这些事口吻轻快,但是不带一丝笑容。简直可以说他再也不会笑了。

一个五月晴朗的早晨,我们上船了。那个病人开始好转,我们小心翼翼地把他放在小艇里。我们平安无事地驶过印第安村子,村里只留了几个老人和妇女,白天又变得缓慢而单调,随着橹桨的节奏悄然逝去。

"河还是从东北流向西南,"我对卡利埃说。

他脸上容光焕发:

"不错。"

"将来有一天,沿着这条河会出现要塞和商行,"我说,"在卡利埃要塞的地方,将有一座以你的名字命名的城市。"

"将来有一天,"他说,"我已不在了,看不着了。"

"那又怎么样?"我说,"你完成了你愿意完成的事业。"

他望着黄浊的河水、野花烂漫的大草原,树梢已萌出了新绿。

"从前我也这样想的,"他说。

"现在呢?"

"现在,想到你会看到这些东西,我看不到,我就受不了,"他激动地说。

我的心揪紧了。

"果然来了,"我想,"跟他也逃不出这一条。"

我于是说:

"其他人会看到的。"

"但是他们看不到我看到的东西。将来有一天,他们也会死去:天命如此。我不羡慕他们。"

"你也不应该羡慕我,"我说。

我望着泥浊的河流、平坦的草原。有时,我觉得这块大地只属于我一个人的,任何哪个过路旅客都无法与我抗衡;但是有时,看到他们凝视这块大地时怀着那么深邃的感情,我又觉得大地只是对我一个人既没有声音,又没有表情。我与大地朝夕相处,却又与它格格不入。

白天逐渐热了,河面宽阔了。一星期后,河面变得像湖那样浩渺,我们看到它与另一条河汇合,清清的河水从我们右侧汹涌地流到我们左侧。

"大河!"我说,"就是这条河。"

"是的,"卡利埃说。

他不安地凝望着河流。

"它从北往南流。"

"再过去一点它会改变方向的。"

"不可能,我们只处于海拔二百米。"

"再等等,"我说,"事情还不清楚。"

我们继续赶路。三天来,黄水清水并行流着,泾渭分明。后来,我们这条河终于消失在大草原中间蜿蜒曲折的清水大泽中了。我们找到了大河,不可能再怀疑了。并没有林立的礁石、挡道的瀑布,但是它是从北往南流的。

整整一个早晨,卡利埃坐在岸上,眼睛盯着天涯,河水挟着树干枝条朝天涯流去。我把手放在他的肩上。

"这不是通往中国的道路。但这是一条大河,还没有人知道它的存在。哥伦布一心要到印度去,无意中撞见了一个新世界。"

"我才不把这条河看在眼里,"卡利埃说话的声音低沉,"我要找的是那条路。我们只有重新北上往蒙特利尔去。"

"真是疯了!"我说,"我们顺流淌到河口。以后你再去找那条路吧。"

"但是它并不存在,"卡利埃满心失望,"湖的北面已经勘探过了,毫无结果。大河是最后的机会。"

"要是不存在,又何必为找不到而失望呢?"

他耸耸肩膀。

"你不理解。我从十五岁起,就发誓要找到那条路。在圣马洛,我买了一件中国长袍,放在蒙特利尔。我原来打算穿上它往中国去。"

我一声不出。我确实也不理解。我最后说：

"假若——我也相信是这样的——你刚才发现的那条大河从北往南贯通大陆,这将使你跟发现通往中国的道路一样名扬天下。"

"我才不在乎名扬天下,"他气冲冲地说。

"你将为人类做出同样大的贡献。至于中国,他们从老路去那里,照样过得不错。"

"没有这条河,他们也过得不错。"

他整天坐在岸边,茶饭不思。我耐心开导他,第二天早晨,他同意继续勘探。

日子过去了。我们遇到一个塞满淤泥的河口,河水推动巨大的树干顺流而下;我们的船夫费了大劲才没被树干缠住,因为水在汇合时形成一个旋涡,把我们的船卷了进去;我们还是把船拉了出来。几古里地外,我们瞥见一个村子;我们已经把枪抓在手里,这时头一艘船上的掌舵对我们叫道:

"都烧光了!"

我们沿着岸航行。大多数小屋都成了一堆灰烬;广场上,缺腿断臂、身首异处的尸体还绑在木柱上,另有一些尸体堆在一间窝棚内。在河边,我们发现几颗去骨涂香料的头颅,像拳头那么大。接着几天,我们遇到的村子都遭到类似的破坏。

河身宽了;温度增高了,草木都是南方的品种,船上的人用枪射杀鳄鱼。再往远去,河边的沼泽地盖上一层芦苇,中间零零落落地立着一簇簇山杨;有一天,我们看到一只螃蟹陷在泥土里。我俯下身,迅速捧了水凑到嘴边尝,水是咸的。

离那儿几寻路远,河流分为三道,经过一番犹豫后,我们驶入中间那条;有两个小时,我们在低矮的小岛、沙洲和芦苇的迷宫中航行;突然船上所有的人都站了起来,高声欢叫:我们出海了。

"你不感到幸福吗?"我对卡利埃说。

水手准备扎营过夜。他们把白天宰好的火鸡放在火上烤,他们欢笑歌唱。

"我的等高仪坏了,"卡利埃说,"我没法测出经度。"

"那有什么关系?"我说,"我们会再来的。我们会乘着一艘真正的大船从海路回来。"

他脸上仍然郁郁不乐。

"这是一个伟大的发现,"我说。

"你的发现,"他说。

"什么?"

"是你在大草原救了我。是你到蒙特利尔去找援助,是你说服我继续往下走。没有你,我到不了这里。"

"没有你,我也到不了这里,"我轻轻说。

我点上烟斗,在他身旁坐下。我望着海:总是同样的海,同样的海涛声,同样的气味。他在航海日记上写了几个数字,我从他肩上瞟了一眼。

"为什么你好多天什么也没写?"我问。

他耸耸肩膀。

"为什么?"

"你那时嘲笑我!"

"我那时嘲笑你?"

"啊!你一句话没说,但是我看了你的目光就明白了。"

他往后一仰,躺在地上,眼望着天空。

"在你的目光下过日子真是可怕。你从那么远看着我;你从我死亡的那一头看过来的;对你说来,我是一个死人;那个死人,一六五一年是三十岁,找寻通往中国的道路,没有找到,却发现了一条没有他别人不久也会发现的大河。"

他怨恨地加上一句:

"如果你那时愿意,没有我你也会发现的。"

"但是我不可能愿意的,"我说。

"而我,为什么我就愿意了呢?你不感兴趣的东西,为什么我要感兴趣呢?为什么我会高兴呢?我不是个孩子。"

我心中充满了浓雾。

"你要我们分手吗?"我说。

他没有回答,我忧伤地想:"我若离开他,又到哪儿去呢?"他最后说:

"太晚了。"

我们重上蒙特利尔。第二年春天,我们租了一艘船,沿大陆顺流而下,绕过佛罗里达,开始靠着一条海岸航行,海岸的纬度是卡利埃在大河入口测得的纬度;可惜,我们无从知道海湾的经度,而沿海地带又浓雾茫茫,不见一物,我们驾着船,又慢又谨慎,尽量靠岸行驶,生怕撞上了礁石。

"你们看!"一个水手喊。

这个人也参加过前一次探险旅行。他指着隐在乳白色浓雾中看不真切的海岸。

"你们看不见吗?"

卡利埃两手撑在甲板栏杆上,紧盯前方。

"我看到一块沙滩,"他说。

我窥见芦苇、布满砾石的地岬。

"水!"卡利埃说,"我看到水啦!"

他叫道:

"放条小船下去！"

一会儿以后，我们猛力朝海岸划去。在迷宫似的小岛与沙洲之间，一条黄浊的大河通过一个几古里宽的海口投入大海。我们往回向三桅船划，深信已经找到我们一直找寻的那个海湾。

我们的目的是沿着河流及其支流上溯，直到我当初遇见卡利埃的分水道；我们将在那里建一个要塞，备上一个冬天的水果与蔬菜，再留下几个人看船，然后我们乘小船回蒙特利尔，向公众宣布我们的发现。我们毫不怀疑，到了那时自会有人援助我们设商行，考察大河源头，找寻一条水道，甚至挖几条运河，通过湖泊把这条河与圣劳伦斯河接通。不久，城市就会一个接一个兴起：新大陆从此开放了。

三桅船掉转头，慢慢朝着最宽的航道驶去，一条小船在前导航，大船在咆哮的湍流激荡下起伏摇摆。正要驶入航道时，一声闷响，船在岸边搁浅了。

"砍桅杆！"卡利埃大喊。

没有人应声而动。破船前簸后颠，险象环生；桅杆大摇大晃，吱吱嘎嘎，又重又吓人。我抓起一把斧子就砍。卡利埃也操起一把斧子砍了起来。两根桅杆折断了，发出轰隆的响声。但是三桅船还是一个劲儿往水里沉。我们解下小船，拽到岸上。我们还抢出一包货物和若干粮食。但是，两小时后，船整个沉没了。

"我们可以乘小船逆水而上，"我高兴地向卡利埃说，"一艘船算什么？你的发现值一大笔财富。今后愿意，你要二十艘也有。"

"我知道，"他说。

他对海望了一眼，有一条蓝线把海水与含泥沙的湍流分开。

"我们不能往后退了，"他说。

"我们为什么要往后退呢？"我说。

"你说得对，"他说。

他携了我的胳臂,一起去找寻一块干地扎帐篷。

第二天上午,我们猎野牛、钓鳟鱼。然后,我们叫水手分坐四条小船,开始逆水而上。河流两岸伸展着单调的平原。卡利埃若有所思的样子。

"这里景色你认出来了吗?"他问我说。

"好像眼熟。"

岸上是同样高高的芦苇,秆上挂了淡绿的穗儿,远处是相同的草、爬行的葡萄藤、一丛丛山杨;鳄鱼睡在温暖的泥土里。

我们不停地划了四天,第五天下午,瞥见一个村子,房屋用黏土盖的,矮矮的没有窗子,正面开了一扇方形大门。我认不出来。河岸上,有几个印第安人挥动双手,做出友好的姿态。他们腰际缠一块白布,系一根有两个大搭扣的腰带。

"以前,从这个港湾不走上两个星期是看不见村子的,"卡利埃说。

我们上岸。部落领袖在皮盾牌装饰的茅屋里友好地接待了我们;虽然户外阳光灿烂,但这间无窗的茅屋要用芦苇盘成的火把照明。卡利埃问领袖这条河叫什么名字,他回答说他们叫它红河;他还问这个区域内是不是还有一条大河,领袖说再往东去,还有一条河,比任何有名的河更宽更长。我们向他赠送礼物:一包针、一把锥子、一把剪刀和一块布;作为交换,他赠我们大量玉米、干果、盐、火鸡和母鸡。

我们抽完和平烟斗、辞别领袖出来后,卡利埃对我说:

"现在,我们干什么?"

"应该找到那条河,"我说。

他低下头。我略一思索,说:

"那条河我去找。找到后我回来再领你们去。这里土地富饶,这些印第安人对我们也表示了好意,你们可以在这里等我,要多久就多久。"

"我和你一起去,"卡利埃说。

"不行,"我说,"这条河远着呢。我们既不知道地理,也不了解当地居民。我一个人能做的事,带了你就不一定能做了。"

"我和你一起去,否则我一个人去,"他语气坚决,"我要去。"

我望了他一眼。我几世纪前说过的一句话又到了我的嘴边:

"那么傲气!"

他笑了;我不喜欢这种笑。

"你为什么笑?"

"一个人在你身边生活,又要保持一点傲气,你以为办得到吗?"他说。

"让我一个人去吧,"我说。

"你不理解!"他说,"你一点不理解!我不能留在这里。要是我能守在一个地方不动,我就留在蒙特利尔了,我就留在圣马洛了;我就跟一个妻子、几个孩子住在一幢房子里,太太平平过日子。"

他抿了抿嘴。

"应该让我感到我活着,"他说,"即使为此死也甘心。"

接着几天,我说什么也说服不了他。他甚至连话也不回答。他准备了一袋干粮,检查了他的工具,还是他在一个早晨不耐烦地跟我说:

"咱们走吧。"

我们装备沉重。我们带了几张野牛皮,可以每天早晨做上几只印第安鞋,因为走一天就要磨破一双;我们带了一支枪、弹药、皮褥子、渡河用的野牛皮筏和每人两个月的干粮。不错过河流的最好方法,是遵循野兽的足迹走,这是印第安人向我们提出的忠告,于是我们沿着一条由野牛踩出的路前进。我们默默赶路,我很高兴走路有一个目标。自从我和卡利埃结伴以来,在我面前总有一个目标,一个引我走向未来、一个背后隐藏着未来的目标;这个未来愈是难以到达,我愈感觉我的现在安全可靠。大河显然非常难以到达,每个时刻都是丰满充实的。

快要一星期时,天开始下雨了;我们穿越一个草原,双手被又粗又高的草扎破;浸透雨水的土地使我们举步维艰,入夜后,湿淋淋的树木又不易藏身;后来遇到一座森林,我们用斧子把野牛走过的一条小径拓宽,费力开出一条路;我们渡过许多小河。在通体一色灰濛濛的天幕下,这里像是一片荒漠;我们一路走来,没有惊动一只飞鸟、一只走兽。我们的干粮逐渐少了。

第一次望见一个村子时,我们悄没声儿地走近去。听得到粗野的欢叫声、隆隆的鼓声。我挨在树后钻过去,看到广场上有几个印第安人围着另一些上绑的印第安人跳舞。草原上不断发生战争。从这以后,我们小心回避村子。有一次,我们看到一队印第安人,朝着一个敌对的部落冲锋,嘴里发出野兽般的吼叫;我们爬上树顶躲了起来,才没有被他们发现。

雨下了三十五天,我们遇到二十多条水流。雨季将过时,刮起一场大风,把天空乌云一扫而光。路上方便不少。但是干粮只够维持两个星期了。我对卡利埃说:

"应该往回走了。"

"不,"他说。

他又恢复了本来面目;一张褐色年轻的脸,添了胡子显得更威严了,在柔软鬈曲的长发下又显得稚气;只是再也看不见他那无忧无虑、坚定不移的目光;现在他的目光一直是茫然无神的。

他轻描淡写地加了一句:

"雨停了。我们杀它几头野牛。"

"不见得每天杀一头吧,"我说。

在这块潮湿的天空下,没有一块肉可以保存二十四小时以上。

"我们会找到村子,买到些玉米。"

"现在在打仗,"我说。

"不会到处在打仗吧。"

我气愤地瞪了他一眼。

"你急于要死吗?"

"死在我是无所谓的,"他说。

"你若死了,你的发现也会随着你湮没无闻,"我说,"你别以为你的人会费心去找那条大河;我们把他们留在哪里,他们就会在哪里扎根,跟印第安人混在一起。"

我又说:

"我也不会去找。"

"这与我有什么相干呢?"卡利埃说。

他碰碰我的肩膀,他已经好久没有这种友好的举动了。

"你曾经劝过我说,中国的道路并不重要。大河也不那么重要。"

"咱们回去吧,"我说,"咱们去组织一个新的探险队。"

他摇头说:

"我已经没有这份耐心了。"

我们又赶路。我杀了一头麂、几只野鸡、几只鹌鹑,但是干粮日益减少。最后,当蓝色大河呈现在我们眼前时,我们还剩下三天粮食。

"你看,我到了,"卡利埃说。

他恶意地瞅着大河。

"是的,现在该回去了吧,"我说。

"我到了,"他重复说了一句。

他嘴上露出固执的笑容,仿佛跟谁耍了一个恶作剧。

我催他回去,他满不在乎地跟在我后面。他不说话,也什么都不看。第二天,我杀了一只火鸡;四天后,一头牝鹿;但是,接着一个星期,路上没有遇到一只猎物;粮食全部吃完了;我杀了一头野牛,烤了一长条里脊肉带着一起走;第三天又不得不把它扔了。

我们决定只要遇到村子,便去碰运气。一天早晨,我们看到一间茅屋,走近去,茅屋里没有冒出一丝炊烟,听不到半点声响。但是,我嗅到了气味——我们扔掉的肉的气味。荒凉的广场上堆了几百具尸体。茅屋是空的,藏玉米和肉的小间也是空的。

我们又走了两天,第三天早晨,当我提起口袋,卡利埃对我说:

"告别了,我留在这里。"

"我和你一起留下,"我说。

"不。让我一个人留下。"

"我不走,"我说。

我整天在草原上搜寻猎物。一头麋子在离我很远的地方溜跑了,我朝它开枪,没有打中。

"你为什么还回来?"卡利埃对我说。

"我不离开你。"

"你走吧,"他说,"我不愿意在你的目光下死去。"

我犹豫了:

"那好。我走。"

他望我一眼,满腹狐疑:

"真的吗?"

"真的。告别了。"

我走开去躺在一棵树背后。我想:"现在,我又会遇到什么呢?"若不是遇见他,我可能还要继续走上一百年、一千年。但是,遇见了他,我停了下来,不能再接着走了。我凝望月亮升入天空,突然听到寂静中一声枪响。我没有动。我想:"他此生是结束了。难道我永远没法离开自己、在身后留下几根白骨吗?"月亮森森发光,像我又喜又颤地钻出黑运河那夜一样森森发光,像它照着一堆断垣残壁时一样森森发光。那天晚上,一条狗对着死亡吠叫;我听到内心这声漫长的呻吟,它朝着这团凝滞的光华升去。这颗死亡的星辰永远不会消失。还有永远不会消失的是这种孤独和永恒的味道,这也是我的生命的味道。

"不错,总是这样结束的,"雷吉娜说。

她站起身,掸去沾在裙子上的小草。

"我们走一会儿。"

"也可以不这样结束,"福斯卡说,"这是他自己选择的。"

"总是这样结束的,"她说。

路通往树林中的一块空地,可以窥见空地深处一个村子的屋顶。他们默默地沿着这条路走。

"我不会有这样的勇气,"她说。

"这需要勇气?才差那么几年……"

"您真不知自己在说些什么。"

"什么时候愿意,生命就可以什么时候结束,知道了这点应该说是非常令人放心的,"福斯卡说,"没有什么是不可弥补的。"

"我愿意活下去,"雷吉娜说。

"我试过,"福斯卡说,"我走到卡利埃身边,拿起枪对准胸脯打了一枪,然后对着嘴又打了一枪。我头昏目眩了好一会儿。还是没有死掉。"

"那时您又做了些什么?"她说。

她不在乎他做了些什么,但是福斯卡说得有道理:只要他在说话,只要她在听他说话,什么问题都不会出现。应该不让这个故事结束。

"我朝着海边走去,直到在岸上遇见一个村子。头领同意收留我,我给自己盖了一间茅屋。我要变得跟这些赤身裸体在阳光下生活的人一样,我要忘掉自己。"

"您没做成吧?"

"许多年过去了;但是,当我重新找回自己的时候,总是还有那么多年要活。"

他们一直走到村子那儿;每扇门前都有屏障,窗是关闭的,没有一线亮光,没有一点声响。在"金太阳"这家店门口,有一条绿漆长木凳。他们坐了下来。听到百叶窗后有一个熟睡的人发出均匀的鼾声。

"还有呢?"雷吉娜说。

第四部分

我跑了起来,心跳得快要迸裂了;黄浊的水已经溢出河床,声如洪雷,向我汹涌滚来,我知道水珠溅到身上,遍体会长满黑色斑点,一下子化为灰烬。我跑着,几乎脚不沾地。山冈上,一个女人向我招手,那是卡特琳,她在等我。我一搭上她的手就有救了。但是,土地在我脚下陷落,这是一块沼泽地,我没法再跑;突然,大地开裂,我刚要举手喊:"卡特琳!"便给滚烫的泥浆吞没了。我想:"这次我不是在做梦,这次我终于真的死了。"

"先生!"

梦一下子又碎了。我睁开眼睛,看见床顶、窗子、玻璃后面的大枣树、在风中摇曳的树枝;这是天天如此的人间,以及它那浓淡分明的颜色、有棱有角的形式、顽固的习惯。

"马车来了,先生。"

"行。"

我闭上眼睛。我伸出一条手臂搁在眼皮上;我愿意再睡着,逃到别处去。不是要逃往另一个世界;如果真有另一个世界,那个世界也不会有什么两样;我爱我的梦,因为这些梦是在别处发生的。我沿着天空的另一边、时间的另一边,从一条神秘缝隙逃出去;那时什么事情都会发生,我便不是我自己了。我手臂更紧地压在脸上;绿影中跳动着几颗金色点子,但是我再也睡不着了。我听到花园里的风声、走廊上的脚步声;我侧耳倾听,每个声响都还是那个样子。我醒来了,又看到世界老老实实横卧在天底下,而我横卧在世界的中央,嘴里沾着我生命的这种味道,永远不会消失。我恨恨地想:"他把我唤醒干吗?他们把我唤醒干吗?"

这是二十年前。那时,我长期生活在印第安人村子里。阳光灼伤了我的皮肤,像一张陈旧的蛇皮,从我身上蜕下来;在我新生的肌肤上,一个巫师刺上一些神圣的花纹;我吃他们的食物,唱他们的战歌;许多女人先后在我屋顶下住过;她们皮肤是棕色的,心是热的,人是温柔的。我躺在一张草席上,望着沙地上撑开的棕榈树树影;不到一尺的地方,有一块巨石,在阳光下发亮;树影要碰上石块了;我知道待会儿,树影要碰上石块了,可是我没有看到树影移动;我每天窥伺树影,但从来不曾撞见过。棕榈树影的尖梢已不完全在原来那个地方,可是它没有显出移动过的样子。我可以花几年、几世纪,去望着棕榈树影偷偷地云集在树根上,又偷偷地延伸开去;可能我可以使自己完全消失:太阳、海、阳光下的棕榈树影还留在人间,而我已不存在了。但是,恰在石块颜色变灰的那一瞬间,他们出现了,他们说:"跟我们一起走吧。"他们挟了我的手臂,推我上了他们的船,拿他们的衣服往我身上套,把我送到旧大陆岸边一放。现在,那边是邦帕尔,站在门框里说:

"要不要叫人卸马?"

我一臂撑起身子:

"你就不能让我静静躺会儿吗?"

"您要人七点钟来车的。"

我跳下床,知道再也没法睡了。他们唤醒我,现在一分钟接一分钟,问题层出不穷。我们做什么?我们到哪儿去?不论我做什么,不论我到哪儿,我是无处不在的。

我一边扶正我的假发,一边问:

"我们上哪儿?"

"您原来打算上德·蒙泰松夫人家。"

"你就提不出更有趣的玩意儿了吗?"

"德·马斯那克伯爵抱怨说,在他家的宴席上见不着您了。"

"他永远别想见着了,"我说。

我这个人曾在里维尔、罗马、根特的街头,听到过被扼杀的孩子、被奸淫的妇女的惨叫声,哪里还会对他们这种文质彬彬的纵酒宴乐感兴趣……

"找些别的事干……"

"您觉得什么都无聊,"他说。

"唔!这个城市叫人憋得慌,"我说。

当我肩上挎了满满一袋子金锭钻石走进巴黎的时候,我觉得这座城市大得看不到边。但是现在,我游遍了全城的酒馆、剧院、沙龙、广场和花园。我知道只要稍有耐心,就可以把居民的名字一个个说出来。发生的事没有一件不在意料之中,这些暗杀、殴斗、行刺,警察局竟还为此建立什么统计表呢。

"巴黎没有东西值得您留恋的啰,"邦帕尔说。

"这个世界就叫人憋得慌,"我说。

从前有一天,我也觉得世界大得看不到边。我记起来了。我站在一座山冈上,想:"那边是海,海的另一边,是其他陆地,绵延不断。"现在,不但我知道这个星球是圆的,他们还测出了它的圆周,正在确定赤道与两极的曲度,给地球立了一张详细的清单,竭力把它分成小块地区;他们不久前绘了一张地图,把法国描得毫发不爽,没有一个村子、没有一条小溪不标在上面。还要出门干什么呢?一步还没走,旅程已经结束了。人们给地球各地生长的动植物分门别类,数量真是少得可怜;寥寥无几的田野、颜色、味道、香气、脸孔,徒然演变繁衍,也总是不离其本。

"您上月球去吧,"邦帕尔说。

"这是我唯一的希望,"我说,"应该把天捅破。"

我们走下台阶,对马车夫说:

"上蒙泰松公馆。"

进入客厅前,我在门厅停留片刻,站在镜子前,不无嘲讽地注视着自己;我穿了一件杏黄绣金丝绒外衣:二十年了,我也没能习惯这套装束,在白色假发覆盖下,我的脸显得古里古怪。他们穿着这身奇装异服倒是十分自在;他们瘦小娇弱,若是在卡莫纳或查理五世的宫廷里会显得寒碜;女人头发上粉扑得雪白,颧骨上贴了这种火辣辣的红片子,丑不堪言;男人脸上的肉抽动不已,叫我难受:他们微笑时,眼睛眯成一条缝,鼻子缩成一团;他们一刻不停地说说笑笑。我从门厅就听到他们的笑声。在我那个时代,逗人玩乐是弄臣干的事儿。我们也放声大笑,但是一个晚上不会超过四五次,即使天性快活的马拉泰斯塔也是如此:我走进门,看到他们脸孔凝住了,没有一丝笑容,感到很满意。除了邦帕尔以外,没有人知道我的秘密,但是我使他们害怕。这些男人中有许多被我弄得倾家荡产,这些女人中有许多受过我的侮弄;每次决斗,我都把对手杀死;从而我成了一个传奇人物。

我走近女主人的椅子,她身边围了一圈人;这是一个讨厌、天性愉快的老妇人,有时说话很风趣;她还算喜欢我,因为她说我是她认识的心眼儿最坏的男人。这时可别想去跟她谈话。年老的达米埃和年轻的里歇正在讨论;他们讨论成见在人生中的作用;里歇维护理性的权利。我厌恶那些老年人,他们觉得活的这一辈子,像一块大蛋糕那样圆而丰满。我厌恶那些青年人,他们觉得前途无量;我厌恶所有人

脸上流露的这种兴奋聪明的神气。只有蒙泰松夫人不动声色地听争论,一边用针扎她手中的挂毯。我出其不意地说:

"你们两个都错了。理性和成见对人类都没有用处。没有东西对人类是有用的,因为人类自己也不知道怎么样才好。"

"您这人说这话,倒是再恰当也没了,"玛丽亚纳·德·辛克莱轻蔑地说。

这个少女身材高大,颇有姿色,是德·蒙泰松夫人跟前的朗读女伴。

"人给自己和别人创造幸福,"里歇说。

我耸耸肩膀:

"人永远不会幸福。"

"他们变得理智的那天就会幸福,"他说。

"他们甚至连幸福也不希望,"我说,"他们只要求消磨时光,最后让时光把他们消磨掉就满意了。你们这些人就是在这里,说些豪言壮语,自我陶醉,好把时光消磨掉。"

"您对人怎么会有认识呢?"玛丽亚纳·德·辛克莱说,"您厌恶他们。"

德·蒙泰松夫人抬起头,针空举在挂毯上,说:

"唔!这问题谈够了吧。"

"是的,"我说,"空话谈够了。"

空话;这就是他们给我的一切:自由、幸福、进步;今天人们就是用这些华而不实的东西喂养自己。我转过身,朝门口走;我在这些堆满家具摆设的小房间感到气闷,到处是地毯、软座墩、帷幕,空气中布满了香粉,我闻了头痛。我的目光在客厅扫了一圈;他们又开始唠叨起来;我可以使他们扫兴一阵子,但是过不了多久,他们的热忱又来了。玛丽亚纳·德·辛克莱和里歇躲到了房间角落里,他们在谈话,眼睛闪闪发光。这两人倒很投机,每个人对自己都是很投机的。我恨不得脚跟一踩,把他们的脑浆都踩出来。我走出门口。隔壁走廊上,有些男人围坐在一张赌桌旁;这些人不言不笑,两眼发直,嘴唇抿紧;赢钱,输钱,这就是他们找到的消遣人生的方法。在我那个时代,战马在平原上驰骋,我们手执长矛;在我那个时代……突然,我想:"这个时代不就是我的时代吗?"

我瞧了瞧我的镶扣皮鞋,我的花边袖口;二十年来,我像在参加一场游戏,一天中,子夜钟敲十二下时,我回到阴界。我的目光移到钟上。镀金钟面上,一个瓷做的牧羊女在向一个牧童微笑;刚才,时针正指在子夜零时,明天后天也会指在子夜零时,而我还在这里;除了这块土地外,没有其他土地,而我在这块土地上,已没有安身之地。我在卡莫纳、在查理五世的宫廷里感到自由自在,但是那个时代结束了。从此以后,展现在我面前的是绵绵无尽的流亡岁月;我所有的衣服将是些舞台上的戏装,我的生活也是一场游戏而已。

圣昂热伯爵走到我跟前,脸色非常苍白。我叫住他问:

"您不赌了吗?"

"我已经赌过了头,"他说,"输光了。"

他额上有几颗汗珠,这个人又蠢又懦弱,但是,他是这个时代的产物,他活在这个世界上真是得其所哉。我羡慕他。

我从衣袋里掏出一个钱包:

"把它赢回来。"

他的脸色更加苍白了:

"输了呢?"

"您会赢的。人到最后总是会赢的。"

他把钱包一把抓了过去,走去坐在桌子前;他的双手抖了。我身子俯在他的靠椅上,这场赌博叫我感到好玩。他若输了,会干吗呢?

自杀？跪在我面前？像德·万特农侯爵那样把老婆卖给我？汗珠在他上唇冒了出来,他正在输。他输了,他感到生命在他胸中跳动,燃烧着他的太阳穴:他在冒生命的危险,他在生活。"而我?"我想,"这些人中间最卑贱的一个能体验的东西,我就永远不能体验了吗?"我站起身,朝另一张桌子走去;我想:"我把我的财富输光,总是可以办到的吧。"我坐了下来,抓了一把金路易往绿呢桌面上一放。

宾客中引起一阵骚动。萨塞尔男爵走来坐在我对面;他是巴黎最有钱的金融家之一。

"这样赌才有意思,"他说。

他也抓了一把金路易往桌面上一放,我们一声不响赌了起来。半个小时后,我前面一块金币也没了,口袋是空的。

"我赊赌五万埃居,"我说。

"同意。"

当时,一群人把我们的椅子围得密不透风,他们屏息敛气盯住赤裸裸的桌面。当萨塞尔把他的牌摊在桌面上,我把我的牌扔掉时,他们不由自主地齐声哄了起来。

"所有输赢全部押上,"我说。

"全部押上。"

他发牌。我望着发光的牌背面,感觉我的心开始跳得快了;我若输了,身无分文,可能我生活的味道会改变……

"出牌,"萨塞尔说。

"两张,"我说。

我看牌。方块 K。我知道我的牌压倒了萨塞尔。

"再加一万,"他说。

我迟疑了一秒钟。我可以把牌扔掉,说:"我不赌了。"在我咽喉里蠕动着一种东西,有点像怒火。我竟落到这般地步?为了输钱去作弊？往后就不许我在生活中不作弊了吗？

我说："赌。"我把牌摊开。

"明天午前把钱送到府上，"萨塞尔说。

我躬身行了个礼，穿过走廊，回到客厅里。圣昂热伯爵靠在墙上，快要昏厥过去的样子。

"我把您借我的钱都输了，"他说。

"有人要输还输不了呢，"我说。

"您要我什么时候还钱？"

"二十四小时后。惯例不是如此吗？"

"我没法还，"他说，"我没有这笔钱。"

"那当时就不该借。"

我转过身，遇到德·辛克莱小姐的目光，她蓝眼睛里闪耀着怒火。

"有些法律惩治不到的罪恶，却比明目张胆的谋杀更加无耻，"她说。

我说：

"我不谴责谋杀。"

我们相互默默瞪了一眼；这个女人不怕我；她突然转过身去，但是我把手放到她的臂上。

"我叫您非常厌恶，对吗？"

"您还巴望引起人家别的感情？"

我笑了。

"您不理解我。您应该邀请我去参加你们星期六召开的小集会。我会向你们透露我的内心……"

这句话叫我说中了，她的脸微微泛红。德·蒙泰松夫人不知道她的朗读女伴把客厅的几位常客吸引到她自己家去；她这个女人不会原谅这件事。

"我只接待我的朋友,"她说。

"把我看做敌人不如把我看做朋友好。"

"这是一笔交易吗?"

"您愿意也可这么看。"

"我的友谊不是可以买卖的,"她说。

"我们以后再说吧,"我说,"请您考虑。"

"一切考虑过了。"

我向她指了指邦帕尔,他在一张安乐椅里打瞌睡。

"您看到这个秃头胖子吗?"

"看到。"

"前几年我到巴黎时,他是一个有抱负、天资聪敏的年轻人,我那时只是一个没有见识的俗人,他企图耍我。您看看我给他的下场。"

"您做出这种事我并不奇怪。"

"我谈起这件事并不是要您奇怪,只是要您考虑。"

这时,我看到圣昂热伯爵走出客厅,他步履蹒跚,像一个醉汉。我叫了一声:

"邦帕尔。"

邦帕尔身子一抖;我喜欢看他醒来的样子;他看到自己又卷进生活的旋涡,他看到我,他会想到,除非去死,不然每次醒来少不了看到我在他面前。

"跟我来,"我说。

"有什么事?"邦帕尔问。

"明天早晨,他要还我两万埃居,他没有这笔钱。我在想这个笨蛋会不会去自杀。"

"当然会的,"邦帕尔说,"他没有其他办法。"

我们跟在圣昂热后面,穿过府邸大院,邦帕尔问我说:

"这种事怎么会叫您感到好玩？五百年来,您看到的尸体还不够多吗？"

"他可以跳上船到印度去,到大路上去乞讨;他可以试图杀死我。他也可以在巴黎声名狼藉地过太平日子。"

"这些他都不会去做的,"邦帕尔说。

我耸耸肩膀：

"你的话也有道理。他们总是做同样的事。"

圣昂热走进了王宫花园,慢腾腾地在回廊绕了一圈。我躲到一根柱子后面;我喜欢观察苍蝇、蜘蛛、青蛙的抽搐、金龟子的无情残杀,但是我更喜欢窥伺人的自我斗争。没有东西逼他自杀,他若不愿意死,只要拿定主意："我就是不自杀……"

起了一声枪响,软弱无力的。我走近去。我每次都感到同样的失望。他们活着的时候,他们的死是我怀着好奇窥探着的一件大事;但是,当我走到他们的尸体前,我觉得他们从来没有存在过似的;他们的死无足轻重。

我们从花园出来,我对邦帕尔说：

"你知道吗,你要什么样的把戏最能损害我？"

"我不知道。"

"就是拿一颗子弹打进你自己的脑袋。你不想试一试吗？"

"那您是太高兴了,"他说。

"不。我将十分失望。"

我友好地拍拍他的肩膀。

"幸而,你太胆小了,"我说,"你会长期留在我身边,直到死在床上为止。"

他的眼里有些什么东西醒了：

"您敢肯定您永远不会死？"

"可怜的邦帕尔。我永远死不了。我永远不会把你知道的那些契约烧掉。你永远得不到解放。"

他的目光熄灭了。我重复说：

"永远不会,这句话没有人懂得它的含义,你也不会懂。"

他没有回答,我说：

"回去吧。我们去工作。"

"您还要熬夜?"

"当然啰。"

"我可要睡了。"

我笑了笑说：

"好吧,你去睡吧。"

折磨他已经引不起我多大的兴趣。我毁了他的一生,他也习惯了这种毁灭了的命运,每天夜里,他睡着觉,把一切忘了。最悲惨的灾难也阻止不了他天黑后睡上一觉。圣昂热心惊胆战了一阵,现在已长眠于地下,他逃过了我；对他们来说,总有一个逃避的方法。在这个我寸步难离的世界上,痛苦不比幸福更为重要,憎恨也与爱情同样无聊。爱憎苦乐都同样得不到结果。

车子送我们回到家,我走进实验室。应该永远不再出来。只有在这里,远离人的脸孔,我有时才会忘掉自己。应该承认他们取得了一些惊人的发现。返回旧大陆时,我听说以前我认为居于宇宙中心恒静不动的地球,既自转也绕太阳转,这使我目瞪口呆；雷电、彩虹、潮汐这些最神秘的现象,都得到了解释；人们已经证明空气是有重量的,也知道怎样去称这个重量；他们把地球分成一块块的,但是宇宙扩大了：天空中增添了新的星辰,这是天文学家在他们的望远镜里观察到的；有了显微镜,又发现了一个看不见的世界；在自然界本身出现了一些新的动力,并开始加以利用。另一方面,他们也很蠢,竟对自己的发现那么自豪,因为他们永远没法窥测到历史的最终面目,他们在窥测到以前早就死了;但是我可以利用他们的努力,窥测到这一切;科学终于完成功业的那一天,我还在人间;他们是为我在工作。我望一眼蒸馏器、细颈玻璃瓶、一动不动的设备。我把手放在一块玻璃板上。玻璃板在那里,静静地在我手指下,跟我五百年前看过摸过的玻璃没有两样,我周围所有的物体都一声不出,死气沉沉,跟原来一个样;可是,只要在一个物体上摩擦一下,就可在表面产生一些未知的力;在这些静止的外表下,放出一些捉摸不透的功率;在我呼吸的空气中,在我脚踩的土地下,跳动着一个秘密;整整一个看不见的世界,比我睡梦中见到的形象更新奇、更飘忽,隐藏在这个已令我厌倦的宇宙后面。我关在这四堵墙之间,比在平淡无奇的大街上,无边无际的美洲平原上,更感到自由自在。这些我无法摆脱的陈旧的形状和颜色,终有一天要爆炸;这块四季如一的天空,终有一天要被我捅破;终有一天,我要凝视这块虚幻的景色的背面。那时会看到些什么呢,我还无法揣测,我只需知道这是另外的东西就够了;或许这不是眼睛、不是耳朵、不是手所能触及的;那时,我也会忘了我曾有过这样的眼睛、这样的耳朵、这样的手;或许我最终也会变成另一个了。

在曲颈瓶瓶底,有一堆黑色沉淀,邦帕尔幸灾乐祸地说:
"失败了。"
"说明这块煤里还有杂质,"我说,"重新再做。"
"我们做过一百次了,"他说。
"但是还不曾用真正的纯煤做过。"
我倒转曲颈瓶,把粉末铺在一块玻璃板上。这真的只是异形物的余渣吗?还是煤里含有微量的矿物质?事实是不会说话的。我说:
"应该用金刚石做试验。"

他耸耸肩膀:

"金刚石怎么烧?"

实验室角落里火光融融。室外一片夜色。我走近玻璃门。最初的星星戳破了深蓝色天幕,历历可数;薄明微光中,隐伏着千千万万颗星星,等待着脱颖而出;在这背后还有其他星星,不是我们衰弱的肉眼能够看见的;但是,最早发亮的总是这几颗;几世纪来,天空没有丝毫变化;几世纪来,我头顶上总是闪着同样阴森森的冷光。我回到桌子旁,邦帕尔已经摆上了显微镜。常客开始陆续来到客厅,妇女浓妆艳服去赴舞会,酒馆飘出阵阵笑声;对他们来说,即将启幕的夜晚不同于其他夜晚,它是独一无二的。我把眼睛凑在目镜上,望着灰色粉末,突然我感觉到我熟悉的这种大风暴的气息;它袭击了宁静的实验室,把蒸馏器扫落在地,掀掉我头上的屋顶;我的生命像一团火焰,像一声尖叫,冲天而去;我感到生命藏在我的心中,心在燃烧,心跳出了我的胸膛;我感到生命在我的指尖上,这是一种撕裂、殴打、扼杀的欲望;这双手痉挛地抓住显微镜,我说:

"我们离开这里。"

"您要出去?"

"是的。你陪我去。"

"我宁可睡觉。"

"你睡得太多了,"我说,"肚子愈来愈大。"

我摇摇头:

"年老真是可悲!"

"噢!做我这样的人不比做您这样的人差。"

"学会逆来顺受确实不简单,"我说,"你年轻时也是胸有大志的吧?"

"让我灵魂感到安慰的,"他笑着说,"是我决不可能像您这样不幸。"

我把斗篷披在肩上,拿起帽子,说:

"我渴了。给我拿酒来。"

我是渴了吗?我全身有一种痛苦的需要,不是粮食、饮料,也不是女人能够满足的。我接过邦帕尔递给我的杯子,一饮而尽;我把杯子放在矮桌上,做了一个鬼脸。

"你对实验感兴趣,这点我理解,"我说,"当然啰,要是有一个人跟我说,他是不会死的,我也会想亲自证实一下。但是我请你不要再用你的砒霜来糟蹋我的美酒。"

"说来您也该死上一百回了,"他说。

"你就认了吧,"我说,"我是不会死的。"

我向他笑笑,我很善于模仿他们的笑容。

"此外,这对你也是一种损失,你没有比我更好的朋友了。"

"您也只有我啊,"他说。

我朝德·蒙泰松夫人府上走去。我为什么还想去看他们的脸呢?我对他们一无所求,我知道。但是,他们生活在这个天空下,而我一个人关在自己的坟墓里,这叫我无法忍受。

德·蒙泰松夫人在壁炉旁边绣挂毯,她的朋友团团围着她的椅子,没有任何变化。玛丽亚纳·德·辛克莱在倒咖啡,里歇瞧着她,神情又幼稚又满足;他们在笑,他们在谈话;在这几个星期,没有人注意到我不在。我愤怒地想:"我要这些人注意到我来了。"

我走近玛丽亚纳·德·辛克莱,她态度镇静自若,问我:

"来点咖啡?"

"谢谢啦。我不需要您的这些蹩脚货。"

"随您。"

他们在笑,他们在谈话;他们在一起很高兴,深信自己活着,感到

幸福;没法说服他们不是这么一回事。我说:

"我们最后那次谈话,您考虑过了吗?"

"没呢,"她微微一笑,"我最不把您放在心上了。"

"我看得出来,您就是一个心眼儿地讨厌我。"

"我确是非常死心眼儿。"

"我也不见得好一些,"我说,"有人跟我说,您的集会很有意思。在那里热烈争论各种最先进的思想,这个世纪最有智慧的人物抛下这个过时的沙龙,聚集到您的周围来了……"

"对不起,"她说,"我该给大家敬咖啡了。"

"那我去跟德·蒙泰松夫人谈谈。"

"随您高兴。"

我走过去,胳臂撑在女主人的椅子上。她接待我总很殷勤,因为我不怀好意的言行她听了解闷儿。当我们把宫廷、城里的新闻一一议论过来时,我窥见玛丽亚纳·德·辛克莱的一道目光;她马上转眼看其他地方,可是她装得若无其事也没用,我知道她内心忐忑不安。我毫不怨她;她讨厌我,但是,事实上人们恨的爱的从来不是我,是一个化身,对这么一个化身,我也是无动于衷的;至于我自己,会引起人家什么样的感情呢?贝娅特丽丝有一天对我说过:不吝啬、不慷慨、不勇敢、不胆怯、不恶毒、不善良,事实上我什么人都不是。我目光随着玛丽亚纳·德·辛克莱;她在沙龙里穿来梭往,雍容大方,她确实有些地方令我喜欢。在淡烟轻雾似的头饰下,可以看到她浅褐色云鬟,一张热情的脸上两只炯炯有神的蓝眼睛。不,我不愿意伤害她。但是,我有一种好奇心,想要知道她恬静的尊严遇到痛苦时会成什么样的。

"今晚客人不多,"我说。

德·蒙泰松夫人抬起头,向四下迅速扫了一眼:

"这是天气不好。"

"我看是不痛不痒的议论提不起人们的兴趣,目前大家热衷于政治……"

"在我家里,绝对不许议论政治,"她威严地说。

"您说得对,"我说,"沙龙就是沙龙,不是俱乐部。看来德·辛克莱小姐的星期六晚会蜕变成了公共集会……"

"什么星期六晚会?您说的什么?"德·蒙泰松夫人说。

"您不知道?"我说。

她尖利的小眼睛盯住我:

"您明白我不知道。玛丽亚纳在星期六招待客人吗?从什么时候起的?"

"六个月了,她在家里召开了一些出色的集会,会上议论摧毁旧社会,建设新社会。"

"啊!这个装聋作哑的小丫头!"她轻轻地笑了一声说,"摧毁旧社会,建设新社会,这一定很振奋人心!"

她又俯身去绣她的挂毯,我离开她的椅子。小里歇带着激动的表情,一直在跟玛丽亚纳·德·辛克莱说话,这时朝我走了过来。

"您刚做了一件卑鄙的事,"他说。

我微微一笑。他有一张大嘴巴、两只突出的眼睛,尽管他的怒气是真的,讲究尊严的样子却更使他显得幼稚可笑。

"我恭候您的指教,"他说。

我继续在笑。他一心想激怒我。他不知道我没有荣誉需要维护,没有怨恨需要发泄。同样,也没有什么阻止我去打他耳光,揍他一顿,把他推倒在地上。他们任何一条习俗,我都不顾忌。他们若知道我在他们面前多么无拘无束,那时就会真正地怕我。

"别笑,"他说。

他张皇失措,没有料到事情会这样。他鼓足了勇气,摆出了威严,还是经不起我嘿嘿冷笑。我说:

"您那么急于找死?"

"我急于要使大家摆脱您的纠缠,"他说。

他在激动中,没有意识到他挑起的死亡会落到自己身上,可是只要我说一句话……

"五点钟我们在帕西城门口见面,您愿意吗?请带两个证人。"

我又加上说:

"医生我想不必惊动了,我不会叫人半死不活的,我一下子了结。"

"五点钟,帕西城门口。"

他穿过客厅,对玛丽亚纳·德·辛克莱说了几句话,走到门前,在门槛上停了一停;他望了她一眼,在想:"可能我是最后一次看见她了。"一会儿以前,在他面前还有三四十年的生命,突然,只剩下一个晚上了。他不见了,我走近玛丽亚纳·德·辛克莱。

"您对里歇关心吗?"我问她。

她犹豫片刻,想对我投以鄙夷的目光,但是她也想听听我会对她说些什么。

"我对所有的朋友都关心,"她说。

她的声音冷冰冰的,但是在这个冷漠无情的面具下,我感到她的好奇心在跳动。

"我们明天决斗,他跟您说了吗?"

"没有。"

"我生平决斗过十一次,每次都把对手杀死。"

她心血上涌:她可以挺直苗条的身材,控制目光和嘴唇的颤动,但是她无法使脸孔不红,因此她显得非常年轻和楚楚可怜。

"您不会去杀一个孩子吧?"她说,"他还是个孩子呢!"

我突然问:

"您爱他吗?"

"这跟您有什么关系?"

"您若爱他,我会留意不伤害他,"我说。

她焦虑不安地看了我一眼:她思忖说句什么话可以拯救里歇,说句什么话又会断送他的生命;她不由颤声说:

"我对他没有爱情,但是有一种非常诚挚的感情。我求您宽恕他吧。"

"我若宽恕他,您会不会把我看做一个朋友?"

"我将对您十分感激。"

"怎么证明呢?"

"对待您就像对待朋友一样。每个星期六,欢迎您光临。"

我笑了起来。

"我怕星期六谁都不会光临了。德·蒙泰松夫人好像不怎么欣赏您的小集会。"

她的脸又红了,她凝视我,有一种惊愕的表情。

"我同情您,"她说,"我非常同情您。"

她声音中流露的悲哀是那么真切,我甚至想不起用话来回答她。我呆立在原地没动。在我的幽灵后面,是不是还存在一个人,怀着一颗跳动的心?这个人好像就是我,确实是我被这几句话打中了;她的目光直刺我的心底;在这身伪装、这个面具、这副几世纪时间铸成的铠甲下,我还在这里,这是我,一个可怜虫,干了伤天害理的事而沾沾自喜;她可怜的确实是我,一个她没有看透的人,一个我这样的人。

"您听我说……"

她已走远了,我能对她说些什么呢?我能对她说出什么样的真话呢?有一件事是实在的:把她逐出这个府邸是我一手造成的,而她同情我;但是,所有我的托辞,就像我的挑战一样,永远只是些谎言而已。

我走出门口。户外夜色很美,空气清新,月光皎洁,路上看不到人影。人们深居在他们的客厅里、他们的阁楼上,都是在自己家里。我到哪儿都不是在自己家里,我住的这幢房子从来不是一个家,只是一间客栈。这个世纪不是我的世纪,这个枉自在我身上过不完的生命也不是我的生命。我转过一个路角,走上了河岸。我看到了大教堂的圆室,还有白色的拱扶垛和从斜脊上鱼贯而下的兽吻;河水在两道布满常春藤的墙头之间流过,又凉又黑;水底映着一轮明月。我走着,月亮随着我走,水下一个,空中一个;这个讨厌的月亮,五百年来跟着我,用冷飕飕的目光照得一切都冰冰凉的。我伏在石头护墙上;教堂映在那股死光中,僵硬地矗立着,像我一样孤独,一样不具人性。在我们身边的人都要先后死去,我们依然挺立着。我想:"有一天,教堂也会塌的,在原地只留下一堆废墟,有一天,最后一点遗迹也会湮没,而月亮依然在空中发亮,我依然在地上待着。"

我沿着河走。可能这个时候,里歇也望着月亮;他望着月亮和星星,在想:"这是我们最后一面了";他回忆起玛丽亚纳·德·辛克莱的每次笑容,想道:"这是我最后一次看到她?"他在恐惧中,在希望中,惴惴不安地等待着黎明。我也是,我要是个会死的人,我的心也会跳动,这个夜晚也会是不可比拟的一个夜晚,天空中这轮明月,也会成为向我招手的死神,在冥冥的彼岸等候我。但是不。什么事都不会降到我的头上,这次决斗是一个幌子。总是这么一个没有历险、没有欢乐、没有痛苦的夜晚。同样的夜晚,同样的白天,千秋万代重复不已。

我走到帕西城门口时,天色发白。我坐在一个斜坡上。我听到内心在说:"我同情您";她说的不错。这是一个叫人怜悯的家伙,坐在一个斜坡上,等着去进行一次荒谬的谋杀。城市烈焰冲天,军队相互残杀,一个帝国在我手中诞生了,在我手中崩溃了。而如今在这里,我空虚、愚昧,要去杀一个人,既不冒风险,也不感快乐,仅仅是消闲解闷。谁还比我更需要怜悯的呢?

最后一颗星辰熄灭不久,我看到里歇朝我走来。他步子缓慢,眼睛望着露水浸湿的双脚。突然,我想起从前一个时刻,那么遥远、我以为永远不会浮现的一个时刻。我十六岁,在一个雾蒙蒙的早晨,骑在马上,手里擎一支长矛;热那亚人的盔甲在晨光中闪亮,我害怕了。因为我害怕了,光线比哪一个早晨的光线更柔和,露水比哪一个早晨的露水更晶莹;我内心有一个声音在对我说:"勇敢啊。"没有一个人对我说话是那么情深意切。声音停止了,黎明的清新消失了。我不知什么是害怕,什么是勇气。我站起身。里歇递给我一把剑。黎明最后一次出现在他四周,大地的清新气息也是最后一次弥漫空中。他准备去死,他把整个生命紧贴在他的心上。

"不,"我说。

他把剑递给我,但是我身子没有移动,手也没有伸……不,我不决斗。我向跟在里歇后面的两位证人望了一眼。

"我拒绝决斗。请你们做证人。"

"为什么?"里歇说。

他的神气又不安又失望。

"我不想决斗。我宁可向您道歉。"

"可是您并不怕我啊,"他惊异地说。

"我再说一遍,我向您表示十分歉意,"我说。

他呆立在我面前不知所措,内心充满了他全部的无用的勇气,像他的恨、他的怒、他的欲望一样无用;有一会儿,他像我一样迷失在这块天空下,摆脱了生命,又被抛进了生命,却不知道自己做些什么好。

我转过身,大踏步朝大路走去。远处,一只公鸡唱了。

我把手杖的尖头戳进蚂蚁窝,左右乱捣;蚂蚁立刻狂奔,都是黑的,都是一个模样,一千只蚂蚁,一只蚂蚁一千次;在我乡间房屋四周的花园深处,蚂蚁花了二十年工夫建筑了这个大土包,充满了生命的熙攘,连上面长的草也显得虎虎有生气;如今它们仓皇四逃,比放在火上曲颈瓶内的水泡更加翻腾激荡,可是还是要继续去完成它们顽固的计划;它们中间也有勤奋、懒惰、糊涂、认真的差别,还是所有蚂蚁都抱着同样愚蠢的热情在工作?我愿意目光随着它们一个个看过来,但是张皇凌乱中,它们使人无从区别;应该在它们腰间系上彩带,红的、黄的、绿的……

"喔!您希望学它们的语言?"邦帕尔说。

我抬起头,这是六月的一个晴天,温暖的空气中弥漫椴树的香味。邦帕尔手里拿了一枝玫瑰花。他笑了。

"这是我创造的!"他自豪地说。

"跟其他玫瑰花没有两样,"我说。

他耸耸肩膀。

"那是您没有眼力。"

他走远了。自从我们隐居在克雷西,他嫁接玫瑰树枝消磨时光。我又重新观察忙忙碌碌的蚂蚁,但是它们不再使我感兴趣。在我特制的炉子上,放着一只金坩埚,埚底正在烧一块金刚石;这也不再使我感兴趣。不管怎么样,再过几年,普通的小学生也会知道纯净物和化合物的秘密;我有的是时间……我躺在地上,伸直身子凝望着天空。对我来说,天空也像卡莫纳的晴天那么蓝,我也闻到了玫瑰花和椴树的香味。可是我还是会任凭这个春天流逝,将其虚度。这里一个新品种玫瑰花问世不久;那边草原上撒满了雪白的巴旦杏花;而我,在那边是陌生人,在这里也是陌生人,像个幽灵似的度过这个花团锦簇的季节。

"先生!"

邦帕尔又站在我面前。

"有一位女客要跟您谈话,她从巴黎坐车来的,要见您本人。"

"一位女客?"我惊讶地说。

我站起来,掸一掸沾上尘土的衣服,朝屋子走去。"这或许可以消磨一个钟点。"我看到一棵大椴树阴影下,一张柳条椅上坐的是玛丽亚纳·德·辛克莱;她穿了一件紫色横条布长裙,头发上没有扑粉,一绺绺鬈发垂落在肩上。我对她鞠了一躬:

"真没想到!"

"我没有打扰您吧!"

"哪儿的话。"

我没有忘记她的声调。"我同情您。"她说了这句话,我这个幽灵变成了一个有血有肉的人;此刻站在她面前的是这个邪恶的罪人;她眼里含的是憎恨、轻蔑还是怜悯?焦虑、羞惭揪住了我的心,再度证明她眼睛盯住的是我,确实是我。她扭转头去:

"这个花园多么漂亮,"她说,"您喜欢乡下?"

"我主要喜欢远远地离开巴黎。"

沉默了一会儿,她的声音有点迟疑不决:

"我早想来见您,我要感谢您宽恕了里歇的生命。"

我猛地说:

"不要谢我。我不是为了您而这样做的。"

"那没关系,"她说,"您做得非常慷慨大方。"

"这不是慷慨大方,"我带着怒意说。

人们根据我的行为牵强附会,把我说成一个离奇的人物,她竟然也会受到蒙蔽,这点叫我恼火。

她笑了:

"我想,您每做一件好事,总要给它找上一些坏的理由。"

"您认为我在德·蒙泰松夫人面前揭发您,也有好的理由吗?"我问。

"喔!我不是说您不会做坏事,"她不慌不忙地说。

我望着她,困惑不解;她的神气比在德·蒙泰松夫人的沙龙时年轻得多,在我眼里也显得更美丽。她来这里干什么呢?

"您对我没有记恨吧?"

"没有。您为我做了件好事,"她愉快地说,"我本来就不准备给一个自私的老太婆做一辈子奴隶。"

"那好极了,"我说,"您想,我差不多老是在悔恨。"

"您错了。我现在的生活要有趣得多。"

她的声音中有一点挑战的意味,我冷冷地问:

"您来这里是为了向我宣读赦罪书的?"

她摇摇头:

"我来跟您谈一个计划……"

"一个计划?"

"很久以来,我的朋友和我希望建立一所自由大学,弥补官方教育的不足。我们相信科学精神的发展,将对政治和社会的进步产生巨大的影响……"

她说话的口气是怯生生的;她停顿一下,把手里拿着的一个本子递给我。

"所有想法都写在这本小册子上了,"她说。

我接过小册子,打开看;文章开头是一段长篇论述,谈实验方法的优点以及推广实验方法会带来的精神和政治效果;然后是未来的大学的工作规划;结论写了几页,口气坚定热情,宣称将会出现一个更美好的世界。我把小册子放在膝盖上。

"这是您编写的?"

她笑了,有点忸怩:

"是的。"

"我欣赏您的信念,"我说。

"光有信念是不够的。我们还需要志同道合的人和钱,大量的钱。"

我笑了起来。

"您来是向我要钱的?"

"是的。我们开了一张募捐单子,我希望您做我们的第一个捐款人。您若答应来讲化学课,我们更是高兴了。"

沉默了一会儿,我说:

"你们怎么会想到来找我的?"

"您非常有钱,"她说,"您是一位大学者,每个人都在谈论您的煤研究工作。"

"但是您了解我,"我说,"您几次三番责备我厌恶人。您怎么能够设想,我会同意帮助你们呢?"

她脸上表情生动,眼珠更加明亮。

"确实,我不了解您,"她说,"您可能拒绝,但是您也可能接受,我来试试运气。"

"那么我为什么要接受呢?"我说,"为了补赎我对您做的错事?"

她把身子一挺。

"我跟您说过,您没有对我做过任何错事。"

"那为了叫您高兴?"

"为了对科学和人类的关心。"

"科学不涉及人性的时候,我才对科学关心。"

"您为什么厌恶人,我在想这个问题,"她突然冒火了,"您有钱,有学问,自由自在,爱做什么可以做什么;其他大部分人贫贱、无知,劳劳碌碌地做些毫无兴趣的工作;您从来没有试图帮助过他们,应该是他们来厌恶您才是道理。"

她的声音是那么激动,我真想为自己辩护,但是怎样对她说真话呢?我说:

"我想,我从心底是羡慕他们的。"

"您?"

"他们活着;几年来,我没能感到自己是活着。"

"啊!"她感动地说,"我早知道您非常不幸。"

我突然站了起来:

"既然您觉得这座花园漂亮,到里面蹓一圈吧。"

"很乐意。"

她挽了我的手臂,我们沿小河走,河里金鱼悠游自在。

"在这么一个美丽的日子,您还是感觉不到自己活着吗?"

她手指尖触及一朵邦帕尔培养的玫瑰花,说:

"这一切您都不爱吗?"

我摘下那朵玫瑰花给她:

"我喜欢它插在您的胸前。"

她笑笑,接过那朵花,深深嗅了一下。

"它在向您说话,对吗?它跟您说什么啦?"

"说活着多有意思!"她高兴地说。

"它对我可什么也没说,"我说,"东西对我是没有声音的。"

我两眼注视这朵藏红色玫瑰花;但是,在我的一生中,玫瑰花太多了,春天太多了。

"这是因为您不懂得听它们的声音。"

我们默默走了几步;她望着树木、花朵;她的眼睛从我身上一移开,我便感到生命把我抛弃了;我说:

"我很想知道您对我是怎么想的。"

"我一度把您想得很坏。"

"为什么改变主意了呢?"

"您对里歇的态度打开了我的眼界。"

我耸耸肩膀:

"这只是一时任性而已。"

"我没料到您会做这一类任性的事。"

我觉得我在欺骗她,我感到难为情,但是又无从对她解释。

"把我当做一个心地善良的人,您是错了,"我说。

她笑了:

"我不笨。"

"可是您希望我关心人类的幸福。"

她用脚尖拨弄走道上的一块小卵石,一句话不说。

"这样吧,"我说,"您认为我会还是不会把这笔钱给您?您赌什么?会还是不会?"

她神情严肃地望我一眼。

"我不知道,"她说,"您是自由的。"

我第二次感到我的心触动了。这是真的,我是自由的;我度过的各个世纪都在这一瞬间消逝了,这一瞬间在这个鲜艳的、这个前所未有的蓝天下涌了出来,仿佛不曾存在过过去似的;在这一瞬间,我要给玛丽亚纳一个答复,这个答复也没有记录在我生命中已被忘却的任何时刻;这是我,这确实是我来做这个选择,由我来决定让玛丽亚纳失望还是满足。

"要我马上决定?"

"随您,"她的口气有点冷淡。

我望她一眼,不论失望还是满足,她还是要跨过花园的栏杆,我也只有回去躺在蚂蚁窝旁……

"您什么时候给我答复?"她说。

我沉吟半晌;为了肯定能再看到她,我想说"明天",但是我没有说;在她面前,说话的、行动的是我,确实是我;要是顺我的心意去利用这个处境,我会感到惭愧的。

"马上,"我说,"请您等我一会儿。"

我手里拿了一张汇票回到玛丽亚纳身边;我递给她,她满脸通红。

"但这是一笔财富!"她说。

"这不是我的全部财富。"

"这是很大一部分……"

"您不是跟我说需要大量的钱吗?"

她瞧瞧汇票,又瞧瞧我。

"我不明白,"她说。

"您不可能都明白的。"

她在我的正对面站着,呆若木鸡。我说:

"天晚了。您该走了。我们没话要说了。"

"我还有一件事求您,"她声音缓慢地说。

"您真难满足。"

"我的朋友和我对理财一窍不通。您好像是个能干的财政家。请您帮我忙,把我们的大学办起来。"

"您要我做这件事,是为你们考虑,还是为我考虑?"

她神色显得狼狈。

"两者都有,"她说。

"前者多,还是后者多?"

她迟疑一下,但是她那么热爱生活,对真理始终充满信心。

"我想,您同意走出个人小天地的那天,许多事情对您也会起变化的……"

"您为什么要关心我?"我说。

"人家居然会对您表示关心,这点您不理解是吗?"

有一会儿,我们两个人面对面站着,不说一句话。

"我以后考虑,"我说,"我会给您答复的。"

"剪子街十二号,"她说,"我现在的地址。"

她向我伸出手。

"谢谢。"

"剪子街十二号,"我说,"道谢的应该是我。"

她上了车,我听到轮子滚动声在大路上离远了。我两臂抱住大椴树的躯干,脸紧紧贴在粗糙的树皮上,怀着希望与焦虑的心情想:"我又会活过来吗?"

有人敲门,玛丽亚纳进来了,她走近我的书桌,说:

"还在工作?"

我笑笑:

"可不是么。"

"我肯定您一天来没有动过一动。"

"这倒是的。"

"您吃过中饭吗?"

我略一迟疑,她急忙说:

"您肯定没吃过,您会把身体搞垮的。"

她望着我,又关心又不安,我感到难为情,不吃、不睡、献出财富与时间,这对她和对我并不意味着同样的事;我在向她说谎。

"要是我不来,您会整夜坐在这里……"她说。

"我不工作会觉得无聊,"我说。

她笑了:

"别找借口了。"

她果断地伸手把散在我面前的纸一推。

"够了。现在您该去吃饭。"

我遗憾地望着堆满文件的桌子、重重幕帘遮得不透光的窗子、昏暗的墙壁;我在巴黎的住宅如今成了制订未来大学计划的中心;面前有明确的任务去完成,我在这间办公室内就坐得住;只要我在这里,就不用到其他地方去,就不用……

"我到哪儿去吃?"我说。

"有的是地方……"

我突然说:

"您跟我一起去吧。"

她犹豫了:

"索菲等着我。"

"让她等着吧。"

她望我一眼,嘴角露出一丝笑容,娇声问:

"这真的叫您高兴吗?"

我耸耸肩膀;怎样向她解释说,我希望她陪我仅仅是为了消磨时间,我需要她是为了活着;说话会泄露我的秘密;我不是说得太多,就是说得太少;我希望对她诚诚恳恳的,但是要我诚恳又是不允许的。我简单地说:

"当然啰。"

她显得有点不知所措,后来她拿定了主意。

"那么,带我上那家新式的酒馆去,谁都谈到它,听说酒菜做得很好。"

"达戈诺酒家?"

"是那家。"

她的眼睛亮了;她总是知道上哪儿去,去做什么;她总是有什么需要满足的欲望和好奇心;我若能一辈子跟着她过,就不会感到自身的拘束。我们走下楼梯,我问:

"咱们走去?"

"当然,"她说,"月光多美。"

"啊!您爱月光,"我不满地说。

"您不爱吗?"

"我讨厌月亮。"

她笑了:

"您的感情总是太过分。"

"当我们大家都死了,它还留在空中嘲弄人间,"我说。

"我不嫉妒它,"玛丽亚纳说,"我不怕死。"

"真的!要是有人跟您说您等会儿就死,您不害怕?"

"啊!该什么时候死,我就什么时候死。"

她走路步子急速,贪婪地用眼睛、用耳朵、用她娇嫩皮肤上所有的毛孔来吮吸这个夜晚的温馨。

"您真爱生活,"我说。

"是的,我爱生活。"

"您从来不曾有过痛苦?"

"有过几次。但是痛苦本身也是生活。"

"我想跟您提个问题,"我说。

"提吧。"

"您爱过吗?"

她即刻回答说:

"没有。"

"您可是个热情奔放的人。"

"是啊!"她说,"在我看来别人总是懒洋洋、冷冰冰的,他们不是活着……"

我感到有点揪心。

"我就不是活着,"我说。

"您对我说过一次,"她说,"但是,这不是真的,决不会是真的。您不论做好事做坏事都爱过分;您忍受不了平凡庸碌;这就是活着。"

她望着我:

"归根结蒂,您的恶意是一种反抗。"

"您不了解我,"我冷冷地说。

她脸红了,我们默默走到酒馆门口。一条楼梯引向一个大厅,被烟熏黑的柱子撑着拱顶;戴彩色小帽的侍者穿梭来往于桌子之间,桌旁挤满喧嚣的人群。我们在角落里拣了一张矮桌子坐下,我点了菜。当侍者把冷盘和一壶玫瑰红葡萄酒端到我们面前时,玛丽亚纳说:

"我对您表示好感的时候,您为什么发火?"

"我问心有愧。"

"您毫不计较地把时间、金钱、心血贡献给我们的事业,这不是真的吗?"

"但这并不需要我做出什么牺牲,"我说。

"是啊,您贡献出一切,又不觉得在做牺牲,这才是真正的慷慨。"

我在我们两只杯子里斟满酒。

"您忘了过去吗?"

"不,"她说,"是您变了。"

"人是不会变的。"

"啊!这个我不信。人若不会变,我们一切工作都是白费的,"她急切地说。

她望着我。

"我可以肯定,现在您决不会逼一个人自杀来解闷儿。"

"这话不错……"我说。

"您看。"

她把一块鹅肝泥放进嘴里,吃的时候神情严肃,又带点兽性,尽管动作含蓄雅致,还是像一个化作女人的狼,牙齿发出残忍的光芒。怎样向她解释呢?做坏事不再教我觉得好玩,但是我并没有变得好一点,我还是不好、不坏、不吝啬、不慷慨。她向我笑笑。

"我很喜欢这个地方。您呢?"

大厅那一头,一个青年女子拿着手摇弦琴自拉自唱,群众齐声跟着唱迭句。平时我讨厌这些人的闹声、哄笑声、说话声。但是,玛丽亚纳笑盈盈的,引起她这样笑的东西我是没法讨厌的。

"我也喜欢。"

"但是您没吃东西,"她说话带点责备的口吻,"您工作太辛苦,把胃口也弄坏了。"

"不是这么回事。"

我把一块鹅肝泥拨到自己的盘子里。在我的周围,他们吃着,喝着,身边都有个女伴向他们笑着。我也吃着,也喝着,也有个女伴向我笑着。我的心里感到一阵温暖。"可以说我是他们中间的一分子。"

"这个女人嗓子好,"玛丽亚纳说。

摇弦琴的女子走近我们桌子;她一边唱,一边高兴地望着玛丽亚纳。她做了个手势,所有人都跟着她唱了起来。玛丽亚纳清亮的声音与其他人的声音唱成一片。她向我弯下身。

"您也该一起唱。"

有种羞怯的感情封住了我的咽喉,我从来没有和他们一起唱过!我望着他们。他们向女伴微笑,他们唱着,有一团火焰在他们心中燃烧;有一团火焰已经开始在我心中燃烧。当这团火焰燃烧时,过去还是未来都无足轻重了;不论明天死,十年后死,还是永远不死,都毫无差别了。同样的火焰。我想:"我是个活人,我是他们中间的一分子。"

我随着他们唱了起来。

"这不是真的,"我想,"我不属于他们……"我半个身子躲在大柱子后面,望着他们跳舞;韦迪埃握着玛丽亚纳的手,有时还抚摸一下,他呼吸着她的气息;玛丽亚纳穿一件蓝色长裙,袒露着肩膀和上胸;我多么愿意抱住这个纤弱的身子,但是我感到四肢瘫痪了:"您的身子属于另一类。"我的手、我的嘴唇是石头做的,我不能接触她;我不能像他们那样笑,我的心里怀着这种默默的嫉妒;这些人,他们跟她是同类,我在他们中间是无事可做的。我朝门口走去,正要跨出门口,玛丽亚纳的声音叫住了我。

"您到哪儿去?"

"我回克雷西,"我说。

"不跟我说声再见?"

"我不愿打断您的兴致。"

她惊奇地望着我,说:

"怎么啦?您为什么那么急着走?"

"您知道我不善于交际。"

她说:

317

"我想跟您谈五分钟。"

"行。"

我们穿过花砖石门厅,她推开图书室的门。宽敞的图书室内没有一个人,提琴声通过排满书架的墙壁,低幽幽地传到我们耳内。

"我要跟您说的是,如果您真的拒绝参加我们的慈善会,我们谁都感到失望。"

她又问:

"您为什么不愿接受?"

"我无力担当这项任务,"我说。

"这又是为什么呢?"

"我会做错事,"我说,"我会把老年人烧死,而不是给他们盖养老院,我会让疯子自由行动,把你们的哲学家关进笼子。"

她摇摇头,说:

"我不明白,我们能把这所大学办起来,全亏了您,您的开幕词也是一篇出色的演说。有时候,您一点也不相信我们的努力会有结果。"

我一声不出,她又说了,有点不耐烦:

"您到底在想些什么?"

"说真的,"我说,"我不相信人会进步。"

"可是很明显的,我们要比从前更接近真理,甚至更接近正义。"

"您敢肯定,您的真理与正义要比过去几世纪的真理与正义更有价值?"

"科学胜过无知,宽容胜过偏激,自由胜过奴役,这些您同意吧?"

她说时一片天真的热情,叫我恼火,她说的是他们的语言。我说:

"从前有个人对我说,唯一可做的好事,是按照自己的良心行动。我相信他说得对,我们企图为他人做的一切,到头来是无济于事的。"

"啊!"她洋洋得意地说,"要是我的良心驱使我为宽容、为理智、为自由而斗争呢?"

我耸耸肩膀。

"那您就去做吧,"我说,"我的良心从不命令我去做什么。"

"既然这样,您为什么帮助我们呢?"她说。

她盯住我看,怀着那么真诚焦虑的神情,我再一次感到一种痛心的欲望,想向她毫无保留地披露我的心事;只有那时,我又会真正活过来,成为我自己;我们说话不会言不由衷了。但是,我回想起卡利埃痛苦的脸。

"为了消磨时间,"我说。

"这不是真的!"她说。

她眼里流露感激、温柔和信任;我愿意成为她看到的那个人。但是,我的整个身世只是一个骗局:每句话、每次沉默、每个手势,甚至我的脸都在向她说谎。我不应该把真情讲给她听,我又恨欺骗了她,我只能一走了事。

"这是真的。现在,我该回到我的曲颈瓶旁去。"

她勉强笑了一笑:

"这样走太仓促了。"

她手放在门把上,问:

"咱们什么时候再见面?"

一阵沉默;她背贴在门上,离我很近,袒露的肩膀在暗影里发亮;我闻到她头发的气息。她的目光在召唤我,只要一句话,只要一个手势。我想,一切都将是谎言,她的幸福、她的生命、我们的爱情都将是谎言,我的每一个吻都将是对她的背叛。我说:

"我觉得您不再需要我了。"

突然她脸色一沉:

"您怎么啦,福斯卡?咱们难道不是朋友吗?"

"您有那么多的朋友。"

她直率地笑了:

"您嫉妒?"

"为什么不呢?"

我又在撒谎;这里面牵涉的不是一种人情的嫉妒。

"这是愚蠢的,"她说。

"我生来不是与人应酬的,"我没好声气地说。

"您生来也不是为了孤零零生活的。"

孤零零。我闻到在蚂蚁攒动的土包四周弥漫的花园气息,嘴里又有了这种死亡的味道;天空是赤裸裸的,平原上一片荒芜;我一下子失去了勇气。我不愿说的话又涌上我的嘴边:

"您跟我来。"

"跟您去?"她说,"去多久?"

我张开双臂;一切都是谎言,甚至那充满我内心的欲望,甚至我对她这个会腐朽的肉身的搂抱,又何尝不是呢;但是,我没有挣扎的力量,我紧紧抱住她,就像我是一个面对着女人的男人;我说:

"去一辈子。您愿不愿意在我身边度您的一辈子?"

"我天长地久地在您身边,"她说。

早晨回到克雷西,我去敲邦帕尔的房门,他正要把一块黄油面包浸在一碗牛奶咖啡里。他已经老态毕露。我在他对面坐下。

"邦帕尔,我要让你大吃一惊,"我说。

"是么,"他说话时无动于衷。

"我决定为你做点事情。"

他头也不抬一下。

"真的?"

"真的。把你留在身边那么多年,不许你出去试一试你的运气,我感到内疚。有人跟我说,弗雷蒂尼公爵接到使命要前往俄罗斯女皇宫廷,正在找一名秘书,一位能干的权术家在那里可以飞黄腾达。我将竭力推荐你去,给你一大笔钱,让你在圣彼得堡出头露面干一番。"

"啊?"邦帕尔说,"您要把我支走?"

他露出恶意的微笑。

"不错,"我说,"我要娶玛丽亚纳·德·辛克莱。我不希望你与她接近。"

邦帕尔把另一块面包浸在碗里。

"我开始老了,"他说,"我不想走远道了。"

我的喉咙卡紧了,我知道我的把柄叫人抓在手里了。

"你小心,"我说,"要是你拒绝我的建议,我会下决心把真相告诉她,接着立刻把你撵走。你要另找一份差使可不容易。"

他猜不透,为了要他保守秘密,我愿意付多大的代价;此外,他老了,他厌倦了。他说:

"要离开您,我很难过。但是,我相信您慷慨大方,会减轻我漂泊异国的痛苦。"

"我希望你在那里生活愉快,并在那里结束你的余生,"我说。

"噢!我可不愿意死前不见您一面,"他说。

他的语调中含有一种威胁,我想:"现在,我有了需要畏惧、需要保卫的东西。现在,我爱,我能受苦;我又变成一个人啦。"

"我听到你的心跳,"我对玛丽亚纳说。

天亮了。我头枕在她的胸上,胸脯起伏均匀,我听到她的心房发出低沉的跳动声;一声心跳把一股血送进血管,然后这股流动的血又返回心脏;那边,银白色海滩上,海潮受到月光的引力,也涨落有序,拍击着海岸；高空中，地球朝着太阳急转，月亮朝着地球不动地直往下坠落。

"心当然会跳的。"她说。

血在她血管内流动，地球在她脚下旋转，在她看来是天经地义的。我对这些奇异的新事物难以习惯，我侧耳听她的心跳，我听见了。人不能够听到大地的悸动吗？

她轻轻推开我：

"让我起来。"

"你有的是时间。我也挺不错。"

透过窗帘射进一道光线，我看到暗影中衬软垫的墙壁、精工细雕的梳妆台、靠椅上凌乱堆放的纱裙。一只花瓶内插了鲜花；所有这些东西都是真实的，它们不像是梦幻中的东西。可是这几朵花、这些瓷器、这种鸢尾花的香味都不完全属于我的生活；我好像跃过了永恒而停落在这一瞬间，这一瞬间又是为另一瞬间安排的。

"已经很晚了，"玛丽亚纳说。

"你跟我一起感到厌倦吗？"

"闲着让我感到厌倦，"她说，"我有那么多的事要做。"

我让她起来，她忙不迭地开始她一天的工作；这是很自然的。对她与对我来说，时间的价值并不相同。

"你哪儿来那么多的事要做？"

"首先，地毯工人要来布置那间小客厅。"

她拉开窗帘。

"你还没跟我说你要什么颜色呢。"

"我不知道。"

"可是你总有一种偏爱的颜色，杏绿还是浅绿？"

"杏绿。"

"你随口说的，"她口气在责怪我。

她早已着手把屋子来个彻底翻修，看到她为一张挂毯的图案或一块丝绸的颜色煞费苦心，我感到惊奇。"为了短短的三四十年花那么大工夫值吗？"我想。真以为她要天长地久地住下去了。有好一会儿，我瞧着她一声不出地在房里忙忙碌碌；她的衣着总是非常讲究，喜欢长裙、珠宝，不亚于喜欢花朵、图画、书籍、音乐、戏剧、政治。我钦佩她对所有这些东西都怀有同样的热情。她突然在窗前站住了。

"我们把鸟笼子放在哪儿？"她说，"大橡树旁边，还是椴树底下？"

"放在河面上更美，"我说。

"你说得对。我把它放在青雪松旁的河面上。"

她笑了：

"你看，你成了一位高明的顾问。"

"这是因为我开始用你的眼睛来看东西了，"我说。

杏绿还是浅绿？她的话不错；如果仔细观察，有两百种深浅不同的绿，也有同样多色调的蓝，草原上有千种以上的花，千种以上的蝴蝶；夕阳西斜时，每个黄昏的晚霞都染上新的颜色。玛丽亚纳本人就有那么多的面目，我永远别想把她看透。

"你不起来？"她说。

"我瞧着你，"我说。

"你真懒！你说过今天重新开始做你的金刚石试验。"

"是的，"我说，"你说得有理。"

我起床了，她不安地望我一眼。

"我觉得，要是我不催你，你再也不会进你的实验室了。煤是一种纯的还是不纯的物质，你不再渴望知道了吗？"

"不，我想知道的，但是不着急，"我说。

"你总是这样说。真怪。我呢，我总感觉是自己今后的时间那么少!"

她在梳理美丽的褐色头发,这些头发将会变白,从她的头上脱落,头皮会一块块风化。那么少的时间……我们爱上三十年、四十年,然后有人把她的棺材埋在一个坑里,像卡特琳、贝娅特丽丝安葬的坑一模一样。我又会变成一个影子。我猛地把她紧紧搂在怀里。

"你说得对,"我说,"时间太短了。这样的爱情是不应该结束的。"

她含情脉脉地望着我,对我这种突如其来的热情有点惊异。

"它只会随着我们一起结束,不是吗?"她说。

她用手掠我的头发,神情愉快地说:

"你知道,万一你死在我前面,我就自杀。"

我把她搂得更紧了。

"我也是,"我说,"我也不愿意死在你后面。"

我让她走了。突然每分钟对我都是宝贵的;我匆匆穿上衣服,匆匆下楼走进实验室。一根针在钟面上旋转;几世纪来第一次,我希望它能停下不动。那么少的时间……三十年内,一年内,明天以前,应该回答她的种种问题:她今天还不认识的东西,她永远不会认识了。我把一块金刚石放在坩埚里,我最终会使它燃烧起来吗?金刚石闪闪发光,清澈,顽固,在一片透明中隐藏了它的不易窥探的秘密。我会征服它吗?我会在不太晚的时候征服空气、水和所有这些熟悉而神秘的东西吗?我记起了散发出青草气味的旧阁楼。秘密在那里,在植物的深处,在粉末的深处,我愤愤地想:"为什么不就在今天发现呢?"佩特吕基欧一生伏在他的蒸馏器上,到死也不曾知道;血在我们血管内流动,地球在旋转,他不曾知道的也永远不会知道了。我愿意走回头路,抱着他朝思暮想的这些科学知识给他送去;但是,这已不可能,门已经关上了……有一天,另一扇门也会关上;玛丽亚纳也会陷到过去里面;可是我没法跃向未来,跑到世纪的另一头,给她找来她渴望的知识。应该等待时间过去,一分钟又一分钟地忍受着枯燥无味的进程。我眼睛从金刚石上移开,它的虚伪的透明体引起我的遐想。我不应该梦想了。三十年,一年,一天,都只是一个有限的人生。她的时间屈指可数。我的时间也屈指可数。

索菲坐在火炉旁边,阅读《皮格马利翁或活的雕像》[1],其他人在一间挂杏绿丝绸的小客厅角落里,讨论什么是最好的统治人类的方法:仿佛统治人类还有什么方法似的!我推开落地窗。玛丽亚纳为什么还没回来?夜已降临了,只有雪地上的黑树还清晰可见;花园里一股寒意,这是一种纯粹的矿物气味,在我好似还是初次闻到。"你喜欢雪吗?"在她身边,我喜欢雪,她应该在这里,在我身边。我回到客厅,没好气地朝埋头读书的索菲望了一眼。我不喜欢她那恬静的脸、突然迸发的高兴劲儿,还有满脸通情达理的样子。我不喜欢玛丽亚纳的朋友。但是我要找话说。

"玛丽亚纳早该回来了,"我说。

索菲抬起头。

"她在巴黎给人留住了,"她语气肯定地说。

"要不然就是出了事。"

她笑了,露出一口大白牙。

"真会担心!"

她又埋头看她的书。他们好像从来不怀疑他们这种人是会死的;可是,只要跌一跤,撞一下,譬如说,一个车轮脱落了,一匹马尥蹶子,

---

[1] *Pygmalion ou la statue animée*,法国作家德朗德作品。皮格马利翁为古塞浦路斯国王,精于雕塑,热恋自己所雕少女像。希腊爱神感其诚,赋雕像以生命,与皮格马利翁成亲。后世不少文人以此题材著书。

他们这身脆骨头就会摔得粉碎,心脏会停止跳动,他们就永远死了。我心里又感到这种我熟悉的创痛,这总会来的,总有一天,我会看到她死去。他们可能在想,我会第一个死去,我们会一齐死去;对他们,人去楼空也有一个结束……我蹲到石阶底下。我听出了她的车子在雪地上低沉的滚动声。

"你叫我多担心!发生什么事啦?"

她向我笑笑,挽起我的手臂。她的身材还相当苗条,但是面容憔悴,气色阴沉。

"你怎么回来这么晚?"

"没什么,"她说,"我有点儿不舒服,我等着这不舒服劲儿过去。"

"不舒服!"

我气冲冲地望着她发黑的眼圈。我为什么向她让步呢?她要一个孩子,现在她腹中正在进行一种奇怪危险的孕育过程。我要她在炉边坐下。

"这是你最后一次去巴黎了。"

"真亏你想的!我身体很好!"

索菲在一旁瞧着,带着询问的神气,然而已明白了。

"她不舒服,"我说。

"这是正常的,"索菲说。

"噢,死也是正常的,"我说。

她很有主见地笑笑:

"怀孕可不是一种绝症。"

"医生说我在四月份以前不用休息,"玛丽亚纳说。

两位男客已经走近来,她望着他们高兴地说:

"我要是不管,博物馆会成什么样啦!"

"不久总要有人把你的工作接过来的。"

"到四月份,韦迪埃的身体就完全复原了,"玛丽亚纳说。

韦迪埃向我看了一眼,立即说:

"您要是累,我立刻回巴黎。在乡下过了这四天,我的身体大有起色了。"

"您在做梦吧!"玛丽亚纳说,"您需要长期休息。"

他的状况确实不好,脸色发青,眼窝陷得很深。

"你们两个都休息,"我不耐烦地说。

"那只有把大学的门关了,"韦迪埃说。

他揶揄的口吻叫我恼火。我说:

"关了又怎么样呢?"

玛丽亚纳瞪我一眼,我补充一句:

"没有一件事值得我们牺牲健康。"

"啊!健康之所以可贵,就在于不惜使用。"韦迪埃说。

我恨恨地看他们。他们联合反对我;他们一起拒绝衡量自己的力量、计算自己的日子;每个人都为了自己、为了大家不愿这样做,他们在这一点上顽固不化,不分彼此;而我的关心对玛丽亚纳却没那么重要。尽管我全心全意爱她,但我不是她的同类,任何一个会死的人都比我更接近她。

"巴黎有什么新闻?"索菲用和解的口气说。

"有人向我证实说,将在法国各地开设实验物理课,"玛丽亚纳说。

普鲁沃斯特的脸开朗了。

"这是我们获得的最大成功,"他说。

"是的,这是一大进步,"玛丽亚纳说,"事情发展可能比我们敢想的要快!谁知道呢?"

她的眼睛发出光芒,我朝门口慢步走去。听她对今后的日子高谈阔论,我无法忍受;到了那时,她自己的影儿还不知在哪儿呢。可能

327

就是在这一点上,使我与他们之间不可弥补地隔了一道鸿沟。他们在人生道路上都朝着一个未来走去,他们此生努力的目标都会在那里得到实现。未来对我却是一个奇怪、可憎的时代:那时,玛丽亚纳已经死了,就我来说,我们俩的生活像落进了世纪的深渊,毫无用处,再也找不回来。这个时代也不可避免地会落进深渊,毫无用处,再也找不回来。

室外空气干冷清冽,千万颗星星在空中闪耀——同样的星星。我望着这些不动的、受引力相互牵扯的星星。月亮朝着地球坠落,地球又朝着太阳坠落;太阳也坠落吗?朝哪一个不相识的星球呢?别是太阳的坠落补偿了地球的坠落,因而事实上我们的星球还是停留在宇宙中心?怎么知道呢?总有一天会知道的吧?星球相互牵扯的道理知道了吗?引力,这两个字一凑把一切都解释了;不会是其他东西吗?我们真的比卡莫纳的炼丹士高明?他们不认识的某些事物,我们加以阐明并把它们分门别类;但是,难道我们一步就能踏进事物的神秘中心?力的含义要比道德的含义更清楚?引力这个概念要比灵魂这个概念更明白?人们把摩擦琥珀或玻璃时出现的种种现象归之为电,要比把世界形成的根源归之为天主时懂得更多吗?

我低首俯视地面。客厅窗户在白雪覆盖的草坪深处发亮;在窗户后面,在炉子旁边,他们正在谈论;他们谈论着未来,在这个未来,他们自己也将化为一堆灰烬。在他们周围,是无边无际的天空,无穷无尽的岁月,但是他们终有一个尽头;就因为这样,生命对他们是那么轻松。在密封的方舟内,他们从黑夜飘流到黑夜,因而毫无畏惧,也因为他们在一起。我慢吞吞地朝房子走去;但是我,没有家室,没有未来,没有现在。虽有玛丽亚纳的爱情,我还是永远被排斥于门外。

"蜗牛哟,把角伸出来,"昂里埃特一边唱,一边把小动物的吸盘

肚子往树干上按;这些小动物她装了满满一小桶。雅克绕着椴树转,同时试图重复那句迭句。玛丽亚纳不安的目光盯着他:

"你不以为索菲说得有道理吗?我觉得他的左腿有点瘸。"

"找个医生看看。"

"那些医生看不出来……"

她忧心忡忡地观察这两条肥壮的小腿。两个孩子活泼健康,但是她就是不放心:他们够美吗?够强壮吗?够聪明、够幸福吗?我恨自己没法分担她的忧虑;我对这些孩子充满慈爱,因为是玛丽亚纳十月怀胎生下来的;但是,这不是我的孩子。我一度有过一个儿子,亲生的儿子,他在二十岁死了;如今,大地上找不到一根他的白骨……

"你愿给我买个蜗牛吗?"

我摸了一下昂里埃特的脸,她有我的宽阔的前额和鼻子,还带点儿明朗严厉的神气,她不像她妈妈。

"这个姑娘骨架长得好,"玛丽亚纳说。

她观察这张小脸,像要看透她的未来似的。

"你认为她会漂亮吗?"

"当然会漂亮的。"

毫无疑问,总有一天她会年轻漂亮;然后她会变老,变丑,牙齿脱落;再有一天,有人给我捎来她的死讯。

"你更喜欢哪一个?"玛丽亚纳说。

"我不知道。两个都喜欢。"

我向她笑笑,我们手握在了一起。天气晴朗。鸟在笼子里唱,黄蜂在紫藤花中嗡嗡叫;我把玛丽亚纳的手抓在自己手里,但是向她说的却是谎话。我爱她,但是我没有分享她的欢乐、劳苦和忧伤,她爱的东西我不爱。她是孤零零地在我身旁,可是她不知道。

"咦!"她说,"今天会有谁来?"

小径上响起了铃声,一辆车驶进了花园门,从车上走下一个人。这是一个上了年纪的人,身材矮胖,衣饰讲究,步履有点儿蹒跚;他朝我们走来,满脸笑容。这是邦帕尔。

"你来这里干什么?"我说话口气吃惊,却掩不住心里的怒火。

"我从俄罗斯回来一个星期了,"他说。

他笑了笑。

"给我介绍一下。"

"这是邦帕尔,以前你在德·蒙泰松夫人家见过一面的,"我对玛丽亚纳说。

"我记得,"她说。

她好奇地打量他,待邦帕尔坐下,她问:

"你从俄罗斯来,这个国家美吗?"

"冷,"他埋怨说。

他们开始谈论圣彼得堡。但是我没有在听。血从心房涌至咽喉,从咽喉涌至头部,我透不过气来;我有过这种阴沉迷乱的心情:这是害怕。

"你怎么啦?"玛丽亚纳说。

"太阳晒得我头痛,"我说。

她盯着我看,又奇怪又不安。

"你要休息会儿吗?"她说。

"不,马上会过去的。"

我站起身。

"来吧,"我对邦帕尔说,"我领你去看看花园。我们失陪一会儿,玛丽亚纳。"

她点点头。但是她困惑的目光跟着我们,因为我对她没有什么不能说的。

"您的妻子真动人,"邦帕尔说,"我很高兴更多地去了解她,跟她谈谈您。"

"你可留意,"我说,"我会报复的,你记得吗?"

"我觉得您若不适当地采取激烈行动,今天您也会遭受重大的损失,"他说。

"你要钱,多少?"我说。

"您真是非常幸福,不是吗?"邦帕尔说。

"你不用为我的幸福操心。你要多少?"

"幸福是从来不嫌贵的,"他说,"我要一年五万里弗尔。"

"三万,"我说。

"五万,决不二价。"

我心在胸中剧烈跳动;这一次我赌不是为了输,而是为了赢,我不作弊;我的爱情是真诚的,一个真正的威胁正压在我头上。不应让邦帕尔猜到他拥有广大的权力,不然他会再三提出要挟,很快搞得我倾家荡产;我不愿意玛丽亚纳过穷日子。

"不行,"我说,"你去跟玛丽亚纳说吧。她很快就会原谅我的谎言,你到头来一场空。"

他迟疑片刻:

"四万。"

"三万,决不二价。"

"行,"他说。

"明天你来取钱,"我说,"现在你走吧。"

"我走啦。"

我瞧他走远了,擦一擦湿润的手。我好像在赌自己的生命。

"他跟你要什么?"玛丽亚纳说。

"要钱。"

"你怎么对他那么不客气?"

"他叫我想起一些不愉快的往事。"

"你见了他那么激动是为了这个。"

"是的。"

她望着我,神情疑惑。

"怪事,"她说,"人家见了以为你怕他呢。"

"你胡思乱想。我为什么要怕他?"

"可能你们之间有些事情我不知道。"

"我跟你说过,我对这个人干了许多坏事,内心非常不安。"

"没别的?"她说。

"当然没别的。"

我抱住她。

"你着急什么?我有秘密瞒过你吗?"

她碰碰我的前额,说:

"啊!我能看透你的心思就好了。我不在的时候你想些什么,还有你的那个我弄不清楚的前半生,这些都叫我嫉妒。"

"我都跟你说了。"

"你跟我说了,但是我不清楚。"

她紧挨着我。

"我那时痛苦,"我说,"我没有活着,是你给了我幸福,给了我生命……"

我犹豫了。话已经到我嘴边。我有一个急切的欲望,就是不再说谎,把真相向她和盘托出;我觉得,那时,她若依然爱我,爱我这个生命无限的人,连同我的全部过去与毫无希望的未来,我才算是真正得救了。

"是吗?"她说。

她的眼睛在询问我。她觉得我有其他的话要跟她说。但是我想起了其他人的眼睛：卡特琳的，贝娅特丽丝的，安托纳的。我害怕看到她的眼神发生变化。

"我爱你，"我说，"这对你还不够吗？"

我笑了笑，她不安的脸松了下来，她也对我满怀信任地笑了笑。

"不错，这对我够了，"她说。

我温柔地把我的、她以为跟她一样会腐烂的嘴唇按在她的嘴唇上。我想："但愿上天永远不让她发现我的不忠！"

十五年过去了。邦帕尔来了好几次，向我要上一大笔钱，我都给了，但是我有一段时间没听说他了。我们生活幸福。这天晚上，玛丽亚纳穿了一件黑底红条塔夫绸长裙，站在镜前，凝视良久，我觉得她还是非常美。她突然转过身：

"你看来多么年轻！"她说。

我早把自己头发一点点染白，还戴上眼镜，竭力模仿上了岁数的人的姿态，但是我没法掩饰我的脸。

"你看来也很年轻，"我说。

我微微一笑。

"情人眼中不见老。"

"这话倒是真的，"她说。

她向一束菊花弯下身去，动手把其中枯萎的花瓣摘掉。

"昂里埃特要去参加这次舞会，我只能陪她去！没办法，又少了一个夜晚。我多么珍惜咱们俩的夜晚……"

"咱们还有其他的呢，"我说。

"但总是少了这一夜，"她叹了一声说。

她打开梳妆台的一个抽屉，从中取出几只指环，戴在指上。

"雅克以前多么喜爱这个指环,你记得吗?"她说着,给我看一个分量较沉的银戒指,上面镶了一颗蓝宝石。

"我记得,"我说。

其实我记不得了,他的一切我都记不得了。

"我们去巴黎时,他伤心极了。他这人爱动感情,这点超过昂里埃特。"

有一会儿,她不说一句话,脸朝窗口。外面在下雨,一种秋天的细雨。树上叶子稀疏,天空是棉白色的。玛丽亚纳高高兴兴朝我走来,双手放在我肩上。

"告诉我你要做些什么,这样我就可以想你而不致想错。"

"我到楼下实验室去,一直工作到打瞌睡为止。你呢?"

"我们会回家来吃一顿消夜,然后我得无聊地待在这个舞会上直到凌晨一点钟。"

"妈,您准备好了吗?"昂里埃特走进房间说。

她身材苗条颀长,像她的母亲;她还继承了她的蓝眼睛;但是,她的前额嫌高,鼻子太挺,这是福斯卡家的鼻子。她穿一件玫瑰色小花长裙,与她脸上突出的线条不相称。她向我伸出前额。

"再见,爸爸,我们走了您会无聊吗?"

"我怕会的,"我说。

她一边笑一边亲我:

"我要为您加倍地玩儿。"

"明天早晨见,"玛丽亚纳说。

她手在我脸上轻轻拂了一下,喃喃地说:

"想我。"

我倚在窗前,望着他们登上马车,目送车子到第一个路口。我有一种若有所失的感觉。我空自经过一番努力,这幢房子对我依然是陌生的,我像是昨天搬来、明天又得搬走似的,我不是在自己家里。我打开梳妆台的一个抽屉,里面有一只小盒子,装着雅克的一绺头发,一张他的小型肖像,几朵枯干的花;在另一只首饰盒里,玛丽亚纳放了昂里埃特的纪念物:一只乳齿,一张书写纸,一片刺绣。我关上抽屉。我羡慕玛丽亚纳收藏了那么多的珍宝。

我下楼走进实验室;里面是空的;我走在白色石板地上,脚下发出凄凉的回声;在我四周,小瓶、试管、曲颈瓶摆出一种固执敌对的神气。我走近显微镜。玛丽亚纳在一块玻璃板上,涂了一层研细的金粉,我若能给她描述事物的本来面目,我知道她会高兴的;但是,我自己不抱幻想,我永远捅不破这块天长地久的屏障。通过显微镜和望远镜,要看还是要凭自己的眼睛。事物只有在可以测知、可以触及时才对我们是存在的,顺从地处于空间与时间之中,与其他事物并列在一起;即使我们登上月球,钻入海底,我们还是一些摆脱不了人类世界的人。至于我们感官难以捉摸的神秘的现实:力、星球、分子、波,这是一大片空白——我们由于无知而钻研、又欲用语言去遮遮盖盖的一大片空白。大自然永远不会向我们泄露自己的秘密,因为它没有秘密;我们自己虚构了一些问题,然后又炮制了一些答案;我们在曲颈瓶底发现的只是我们自己的想法;这些想法历经几个世纪,变得繁琐复杂,形成日益庞大精微的系统,然而它们永远没法使我超越自己。我把眼睛贴在显微镜上,在我眼前出现的、在我脑海闪过的总是此物,决不是他物,我也成不了另一个。

将近午夜,我意外地听到一阵铃响,一辆马车的辘辘声;湿腻腻的道路在马蹄下发出啪哒啪哒的声音。我手提火把,朝大门走去;玛丽亚纳从车上跳下来,她单独一个人。

"你怎么回来这么早?"我问了一声。

她走过我面前,没有拥抱我,甚至没有瞅我一眼;我跟着她走进实验室。她走近炉子,我觉得她身子发颤。

"你冷?"我说。

我摸她的手。她急忙后退。

"不。"

"你怎么啦?"

她朝我转过脸。她穿着黑披风,显得十分苍白;她望着我,仿佛第一次看到。我在别人眼里也看到过这种表情:这是恐惧。

我又问了一句:"你怎么啦?"但是我知道了。

"这是真的吗?"她说。

"你说什么?"

"邦帕尔跟我说的是真的吗?"

"你见到邦帕尔?在哪儿?"

"他托人捎来了一封信。我到他的住所去了。我发现他坐在一张靠椅里,全身瘫痪。他对我说,他要报了仇再死。"

她的声音时断时续,目光停滞不动,她走近我。

"他说得不错,"她说,"脸上没有一条皱纹。"

她伸手摸我的头发:

"染白的,是吗?"

"他跟你说了些什么?"

"一切都说了,"她说,"卡莫纳、查理五世……怎么可能呢!是真的吗?"

"是真的,"我说。

"是真的!"

她后退一步,惊恐不安,眼睛死死盯着我。

"别用这种目光看我,玛丽亚纳,"我说,"我不是个幽灵。"

"对我来说,你比幽灵还陌生,"她慢慢地说。

"玛丽亚纳！"我说，"我们彼此相爱，什么都不能损毁这样一份爱情。过去算得什么？未来算得什么？邦帕尔跟你说的，不会一丝一毫改变我们的关系。"

"彻底改变了，永远改变了，"她说。

她颓然倒在一张靠椅上，两手捂住脸孔：

"啊！我宁愿你死！"

我在她身边跪了下来，掰开她的双手。

"瞧着我，"我说，"你认不出我了吗？是我，就是我。我不是另一个人！"

"啊！"她厉声嚷了起来，"你为什么不把真相告诉我？"

"告诉你后你还会爱我吗？"

"休想！"

"为什么？"我说，"你认为我是受了神的诅咒，还是让魔鬼附上了身？"

"我把整个身心给了你，"她说，"满以为你会跟我生在一起，死在一起。哪知道你只准备过上几年。"

她呜呜咽咽说不出话：

"千千万万个女人中的一个。有一天你会连我的名字也记不起来。是你，就是你，你不会是另一个人。"

她站起身。

"不，"她说，"不。这不可能。"

"我的爱，"我说，"你知道我是属于你的。我从来没有这样属于过一个人，今后也不可能了。"

我把她搂在怀里，她带着一种冷漠的神情随我摆布，像是疲劳到了极点。我说：

"你听着，你听我说。"

她点了点头。

"你知道,认识你以前,我是一个死人,是你叫我活过来的,你离开我后,我又会成为一个鬼魂。"

"你那时不是一个死人,"她挣脱我的拥抱,"你也决不会成为一个真正的鬼魂,你没有一时一刻曾和我是同一类的人。一切都是假的。"

"一个会死的人决不会为你受我此刻所受的痛苦,"我说,"也没有一个会及得上我那么爱你。"

"一切都是假的,"她又说了一句,"我们不会在同一个时刻痛苦,你是从另一个世界的深处来爱我的。你对我是完了。"

"不,"我说,"现在我们才是见面了,因为现在我们要在真诚中生活。"

"你对我什么都不会是真诚的,"她说。

"我的爱情是真诚的。"

"什么叫你的爱情,"她说,"两个会死的人相爱,他们的肉体与灵魂都倾注了彼此的爱情,爱情是他们的本质。对你,这是……这是一件偶然的事,"她把手压在额上,"我多么孤独。"

"我也孤独,"我说。

好一会儿,我挨着她、她挨着我默默坐在一起,眼泪扑簌簌从她脸上滚下来。

"你有没有想过,我的命运是什么样的一个命运?"我说。

"想过,"她说时望着我,脸上表情缓和了一些,"可怕的命运。"

"你不愿意帮助我吗?"

"帮助你?"她耸耸肩膀,"我帮助你十年,或者二十年。又怎样呢?"

"你可以给我几世纪的力量。"

"以后呢？另一个女人来救你？"

她激动地说：

"我不愿再爱你了。"

"原谅我，"我说，"我那时没有权利把这样一个命运强加在你的身上。"

我的眼泪也涌了上来。她扑在我的怀里，哀恸欲绝。

"我也不可能期望有另一个命运，"她说。

我推开草坪的栅栏，走去坐在红山毛榉的阴影下。奶牛在阳光灿烂的草地上吃草，天气炎热。我把一只山毛榉果壳抓在指缝间一捏而碎；我俯在显微镜前几个小时，此刻很高兴用自己的眼睛观望大地。玛丽亚纳不是在椴树下，便是在百叶窗后凉爽的客厅里等我。但是，我感到离开她还好一些；只要我们不在一起，我们就可以在心中想象即将见面的情景。

一头奶牛停在一棵树旁，头顶着树干摩擦；我想象我是这头牛，感到脸上一阵粗糙的抚摩，肚子里热的绿的一团；世界是一片辽阔的草原，通过嘴、通过眼睛进入我的体内；这种情景可以千古不易地存在下去。为什么我就不能千古不易地躺在这棵山毛榉下，不做一个动作，不存一点欲望？

奶牛挺立在我面前，圆睁着两只红睫毛大眼睛盯住我看；它的胃里塞满了青草，沉着地凝视这个待在那里一无用处的神秘物；它凝视我，却没有看见我，沉溺在自己的反刍的天地里。我望着这头奶牛、明亮的天空、白杨树、金黄的草，又看见了什么？我沉溺在人的天地里，沉溺在永恒中。

我仰身躺下，凝望天空。我永远到不了天空的另一边；我受到自身的羁绊，周围看到的永远是牢房的四壁。我又朝草原看了一眼。

奶牛躺下了,在反刍。一只布谷鸟叫了两声;这声平静的叫唤,叫唤不来什么,也消逝在寥寂中了。我站了起来,朝屋子走去。

玛丽亚纳在内室,坐在打开的窗子旁边;她向我微笑;这是一种机械的笑,其中生命已经荡然无存。

"你工作顺利吗?"

"我把昨天的试验又做了一遍。你该来帮我。你变得懒了。"

"我们不那么着急了,"她说,"你有的是时间。"

她撅了撅嘴。

"我累了。"

"好一点了吗?"

"还是老样子。"

她抱怨说肚子痛,变得十分消瘦,脸色发黄。十年、二十年……现在我在计算年份,有时我居然会想:"快!让它来吧!"从她得知我的秘密那天,她进入了弥留阶段。

"我怎么去跟昂里埃特说呢?"她停了一刻说。

"你还没有决定?"

"没有。我日夜在想这件事。这要十分慎重。"

"她爱那个人吗?"

"她要是爱,就不会来征求我的意见啦。但是,可能跟他过要比跟路易过幸福……"

"可能,"我说。

"她要是过另一种生活,肯定大不一样了,你说是吗?"

"那还用说,"我说。

我们这样的话已经说了二十多次,为了玛丽亚纳的爱情,我愿意对这件事表示关心。但是又怎么样呢?不论昂里埃特留在丈夫身边,还是随情人走了,她总是昂里埃特。

"只是,她若走了,由路易抚养女儿。这个孩子会有什么样的生活呢?"

玛丽亚纳望我一眼。现在她目光里有种古怪不安的东西。

"你会照顾她吗?"

"我们一起照顾她,"我说。

她耸耸肩膀:

"你知道我不久就不在了。"

她伸手摘下窗外一串紫藤花。

"想到你还在人世,永远在人世,应该说这是一种保障。其他人是不是认为这是一种保障?"

"哪些人?"

"卡特琳,贝娅特丽丝。"

"贝娅特丽丝不爱我,"我说,"卡特琳当然希望天主让我有朝一日在天上跟她团聚。"

"她对你说啦?"

"我不知道,但是她肯定这样想的。"

"你不知道?你记不起来了吗?"

"记不起来了,"我说。

"她说的话有多少你还记得起来的?"

"有几句。"

"她的声音呢?你能够回忆起她的声音吗?"

"回忆不起来了,"我说。

我摸摸玛丽亚纳的手。

"我对她不像我对你那么爱。"

"噢!我知道你会把我忘记的,"她说,"这样肯定还好些。所有这些回忆,应该说是一个沉重的负担。"

她把紫藤花放在膝上,用她瘦削的手指搓弄。

"你活在我心中,比活在任何一个会死的人心中更长久,"我说。

"不会的,"她声音尖了起来,"你若是个会死的人,我会在你心中活到世界末日,因为你的死对我就是世界末日。而现在,我要在一个永远没有末日的世界上死去。"

我回答不上来,我没法儿回答上来。

"你以后做什么?"她说。

"我努力按你的愿望去愿望,按你的行动去行动。"

"努力去做一个普通人,"她说,"对你来说没有其他得救的道路。"

"我会努力的,"我说,"现在我感到人亲切起来了,因为他们是你的同类。"

"帮助他们,"她说,"把你的经验贡献给他们。"

"我会这样做的。"

她经常跟我谈起我悲惨的未来。但是,她没法不用她这颗会死的心来想象这件事。

"答应我这样做,"她说。

她眼中又闪动一点从前的热忱。

"我答应你这样做,"我说。

一只胡蜂嗡嗡飞来,停在一串紫藤花上;远处,一头奶牛哞地叫了一声。

"这可能是我最后一个夏天了,"玛丽亚纳说。

"不要这样说。"

"总有一个夏天是我最后一个夏天,"她说。

她摇摇头。

"我不羡慕你。但是你也不要羡慕我。"

我们长时间坐在窗边,眼望着彼此沉沦,双方都束手无策,即使是阴阳两隔的人也不见得相隔更远,既不能共同行动,相互也说不上几句话。可是我们却绝望地相爱着。

"把我抱到窗前,"玛丽亚纳说,"我要最后看一眼太阳落山。"
"你会累的。"
"我求你。最后一眼了。"
我掀上被子,把她抱在怀里。她瘦了许多,身子轻得像个孩子。她撩开窗帘。
"是的,"她说,"我记起来了。那时多美。"
她放下窗帘。
"这一切对你依然存在,"她说时发出一声哽咽。
我又把她放在床上;她的脸又黄又皱,她的头发剪了,因为头发的重量压得她脖子发酸,她的头变得那么小,使我想起一个印第安村子广场上撒满的涂香料的人头。她说:
"以后会发生那么多的事,那么多的大事。我都看不到了!"
"你还能活很久。医生说你的心脏非常健康。"
"不要骗我了,"她突然火了,"你已经骗得我够了!我知道这次完了。我要离开了,孤零零一个人离开。你没了我,依然在这里,永远永远。"

她伤心地呜呜哭了起来。

"孤零零一个人!你让我孤零零一个人走了。"
我拿起她的手,紧紧握了一握。我多么愿意跟她说:"我和你一起死!把我们埋在同一个坟墓里,我们的一生已经度过了,现在什么都不存在了!"
"明天,"她说,"太阳落山时,我哪儿都不在了。只存下我的尸体。有一天你打开我的棺木,里面只剩下一堆尘土。甚至连那些骨头也会化为尘土,甚至那些骨头!……"她又重复一句说,"对你一切如常,仿佛我从来不曾存在过似的。"

"我仍和你生活下去,通过你生活下去……"

"你没了我也会生活下去的,有一天你会把我忘了。啊!"她抽抽噎噎地说,"这不公平!"

"我但愿能和你一起去,"我说。

"但是你做不到,"她说。

她脸上汗水淋漓,手又湿又凉。

"只要我能想,十年后,二十年后,他会来找我的,这样死就不那么难受了。但是不。永远不会。你把我永远抛下了。"

我说:"我会不断地想你。"但是她像没有听到,又颓然倒在枕头上,神衰力竭,喃喃地说:

"我恨你。"

"玛丽亚纳,"我说,"我多爱你,你不知道了吗?"

她摇摇头:

"我一切都知道。我恨你。"

她闭上眼睛,过一会儿,像睡熟了,但是,她在睡梦中也呻吟不已。昂里埃特走来坐在我身边,这是个身材高大、面貌严峻的女人。

"呼吸微弱了,"她说。

"是的。这是最后时刻。"

玛丽亚纳手指痉挛了,嘴角往下挂,形成一副痛苦、厌恶、责备的怪相;然后,她一声叹息,整个身子松了下来。

"她死得多平静,"昂里埃特说。

两天后,我们把她下葬了。她的坟墓耸立在一片坟地中间,是许多块石头中的一块石头,在天空下恰恰占一个坟墓的位子。仪式完毕,他们撇下玛丽亚纳、她的坟墓、她的死而走了。我还坐在石板地上。我知道人不是死在坟墓里的,埋在坟墓里的是一个内心痛苦的老妇人的尸体;但是玛丽亚纳,带着她的微笑、她的希望、她的吻、她的温情,伫立在过去的边缘上;我还看得见她,还能跟她说话,对她微笑,我感到曾使我变成一个普通人的这种目光还停留在我身上:过一会儿,门要关上了,我愿意堵住不让它关上。应该不言不动,不听不看,不接受这个现在的世界;我躺到地上,闭上眼睛,使出浑身力量把这扇门撑开,不让现在来临,是为了要过去继续存在。

这样持续了一天、一夜,还有几个钟点。突然我一阵哆嗦;没有发生什么,但是蜜蜂在坟地花丛中的嗡嗡声我听出来了,我还听到远处一头奶牛的哞叫声。在我的心底,也发出低沉的"砰"的一声,事情过去了,门已关上了,没有人再能跨过这扇门去。我伸了伸僵硬的腿脚,用一条胳臂撑起身子:我现在做什么?我站起来继续活下去?卡特琳死了,安托纳、贝娅特丽丝、卡利埃,所有我爱过的人都死了,我还是继续活了下来;我在这里,几世纪来没有变过;我的心可以一时为怜悯、反抗、沮丧而跳动;但是我都逐渐淡忘了。我把手指插进地里,绝望地说:"我不愿意。"一个会死的人可以拒绝继续走他的道路,可以把这种反抗永远延续下来,他可以自杀。但是我是生命的奴隶,生命把我往前推,朝着冷漠无情与遗忘的道路上走去。抵抗是徒然的。我站起身,慢慢朝家走去。

我走进花园,看到半边天空乌云密布,另半边清明澄碧;屋子的一堵墙仿佛是灰色的,屋子正面则白得耀眼;草像是黄的。不时掀起一阵暴风,吹得树枝荆棘弯了下来,然后一切恢复静止不动。玛丽亚纳喜欢暴风雨。我不能使她在我身上重生吗?我代替她坐在椴树下。我望着狂暴的阴影、耀眼的亮光,呼吸着木兰的芬芳;但是光线和香味是不说话的,这个白天不是为我而生的;白天迟迟不来,是等着玛丽亚纳来度过它。玛丽亚纳不会来了,我又不能代替她。随着玛丽亚纳的逝去,一个世界沉落了,这个世界永远不会重见光明。现在,所有的花又变得一模一样,天空的五光十色也变得清浊不分,白天也只有一种颜色:冷漠无情的颜色。

一个女仆打开旅馆大门,把一盆水泼在石子路上,用怀疑的目光朝雷吉娜和福斯卡扫了一眼;二楼上百叶窗响动了。雷吉娜说:

"他们可能会给我们来杯咖啡。"

他们走了进去。一个妇女用拖把擦洗餐厅的地板;雷吉娜和福斯卡在一张盖漆布的桌子前坐下。

"你们有什么喝的吗?"雷吉娜问。

那个妇女抬起头,拿湿拖把在一个脏水桶上拧干,突然笑了起来:

"我可以给你们来点牛奶咖啡什么的。"

"要烫的,"雷吉娜说。

她望了福斯卡一眼,说:

"这样说来,两世纪以前,您还是能够爱的。"

"两世纪以前,不错。"

"您当然马上把她忘了啰?"

"不是马上,"福斯卡说,"有好长一段时期,我在她的目光下生活,我抚养昂里埃特的女儿,我看着她长大、结婚、死亡;她留下一个小男孩,叫阿尔芒,同样由我抚养。孩子十五岁时,昂里埃特死了。这是一个自私冷酷的老太婆,她恨我,因为她知道我的秘密。"

"您经常想念玛丽亚纳吗?"

"我生活的世界也是她的世界,人是她的同类,因而我为他们工作,也是为她工作。这样帮我过了将近五十年:我进行物理和化学研究工作。"

"这一切还是没法叫她不死?"雷吉娜说。

"难道还有叫她不死的办法吗?"

"没有,"雷吉娜说,"当然没有这样的办法。"

女仆在桌上放了一只咖啡壶、一小缸牛奶、两只大碗,是蓝蝴蝶图案浅红色瓷碗,雷吉娜心想:"跟我童年用的一样。"这是一种机械的想法,这些话已经不存在任何意义了;她不再有童年,不再有未来,对她说来也不再有颜色、气味、光线。目前,她还能感觉到的,是她上腭与咽喉部分这种发烫的刺激;她贪婪地喝着。

"故事快结束了,"福斯卡说。

"把它结束了吧,"她说。"我们把它结束了吧。"

第五部分

在走廊尽头,响起了隆隆鼓声,所有人的眼睛都朝门看去。布雷南眼里噙着泪水;斯比内尔抿着嘴,细瘦的颈前那只喉结痉挛似的牵动;阿尔芒手插在上衣口袋里,乌黑的络腮胡子遮着一张铁青的脸。窗户紧闭,但还是听得到从广场传来的吼叫声;他们高喊:"不要波旁家族!共和国万岁!拉斐德①万岁!"天气十分炎热,阿尔芒额上冒出一颗颗汗珠,但是我知道,沿着他的脊梁骨闪过一阵寒颤。此刻,我在窥探他们的内心;我感觉到他微湿的掌心有一种金属的凉意,我自己掌心有一种阳台铁栏杆的凉意。他们曾经高喊过:"安托纳·福斯卡万岁!卡莫纳万岁!"一座教堂在黑夜里烧了起来,胜利的火焰冲向天空,失败的黑色尘埃雨点似的落在我心头;空气中有一种谎言的味道。我抓住栏杆,想:"一个人就无所作为了吗?"他握紧手枪的枪柄,想:"我会有所作为的。"为了证实这一点,他准备去死。

鼓声突然歇了,响起了脚步声,那个人出现了;他含着笑,但是脸是苍白的,跟阿尔芒一般苍白。横在他胸前的三色缎带下,他的那颗心怦怦跳着;他的嘴发干。拉斐德走在他旁边。阿尔芒的手慢慢地从口袋里伸出来;我抓住他的手腕。我说:

"没用,我把子弹退膛了。"

大厅里升起了一个洪亮的声音:海的声音、风的声音、火山的声音；那个人走过我们面前；我紧紧握住阿尔芒的手,这只手在我的手指间变得软弱无力；我把枪夺了过来。他向我看看,脸上泛起红晕。

"这是背叛,"他说。

他朝门口走去,跑下楼梯。我跑在他后面。广场上,他们挥动三色旗,有几个人还在喊："共和国万岁!"但是大多数群众默不做声；他们两眼盯着市政厅窗户,他们在犹豫。阿尔芒走了几步,紧紧抱住一根路灯杆,像个醉汉；他的腿在哆嗦。他在哭。他哭是因为他被征服了,因为他的生命得救了。他躺在床上,肚子打了个窟窿,他是个征服者,他死了；他在微笑。突然又响起吼声："拉斐德万岁！奥尔良公爵②万岁!"阿尔芒抬起头,看见将军和公爵在市政厅阳台上拥抱,身上都披了一面三色旗。

"赢了!"他说。他的声音不带怒气,然而有一种极大的倦意。"您没有权利那样做,这是我们唯一的机会!"

"这是没有意义的自杀,"我冷冷地说,"公爵算什么？什么都不是。他的死不会改变什么。资产阶级下决心要篡改革命,他们会成功的,这个国家要建立共和制还不成熟。"

"您听听他们,"阿尔芒说,"他们像孩子似的受人拨弄。就没有人要他们睁开眼睛看看？"

"您自己就是个孩子,"我碰他的肩膀说,"您以为暴动三天就能把全国人民教育过来啦？"

---

① marquis de La Fayette(1757—1834),法国资产阶级革命活动家,早年参加北美独立战争。一七八九年,作为贵族等级代表参加三级会议,起草《人权宣言》。革命初期任国民军司令,属君主立宪派,复辟时期转为资产阶级自由分子反对派,参加一八三〇年七月革命,支持建立七月王朝。
② 即路易-菲力浦一世(Louis-Philippe d'Orléans,1773—1850),出身于波旁家族的一支旁系瓦卢瓦,一八三〇年七月革命后取得法国王位,建立七月王朝,一八四八年被推翻。

"他们要自由,"阿尔芒说,"他们为自由流了血。"

"他们流了血,"我说,"但是他们知道为什么吗?他们真正的意愿是什么,连自己也不明白。"

我们走上了塞纳河河滨道,阿尔芒走在我旁边,拖着两条腿,垂头丧气的。

"昨天胜利还在我们手中,"他说。

"没有,"我说,"你们并没有胜利,因为你们成功了也没有能力维持。你们没有准备。"

一件宽大的白色法衣,鼓满了水,在河面上漂。靠岸停着一条船,桅杆上挂一面黑旗;有几个人抬来几副担架,放在斜坡上,人群伏在桥栏杆上一声不出,扑面升起一股气味,这是里维尔的气味,罗马广场的气味,战场的气味,胜利与失败的气味,相形之下,鲜红的血显得那么黯淡。他们把尸体堆到船上,再铺上一层干草。

"他们白死了,"阿尔芒说。

我望着阳光照耀下的茅草,底下是长满蛆虫的人肉在发酵。为人类、自由、进步、幸福而死,为卡莫纳而死,为帝国而死,为一个不属于他们的未来而死,为最终不得不死而死,白白而死。话已经到我嘴边,但是我没说出来;我已经学会了怎样跟他们说话。

"他们是为了明天的革命而死的,"我说,"在那三天,人民发现了自己的力量;他们还不知道如何使用,但是明天他们会知道的。要是您去从事未来的准备工作,而不是毫无意义地去殉难,他们会知道的。"

"您说得对,"他说,"共和国需要的不是殉道者。"

有一会儿,他身子倚在桥栏杆上,两眼盯着那条载尸船,后来他转过身:

"我要去报馆。"

"我跟您一起去,"我说。

我们离开河滨道。拐角处,一个人正把一张告示往墙上贴。上面写着一些粗大的黑字:"奥尔良公爵不是波旁家族的人,他是瓦卢瓦家族的人。"远处,在一道栅栏上,我们看到撕破的共和派宣言。

"什么事都做不成了!"阿尔芒说,"而昨天,有什么事我们不能做!"

"要耐心,"我说,"您前面有整整的一生。"

"是的,这全亏了您。"

他勉强向我笑笑:

"您怎么猜着的?"

"我看见您给手枪上膛。要看透您的心思不难。"

我们穿越马路,阿尔芒眼睛盯着我困惑不解:

"我在想,您为什么那么无微不至地照顾我。"

"我对您说过,我非常爱您的母亲,由于她我把您看做一位亲人。"

他一声不答,但是当我们走过一面弹孔累累的橱窗前,他停住脚步。

"咱们俩很像,您从来没有注意到吗?"他说。

我望着两个人的映像:我这张几世纪来没有变化的脸,他这张涉世未久的脸,还有他的黑色长发、络腮胡子、热情的眼睛;我们都有一样的鼻子——福斯卡的鼻子。

"您想到什么啦?"我说。

他迟疑一下:

"我以后跟您说。"

我们走到《进步报》报馆的大楼前;人行道上有一群衣衫褴褛的汉子,他们用肩膀猛撞紧闭的门。他们叫喊:"我们要枪毙这些共和分子!"

"啊！这些蠢人！"阿尔芒说。

"我们从后门进，"我说。

我们绕过这一排房屋，敲门，门上小窗开了，然后大门打开一条缝。

"快进，"瓦隆说。

他衬衫敞开，胸前冒汗，手里握了一支长枪。

"你去试试，叫加尼埃下决心走。他们要杀他。"

阿尔芒几步蹿上了楼梯。加尼埃坐在编辑室一张桌子旁边，围在一群青年中间。他们没有武器。只听到从街心传来沉闷的枪声、喊杀声。

"您还等什么？"阿尔芒说，"从小门溜走。"

"不。我要接待他们，"加尼埃说。

他害怕。从他扭歪的嘴角、痉挛的手指，我可以看出他害怕。

"共和国要的不是殉道者，"阿尔芒说，"别让他们把您杀了。"

"我不愿意他们捣毁我的印刷机，烧掉我的稿件，"加尼埃说，"我要接待他们。"

他声音坚定，目光严峻。但是，我感觉到他内心是害怕的。他若不害怕，无疑会同意走的。他高傲地补充了一句：

"我一个人也不留。"

"这话白说，"我说，"您知道，这些青年不会离开您的。"

他环顾了一下，显得犹豫不决。这时刻，听到一声巨大的开裂声，一群人疯狂冲上楼来。他们喊："杀死共和分子！"玻璃门打开了，他们拥了进来，刺刀挺在前面，样子醉醺醺的。

"你们要干吗？"加尼埃说话声音干咽。

他们迟疑了，其中一个人喊：

"我们要剥掉你这个共和分子的臭皮囊！"

他往前扑,我纵身跳到加尼埃前面,当胸挨了一刺刀。

"你们是些杀人犯?"加尼埃叫道。

他的声音从很远地方传入我耳中;我觉得血湿透了我的衬衣,眼前是一片迷雾。我想:"这次我可能要死了,我可能完了!"后来,我发现自己躺在一张桌子上,胸前扎了一块白布。加尼埃说个不停,这些汉子朝门口退去。

"不要动,"阿尔芒对我说,"我去找个医生。"

"用不着,"我说,"刀卡在一根骨头上。我没什么。"

在街上,在窗下,他们继续喊叫:"枪毙共和分子。"但是,这些汉子已经旋转脚踵,走下楼梯。我站起身,掖上衬衫,扣上外衣。

"您救了我的命,"加尼埃说。

"别谢我,先看看生命留给您的是什么。"

我想:"这一来,他还要带着害怕的心理活上几年。"

"我回去休息。"

阿尔芒跟我一起下楼,我们不出声走了一会儿,然后他说:

"您是应该死的。"

"刀卡在……"

他打断我的话:

"挨了这么一刀,一般人没有能站得起来的。"

他抓住我的手腕:

"把真相告诉我吧。"

"什么真相?"

"您为什么要照顾我?为什么咱们俩那么像?刺刀并没有卡住,您怎么又会不死的?"

他说话口气异常兴奋,手指痉挛似的抓住我的胳膊:

"很久以前,我就怀疑……"

"我不明白您想说些什么。"

"从小我就知道,我有一个祖先,他永远不会死,从小我就希望碰见他……"

"您母亲跟我说起过这个传奇……"我说,"您能相信吗?"

"我一直深信不疑,"他说,"我总是在想,他若对我有些情意的话,我和他一起可以轰轰烈烈干一番。"

他的眼睛亮了,怀着激情望着我;查理五世把头扭了过去,下嘴唇往下挂着,在垂落的眼皮下,眼睛像死了似的,而我答应说:我们轰轰烈烈干一番。我一言不出,阿尔芒不耐烦地对我说:

"这是一桩秘密?为什么要神秘兮兮的?"

"您相信我不会死以后,看着我不害怕吗?"

"那有什么可害怕的?"

他笑了一笑,神采飞扬,一下子显得非常年轻;我心中有什么东西动了:平淡无奇的、带着一种年代悠久、有点陈腐的香味。喷泉在歌唱。

"是您,对吗?"

"是我。"

"那未来属于咱们的了,"他说,"谢谢您救了我的命!"

"先不要高兴!"我说,"会死的人在我身边生活是危险的。对他们来说,他们的生命一下子显得那么短促,他们的所作所为也不像会有结果。"

"我知道,我不多不少只有一个普通人的生命,"他说,"有了您不会有任何变化。"

他望着我,仿佛第一次看到,他已经起了贪心,要利用出现在他面前的大好机会。

"您见过的世面可多啦! 您参加过大革命吗?"

"参加了。"

"您以后给我说说,"他说。

"我那时并不很关心,"我说。

"啊!"

他打量我,有点扫兴的样子。

我突然说:

"我到了。"

"我上您屋里坐会儿,打扰您吗?"

"什么都不会打扰我的。"

我推开图书室的门。玛丽亚纳在椭圆形镜框里微笑,她青春的肩膀袒露在蓝色长裙上。我说:

"她是您的外曾祖母。我的妻子。"

"她很美,"阿尔芒有礼貌地说。

他的目光在房里扫了一遍。

"这些书您都看了?"

"差不多都看了。"

"您一定是个大学者。"

"我对科学已不感兴趣。"

我望着玛丽亚纳,我想谈谈她,她死了很久了;但是对阿尔芒,他今天才开始存在;她会在他心中复活,美丽、年轻、热情。我说:

"她对科学充满信心。她跟您一样,相信进步、理性、自由。她热诚地献身于人类的幸福……"

"这些您不相信吗?"他说。

"当然,"我说,"但是她,这是另一回事。她充满活力,凡经她碰过的东西,无不有了生命:花、思想……"

"女性经常比我们慷慨,"阿尔芒说。

我拉上窗帘,对他这句话没有回答。我点了一盏灯。对他来说,玛丽亚纳是什么呢?千千万万死人中的一个死人。她在椭圆形镜框内含着一成不变的微笑,她永远不会重生。

"您为什么对科学不感兴趣了?"阿尔芒说。

他累得有点摇摇晃晃,眼皮眨个不停;但是,没有从我这里获得好处以前,他打定主意不离开。我说:

"科学不会使人超越人的本性。"

"有必要超越吗?"

"对您肯定没有必要。"

我突然加上一句:

"您该休息会儿。您看来精疲力竭了。"

"我这三天睡眠不足,"他说时,含歉地笑了一笑。

"在同一天内死后又复生,"我说,"这是一个严峻的考验。您躺在沙发床上睡吧。"

他往长沙发上倒了下来,说:

"我睡会儿。"

我依然站在沙发旁。夜正在来临。那边,暮色苍茫中,响彻着节日的欢呼声,但是在这间拉上窗帘的工作室内,除了阿尔芒轻微的鼾声,听不到别的。他已经睡了。四天来,他第一天摆脱了恐惧,摆脱了希望;他睡了,守夜的是我,在我内心深深感到这一天的重量,这一天在窗子后面进入了沉重的弥留阶段。佩尔戈拉城内阒无一人的广场,佛罗伦萨的远不可及的金色圆顶,卡莫纳阳台上淡而无味的葡萄酒……但是他也有过胜利的陶醉,听过马拉泰斯塔的狂笑,见过安托纳临死时的微笑;卡利埃望着黄浊的河水嘿嘿冷笑:我到了;而我,两手撕破自己的衬衫,生命使我窒息。他胸中有过希望,乌云密布的空中也有过红彤彤的太阳,平原远处也有过蓝色的山影,天涯也有过悠悠远飘的帆影,倏忽失落在望不见的地坳里。我俯身看阿尔芒,望着这张年轻、抑郁不欢的脸;他梦见了什么?他睡着,唐克雷德、安托纳、查理五世、卡利埃也曾这样睡过;他们都很像;可是对每个人,生命都有一种独特的味道,只有本人才能体会。这么一个生命是永远不会重现的;在每个人身上,生命没有一点一滴不是崭新的。他不会梦见佩尔戈拉的广场,也不会梦见黄浊的大河,他有他的形形色色的梦,是我无法剥夺其一丝一毫的。我永远无法脱胎换骨,做他们中间的一分子。我可以试图为他效劳,但我不会用他的眼睛观看事物,不会用他的心体验感情。尾随我身后的永远是红彤彤的太阳、黄水的咆哮、佩尔戈拉的可憎的孤独:这是我的过去!我从阿尔芒身边走开;对他,也像对其他人一样,我不应该抱任何希望。

黄色的天空中浮现一团青烟,接着,这团青烟拉长了,飘动了,断了。某处,银色沙滩上,一片棕榈树影朝着一块白色卵石爬去。我多么愿意躺在这块沙滩上;每次我强迫自己讲他们的语言时,总感到空虚和疲劳。

"在印刷和出版问题上,把一张起义号召书张贴在当局人士事先知道的场所,才构成现行罪。最近一个月来,凭押票而加以逮捕的作家中,没有一个是真正在犯现行罪时被抓住的。"

隔壁房间里,阿尔芒在高声念我的文章,其他人听着;有时,他们高兴得鼓起掌来。他们鼓掌,要是我推开门,他们的脸马上板了起来。我徒然每夜和他们一起工作,徒然写他们要我写的每篇文章,我在他们眼中还是一个陌生人。

"你们把一个无辜的人从他家里劫走,进行非法控告,几星期关在暗牢里,还妄加罪名,理由是他在失望和愤怒中对你们的官吏说了一句挖苦话,我要说你们这是在践踏法国人民用鲜血争取来的神圣权利。"

这几句话是我写的,而我在想:"玛丽亚纳会对我满意的。"但是这几句话,我已认不出来了;在我心中有的只是一片沉默。

"这一篇文章会引起轰动,"加尼埃说。

他已走到我跟前,望着我,神经质地扭动嘴。他愿意对我说几句恭维话,唯有他一个人看见我不怕,但是我们没有谈过心。

"等着打官司吧,"他终于说,"我们会赢的。"

门砰的一声开了,斯比内尔进来。他脸色红扑扑的,鬈发上还沾有凉意和夜气。他把围脖扔在椅子上,说:

"伊夫里暴动了。工人捣毁了纺织机,殴打了拿刺刀冲锋的军队。"

他说话太急,结结巴巴。他并不关心工人,也不关心捣毁的机器和流血;他很高兴,因为给报馆带来了重要消息。

"死人了吗?"加尼埃说。

"三个。伤了好几个。"

"死了三个……"

加尼埃脸上表情紧张。他的心也不在伊夫里、叫声、枪声上;他在设想大字标题。军队手提刺刀冲向工人。他已经在斟酌文章的开头。

"他们捣毁了机器!"阿尔芒说,"应该跟他们解释这是愚蠢的……"

"那又怎么样?"加尼埃说,"重要的是那边发生了暴动。"

他转身对斯比内尔说:

"我上排字房去,你跟我来。"

他们出去了,阿尔芒坐在一张靠椅里,脸对着我;他在思考。

"加尼埃错了,"他终于说,"这些暴动对事情毫无好处。您对我说过,应该首先教育人民,您是对的。"

他耸耸肩膀。

"您想想,他们竟把机器也捣毁了!"

我没有回答。他也不等待回答。他迷惑不解地观察我,我没法猜知他在我脸上看到了什么。

"麻烦的是他们不信任我们,"他说,"夜校、公共集会、小册子,靠这些我们没法接近他们。我们说的话他们听不进去。"

他的声音中有一种呼吁。我笑了:

"您要我做什么?"

"要影响他们,必须生活在他们中间,跟他们一起工作,与他们并肩作战,应该做他们的一分子。"

"您要我做一个工人?"

"是的,"他说,"您可以做大量工作。"

他贪婪地望着我,我在这样的目光下感到安全,因为我仅是一种供人利用的力量。我既不使他害怕,也不引起他的好感,他利用我,如此而已。

"要一个会死的人这样做,是一个很大的牺牲。但是对您,十年、十五年的生命算不了什么。"

"这确实算不了什么,"我说。

他顿时容光焕发:

"那么您同意了?"

"我可以试试,"我说。

"喔!这不难,"他说,"您肯试,您就会成功。"

我重复一句:

"我试试。"

我躺在蚂蚁窝旁,她来了,我站起身,她跟我说:"做一个普通人。"我还听到她的声音,我望着他们说:"这是些普通人。"但是,在夜色沉沉的印刷间,我在湿腻腻的卷纸上涂红的、黄的、蓝的颜色时,我不能堵住另一个声音对我说:"人是什么？他们能对我做什么?"机器的嗡嗡声震得我们脚下的地板发颤,这也是这个停滞而又动荡的时代的颤声。

"还要很久吗?"那个孩子说。

他站在一张矮梯子上,在一只研钵内调颜料。我感觉到他的背弯了,两腿发麻了,还有那颗又空又重的头,直拉了他往地上冲。

"你累了?"

他连话也没回答。

"你休息会儿,"我说。

他在矮梯的最高一级坐下,闭上眼睛。早晨以来,蘸了颜料的画笔在卷纸上来回涂个不停,从早晨起,都是同样混浊的光线、颜料的气味、节奏均匀的机器声:永远、永远。从早晨起,自开天辟地以来,永远是厌倦、疲劳和时代的颤声。纺织机永远、永远响彻卡莫纳的大街小巷,响彻根特的大街小巷,梭子穿过来——穿过去——穿过来——穿过去;房屋燃烧了,烈焰中升起了歌声,鲜红的血和玫瑰色的沟水流在一起,机器顽固地响着:永远、永远。手把笔浸入红色的浆液,手拿笔在纸上用力涂画。孩子的头耷拉在胸前,他睡着了。对他们来说,活只是不死而已。在四五十年的时间内不死;最后,还是死了。挣扎有什么用呢？不管怎么样,他们不久都会解脱的,每个人都要先后死去。在那里,棕榈树影朝着卵石爬去,海水拍着沙滩。我想跨过这道门槛,试图去变成一块普通的石头。

孩子睁开眼睛。

"钟没有敲吗?"

"五分钟内要敲了。"

他笑了。我贪婪地把这声笑珍藏在心中。由于他脸上这道神采,机器的嗡嗡声、颜料的气味,这一切都变了;时间不再是一条不涨不落的河川;在人间还有希望,还有惋惜,还有恨与爱。最后,是死了;但是首先,他们是活着。不是蚂蚁,不是石头,而是人。通过这声笑,玛丽亚纳又在向我招手:信任他们,跟他们在一起,做一个人。我把手放在小孩头上。这个声音我还能听上多久?当他们的笑、他们的泪在我心中引不起一点回声的时候,我会变成什么呢?

"完了,"我说。

那个人还是坐在椅子边上,带着迟钝的表情凝视靠在枕上的这张青色面具。一个女人死了,七层楼的那个得救了:事情也可以恰好相反;至于我,这没有一点区别。但是对这个人来说,死的偏偏是这个女人:他的女人。

我离开房间。流行病一开始,我便申请做护理人员,整夜给他们敷发疱药,放水蛭。他们愿意治好病,我也竭力把他们的病治好;我竭力侍候他们,不对自己提出问题。

路是空的,但是可以听到右边传来一阵响亮的铁器声,这是一辆炮车颠簸着滚过来,炮车是用来运送棺木的。有人说,一路的颠簸常常会把木板震碎,尸体滚落街头,五脏六腑流得满地都是。有几个人用床垫、木板抬了白皮肤黑斑纹的尸体,走在玫瑰色街面上,横七竖八地往沟里扔。能外逃的都外逃了,有的步行,有的骑马,有的骑驴,他们越过暗道,乘驿车,乘大车,乘轿式马车,他们飞奔着越过了巴黎的城门。法国议院贵族、大资产者、官吏、议员、有钱的人,个个逃跑了,那些逃不了一死的人夜里在荒弃的宫廷里跳舞,早晨听高大的黑衣僧侣在广场上讲道。穷人没法逃,他们留在瘟疫横行的城内,他们躺在床上,不是发冷,便是发烧,脸上铁青,脸上黑灰,遍体长满深色的斑点。早晨,尸体沿门摆成一排,死亡的气味直冲云霄;在阴霾的天空下,垂死者送往医院,关在门后奄奄一息;他们的家属、他们的朋友徒然簇拥在铁门外面,只是听到他们临终的咽息。

我推开门。阿尔芒坐在床前,加尼埃站在桌子旁边,桌上点了一支蜡烛。

"你们怎么来了?"我说,"太大意了!你们不信任我?"

"我们不能由他一个人孤零零死去。"阿尔芒说。

加尼埃没有说话,他双手插在口袋里,两眼注视床上躺的人形。我俯身看斯比内尔。皱缩的皮肤紧贴着骨头,在这张发青的羊皮纸下已经勾勒出一个骷髅的头形;他的嘴唇苍白,额上冒出一颗冷汗。我摸摸他的手腕,冷的,湿腻腻的,脉息几乎不跳了。

"没治了吗?"阿尔芒说。

"一切办法都试过了。"

"他已经满脸死气……"

"二十岁,"加尼埃说,"他那么热爱生活……"

两个人绝望地瞧着这张干瘪的脸。这个行将消灭的生命,对他们是独一无二的,这是斯比内尔的生命,他才二十岁,是他们的朋友。他跟松柏道上跳跃的每一块金色斑点一样独一无二;我望着贝娅特丽丝,问自己:"她像不像那些朝生暮死的昆虫?"我爱她,她显得无动于衷;我不再爱她了,她的死不比一个蜉蝣生物的死更有分量。

"他能挨到天亮就还有救,"我说。

我把手伸进被窝,开始慢慢地、猛力地揉捏这个冰冷的身子。我抱他躺在我的披风上,两手揉捏他年轻的肌肉,我已是第二次使他降生在这个世界,他却腹部带了个窟窿离开了这个世界;我给他带来了玉米、干肉,他却对着自己的脑袋打了一枪,因为他饿得要命。我把他揉捏了好一会儿,在我的手指下,微微的暖气朝他的心房里钻。

"可能他顶得住,"我说。

外面,有人在我窗下奔过,他们无疑是奔向救济站去求救的,救济站的红灯在路角发亮。然后又是一片静默。

"你们应该离开这里了,"我说,"你们留在这里对他没用。"

"我们应该留在这里,"阿尔芒说,"我死的时候也喜欢好朋友待在身边。"

他温情地望着斯比内尔,我知道他不怕死。我转身向加尼埃;这个人令我纳闷,他眼里没有情意,只有恐惧。

"想想,感染的危险性是很大的。"

他的嘴微微撇了一下,我又一次觉得他有话要和我说,但是他不动声色;几乎从来没有看到他笑过,也没有人知道他想些什么。突然,他走到窗前,打开窗户:

"发生什么事啦?"

街上人声鼎沸。每天到了晚上,都有人在十字路口点上一堆火,希望能够净化空气。我们通过火光,看到一群破衣烂衫的男女,拖一辆板车通过广场。他们叫道:"打死那些不给饭吃的人!"

"这是些叫花子,"加尼埃说。

一项法令规定,夜间把垃圾污秽运走后,才许他们去捡破烂;他们走投无路,恨恨地喊:"打死那些不给饭吃的人!"他们喊过:"魔鬼的儿子!"把口水啐在地上。

加尼埃关上窗户。

"我们要有几位领袖人物!"阿尔芒说,"人民已经成熟了,可以进行一场革命了。"

"最多是一场暴动,"加尼埃说。

"我们应该有能力把一场暴动转化为一场革命。"

"我们太四分五裂了。"

他们前额贴着玻璃,梦想暴动,梦想骚乱;我望着他们,对他们毫不理解。有时候,我觉得他们对待最终难免一死的生命认真得好笑:为什么他们这样绝望地瞧着斯比内尔?有时候,他们又轻率地去接受覆灭的命运:为什么毫无意义地留在这间有毒菌的房间里?为什么策划流血的骚动?

有一个声音喃喃地说:"阿尔芒!"

斯比内尔睁开了眼睛;他的眼珠就好像已经溶化了,躯睃在眼眶深处;但是,这是两只活的眼睛,看得见东西。

"我要死了吗?"

"不会,"阿尔芒说,"安静睡吧。你得救了。"

他的眼皮闭拢了。阿尔芒转身问我:

"这是真的吗?他得救了?"

我摸摸斯比内尔的手。手不是冰冷的,脉息在跳动。我说:

"他要挨过今夜。可能他挨得过今夜。"

黎明已经来临了。一辆黑色大篷车在窗下经过,挨家挨户收了棺材,都堆在车幔下面。沿着玫瑰色街面,大板车挨家挨户往上城走去,苫布底下尸体愈堆愈高。阿尔芒闭上了眼睛,坐在一张椅子上睡着了;加尼埃靠墙站着,脸部毫无表情。十字路口,火熄灭了,叫花子驱散了。很长一段时间,广场是空的,后来一个看门的出现在门槛上,疑虑重重地察看石子路;有人说,有时早晨会在门廊下,找到由一些神秘的手扔出来的肉块和奇怪的糖果;据说,有人在井里、在屠宰场的肉里放毒,有一个大阴谋威胁着人民;谣传我和魔鬼订了密约,他们经过我面前时轻蔑地啐口水。

加尼埃喃喃说:

"这一夜他挨过来了。"

"挨过来了。"

斯比内尔脸上泛起一丝血色,他的手是温暖的,脉息在跳动。

"他得救了,"我说。

阿尔芒睁开眼睛:

"得救了?"

"几乎可以肯定。"

阿尔芒和加尼埃对望了一眼,我转过眼睛。通过这一眼,他们彼此交换了内心迸发的喜悦感情;通过这些捷报的交流,他们找到了面对死亡的力量、生活的理由。我为什么要转过眼睛呢?斯比内尔他二十岁,热爱生活,我向他呼吁来救救我,我记起他炯炯有神的目光,青年人的口吃;我救了他,我在冰湖里游过去,把他驮到岸上,抱在怀里;我到印第安村子找寻玉米和肉,他一边笑,一边狼吞虎咽;腹部一个窟窿,太阳穴上一个窟窿;这个人会怎么样死呢?我内心迸不出一点喜悦的火星。

"怎么啦?"加尼埃说。

在《进步报》编辑室内,编辑委员会和人权社的各部主任集合在年老的布鲁索周围。他们都带着焦急的神情望着我。

"我要参加高卢社和组织委员会,都没有成功,"我说,"我只是跟人民之友社有了接触,他们倾向于起义。但是他们还没做出任何决定。"

"不知道我们的决定,他们怎么能做出他们的决定呢?"阿尔芒说,"不和他们商量,我们又能决定什么呢?"

一阵静默后,加尼埃说:

"应该做出决定。"

"既然没能协调我们的工作,"老布鲁索慢条斯理地说,"还不如放弃不干;这种条件下,发动一场真正的革命是不可能的。"

"谁知道呢?"阿尔芒说。

"即使起义不成只是一场暴动,也不是没有好处的,"加尼埃说,"每次反抗后,人民更意识到自己的力量,人民与政府之间的鸿沟也更深了。"

全室骚动了。

"我们会冒大流血的风险,"有一个声音说。

"大量的血,还白流,"另一个说。

他们乱哄哄地讨论了一会。阿尔芒低声问我:"您怎么想?"

"我没有想法。"

"您经验丰富,"他说,"您应该有个想法……"

我摇摇头。我怎么能当他们的顾问呢?在他们眼里,生与死意味着什么我知道吗?这是要由他们来决定的。如果生仅仅是为了不死,为什么要生呢?但是死是为了生,这不是荒唐的骗局吗?这不应该由我给他们选择。

"当然会发生一些事的,"阿尔芒说,"要是你们不愿起义,至少要采取措施,万一起义爆发了知道该怎么办。"

"这是对的,"加尼埃说,"不要提口号,但是做好准备,人民要是行动,我们跟着他们行动。"

"我怕他们不估计一下局势就行动,"布鲁索说。

"不管怎么样,共和派应该支持他们。"

"恰恰相反……"

大家又七嘴八舌议论开了;他们说话响亮,眼睛闪光,声音发颤;在这些墙壁的另一面,在这个时刻,也有几百万人在议论,带着闪光的眼睛、发颤的声音;议论时,什么起义、共和国、法国、世界的前途都在那里,都掌握在他们手里,至少他们是这样想的;他们把人类命运紧紧贴在自己心上。全城围绕一座灵台吵吵嚷嚷,灵台上放着谁都不关心的拉马克将军①的遗体。

这天夜里,我们中间没有一个人睡觉;大家沿着巴黎的环城道与各派进行联络。如果起义成功,应该努力说服拉斐德接受权力,唯有他的名字才具有号召群众的威望。加尼埃委托阿尔芒在事成后跟共和派领袖谈判;至于他自己,在奥斯特里茨桥旁布置了一些人后,自告奋勇去鼓动圣马尔索郊区暴动。

"谈判该由你去,"阿尔芒说,"你说话比我有分量。福斯卡比我们更接近工人,他去守奥斯特里茨桥。"

"不,"加尼埃说,"我一生中谈得够多了。这次我要战斗。"

"要是你被人杀死,那就糟了,"斯比内尔说,"报纸怎么办?"

"没有我,你们照样办得很好。"

"阿尔芒说得对,"我说,"我认识圣马尔索区的工人,让我来组织这次暴动。"

加尼埃嘿地一笑:

"您救了我一次生命,已经够了。"

我望着这张神经质的嘴、两道皱纹、痛苦的脸、严峻但有点不可捉摸的眼睛。他盯着天涯,天涯后面隐藏着汹涌咆哮的河流,高高的芦苇尖上摇摆着绿色花穗,鳄鱼睡在温暖的泥地里;他说:"应该让我感到我活着,即使为此死也甘心。"

上午十时,人权社和人民之友社的全体成员、医科学生、法科学生集合在路易十五广场②。综合工科大学学生没有赴会;谣传他们接到了禁令。群众头上飘扬着幡旗、三色旗、绿叶树枝;每人手拿一个标志,有的挥动手中武器。天空阴暗,细雨濛濛;但是,希望的猩红色火

---

① Jean Maximilien Lamarque(1770—1832),法国议会中自由派主要发言人之一。他的病逝成为一八三二年巴黎共和党人起义的导火线,后起义被镇压。
② 即今日的巴黎协和广场。

焰燃烧着每个人的心。有一些事就要通过他们发生，这点他们深信不疑。他们还深信不疑自己能做出一些事来，手痉挛地抓着手枪的枪柄，为了证实这条信念不惜去死，为了证明自己的生命在世界上是有分量的，不惜去献出生命。

灵车由六个青年牵引，由拉斐德执绋；一万名保安警察排成两队跟在后面。政府在沿途布置了岗哨；这种炫耀力量的做法不但没有安定民心，反使暴动更有一触即发之势。街道、窗台、树杈、屋顶上挤满了人；阳台上悬着意大利旗、德国旗、波兰旗，提醒人们世界上还有法国政府没能打倒的暴君。人民一边走，一边高唱革命歌曲。阿尔芒在唱，还有我从霍乱中救出来的斯比内尔也在唱。一看到龙骑兵，个个怒火中烧，随手扳下树枝、捡起石头作为武器使用。我们经过旺多姆广场，拉车的青年离开了预定的路线，绕圆柱一圈。有一个人在我背后叫："要把我们引向哪儿？"有一个声音回答："引向共和国。"我想：这是把他们引向暴动，引向死亡。共和国对他们到底意味什么？他们准备战斗，但是获得的果实是什么呢？他们中间没有一个人说得出来；但是他们相信，获得果实要付出昂贵的代价，因为他们准备好了要以血来换取。我说过："里维尔算得什么？"但是安托纳觊觎的不是里维尔，而是自己的胜利；他为胜利而死，死得心满意足。他们献出自己的生命，是为了使自己的生命成为人的生命——不是蚂蚁，不是小飞虫，不是石堆。我们永远不让自己变成石头——火刑架在燃烧，他们在唱歌。玛丽亚纳说："做一个普通人。"但是怎么做呢？我可以随着他们共同前进，我可不能随着他们共同冒生命的危险。

走到巴士底广场，我们看到综合工科大学学生朝我们飞奔而来，披头散发，衣衫凌乱；他们不顾禁令私自跑了出来。群众开始大叫："大学万岁！共和国万岁！"在灵柩前开道的乐队奏起《马赛曲》，传说第十二团的一位军官刚才对学生说："我是共和派。"辗转相传，整个队伍都听说了这条消息。"军队跟我们在一起。"

在奥斯特里茨桥前,队伍停了下来。讲台已经布置好了,拉斐德登台发表一篇演说。他谈到我们正要安葬入土的拉马克将军。有些人在他之后也讲了话;但是没有人关心这些演说、关心这个死了的军人。

"加尼埃在那里,在桥头上,"阿尔芒说。

他的目光在人群中搜索,但是一张脸也分不清楚。

"现在快出事了,"斯比内尔说。

大家等待着,没有人知道到底会出什么事。突然看到一个人骑马奔来,全身穿黑,举一面红旗,旗上一顶弗里吉亚帽①;引起一阵喧嚣,群众面面相觑,迟疑不决,有几个声音喊:"不要红旗!"

"这是阴谋,这是背叛,"斯比内尔气得说话也结巴了,"他们要吓唬老百姓。"

"您认为这样吗?"

"是的,"阿尔芒说,"军队和保安警察害怕红旗。群众感到风向要转。"

我们又等了一会儿,他突然说:

"这里什么事也不会发生。您去找加尼埃,告诉他自己发信号。再到《国民报》馆来找我。我尽量去把共和派领袖召集来。"

我钻入人群。我在前一夜计划时确定的那个地点找到加尼埃;他挎了一支长枪;他身后几条路上挤满了脸色阴沉的人,其中许多人带着枪。

"一切准备就绪,"我说,"老百姓成熟了,可以暴动了。但是,阿

---

① 法国大革命时期,人们相信古罗马的获释奴隶会佩戴弗里吉亚帽,因此这种帽子成为自由和法兰西共和国的象征。

尔芒要您自个儿发信号。"

"行。"

我默不作声打量他。像在每个黑夜,像在每个白天,他害怕,这个我知道,他害怕死神毫不留情扑到他身上,把他变成一堆尘土。

"龙骑兵!"

在黑压压的人群上,可以看到他们的头盔、他们的刺刀闪闪发光。他们冲上莫尔朗码头,朝桥头扑来。加尼埃喊:"他们要冲我们!"抓起枪就放。立刻其他枪声从四面八方响了起来,乱枪声中有一声高喊:"筑街垒!拿起武器!"

街垒开始增高了。从邻近每条街上拥过来带武器的人,加尼埃后面跟了一大群人,向波潘库街的兵营走去。我们攻上去,士兵没做多大抵抗便退却了。我们夺到一千二百支枪,分发给起义者。加尼埃率领他们到圣梅里修道院去,留在那里筑阵地。

"告诉阿尔芒,说我们占领了市郊,"加尼埃对我说,"要坚持多久,我们就坚持多久。"

市民到处筑街垒;男人把树锯倒,横在马路中间;有的从屋里拖出铁床、桌椅;小孩和妇女挖起路面的石块,进行搬运;所有人都在唱歌。因戈尔施塔泰的农民也围着篝火唱歌。

我在《国民报》的那幢楼里找到阿尔芒。他眼里闪烁喜悦的光芒。起义者占领了半座城市;他们攻占了兵营和弹药库。政府决心动用军队,但是军队是否依然忠诚,却没有把握。共和派领袖即将组成一个临时政府,由拉斐德领导,国民自卫军会集合在他们的老上司麾下的。

"明天宣布成立共和国,"阿尔芒说。

分配我的任务是把粮食弹药送至圣梅里修道院,供给加尼埃。子弹在街上呼啸。有人企图在十字路口把我截住,他们对着我喊:"不要从那里走!那里路堵了!"我还是往前走。一颗子弹打穿了我的帽子,另一颗打穿了我的肩膀,我还是继续奔跑。天空在我头顶掠过,大地在我马蹄下跳动。我奔跑,我摆脱了过去与未来,摆脱了自己和嘴里这股厌倦的味道。某个没有存在过的东西存在了:这座疯狂的城市,洒满热血,充满希望,是它的心在我胸中跳动。我脑海中闪过一个念头:"我是活的。"可是立刻又想道:"可能是最后一次活着了。"

加尼埃坐在他的同伴中间,前面是一大堆石头、树木、家具、铺路石、沙袋;他们在这堵墙上还插了带绿叶的树枝。他们手里忙着制造子弹,用衬衣破布和墙上撕下的告示纸做弹塞。每个人都赤裸着上身。

"我把弹药带来了,"我说。

他们高声欢呼,扑到箱子上。加尼埃看着我不胜诧异:

"您怎么过来的?"

"我过来了。"

他嘴一抿,他羡慕我。我想跟他说:"不,这是不公正的,勇敢或是胆怯都没有我的份儿。"但是,这不是谈论他、谈论我的时候。我说:

"今天夜里将宣布成立临时政府。他们要您坚持到天亮。若要整个巴黎都造反,起义就不能后退一步。"

"我们会坚持的。"

"艰苦吗?"

"军队进攻了两次。都给我们挡回去了。"

"死了许多人吧?"

"我没有算过。"

我在他身边坐了一会儿;他用牙齿撕碎了几块白布,全神贯注地把碎布往弹壳内填;他的这双手不灵巧;他并不想制造弹药,他愿意演讲,这个我知道。但是,直到我站起身,我们没有交换过一句话。

"告诉他们,我们会坚持到天亮的。"

"我会告诉他们的。"

我又贴着墙头溜过去,闪进门廊躲藏,在枪林弹雨中穿越,到达《国民报》的大楼时满身是汗,衬衣上血渍斑斑。我想到了阿尔芒的微笑,当我跟他说加尼埃牢固地占领着市郊时,他眼里必然会闪烁喜悦的光芒。

"我见到了加尼埃。他们会坚持的。"

阿尔芒没有笑。他站在办公室门前;卡利埃站在寨门前,凝望着远方茫茫;他坐在小船上,凝望着黄浊的河水自北往南流,我见过这种目光。

"发生什么事啦?"我说。

"他们不要共和国。"

"谁?"

"共和派领袖不要共和国。"

他的神情是这样失望,我试图在我内心唤起一个回声,一个回忆,但我嘴是干的,心是空的。

"为什么?"

"他们害怕。"

"卡雷尔①不敢,"斯比内尔说,"他说老百姓无法对付效忠王室的一团士兵。"

他的声音哽咽了。

"只要卡雷尔发出号召,军队会投向我们的。"

---

① Armand Carrel(1800—1836),法国新闻记者,自由立宪派喉舌《国民报》创办人,七月王朝时投向反对派。

"他们怕的不是失败,"阿尔芒说,"他们怕的是胜利,怕的是人民。他们自称共和派,但是他们要建立的共和国,跟这个腐败的君主政体没有区别。他们宁可选择路易·菲力浦,而不要我们将建立的制度。"

"真的没希望了吗?"我问。

"我们讨论了两个多小时,一切都完了。有了拉斐德,有了军队,我们会赢得胜利。但是此刻军队正在向巴黎开来,我们没法跟军队决一雌雄。"

"那你们怎么办呢?"

大家默不做声,斯比内尔说:

"我们占领着半个巴黎。"

"我们什么也没有占领,"阿尔芒说,"我们的事业没有领袖,这就是对事业的否定。现在谁给人杀了,也是白死。只有停止这场屠杀。"

"那么我去告诉加尼埃,马上放下武器,"斯比内尔说。

"福斯卡去吧。他遇事比你会应付。"

这是晚上六点,天正黑下来。每个十字路口,都有保安警察和士兵守着。增援的兵团刚到不久,他们猛攻街垒。路角横卧几具尸体,有些人扛了担架运送伤员过去;几小时以来,人民没有听到一句有希望的话,也不再知道为什么作战。起义者原来掌控的许多街道现在站满了穿红制服的人。我远远看到加尼埃保卫的那个街垒仍然屹立在那里;我朝街垒跑去,子弹从四面飞来,在我耳边呼啸。加尼埃背靠在沙袋上,赤裸的肩上绕了一条血污斑斑的绷带,脸被硝烟熏得发黑。

"有什么新闻?"

"他们没谈成,"我说。

"我早料到了,"他说时毫不动情。

我对他的镇静感到吃惊,他差不多还带点儿笑容。

"军队不会投向我们。已经没有一点成功的希望。阿尔芒要求您停止战斗。"

"停止战斗?"

这次他完全笑出来了。

"瞧瞧我们。"

我瞧了一下。加尼埃身边还留下三五个人;他们脸上红一块黑一块的,每个人都挂了彩。墙边有一排上身赤裸的尸体;有人给他们合上了眼睛,两臂交叉放在胸前。

"您没有一条干净的手绢吗?"

我从口袋里掏出一条手绢,加尼埃拿了擦他的黑脸、他的手:

"谢谢。"

他的目光落在我身上,看到我显得很惊奇:

"您受伤了。"

"几处擦伤而已。"

静默了一会,我说:

"您会叫人白杀的。"

他耸耸肩膀。

"还有叫人不白杀的吗?什么东西比得上人的生命?"

"啊!您这样想?"我说。

"您不这样想?"

我犹豫一下,但是我已经习惯不暴露自己的想法。

"我觉得有时候可以得到有益的结果。"

"是吗?"加尼埃说。

他停顿片刻,有样东西突然在他心中解开了。

"假定谈判成功,您相信我们的胜利是有益的吗?您有没有想过共和国要完成的任务?改造社会,限制政党活动,满足人民要求,镇压富裕阶级,还要征服整个欧洲,因为欧洲立即会起来反对我们。要做那么多的事,我们只处于少数地位,缺乏政治经验。今天没有获得胜利,对共和国可能还是一件好事。"

我惊讶地望着他。这些事是我经常在心里想的,但是我没有料到他们中间也有人持同样的想法。

"那又何必举行这次起义呢?"

"我们行动的意义不用等待未来来评价,若是这样,人什么都做不成了。我们决定了怎样斗争,就怎样斗争,这才是一切。"

我把卡莫纳城门关得严严的,什么也不等待。

"我在这件事上想得很多,"他干笑了一声。

"那么您由于失望才选择死?"

"我没有失望,既然我从来没有希望过什么。"

"人活着可以没有希望吗?"

"可以,如果他有某种信念的话。"

我说:

"我没有任何信念。"

"对我来说,做一个人便是一件大事。"

"一个普通人,"我说。

"是的,这就够了。这就值得人去活,也值得人去死。"

"您肯定您的同志也是这个想法吗?"

"您不妨叫他们投降试试!"他说,"血流得太多了。现在我们应该战斗到底。"

"但是他们不知道谈判没有取得结果。"

"您愿意,可以跟他们去说,"他语气中带着怒意,"他们才瞧不起呢;我就瞧不起他们的争论,他们的决议,他们的反决议。我们发誓要保卫市郊,我们要继续保卫,就是这么一回事。"

"你们的战斗并不限于在街垒上进行。为了使战斗进行到底,您应该活下去。"

他站起身,肘臂撑在一堵摇摇欲坠的围墙上,向空荡荡的路扫视一眼。

"可能我缺乏耐心,"他说。

我急忙说:

"您缺乏耐心,是因为您害怕死。"

"这倒是真的,"他说。

他突然离我远远的。眼睛盯住道路的尽头,等会儿死亡将从那里出现,这是他选择的一种死亡。火刑架熊熊燃烧,两个奥古斯丁教士的骨灰风吹四散:"唯一可做的好事,是按照自己的良心行动。"安托纳躺在床上微笑。他们不是傲慢的人,也不是疯子,我现在懂了。这些人愿意选择生与死来完成他们作为人的命运,这是些自由的人。

第一阵枪响,加尼埃应声倒下。黎明时,起义遭到了扼杀。

阿尔芒坐在我床边,我感到他的手压在我的肩上,他向我低垂着那张清瘦的脸。

"说吧。"

他的上唇肿着,太阳穴上有一条紫痕。我问:

"他们强拉您上法庭,这是真的吗?"

"是真的。我以后告诉您……现在您先说。"

我眼望天花板下摇晃的黄灯。宿舍是空的,可以听到欢度节日的碰杯声、欢笑声、说话声,卫兵在宴请工人。等会儿,犯人要回到宿舍,被宴席、美酒、友情、笑声弄得醉醺醺的;他们会把床铺当做街垒,玩革命的游戏,他们会跪在地上唱起《马赛曲》,作为晚祷。我已经习惯了这些仪式,我躺在这张床上怪不错的,眼望天花板下摇晃的黄灯。过去的事何必再提呢?

"总是这样的,"我说。

"什么样的?"

我闭上了眼睛,努力钻入这个混沌的长夜,它一望无际地展现在我的身后。血、火、眼泪、歌声。他们骑马疾驰冲进城里,把烧旺的火把往屋里扔,他们的马匹踩破了小孩的脑袋、妇女的胸脯,马蹄上沾满了鲜血;一条狗对着死亡吠叫。

"他们把妇女掐死,拽了小孩的脑袋往墙上撞得脑浆四溅;血染红了道路,以前是活人的地方,只留下了一堆死尸。"

"但是四月十三日特朗斯诺南大街事件[①]怎么发生的?我要知道的是这个。"

四月十三日,特朗斯诺南大街。要回忆起的为什么是这件事,而不是另一件事?隔了三个月的事与隔了四百年的事,不同样都是一去不返的往事吗?

"我们到了街上,"我说,"有人对我们说,梯也尔亲自在主席台上宣布里昂起义成功。于是我们筑起了街垒。大家唱起歌来。"

他们集合在广场上,他们跑遍大街小巷喊:"打死魔鬼的儿子。"他们唱着歌。

"后来呢?"阿尔芒说。

"早晨,军队进攻了。他们拆除了街垒,冲进了房屋,见一个杀一个。"

---

① 一八三四年,里昂丝织工人罢工,发展成暴动。内务部长梯也尔下令镇压,工人死伤六百余人。接着又发生一次起义,骚乱蔓延至巴黎,一分队士兵经过特朗斯诺南大街遭到攻击,于是在这条街上进行了大屠杀。

我耸耸肩膀：

"我对您说过,总是这样的！"

一阵沉默,阿尔芒说：

"您怎么会不知道这是一个圈套？梯也尔在十二日晚上就知道起义被镇压下去了。当他鼓动暴乱时,所有领袖都已被捕了,我已被捕了……"

"我们是后来知道的,"我说。

"但是您有经验,您应该看到危险,阻止他们起义。"

"他们愿意上街,我和他们一起去了。"

阿尔芒不耐烦地耸耸肩膀：

"您并不需要听从他们,而是要引导他们。"

"但是我也没法替他们看清楚,"我说。

他恼火地望着我,我说：

"他们要我做什么,我可以做什么。但是,我怎么可以代他们做决定呢？他们认为什么好什么不好,我又怎么能知道呢？"

安托纳在二十岁死了,他在笑；加尼埃贪婪地窥探他那个躲在路角的死神；贝娅特丽丝板着一张阴郁的脸俯视她的手稿。只有他们才是评判者。

"您那时认为他们希望遭到大屠杀吗？"阿尔芒口气生硬地说。

"这场痛苦就那么了不起？"我说。

死的人死了,活的人活着；囚犯并不憎恨他们的牢房,他们到底摆脱了沉重的劳动,终于可以笑了、休息了、闲谈了。在死之前,他们唱起了歌……

"我怕这几个月的牢房生活把您累了,"阿尔芒说。

我盯着他苍白的脸。

"您不累吗？"

"恰恰相反。"

他的声音充满热情,驱散了我赖以藏身的宁静的浓雾。我猛地站起身,走了几步。

"组织全部破坏了,是吗?"

"是的。这是我们的过错。光天化日之下没法搞阴谋。这是一个教训,今后对我们是有用的。"

"什么时候?"我说,"他们要判你们十年或二十年徒刑。"

"二十年后我还只有四十四岁,"阿尔芒说。

我静静望着他,说:

"我羡慕您。"

"羡慕什么?"

"您会死的。您永远不会像我一样。"

"啊!我愿意不死,"他说。

"是的,"我说,"我也说过这样的话。"

我把那只发绿的瓶子抓在手里,想:"我今后可以做多少事!"玛丽亚纳在房里匆匆地走来走去,说:"我今后的时间是那么少。"我第一次想道:"这是我们的孩子。"我说:

"我会设法救您出去。"

"您怎么做?"

"到了夜里,院子里只有两个看守;他们有武器;假使有人不怕子弹,可以牵制他们,让另一个身手矫健的人有时间翻过墙去。"

阿尔芒摇摇头:

"我不愿意现在跑。我们这场官司会轰动外界,我们对它抱有很大期望。"

"但是我们随时会被隔离,"我说,"我们关在一起,这是个好机会。您应该尽快利用这个机会。"

"不,我应该留下,"他说。

我耸耸肩膀:

"您也是!"

"我也是?"

"您选择殉难,像加尼埃一样?"

"加尼埃选择的是毫无意义的死,我为这件事责备他。我认为我到哪儿都不会比在这里工作得更好。"

他望着空空的大宿舍;那边,他们围着一张杯盘狼藉的桌子,大声欢笑,唱歌饮酒。

"人家是跟我说过,圣佩拉齐监狱制度要宽得多。"

"这是真的。资产阶级还有专门的房间,这个宿舍是供工人用的……"

"是啊,您要明白,"他说,"这是进行接触、进行讨论的大好机会!我应该在出去前做到把大家团结起来。"

"关上十年、二十年,您不害怕吗?"

他淡淡笑了一笑,脸上并不高兴:

"这是另一个问题。"

平原上,热那亚人在红色帐篷四周跃跃欲试,尘土飞扬的道路上阒无一人。我转过目光;不应该由我向自己提问题。我把卡莫纳城门关得严严的……我曾经是这么一个人,可是我已不能理解他了。

"您怎么就认为您从事的事业比您自己的命运更可贵?"

他略一思索:

"我把它们看做一回事。"

"唔,"我说。

我把城门关得严严的,我说:"卡莫纳将与佛罗伦萨并驾齐驱。"我没有其他的未来。

"我记起来了。"

"您记起什么啦?"

"我有过您这样的年纪,很久以前……"

在他不动的眼睛里闪过一道好奇的光芒:

"现在不是这样吗?"

我笑了一笑:

"不完全一样。"

"可是您的命运应该与人类的命运密切结合,既然您将和人类长期存在下去。"

"我可能还更长久,"我说。

我耸耸肩膀。

"您说得对,"我说,"牢房的生活叫我累了。这会过去的。"

"这肯定会过去的,"他说,"您将看到我们会做出多么出色的工作。"

共和派内部有两种截然不同的倾向;一部分人依然维护资产阶级的特权;他们主张自由,他们只是为自己的私利而主张自由;他们只希望政治改革,反对订立任何社会条例规章,认为这只是一种新的约束。阿尔芒和他的朋友恰恰相反,主张自由不能为一个阶级独占,只有社会主义的到来,才有可能使工人得到自由。没有其他事物比这种分歧更危害革命的成功,阿尔芒那么热情去实现团结,我并不惊奇。我还钦佩他坚韧不拔的精神。只几天工夫,他把监狱变成了一个政治俱乐部;从早到晚,直至深夜,房间里、宿舍里开展讨论;讨论从来得不出结果,阿尔芒也从不灰心。可是一星期中有好几次,警察把他和他的同志抓走,拖着他们穿过监狱的走道;有时,他们的脑袋碰在石子路和楼梯台阶上。他从法庭回来面带笑容:"我们没有招供。"可是有一个晚上,我在房里等他,他回进房时,我又看到了他在《国民报》报馆大楼朝我转过来的那张脸。他坐下来一声不出,过了好一会儿说：

"里昂的那些人说了。"

"那么严重吗？"我说。

"我们拒不招供的效果全被他们破坏了。"

他两手捧着头。他重新望着我时，他的脸恢复了镇静，但他的声音发颤。

"我们不应该自欺欺人。这场官司会打个没完！它不会产生我们所希望的效果。"

"我给您提的建议您还记得吗？"我说。

"记得。"

他站起身，在房里踱来踱去，情绪激动。

"我不愿意一个人走。"

"你们不可能都走。"

"为什么不可能？"

三天还没有过完，阿尔芒找到了带领同志一齐逃离圣佩拉齐监狱的方法。朝院子的门对面，在挖一个地窖，到监狱来修理的工人告诉阿尔芒，这条地道通往隔壁的一个花园。大家决定打通试试。门口有一个看守，一部分犯人在院子里玩球，吸引他的注意，其他人则去挖地，修理声盖过了我们的锤子声。花了六天工夫，地道差不多挖通了，尚留薄薄一层地面挡住光线的透射。斯比内尔那次逃过了四月十三日的大逮捕，这天夜里将带着武器和梯子，来接应我们翻过花园墙头；有二十四个犯人准备乘机越狱，潜往英国。但是我们中间要有一个人放弃获得自由的一切希望，在看守巡逻时，牺牲自己去把他扣住。

"这由我来做，"我说。

"不。我们抽签决定，"阿尔芒说。

"关二十年对我算得什么?"

"不是这么个问题。"

"我知道,"我说,"您以为我可以比别人做出更大贡献,您错了。"

"您已经为我们做出了重大的贡献。"

"但是我会不会继续做出贡献,这就难说了。把我留在这里吧。我在这里不错。"

我们面对面坐在他的牢房里,他瞧着我,这四年来他还没有对我这样认真瞧过。今天在他看来,理解我还是有必要的。

"为什么振作不起来?"

我笑了:

"这是慢慢来的。六百年……您知道这要多少天?"

他没有笑。

"六百年后我还会继续斗争。您以为今天世界上要做的事比以前少吗?"

"世界上难道还有什么事要做的吗?"

这一次他笑了:

"我觉得是有的。"

"说实在的,"我说,"您为什么那么盼望自由?"

"我爱阳光灿烂,"他热情洋溢地说,"我爱河流与大海。人心中蕴育的这些神奇的力量,您能同意人家扼杀吗?"

"人有了这些力量干什么用?"

"管它干什么用! 可以干一切愿意干的事,首先应该把这些力量解放出来。"

他俯身向着我:

"人要自由,您没有听到他们的声音吗?"

我听到她的声音:"做一个人。"在他们眼里都有同样的信仰。我把手按在阿尔芒的臂上。

"今天晚上,我听到您的声音了,"我说,"就是因为这个缘故,我对您说,请接受我的心意。这可能是最后一个晚上了;每个晚上都可能成为最后一个晚上。今天晚上,我愿意为您效劳,但是可能明天,我也没有什么可以献给您的了。"

阿尔芒眼睛紧紧盯住我,脸上惶恐不安;他好像突然发现了什么东西,是他从来不曾怀疑过、也有点令他害怕的东西。

"我接受,"他说。

我仰身躺着,仰身躺在冰封的泥地上,躺在地板的板条上,躺在银色沙滩上,两眼凝望石头的天花板,感到灰色墙头围绕在我四周,在我四周围绕的是大海、平原和天涯的灰色墙头。在年代像世纪一样漫长、又像钟点一样短暂的世纪后,又是几年过去了;我凝望这块天花板,喊:"玛丽亚纳。"她说:"你会把我忘了。"顾不得世纪和钟点,我要把她活生生地留在身边;我凝望天花板,她的形象在我眼底逐渐清晰了;总是同样的形象:蓝色长裙、袒露的肩膀,这张与她本人不尽相同的肖像;我又试了试,一刹那我内心有样东西动了,可以说是一声微笑,但是瞬息即逝。又有什么用呢?她涂上香料保存在我心里,在这个冰冻的洞穴深处,依然像埋在她的坟墓里一样死。我闭上眼睛,但是即使在梦中我也不能逃逸;浓雾、幽灵、历险、幻变,都无法摆脱这种腐败的味道,这是我唾沫的味道、我思想的味道。

在我身后,门嘎嘎响了;有一只手触及我的肩膀,从很远的地方传过来他们的话;我想:"这早该来了。"他们碰了碰我赤裸的肩膀,说:"跟我们来。"棕榈树影子消失了。五十年后,还是一天后,还是一小时后,这最终总是要来的。"马车来了,先生。"应该睁开眼睛;有许多人在我周围,跟我说我自由了。

我跟着他们穿过走廊,他们命令我做的事我都做了,我在几张证件上签了字,他们不由分说把一只包裹交到我手里,我接了过来。然后他们领我走到门前,门在我背后关上了。天空在下毛毛雨。潮水退了,岛的四周只看到一望无际的灰沙。我自由了。

我伸出一只脚,然后另一只脚。到哪儿去呢?在草原上,灯芯草发出嘶哑的呻吟,分泌出滴滴水珠,我朝天涯走一步,天涯往后退一步。我凝望天涯,踏上了堤岸;我看到他离我几米远,在向我伸手,在向我笑。他不再是个年轻人了。肩膀宽宽的,胡子浓浓的,显得和我一样年纪。他说:

"我是来接您的。"

他坚硬温暖的双手紧紧握住我的双手。河对岸有一团火光在闪耀,有一团火光在玛丽亚纳的眼里闪耀。阿尔芒抓住了我的胳膊,他在说话,他的声音是一团烈火。我跟着他;我伸出一只脚,然后另一只脚,心想:"又要开始了吗?又要继续了吗?继续开始,一天又一天,直至永远、永远?"

我跟着他沿一条路走;路永远是有的,是些哪儿都到达不了的路。然后,我们登上一辆驿车。阿尔芒继续在说话。十年过去了,占了他生命中很长一段时间;他在向我谈他的往事,我听着:话还是有着一种意义。总是同样的意义,同样的话。马在奔驰,窗外飘雪,这是冬天;四个季节,七种颜色;闭塞的空气中有一种旧皮子的气味。甚至这些气味我也是熟悉的。有的人下车了,有的人上车了;我已经很久很久没有看到这么多脸、这么多鼻子和嘴、这么多双眼睛。阿尔芒在说话。他谈到英国、大赦、返回法国,他为我的释放而奔波,还有当局最终同意释放我时他感到的喜悦。

"我老是盼望您越狱逃出来,"他说,"这对您并不难。"

"我没有试过,"我说。

"啊!"

他望我一眼,然后他的目光移开了。他没有向我提问题,又开始说话。他住在巴黎的一套小公寓里,和斯比内尔以及在英国认识的一个女人一起生活;他们打算让我住到他们那里。

我同意了,我问:

"她是您的妻子?"

"不,只是一个朋友,"他简略地说了一声。

当我们到达巴黎,整整一夜过去了。这是早晨,路上盖满了雪;这也是一个古老的景色;玛丽亚纳喜欢雪。她突然显得比我在洞穴深处时更接近、更无从追寻;在这个冬天的早晨,有一个位子是她的,而这个位子是空的。

我们走上楼梯;十年来,五世纪来,事物没有变化;在他们头上总是有天花板,在他们周围总是有床、有桌子、有椅子,浅绿的或杏绿的,墙上还有护墙纸;在这四堵墙壁之间,他们一边生活,一边等待着死亡,他们沉湎在自己的人生梦中。犹如在牛棚里,奶牛带着它们绿色温暖的肚子、棕色的大眼睛,眼中饲草与绿色牧场的梦也不会有中断的一天。

"福斯卡!"

斯比内尔把我的手紧紧握在他手里,冲着我的脸笑;他还是老样子,只是相貌严峻了一点。也就在这一夜后,我便看到阿尔芒恢复了我所认识的原来面目。我觉得前一天才离开他们似的。

"洛拉来了,"阿尔芒对我说。

她向我严肃地看了一眼,向我伸出一只小巧的手,脸上不露笑容,神情紧张生硬。她已不年轻了,身材瘦小,深色大眼睛,肤色发青,黑色鬈发一绺绺垂在肩上,肩上披了一条长流苏头巾。

"你们饿了吧,"她说。

她在桌上摆了几大碗牛奶咖啡和一盆黄油烤面包。他们吃着,阿尔芒和斯比内尔谈笑风生,他们看到我显得十分高兴。我只是喝了几口咖啡,在牢内我已失去吃的习惯。我竭力回答他们提出的问题,向他们微笑。但是,我这颗心像埋在冰冷的熔岩底下。

"几天后将要为您举行一次宴会,"阿尔芒说。

"宴会?"

"将有几个主要工人组织的领袖出席;您是我们的一名英雄……四月十三日起义,十年牢房……今天您的名字具有的分量是您意料不到的。"

"是么,"我说。

"想到为您举行宴会,您一定奇怪吧?"斯比内尔说。

我摇摇头,但是他径自说下去:

"我来给您解释。"

他说话总是滔滔不绝,带点儿结巴。他开始向我说明,现在大家已经放弃了起义的战术,把暴力行动留待革命真正爆发的那天使用。目前试图做的事是实现工人阶级大团结,在伦敦的流亡者使他们认识到工人联合会的重要性。宴会是显示这种团结的良好机会,要让宴会在法国各地盛行起来。他说了好一会儿,不时转身向着洛拉,好似征求她的同意。她也点头。他说完时,我说:

"我懂了。"

大家沉默无言;我感到我没有做一下他们等待着我做的动作,也没有说一句他们等待着我说的话;但是,我不会装模作样。洛拉站起说:

"您不愿意去休息吗?这次路上肯定很辛苦。"

"是的,我要睡了,"我说,"我在那里睡得很多。"

"我领您去看您的房间。"

我跟在她后面,她推开一扇门说:

"这房间不漂亮,但若您觉得住着不错,我们真是太高兴了。"

"不会错的。"

她关上门,我直挺挺躺在床上,一张椅子上放了干净的内衣和上装,书架上摆着几本书。外面传来人声和脚步声,有时经过一辆大车。这是巴黎,这是世界;我自由了,在天地之间,在天涯的灰色墙头之间,我自由了。圣安托纳市郊机声隆隆:永远、永远;医院里婴儿出生了,老人故世了;在积雪的天空深处,太阳是红彤彤的;某处,有一个青年望着太阳,心中有样东西爆炸了。我手按在心上,它在跳动:永远、永远;海水拍岸:永远、永远。它又开始了,又继续了,它又继续开始了:永远、永远。

有人轻轻敲我的门时,天黑了好一会了。这是洛拉,她手提一盏灯:

"要不要我把您的晚饭送到这儿来?"

"别费心了。我不饿。"

她放下灯,走到我床前,说:

"可能您并不想出狱。"

她的声音发哑,有点闷。我一臂撑起身子。一个女人:一颗在温暖肉体中跳动的心,一口洁白的牙齿,一双寻觅着生命和眼泪气味的眼睛;她们完全跟季节、时间、颜色一样,依然保持了自己的本色。她说:

"我们以为是做了一件好事。"

"你们确是做了一件好事……"

"这很难说。"

她望着我的脸、我的手,喃喃地说:

"阿尔芒对我说过……"

我站起身,对镜子扫了一眼,头凑在玻璃窗上。路灯是亮的;他们在房里围着桌子坐在一起。几世纪几世纪的吃、睡……

"我想重新开始生活是很累人的,"她说。

我朝她转过身去,说了几句早已说过的话:

"不要为我操心。"

"我对什么事、什么人都操心,"她说,"我生来是这样的。"

她向门口走去:

"不要怪我们。"

"我不怪你们。我希望还能为你们效劳。"

"但是没有人能为您效劳吗?"她说。

"千万别试,"我说。

"这将是一场激动人心的力量显示,"斯比内尔说。

他一只脚踩在一张椅子上,用力在擦一只晶光闪亮的皮鞋。洛拉弯身在一张桌子上,熨一件男衬衣。她喃喃地说:

"我认为这种宴会过于兴师动众了。"

"可是有用。"

"我希望如此,"她说。

阿尔芒查阅散放在壁炉台上的稿子,炉内点着一团小火:

"您要讲的话记得差不多了吧?"

"差不多了,"我说话毫无热情。

"可惜我没法处于您的地位讲话,"斯比内尔说,"今晚我感到有灵感。"

洛拉笑着说:

"您哪次没灵感?"

他急忙向她转过身:

"我最近那篇演说写得不好吗?"

"我要说的是,您的演说篇篇精彩。"

壁炉里有一块木柴塌了下来,斯比内尔使劲擦他的第二只鞋,洛拉把熨斗在白衬衣上移来移去,阿尔芒读稿子,大挂钟的钟摆平稳地摆动:滴答——滴答。我听见滴答声,闻到热布的气味,看到洛拉插在盆里的花,以前玛丽亚纳告诉过我这些花叫什么名字。我看到房里每件家具以及护墙纸上的黄色花纹;我辨认他们脸上每个颤动,他们声音中每个抑扬顿挫,我甚至听到他们没有说出来的话。他们谈得兴高采烈,他们一起工作,每个人都愿意为他人的生命献出自己的生命;可是他们之间也正产生纠葛。他们到头来总会在生活中制造一些纠葛……斯比内尔爱洛拉,洛拉不爱他,或者为没能再爱他而遗憾,却爱着阿尔芒。阿尔芒想念另外一个女人,那个女人不是在远方,便是不爱他。我转身不理埃利亚娜,我望着贝娅特丽丝想:"为什么她用这种目光望的是安托纳呢?"洛拉的手在光滑的布上移来移去;这是一只纤巧、深象牙色的小手;阿尔芒为什么不爱她?洛拉近在眼前,又爱着他:一个女人,完全是个女人;另一个,她也不过是个女人。洛拉为什么不愿去爱斯比内尔?阿尔芒与他的区别就那么大?一个是棕色头发,另一个是栗色头发;一个严肃,另一个活泼;但是这两个人,还不是用这样的眼睛去看,这样的嘴去说话,这样的手去行动……

他们都有这样的眼睛、这样的嘴、这样的手;库房里摆好了桌子,桌上放满酒瓶和食品;至少来了一百来人;他们眼睛望的是我;其中有几个人认出我来了;他们拍拍我的肩膀,紧紧握我的手,笑着说:"您没有变。"在斯比内尔的床头,他们相互望着,心中燃起了灼热的欢乐的火花;我羡慕他们。今天他们望的是我,但是他们的目光在我身上一掠而过,我内心也没有迸出一点火星。深埋在冰冷的熔岩底下,尘土底下,年代久远的火山要比月球上的火山口更死。

我坐在他们旁边,他们吃着、喝着,我和他们一起吃着喝着。玛丽亚纳对着他们微笑,一个演奏手摇弦琴的女人唱着,每个人都齐声合唱那声迭句;应该唱,我以前也唱过。他们一个接一个站了起来,举杯祝贺我的健康。他们提到一些往事和轶闻:加尼埃的死、特朗斯诺南大街、圣佩拉齐监狱以及我在圣米歇尔地牢里的十年;他们用人的语言创作了一篇辉煌的传奇,要比歌曲更能鼓舞他们;他们的声音感动得发颤,女人眼里噙着泪水。死的人死了;活的人用这个死的过去创造了一个火热的现在;活的人活着。

他们也谈到未来、进步、人类。阿尔芒站起身讲话。他说,假若劳动者懂得团结、懂得坚持的意义,他们就会从机器的奴隶变为机器的主人;这些机器有一天会成为他们自身解放的工具,追求幸福的工具;他提到这样的日子:飞驶在钢轨上的特快列车,将冲破各国出于自私的保护主义而竖立的壁垒;地球将成为一个巨大的市场,每个人都可从中得到莫大的益处……他的声音响彻库房;他们不吃了,他们不喝了,他们听着:他们全神贯注地,透过库房的四壁,望着黄金树、奶与蜜的溪流①;玛丽亚纳透过结霜花的窗子望着,感到腹中孕育着温暖、沉甸甸的未来,微笑了;女人大声狂叫,跪了下来,她们撕破身上的衣服,男人践踏她们;广场上、店堂后间、穷乡僻壤,教士在讲道:正义的时代,还有幸福的时代都会来的。轮到洛拉站起来了,她也是热情奔放、声嘶力竭地谈到未来。血在流,房屋在燃烧,叫声、歌声撕裂了天空,在未来的绿色草原上走过一群群白色羔羊。那个时代会来的……我听到他们急促的呼吸声。在那里了,那个时代已经来了,

---

① 见《圣经·旧约·出埃及记》第三章,耶和华要救以色列人脱离埃及人之手,领他们到"美好宽阔流奶与蜜之地"。今意为乐土、富饶之地。

今天就是未来;通身烧成焦炭的殉教士的未来,被掐断咽喉的农民的未来,慷慨激昂的鼓动者的未来,玛丽亚纳向往的未来,也就是这些不时听到机器隆隆声、看到孩子遭受慢性折磨、监禁、贫民窟、疲劳、饥饿、厌倦的日子……

"轮到您了,"阿尔芒喃喃地说。

我站起身,我还是愿意遵照她的话:"做一个人……"

我双手撑在桌上。我说:

"我很高兴又回到你们中间……"

我的声音在喉咙里咽住了。我不是在他们中间。这个未来,对他们来说,纯洁、平静,像青天一样高不可攀;对我来说,将会成为一个我不得不在疲劳中、厌倦中、一天挨着一天要度过去的现在。一九四四年,我将在一本日历上看到这个日期,就像其他人将会出神地凝望着二〇四四年、二一四四年……做一个人;但是,也是玛丽亚纳跟我说的:"我们不是生活在同一个世界,你是从另一个时代的深处来看我的……"

两小时后,我跟阿尔芒单独一起时,我对他说:"我很抱歉。"

他把手放在我肩上。

"没什么要抱歉的。您张口说不出话要比长篇大论更加打动人。"

我摇摇头:

"我抱歉,因为我明白我不能再和你们共同工作了。"

"为什么?"

"就当我累了。"

"这不说明问题,"他不耐烦地说,"到底是为了什么?"

"说了又有什么用呢?"

他耸耸肩膀,有点恼了:

"您怕我会给您说服吗?真是过虑了。"

"噢！我知道您跟魔鬼、跟上帝都会顶牛的,"我说。

"那么,您说吧。"

他笑了。

"可能是我把您说服呢……"

我望着盆里的花、墙上的黄条纹;钟摆在均匀地摆动。我说:

"我不相信未来。"

"未来总是有的。"

"但是你们谈到未来像谈到天堂一样。天堂是不存在的。"

"那当然。"

他打量我,像在我的脸上找寻他应该对我说的话。

"我们所谓的天堂,就是我们今天的梦想得到实现的那个时刻。我们也知道,从那时起,其他人又有新的要求……"

"既然知道这些人永远不会满足,您怎么还能想望什么呢?"

他又像往常那样勉强笑了一下:

"什么叫做想望,您不知道吧?"

"知道。我也有过种种想望,"我说,"我知道。"

我犹豫了一下。

"但是这不仅仅是想望;您为其他人奋斗,希望他们幸福……"

"咱们共同奋斗,也为咱们自己,"他说。

他始终仔细打量我。

"您称他们为这些人,您用陌生人的眼光望着他们。当然,我若是上帝,也有可能认为没有理由为他们做这个做那个。但是,我是他们中间的一分子;我要跟着他们,为他们做些事,反对另一些事;今天我做这些事……"

"从前我要卡莫纳获得自由,"我说,"就是因为我把它从佛罗伦萨、热那亚的桎梏下救了出来,它随着佛罗伦萨、热那亚一起灭亡了。

你们要共和国,要自由;谁跟你们说,成功后不至于把你们引向更黑暗的暴政?要是一个人活得长的话,就会看到任何胜利总有一天会变成一场失败……"

我的声调无疑把他惹恼了,因为他截住话头说:

"哦!我还有点历史知识,您说的我都知道。建成的东西总要崩溃的,我知道。人从出生的那一刻起,就开始走向死亡,但是在出生与死亡之间是生命。"

他的声音柔和了。

"我想我们之间最大的分歧,就是人的一生瞬息即逝,因而在您眼里是无足轻重的。"

"确实如此,"我说。

"您已经在未来的深处,"他说,"您看到现在这些时刻,都像已经属于过去了。过去所做的事如果只看到它们死亡、涂了香料的一面,就都显得荒诞无稽。卡莫纳在两百年间是自由和伟大的,在今天这点打动不了您的心;但是,对于热爱卡莫纳的人们,卡莫纳意味着什么,您是知道的。您保卫它,反对热那亚,我相信您没做错。"

喷泉在歌唱;在黑色紫杉影里有一件白色紧身衣闪闪发光,安托纳说:"卡莫纳,我的祖国……"

"那么,照您这么说,加尼埃守卫圣梅里修道院有什么错?他愿意守卫它,也守卫了。"

"这是个得不到结果的行动,"阿尔芒说。

他思索一下:

"依我的看法,我们只应该关心我们起得到作用的未来,同时我们也应该努力扩大我们对未来的作用。"

"您责备我做的事,自己也在做,"我说,"您瞧着加尼埃行动而自己没有参加进去。"

"可能是这样,"阿尔芒说,"可能我没有权利评论他。"

一阵沉默。我说:

"您承认您只是为一个有限的未来在工作。"

"一个有限的未来;一个有限的人生;这是我们做人的份儿,这就够了,"他说,"假若我想到五十年后禁止工厂雇用童工,禁止每天工作十几个小时,人民推选自己的代表,新闻不受控制,我就心满意足了。"

他的目光又落在我身上。

"工人条件非常恶劣,您总看到了;您想想您认识的那些人,仅仅想到他们,您不愿出力改变他们的命运吗?"

"有一天,我看到一个小孩笑了,"我说,"这个小孩能笑上几次,那时在我看来是非常重要的。是的,有的时候,这是很动人的。"

我望着他:

"但是有的时候,一切都消逝了。"

他站起身,把手放在我肩上:

"如果一切都消逝了,您会变成什么呢?"

"我不知道,"我说。

花、钟、黄条纹护墙纸……我若离开这些东西,我到哪儿去呢?我若不再听从他们,我做什么呢?

"应该生活在现在,福斯卡,"他声音急促地说,"跟着我们,为着我们,这也是为您自己……您应该把现在看做是重要的。"

"但是话在我咽喉里咽住了,"我说,"想望在我心中枯萎了,动作也在我指头上凝住了。"

在他的眼睛里,我又看到我熟悉的这种明确、讲究实际的目光:

"至少,允许我们敬重您。您的名字、您的人品具有极高的声望。请您在宴会上列个席、会议中露个面;陪洛拉到外省去。"

我不出一声,他说:

"您愿意吗?"

"我有什么理由拒绝呢?"我对他说。

"每个月两个法郎,"洛拉说,"纺织厂工人谁遇上生病、失业、年老贫困,就有个保障。你们认为罢工对你们有利,也可停止工作几天。"

他们听着,神情阴郁疲劳;只是寥寥几个人。所有城市情况都差不多;每天的工作把他们折磨得劳累不堪,再也没有力气祈求其他的未来,除了一顿晚餐和少量睡眠以外;他们的妻子心里害怕。

"谁掌管这笔钱?"其中一个说。

"你们任命一个委员会,委员会每月向你们提出报告。"

"这个委员会非常有权。"

"你们监督委员会的收支。"

"谁来监督?"

"所有出席会议的人。"

"这要花许多钱,"那个人又说了一句。

他们愿意每月献出两个法郎,但是他们担心,救济金库落入他们中的某人手中,成为模糊不清的权力:他们怕给自己找上几个新主人。洛拉鼓动他们,说得慷慨激昂,但是他们的脸孔没有表露一点感情。当我们走出会场,她叹了一口气说:

"他们不信任我们。"

"他们也不信任自己。"

"不错,"她说,"这也难怪,他们以前只是看到自身的弱点。"

她把围巾盘在肩上;天气温和,但是下着细雨;自从我们抵达鲁昂后,大雨小雨没有停过。

"我感冒了。"

"回家前先去喝杯热的格罗格酒。"

她的围巾太薄,鞋子浸了水。当她坐在软垫长凳上,我看到她眼窝很深,鼻子也红了。她完全可以安安静静坐在炉子旁、睡懒觉,做一个美丽优雅的妇女,无疑也会有人爱。如今她到处奔波,餐风宿露,不事修饰,鞋子磨破了,精力消耗了。为了谁的利益呢?

"您太累了。"

她耸耸肩膀。

"您应该照顾一点自己。"

"人没法照顾自己,"她说。

她声音中自有一种伤感。阿尔芒不十分照顾她,斯比内尔又照顾不当,使她恼火。我随着她在法国从一个城市到另一个城市,几乎没有跟她谈过话。

"我钦佩阿尔芒,"她说,"他内心自有一种力量,就是从不怀疑。"

"您怀疑吗?"

她放下玻璃杯,已经有点醉意,暗褐色脸上升起一点红晕。

"我们刚才跟他们谈的话,他们不爱听……有几次我想,还不如让他们太太平平活着,太太平平死去的好。"

"那您做什么呢?"

她嘿的笑了一声:

"我回到热带国家去过日子,我是生在那里的。我躺在棕榈树下的一张吊床里,或许会把一切忘记的。"

"为什么不这样做呢?"我说。

"我不能够,"她说,"事实上,我没法忘记。人太穷了,太痛苦了,永远叫我没法忍受。"

"要是您自己幸福呢?"

"我不会幸福的。"

我们对面悬着一面发黄的镜子,我从中看到她的脸孔,黑色小帽下几绺湿的鬈发,疲乏的脸上一对丝绒般的眼睛。

"不管怎么样,我们做的工作是有用的,不是吗?"她说。

"那当然。"

她望了我一眼,耸耸肩膀:

"您为什么从来不谈谈心里的想法?"

"因为我没有想法,"我说。

"这不是真的。"

"我向您保证。我已没有想的能力。"

"为什么?"

"不要谈我,"我说。

"偏要谈您。"

"对您与对我来说,同样的话不表示同样的意义。"

"我知道。有一天您对阿尔芒说过,您不是这个世界的人。"

她的目光落在我的手上,又移到我的脸上。

"但是这不是真的,"她说,"您就坐在我旁边,我们说着话。您是一个人,一个命运奇异的人,但还是这个世界的人。"

她的声音很恳切,是一下抚摸,是一声呼吁;很远很远,在尽深处,在冰冷的尘土和凝固的熔岩底下,有样东西颤动了。粗糙的树皮贴着我的脸,一件淡紫色长裙消失在走道尽头。她说:

"您若愿意,我可以做您的一个朋友。"

"您不理解,"我说,"没有人能够理解我是谁。"

"请您说说。"

我摇摇头:

"您该去睡了。"

"我不想睡。"

她的手安分地放在桌上,但是她的指甲尖在抓挠石板桌面。孤零零地在我身旁,孤零零地跟同志一起,孤零零地在世界上,肩负着这份痛苦的全部重量。

"您不幸福,"她说。

"不幸福。"

"嗨!"她突然兴奋起来,"您看,您也属于人的世界;大家可以怜惜您,可以爱您……"

她一边笑,一边闻着盛开的玫瑰花和椴树花的香味:"我早知道您不幸福。"我把树干合抱在怀里;我又会变成活人吗?在冰冷的熔岩下,一股热气在颤动。她早爱上我了,这点我知道。

"有一天您会死去,我也会把您忘了,"我说,"这就使任何友谊无法建立,不是吗?"

"还是可以建立的,"她说,"即使您把我忘了,我们的友谊曾经存在过,未来无法否认这一点。"

她抬起眼睛,目光弥漫四散。

"您会把我忘了的整个未来,我不曾存在过的整个过去,这些我都能接受,因为它们是您生命的一部分;是您才有这样的未来和这样的过去。我经常想到这件事,我对自己说时间不会把我们隔开,只要……"

她的声音哽咽了,又非常急促地接着说:

"……只要您对我有些情意的话。"

我伸出手。出于爱情的力量,几世纪来第一次,不管过去,不管未来,我又成为一个完整的人,一个活生生的人。我在这里:一个得到女人爱情的人,一个命运奇异、还是属于这个世界的人。我碰了碰她的手指。只要一句话,这层死亡的外壳即将破裂,重新喷出铄石流金的生命岩浆;世界又会有一种面貌,又会有等待、欢乐、眼泪。

她声音低低地说：

"让我爱您吧。"

几天，几年。她又会带了这张布满皱纹的脸，躺在床上；所有的颜色混淆不清，天空熄灭了，香味凝结了："你会把我忘了。"她的容貌又会固定在椭圆形镜框内。甚至找不到话说一声：她不在了。她不在哪儿？我看不到周围少了谁。

"不，"我说，"这没用。一切都没用。"

"我对您什么都不是吗？"

我望了她一眼。她知道我是不会死的，她斟酌过这句话的含义，而她还是爱我；她能够献出这样一份爱情。如果我还能使用人的语言，我要说："我所认识的女人中间，她最慷慨，最热情，最高贵，最纯洁。"但是这些话对我已毫无意义。洛拉已经是一个失去生命的人。我的手从她手中缩了回来。

"什么都不是。您不会理解的。"

她在长凳上蜷缩一团，对着镜子端详自己的容貌。她孤零零地劳累不堪；她不得不孤零零地、劳累不堪地让年华逝去，空怀着满腔谁都不需要的热忱，换不回半点同情；为着他们、离着他们、对着他们进行奋斗，既怀疑他们，又怀疑自己。在我心中，有样东西还在颤动，这是怜悯。我可以使她脱离这种生活；我从前的家财中还留下相当一部分，足够带她到热带国家去；她躺在棕榈树下的吊床里，我可以对她说我爱她。

"洛拉。"

她羞怯地笑了一下，眼中还保留一丝希望。贝娅特丽丝那张臃肿呆板的脸朝着烫金涂红的手稿。我以前说过："我要使您幸福！"我毁了她比我毁了安托纳还更肯定。她在微笑，但是，为什么宁愿看到她的笑容，而不愿看到她的眼泪呢？没法给他们什么。没法为他们做什么,如果不愿和他们一起为自己做些什么的话。得爱她。我不爱她。我什么都不要。

"回去睡吧,"我说。"天晚了!"

松柏道上,金黄色斑点忽上忽下,像受到无形的线的牵引,忽上忽下,忽下忽上,水珠往上喷,又溅落地上,相同的水花,又各个不一样,蚂蚁爬来爬去,一千只蚂蚁,同一只蚂蚁一千次。他们在《改革报》编辑室里,走过来,走过去,他们走到窗前,又从窗前走开,拍拍肩膀,坐下,站起,不停地忙忙碌碌。一阵阵骤雨敲窗,七种颜色,四个季节,他们异口同声地说:这是革命吗?革命的成功要求……意大利的利益,卡莫纳的利益,帝国的安全,他们忙忙碌碌,手紧紧握着剑柄,握着枪托,随时准备为了实现自己的信念去死。

"我想去看看发生什么事啦,"洛拉说,"您愿意陪我去吗,福斯卡?"

"可以。"

街上人山人海。斜雨打在路上,打在屋顶上;几个人头上撑了雨伞,但是大多数人走在雨夜里毫不在意。"光荣的日子来了,"他们一边唱,一边舞动旗子和火把;每幢房子灯光明亮,墙上张灯结彩,十字路口的熊熊烈火迎着风雨不灭;"拿起武器,公民们!"他们唱着。节日的欢叫,死亡的喧嚣,圣歌夹着吵架声从小酒馆里传出来。正义的日子来了,"武装起来!"他们涌上街头,围着篝火,挥动火把。总是相同的水花,又各个不一样。他们高叫:"打倒基佐①!"其中许多人挎着枪支。洛拉嘴角露出奇怪的微笑,望着远处我看不见的东西。他坐

---

① François Guizot(1787—1874),法国政治家、历史学家,七月王朝时期历任内阁部长、总理,一八四八年二月革命爆发,被迫去职。

在平静水面中心的一条小船上,凝望着远处看不见的河口,河水投入弗米利恩海,谁不是往那里去的呢?

"不要往前去!"

躲在门洞里的一个妇女向我们做手势,要我们往回走。我们前面的路上看不到一个人影;听到一声枪响。大家停步不前了。洛拉抓住我的胳膊,拖我钻进迟疑不决的人群。

"这太大意了吧?"我说。

"我要知道发生了什么事。"

我们看见的第一个人是一个穿工作服的男人,脸孔贴地,两臂外张,在滑入死亡以前像要紧紧抱住路面似的;第二个人张大了两眼凝望天空;有的人还在呻吟;从邻近街道走来了几个人,扛了几副担架;他们的火把照亮了红色的街面,街上躺着几具尸体和受伤的人,还有满地的雨伞、手杖、帽子、破灯笼、凌乱的旗子。罗马的广场是红的,水沟中群犬争夺奇怪的红白色东西,一条狗对着死亡吠叫,妇女和孩子朝着月光露出他们被马蹄踩烂的脸,竹棚之间的夯土上尸体周围苍蝇嗡嗡叫,兵士扬起的尘土里响起了呻吟声。二十年或六十年中没有死的,最后还是死了。

"上巴士底去!"

现在广场上有了人群;他们截住了一辆运货车,把尸体往上堆;他们高叫:"上巴士底去!"他们还高叫:"要报仇! 他们谋杀人民!"洛拉脸色苍白,手指紧紧抓住我的胳膊,喃喃地说:"现在,革命来了!"警钟敲响了,运货车开动了。"上巴士底去! 要报仇!"死者身上尚有余温,他们的血还在街上流;但是晚了,死的永远死了,活的继续活着,仿佛他们就是不该死似的;他们抱了听话的尸体度过一生。警钟敲响了,一道道人流穿街过巷地涌来,挥舞着旗子和火把;火把的红光照亮了湿腻腻的街面。队伍一分钟比一分钟壮大,大街淹没在黑色人潮下,人潮还是原来样子,挺立不屈,丝毫无损,那是深广浩渺的人潮,一滴水也不少;瘟疫过去了,还有霍乱、饥荒、火刑、屠杀、战争、革命,而人潮依然在这里,完整无缺的,死者在地下,生者在地上,相同的水花……他们前进,他们朝着巴士底前进,朝着革命、朝着未来前进;暴政将被打倒,不久就没有贫困,没有阶级,没有国界,没有战争,没有谋杀;代之而起的是正义、博爱、自由,不久,理智将统治世界,我的理智,一张白帆远飘天涯,人将获得闲暇、繁荣,他们将向大地索取财富,他们将建设巨大明亮的城市,我开拓森林,我披荆斩棘,在我手里抓的蓝一块、黄一块、绿一块的地球上,道路交错纵横,阳光普照着新耶路撒冷,在那里,穿白袍的人交换着和平的亲吻,他们围着篝火跳舞,他们在阴暗的店堂后间跺脚,他们坐在香气扑鼻的闺房议论,他们高高坐在靠椅上,慢条斯理地、低声地、大声地议论,他们高叫:"要报仇!"那边,黑黢黢的大街尽头是金红交辉的天堂,天堂里幸福像怒火一样光彩夺目;他们朝着这个天堂前进,他们走一步接近一步。我在平坦的原野上前进,一路上灯芯草分泌出滴滴水珠;我朝天涯走一步,天涯往后退一步,每天傍晚,天涯落下同一个太阳。

"《改革报》万岁!"

他们停在报馆窗下。阿尔芒出现在阳台上;他双手抓住铁栏杆,高声喊了几句,远处一座教堂在燃烧,火焰把广场上的石像染成血色。"安托纳·福斯卡万岁!"他们蹲在房顶上、树杈上叫:"路德万岁!"然后举杯庆贺。查理·马拉泰斯塔在笑,生命在燃烧;生命在卡莫纳、在沃尔姆斯、在根特、在明斯特、在巴黎,也就是在这里,在这一分钟,在活着的人、在会死的人心中燃烧。我在平坦的原野上踯躅,用脚探索冰冻的土地,四顾茫茫,举目无亲,像没有冬天、没有花朵的松柏一样死气沉沉。

他们又前进了,我心中在呼唤:"玛丽亚纳!"她会睁开眼睛来看,会伸出耳朵来听,她的心也会跳动;对她也是,黑黢黢的大街尽头,未来也会熊熊燃烧起来:自由、博爱。我闭上眼睛,她还是像我很久以前失去她时的那个模样,穿一件红黑条子长裙,修饰整齐的鬈发,恬静的笑容。"玛丽亚纳。"我看见了她;只见她紧紧挨在我身边,不胜害怕;她讨厌混乱、暴力、叫声,她会远离这些披头散发的女人,她会捂住耳朵不听这些野蛮的叫声;她梦想的是一场理性的革命。"玛丽亚纳。"我竭力在想:今天,她不同了,她会理解这样的人民,会爱他们,会习惯火药与死亡的气味。我望了洛拉一眼;她没戴帽子,头发湿的,围巾盘在肩上,两眼炯炯有光;这是洛拉,不是玛丽亚纳。若能留在这里,在我身边,玛丽亚纳就不成为她自己了。她凝固在过去的角落里,在她那个时代里。我没法把她——即使是她的形象——召回我的身边。

我抬起眼睛,看见没有月亮的夜空、灯火辉煌的房屋门面、树、还有周围的人群——她的同类。我知道联结世界与我的最后一根绳索刚才断了,这已不是玛丽亚纳的世界,我已不能用她的眼睛凝望这样的世界,她的目光已经完全隐熄了;即使在我的心中,她这颗心的跳动也停止了。"你会把我忘了。"这不是我把她忘了,是她飘离了这个世界,而我又走不出这个世界,是她飘离了我。在天空下、水面上、大地上留不下一点痕迹,在任何人心中留不下一点痕迹;哪儿都不空,也没有少了谁,到处是满满的。相同的水花,又各个不一样,一滴水也不缺。

他们在前进!他们在走近巴士底,队伍是一条波澜壮阔的大河;他们从大街小巷来,从大道的尽头来,他们从各个时代的尽头来,穿过卡莫纳的街道,根特、巴利亚多利德、明斯特的街道,从德意志、佛兰德、意大利、法兰西的大路来,步行的,骑马的,穿了牧民宽袖大褂、工作服、呢长袍的,还有披坚戴甲的;他们在前进,农民、工人、市民、流浪汉,抱着希望,含着愤怒,带着仇恨,怀着喜悦,眼睛盯着未来这个天堂;他们在前进,身后留下一条血与汗的行迹,在道路的石块上踩破了双脚,他们一步步往前进,天涯一步步向后退,每天傍晚,天涯落下同一个太阳;明天,一百年后,二十个世纪后,他们依然在前进,相同的水花,但各个不一样,天涯还是在他们面前后退,一天复一天,永远、永远,几世纪几世纪地踩踏着黑色原野,就像几世纪几世纪以来他们踩踏过的一样。

可是晚上,我把包裹撂在冰冻的土地上,点燃一堆火,躺了下来;我躺下是为了第二天重新出发。因而,有时候他们停止了。他们停在市政厅的广场上,高声大叫,朝天鸣枪,一个妇女站在炮架上高唱《马赛曲》:"共和国万岁!"国王刚才逊位,他们以为胜利在望,手里擎起满满的酒杯,他们在笑,卡特琳在笑,马拉泰斯塔在笑,佩尔戈拉的城墙在欢呼声中倒塌了,佛罗伦萨的教堂圆顶在太阳下光芒四射,大教堂钟楼敲起胜利的钟声。卡莫纳得救了,这就是和平。阿尔芒走近阳台;一长条横幅上,他们写了这几个粗体大字:共和国万岁!他们在窗前打开横幅,扔出一把传单,上面写了表示信仰与希望的句子;群众在欢呼:"共和国万岁!""卡莫纳万岁!"卡莫纳失败了,这就是战争,我们无法攻入佛罗伦萨,只得转过身走了,我们心情沉重地离开空城佩尔戈拉,因戈尔施塔德的农民在自己点燃的大火中痛苦地扭动身子……我感到阿尔芒的手放在我肩上。

"我知道您在想些什么,"他说。

我们并肩站了好一会儿,一动不动,望着大喜若狂的群众。他们用战斧砍大红柱子,发出野蛮的叫声,他们跳舞,他们把婴儿的脑袋往墙上撞,篝火直冲夜空。他们拿火把扔进宫殿,街面染红了,旌旗在窗前飘扬,垂头耷脑的尸体挂在阳台上、挂在灯杆上晃动,害怕的尖叫,欢悦的呼声,死亡的乐曲,和平的颂歌,碰杯声,干戈声,呻吟声,笑声,一齐直冲云霄。然后陷入一片沉默。在打扫干净的广场上,家庭主妇来汲取每日的用水,她们摇着新生婴儿,纺织机又开始唧咔唧咔响了,梭子移过来移过去,死的死了,活的活着,卡莫纳屹立在山地上,像个大蘑菇一动不动,充斥于天地之间的是一股沉沉死气,直至爆发一场新的大火,一个新的声音,总是又一样又不一样的声音,在夜空中响起:"共和国万岁!"那个女人站在一座炮架上唱歌。

"明天还要进行战斗,"阿尔芒说,"但是今天,我们是征服者。不管发生什么,这是一场胜利。"

"是的。"

我望了他一眼。我望了斯比内尔和洛拉一眼。今天。这两个字对他们有一种意义。对他们,有一个过去,有一个未来,因而,也有一个现在。在流动的河流中间——自北向南——还是自东向西?——他在笑,我爱这个时刻!伊莎贝拉漫步走在花园里,阳光在华丽乌亮的家具上晃动,他含笑抚摸丝一般的胡子;在广场中间,竖起了火刑架,围着一群默祷的人,他们唱歌前进;他们把全部过去紧紧抱在胸前。老百姓以前喊叫:"打倒共和国!"他们也曾为此哭泣,就因为他们哭过,就因为他们此刻笑着,他们的胜利才是一场真正的胜利,未来对他们也是无可奈何的;他们知道,明天他们又得重新开始坚持、拒绝、战斗;明天,他们又会重新开始的;今天,他们是征服者。他们彼此望着,共同笑着:"我们是征服者,"他们相互谈着;就因为他们彼此望着,相互谈着,他们知道自己既不是小飞虫,也不是蚂蚁,而是人,重要的是活着,是做征服者;为了实现自己的信念,他们冒着生命的危险,献出生命的代价;他们对此深信不疑,因为除此以外,没有其他真理。

我朝门口走去;我没法冒生命的危险,没法向他们微笑,我眼里永远流不出眼泪,心中永远点不燃烈火。一个无处存身的人,没有过去,没有未来,没有现在。我什么都不要,我什么都不是。我一步步朝天涯走去,天涯一步步往后退;水珠往空中喷去,又溅落地上,时光摧残时光,我双手永远是空的。一个陌生人,一个死人。他们是人,他们活着。我不属于他们同一类。我没有一丝希望。我跨出了门口。

尾声

叙述以来,这还是第一次,福斯卡的声音发颤了;他低下头,手摊在漆布上,分放在蓝碗的两边;他望着那两只手,像不认识似的;他动了动右食指,然后左食指,手指又一动不动了。雷吉娜移开目光。天已大亮,几个农民围在桌旁喝汤,喝葡萄酒;在人的世界上,新的一天开始了;在窗的另一边,天空是蓝的。

"在门的另一边,"雷吉娜说,"那时还有什么东西吗?"

"有。市政厅广场,巴黎。然后是一条通往乡野的大路,一座森林,一个矮丛林;还有睡眠。我睡了六十年。他们叫醒我时,世界还是原来那个样。我对他们说,我睡了六十年。他们把我送进一家疯人院。我在那里倒不坏。"

"别说得那么快,"雷吉娜说。

她盯住门看,想道:"他说完后,要跨过这道门,门的后面还会有些东西。我睡不着,我也没有死的勇气。"

"没什么好说的了,"福斯卡说,"太阳每天升起来,落下去。我进了疯人院,又从疯人院出来。发生了几次战争,战争以后,是和平,和平以后,是战争。天天有人出生,天天有人死去。"

"您别说啦,"她说。

她用手捂住福斯卡的嘴。焦虑的感觉从她的喉咙落到她的心房,

又落到她的腹部。她想叫。片刻以后,她问:

"现在咱们做什么?"

福斯卡往四下望了望,突然脸孔挂了下来:

"我不知道。"

"睡觉?"她说。

"不。我不能再睡了。"

他放低了声音:

"我做噩梦。"

"您?噩梦?"

"我梦见再也没有人了,"他说,"他们都死绝了。大地是白的。天空中还有月亮,照着白茫茫一片大地。我孤零零一个人,跟那只老鼠。"

他的声音非常低,目光是一个很老的人的目光。

"什么老鼠?"

"那个受到天罚的小老鼠。人已经没有了,老鼠继续在永恒中团团打转。它这份罪是我让它受的。这是我最大的造孽。"

"它不知道,"雷吉娜说。

"是呀。它不知道,团团打转。总有一天,在地球表面只剩下它和我。"

"而我在地下,"雷吉娜说。

她抿抿嘴。叫声从腹部升至心房,又从心房升至喉咙。她脑中晃动着一团强烈的火光,比黑夜更叫人眼睛迷惘。不应该叫出来,可是,要是她叫了出来,在她看来有些东西会发生的;可能这阵阵刺痛会消失的,火光也会熄灭的。

"我要走了,"福斯卡说。

"您去哪儿?"

"哪儿都行。"

"那您为什么要走?"

"我的腿想活动,"他说,"这一类的冲动是不应该放过的。"

他朝门口走去,雷吉娜跟在他后面说:

"我呢?"

"噢！您！"他说。

他耸耸肩膀。

"这总会完的。"

福斯卡走下门前的两步台阶,然后大踏步穿过通往村外的路;他走得非常快,仿佛那边,在天涯深处,有东西等着他:一个埋在冰帽底下的世界,没有人,没有生命,白茫茫,赤裸裸。雷吉娜走下两步台阶,"让他走吧！"她想,"让他永远消失吧！"她望着福斯卡远去,好像他一走会把妖术带走似的,这个妖术曾使她失去她的实质;福斯卡在拐角上消失了。她走了一步,停了下来,留在原地生了根似的;福斯卡已消失了,但是她依然是福斯卡说的那样:一根草、一只小飞虫、一只蚂蚁、一簇水花。她往四下看了一眼:可能有条出路;有样东西,像眼皮跳动那样一闪而过,触动了她的心;这还算不上是一个希望,然而已经消失得无影无踪了;她太累了。她手紧紧捂住嘴,低下头,她被征服了;在害怕中,在恐惧中,她接受了形态的变化:小飞虫、水花、蚂蚁,如此一直到死。"这只是开始,"她想;她一动不动站着,好像跟时间可以故弄玄虚,阻止它继续流转。但是,她的手贴在她挛缩的嘴唇上僵硬了。

只是当钟楼开始报时的时候,她才吐出第一声尖叫。

译后记

根据基督教《圣经》,亚当与夏娃在天上偷食禁果,被上帝逐出伊甸园,谪降尘世。人犯有原罪,要终生补赎;人人都是背着苦难的十字架生活在世界上的。法国哲学家卢梭在他的名著《爱弥儿》中说:"如果允许我们在这个世界上长生不老,试问谁愿意接受这件不吉祥的礼物?"

然而,有一个人接受了这件礼物。他祈求不死,他希望以不朽的岁月去征服无垠的大地,按照他的理智建立人间天堂。这个人出生在十三世纪的意大利,经历了欧洲近六百年历史的风云变幻,体验了人生的荣辱福祸,时而振奋,时而消沉,时而激昂,时而绝望,终于在漫长的生涯中明白永生乃是一种天罚。但是,他已是一个存在的人,回天乏术,不得不继续怀着无可奈何的心情无穷无尽地活下去。他就是法国当代作家西蒙娜·德·波伏瓦的小说《人都是要死的》中的主角雷蒙·福斯卡。

中世纪时期,意大利亚平宁半岛上并存着一百来个各自为政的小城邦,频年相互攻战,企图争雄称霸。城邦权力的建立依靠暴力和阴谋。君主们的生活骄奢淫逸,党同伐异,政权的更迭异常迅速。

一二七九年,雷蒙·福斯卡出生于卡莫纳的一个贵族家庭。后来当上了该邦的君主。他努力振兴城邦,欲与当时强盛的佛罗伦萨、热那亚等并驾齐驱。可是他感到人生须臾,无法在短短几十年的岁月中治理好一个国家。他盼望长生不老。在一次偶然的机会里,他从一名老乞丐手里取得来自埃及的不死药,服下后以为从此可以轰轰烈烈地干一番事业。意大利各城邦争权夺利的结果,反而招致法国势力的入侵。

福斯卡看到国家与国家之间的命运是相通的,要励精图治真正有所作为,必须掌握一个统一的宇宙。他不惜把卡莫纳献给疆域庞大的日耳曼神圣罗马帝国,自己充当皇帝的谋士。帝国皇帝查理五世在位四十年,不但没有如愿地建立起依照基督教教义行事的世界帝国,反忙于镇压各地诸侯的兴起与叛乱。兵连祸结,帝国分崩离析,基督教也分裂成新旧两派。在新发现的美洲大陆上,欧洲殖民者推行种族灭绝政策,贪得无厌,强占尽可能多的土地,使原来庞大昌盛的印加帝国、玛雅城镇、阿兹特克民族的家园只剩下一堆废墟。福斯卡看到这种情景心灰意懒,认为统一的宇宙是不存在的,存在的只是分裂的人。一个人形成一个宇宙,他的内心是无法窥透的。一个人妄想为他人建立的幸福秩序,在他人眼里可能是一种灾难。在这些短暂、多若恒沙而又各不相干的心灵中,能不能找到可以共同依据作为真理的东西?他无法肯定。一个人唯一能做的好事,是按照自己的良心行动,其结果则难以预测。除此以外,人不能有其他奢望。

尔后,福斯卡与法国探险家卡利埃勘探加拿大大草原;在法国度过一七八九年革命爆发前的启蒙时期;参加一八三〇年推翻波旁王朝的群众起义;目睹一八四八年席卷欧洲、使工人阶级登上国际政治舞台的革命运动。在与普通人的接触中,福斯卡逐渐明白:人生虽然短促,谁都无法避免死亡,但是每个人的心中都潜伏着铄石流金的生命岩浆,在出生与死亡之间的生命过程中,一旦得到诱发和机遇,会做出惊天动地的大事，人还是可以有所作为的。从历史的角度看，一时的胜利会成为日后失败的伏笔，一时的失败也可能是日后胜利的种子。从有限的人生来看，一切成就还是具体而微的，胜利来临而失败未至的时刻人总是征服者，不管未来如何是奈何他不得的。福斯卡又看到，有了这样的信念，值得人去珍惜自己有限的生命；为了实现这样的信念，又值得人去献出自己宝贵的生命。生命一代代往下传，人始终有爱，有恨，有微笑，有眼泪，充满了理想和希望。

福斯卡这个人物自然是虚构的，然而他参与的历史是实有其事的，他的感情又是一个普通人的感情。我们要问：这部体裁别致的现实主义小说是在什么情况下写成的？又出于什么原因要这样写？我们知道在法国现代文学史上，波伏瓦的名字与萨特的名字几乎不可分离。萨特是法国存在主义哲学的创始人，波伏瓦是存在主义文学流派的主将。两人共同生活，各自写作，为传播自己的信念奋斗一生。

四十年代初，萨特在德国哲学家海德格尔和胡塞尔学说影响下，在法国提出了自己的存在主义哲学。二次世界大战结束前后，萨特的存在主义在西欧各国风靡一时。也在这个时期，它又遭到各方面的激烈攻击和批评。人们责备存在主义强调人类处境的阴暗面，热衷于描绘消极的事物，不信任人性的善良，否认人心向上的欲望，因而说存在主义是一种虚无主义哲学。为了回答这些责难，萨特一九四五年先在演讲台上宣讲，一九四六年再在刊物上发表《存在主义是一种人道主义》。关于存在主义的文章车载斗量，不计其数，在此只对有助于理解这部小说的几个要点简略地说几句。

萨特有一句名言："存在先于本质。"在他看来，"人为什么存在？"这个问题是毫无意义的，因为每个人在提这个问题时已经存在了。

人不是凭自己的意志而存在的。有意义的问题应该是：人是否愿意继续存在？争取在什么样的条件下存在？也就是在存在的既定事实下去确定自己要成为什么。

萨特还说："人是自由的，人就是自由。"人出生后处在一定的环境中，但是可以根据自己的处境、自己的判断做出自己的选择，采取行动。人要为自己的选择负责，因为任何选择不是孤立的；在为本人选择的同时，也影响到他人选择的地位，因而也应对他人负责。人做出选择，也即显示和确定自己是什么样的一个人。人无法回避选择，因为不选择也是一种选择。是英雄还是懦夫，都是本人自由选择的结果。萨特的意思是：人只是他自己试图要做的那么一个人；人只是在实施自己的意图时才表现自己的存在；人不外乎是他自己行动的总和，也无非是他自己的一生。

在萨特一文发表的同一年，波伏瓦的小说《人都是要死的》也出版了。对两部作品对照之后，不难看出这位女作家的用意。波伏瓦在欧美两洲历史中选择了这些事件，用一个悲剧性的神奇人物贯穿古今，亲身参与和冷眼旁观，无疑是以小说的形式来阐明同样的存在主义哲学思想。我们不妨这样说，萨特凭说理，波伏瓦借形象，共同参加了当时文坛和哲学界的一场论战。《人都是要死的》是《存在主义是一种人道主义》的艺术注解。

西蒙娜·德·波伏瓦生于巴黎，是一家的长女，父亲是律师。青年时代欣赏超现实主义艺术思想。中学毕业后进入巴黎（索邦）大学学习哲学，成绩优异。一九二九年跟在巴黎高等师范学校学习的萨特有了交往。他们两人在这一年通过法国教师学衔考试；波伏瓦是法国历史上通过该项素以严格著称的考试的最年轻女学生。萨特年轻有为，才气横溢，使波伏瓦甚为倾心，此后也深受他的影响。波伏瓦在自传体小说中写道:"萨特完全符合我十五岁时的想望;他是另一个我,在他的身上我感到我所有的爱好升华到炽热的程度。我永远与他分享一切。……我知道他再也不会走出我的生活了。"他们不久结合在一起,却不举行传统的婚礼,这也是他俩对自身所处的布尔乔亚社会的一种叛逆心理。

三十年代,波伏瓦先后在马赛、鲁昂等地教书,同时尝试文学创作。最初的作品屡遭退稿。她把日记给萨特看,萨特建议她多写关于自身的事。那时她已三十二岁,觉得已是一个成熟的女性,但是还不清楚是什么样的一个女性。一九四〇年,萨特在前线被俘,第二年逃出俘虏营,波伏瓦与他一起投入地下抵抗运动,建立"社会主义与自由"组织。一九四三年,波伏瓦发表第一部小说《女宾》,借陈旧的三角恋爱形式,灌注存在主义的哲学,提出本人与他人的关系,在读书界获得成功。她随即放弃教育工作,参加萨特等编辑的《现代》杂志,从此跻身文坛。接着问世的有《皮洛士与基尼阿斯》(1944)、《他人的血》(1945)、《多余的嘴》(1945)。《他人的血》谈到战争中的人质问题。二次大战中,纳粹德国在法国为了报复游击队的抵抗活动,往往扣押法国平民作为人质处死。波伏瓦提出:我们可不可以为了自认为正义的目的,而把无辜者的生命卷入进来。这种典型的存在主义式的道德讨论,使她声名大噪。

战争结束后,存在主义首先在法国,其后在意大利、英国、美国声誉日隆。波伏瓦一边创作,一边与萨特联袂游历了许多国家。其时主要著作有:《人都是要死的》(1946)、《模糊性的道德》(1947)、《美洲散记》(1948)、《第二性》(1949)、《名士风流》(1954)、《长征》(1957)。《名士风流》一书为她赢得了当年的龚古尔文学奖。这部长篇巨著细腻地反映了法国光复前后抵抗组织中知识分子的心态;他们痛心理想的幻灭,感觉自身的弱点,在投身斗争与逃避现实之间彷徨苦闷。

她后来又陆续发表四部自传体小说:《大家闺秀回忆录》(1958)、《风华正茂》(1960)、《世事难》(1963)、《回顾》(1972)。其间还出版了《一个非常恬静的死》(1964)、《美丽的形象》(1966)、《疲劳的妇女》(1968)、《老年》(1970)等。波伏瓦后期的创作风格有很大改变,更多关注社会问题。一九八一年发表《告别的仪式》,悼念萨特的逝世。萨特从七十年代初双目相继失明,被迫辍笔,但是思想仍很活跃,时常发表谈话说明自己的政治态度和思想。一九七四年八九月间,波伏瓦精心选择一些问题向萨特提出。萨特在答复中回顾和概述了自己的一生与思想。这些都刊载在《告别的仪式》一书中,无疑是研究萨特晚年思想的可贵资料。

波伏瓦是一位作家和社会活动家。著作丰富,态度鲜明,同情被压迫民族和人民。她和萨特都对中国怀有极为良好的感情。

波伏瓦企图为存在主义的伦理奠定一个普遍基础:"自由是对各种自由的尊重。"不论她以何种方式(小说、散文、评论、自传)进行创作,主题不忘追求一种真正的道德。她阅历广,涉世深,观察细致,小说中相当一部分的情节是她本人的经历,许多人物在法国社会中也是有名有姓的。她在身世叙述中掺杂哲学阐义,因而她的自传小说是了解法国那个时代的知识界、存在主义在法国兴起和发展的文献资料。法国文艺评论家认为波伏瓦在谈到自身和周围人物时最能打动读者。

波伏瓦作品的另一个同样重要的特点,是尖锐地提出了当今世界妇女受歧视的状况。她是国际著名的女权主义活动家,她写的《第二性》多年来一直是影响西方女权运动的一部重要著作。作品回顾了各个历史时期女性地位的演变,认为今日妇女不平等地位的形成,是女性长期屈从男性权威的结果。她不承认由于生理结构、母爱天性等原因,而有什么"永恒的女性"。萨特提出:"英雄不是天生的,懦夫不是天生的,都是自己选择的。"按照这个模式,波伏瓦在妇女问题上也说:"女人不是天生的,而是自己变成的。"她在中国访问后,"妇女要顶半边天"这句话也一时成为女权主义者的战斗口号。

波伏瓦作品行文不露感情,字句简练扼要,崇尚文采华丽矫饰的人觉得她的文笔有点"干",其实她的文章像古典乐曲那样非常清醇。她刻画心理,渲染气氛,也用墨不多,在达到非说不足以表露时却又是淡淡几笔,一表而过,给读者的遐想留出意外的巨大空间。这些特点在本书中尤其突出。她创造了一个神奇人物,在真实的时代基础上展开活动,前后长达六百年,疆域横跨两大洲,倘若文字不是无比简洁,选材不是十分典型,一部篇幅不长的小说是容纳不下这些内容的。表面看来,波伏瓦使用的是一种所谓的"中性"笔法,但掩饰不住为人类在发展中遭受反反复复的苦难而感到的痛苦:前车之覆居然难为后乘之诫,眼前的胜利又隐伏未来的危机。"我朝天涯走一步,天涯往后退一步;每天傍晚,天涯落下同一个太阳。"但是人心中自有一种前赴后继、勇往直前的坚韧,使人永远走在希望和自由的道路上。从这点来说,福斯卡和卡利埃在洪荒般的大草原上找寻通往中国的道路,也许不是没有象征意义的。

无穷的岁月与旺盛的生命力相结合,是会有所发现的。只是发现的东西可能不一定是期望的东西。用一位评论家的话来说,全书叫人看来,"人的作为不是有限的,也不是无限的,而是无定限的。"

SIMONE DE BEAUVOIR
Tous les hommes sont mortels

本书根据伽里玛出版社 1946 年法文版译出
ⓒ Éditions Gallimard,1946
All rights reserved
All adaptations are forbidden.
Sale is forbidden outside of the People's Republic of China.

图字：09 - 2009 - 681 号

图书在版编目(CIP)数据

人都是要死的 / (法)西蒙娜·德·波伏瓦著；马振骋译. — 上海：上海译文出版社,2024.4(2025.3 重印)
ISBN 978 - 7 - 5327 - 9555 - 0

Ⅰ.①人… Ⅱ.①西…②马… Ⅲ.①长篇小说-法国-现代 Ⅳ.①I565.45

中国国家版本馆 CIP 数据核字(2024)第 020729 号

人都是要死的	SIMONE DE BEAUVOIR	出版统筹	赵武平
Tous les hommes sont mortels	[法]西蒙娜·德·波伏瓦 著	责任编辑	缪伶超
	马振骋 译	装帧设计	董茹嘉

上海译文出版社有限公司出版、发行
网址：www.yiwen.com.cn
201101　上海市闵行区号景路 159 弄 B 座
上海市崇明县裕安印刷厂印刷

开本 890×1240　1/32　印张 13.5　插页 2　字数 216,000
2024 年 4 月第 1 版　2025 年 3 月第 4 次印刷

ISBN 978 - 7 - 5327 - 9555 - 0
定价：79.00 元

本书版权为本社独家所有，未经本社同意不得转载、摘编或复制
如有质量问题，请与承印厂质量科联系：T：021 - 59404766